STAR WARS

THE HIGH REPUBLIC

NA ESCURIDÃO

Claudia Gray

São Paulo
2022

Disney · Lucasfilm

Grupo Editorial
UNIVERSO DOS LIVROS

Diretor editorial
Luis Matos
Gerente editorial
Marcia Batista
Assistentes editoriais
Letícia Nakamura
Raquel F. Abranches
Tradução
Leonardo Alvarez
Preparação
Guilherme Summa
Revisão
Jonathan Busato
e Tássia Carvalho
Adaptação de capa
Renato Klisman
Diagramação
Renato Klisman

Dados Internacionais de Catalogação na Publicação (CIP)
Angélica Ilacqua CRB-8/7057

G82s Gray, Claudia
Star Wars : na escuridão (The High Republic) / Claudia Gray; tradução de Leonardo Alvarez. -- São Paulo : Universo dos Livros, 2022.
352 p.

ISBN 978-65-5609-185-3
Título original: *Star Wars – Into the dark (The High Republic)*

1. Ficção norte-americana 2. Ficção científica
I. Título II. Alvarez, Leonardo III. Série

22-1088 CDD 813.6

Universo dos Livros Editora Ltda.
Avenida Ordem e Progresso, 157 – 8º andar – Conj. 803
CEP 01141-030 – Barra Funda – São Paulo/SP
Telefone/Fax: (11) 3392-3336
www.universodoslivros.com.br
e-mail: editor@universodoslivros.com.br
Siga-nos no Twitter: @univdoslivros

A galáxia está em paz, governada pela gloriosa REPÚBLICA e protegida pelos nobres e sábios CAVALEIROS JEDI.

Símbolo de tudo o que é bom, a República está prestes a inaugurar o FAROL DA LUZ ESTELAR nos confins da Orla Exterior. A nova estação espacial servirá como um raio de esperança ao alcance de todos.

Mas, assim como um magnífico renascimento se espalha pela República, um novo e terrível adversário também o faz. Agora, os guardiões da paz e da justiça devem enfrentar uma ameaça a eles, à galáxia e à própria Força...

Há muito tempo, em uma galáxia muito, muito distante...

PRÓLOGO

– Ah, piratas... – Jora Malli sacudiu a cabeça de forma quase nostálgica. – Eles nunca aprendem.

A Mestra Jedi Togruta sentava-se ao lado do Padawan em seu aerodeslizador PI-R, enquanto avançavam por entre as gigantescas construções que cobriam um bom terço de Coruscant, perseguindo um esquife pirata. Nas décadas que se seguiram ao surto mais recente de construções que começara no planeta, minérios e materiais valiosos eram entregues e armazenados ali. Tentador, para um pirata. E, por muitos anos, roubar um carregamento e escapar estivera longe de ser impossível. Sim, Coruscant era o mundo central da República, com uma vasta força de segurança. Mas *tudo* no planeta era vasto, incluindo as oportunidades de se esconder e fugir.

Entretanto, Coruscant estava se tornando um lugar mais ordenado. Um lugar ainda mais importante. E já era lar do maior de todos os templos Jedi da galáxia.

O que significava que Coruscant seria mais seguro do que nunca. Era hora de os piratas descobrirem aquilo.

Jora abriu a boca para dizer ao seu Padawan o que sentia, que os piratas tentariam surpreendê-los guinando para cima, mas Reath já estava subindo com o aerodeslizador por entre o emaranhado de vigas de construção na direção do céu iluminado.

Seu poder na Força não é notável, não entre os Jedi, pensou ela enquanto observava seu jovem aprendiz humano. O vento soprava e deixava seus cabelos castanho-escuros ainda mais bagunçados do que o normal. *Mas Reath* trabalha *mais duro do que quase qualquer outro Padawan que já conheci. Ele se sintoniza aos meus pensamentos não por meio de um talento natural, mas graças à sua força de vontade, e o faz de forma mais rápida do que os naturalmente talentosos. Ele irá mais longe do que a maioria deles... talvez de formas que ainda não compreenda.*

O aerodeslizador atingiu o cume da construção e, por um breve momento, Jora e Reath foram agraciados com a vista panorâmica das estruturas cintilantes de Coruscant, muitas delas coroadas com andaimes prateados, mas em sua maioria já concluídas, completas e reluzentes. A luz do sol fluía através das finas nuvens no céu pálido, pintando tudo de cor-de-rosa e dourado. Mais belas do que tudo, aos olhos de Jora, eram as cinco torres do Templo Jedi no horizonte.

Então, o esquife pirata emergiu do labirinto de construções, seu piloto percebendo o erro tarde demais. Reath imediatamente disparou um cabo de reboque. O grampo magnético abriu e se prendeu ao casco do esquife.

Calmamente Jora perguntou:

– Você conhece as especificações do motor daquele veículo?

– Não conheço, Mestra Jora. – Reath pareceu confuso, depois desanimado conforme compreendia. – Ah, nã...

Sua última palavra foi interrompida quando o esquife mergulhou desesperadamente na direção do nível mais baixo, superando os motores do aerodeslizador e arrastando os Jedi com ele.

Reath esticou a mão e alcançou o controle para soltar o grampo, mantendo-o ali, pronto para agir. Naquele momento, ele já tinha percebido o que Jora planejara. Ela sorria enquanto se preparava, o vento impetuoso fazendo seus montrais balançarem atrás de si. Seus olhos se concentraram na cabine do esquife, na silhueta apenas visível do piloto que tentava tão freneticamente fugir que poderia matar a todos no processo.

– Não será desse jeito – sussurrou Jora para si mesma e, então, pulou.

O salto a levou do aerodeslizador para o esquife; as botas de Jora se chocaram com força contra a cabine do piloto enquanto ela acionava seu sabre de luz. Sua lâmina azul cortou o ar e a cabine, abrindo um buraco. Um leve tremor lhe dizia que Reath soltara o cabo de reboque. *Bem na hora*, pensou ela. A Força ampliava sua firmeza, permitindo que ela se agarrasse mesmo enquanto o esquife sacudia de forma violenta para se livrar dela. Reath mantinha o aerodeslizador logo atrás; o que começara como um acidente agora era uma perseguição incrivelmente próxima.

Jora esmurrou o que restava da abertura da cabine e pulou para o interior. Os piratas estavam tão intimidados por seu ataque – ou talvez por seu sabre de luz – que nenhum sequer a insultou sacando um blaster. No entanto, o esquife continuava mergulhando rumo à superfície que se aproximava rapidamente. Em menos de dois minutos, todos seriam mortos em um impacto desintegrador.

– Por favor, interrompam o mergulho desta nave – disse ela – e se apresentem à estação de ancoragem mais próxima para serem detidos.

O piloto Rodiano hesitou. Naquela fração de segundo, ela sentia a raiva dentro dele. Arderia de forma intensa o bastante para que ele sacrificasse sua própria vida, e a de seus companheiros, apenas para levá-la junto?

Talvez.

Jora acenou com a mão livre, em um gesto casual.

– Vocês querem se apresentar à estação de ancoragem mais próxima.

– Queremos nos apresentar à estação de ancoragem mais próxima – entoaram os piratas em uníssono, e o piloto interrompeu obedientemente o mergulho da nave. Jora olhou por cima do ombro para ver Reath descendo logo atrás deles, seu sorriso tão resplandecente quanto a luz do sol acima deles.

É uma pena tirar esse sorriso de seu rosto por um tempo, pensou Jora. *Mas não posso adiar muito mais este anúncio.*

Ela foi capaz de protelar a notícia por mais uma hora. Foi o tempo que demorou para que os piratas fossem presos e processados pelas autoridades competentes, e para verificar o aerodeslizador PI-R para se certificarem que de que o veículo não havia sofrido danos. Reath voara em condições desafiadoras.

O jovem, no entanto, permanecia focado em seu único erro.

– Vou começar a estudar as especificações de motores amanhã – prometeu Reath enquanto os dois se afastavam da estação, através da miríade de cabines e quiosques que formavam uma espécie de mercado de rua permanente na região. Um grupo de Bith, oriundo da Orla Exterior, murmurava diante de suas canecas cheias de Porto em Tempestade enquanto os Jedi passavam. – Já fiz uma lista de modelos de naves em que devo me concentrar, se você quiser dar uma olhada.

– Essa não é nossa maior prioridade no momento. – Jora cruzou as mãos atrás das costas. – Passamos muito tempo em Coruscant, você e eu. Você viajou muito menos do que a maior parte dos outros Padawans da sua idade.

– Mas nós *viajamos* – disse Reath. – O suficiente para eu saber que a galáxia inteira não é como Coruscant, e para eu saber que gosto mais daqui. Além disso, eu soube disso quando você me escolheu, Mestra Jora. Poucos Padawans têm a sorte de aprender com um membro do Conselho Jedi. Sendo assim, viajar um pouco menos não é um grande sacrifício a se fazer.

Jora não o deixaria escapar com aquilo.

– Para você não é sacrifício algum, mesmo. Tem dias que seria necessário um poço gravitacional para arrancá-lo dos Arquivos.

Reath abaixou a cabeça, sorrindo.

– Certo, não vou negar. Essa é uma das razões pelas quais sempre pensei que combinávamos bem.

– Eu também. No entanto, chegou a hora de cada um de nós expandir nossos horizontes. Aceitei uma nova missão que nos levará para longe de Coruscant por muitos anos. Viajaremos para a fronteira.

Como Jora antecipara, a primeira reação de Reath foi de consternação. Ele quase tropeçou no meio-fio diante do quiosque de comida de Bilbringi.

– Mas... o Conselho...

– Logo deixarei o Conselho, em um futuro próximo – explicou ela. – Esta tarefa é importante o bastante para justificar o envolvimento a longo prazo, e eu me ofereci. É um trabalho que tiraria proveito de meus pontos fortes na diplomacia. Ainda assim, não o teria assumido se não achasse que também seria importante para você.

– Por quê? – Reath deixou escapar. – Como poderia ser importante trocar Coruscant por um... lugar no meio do nada...

– Um lugar onde os Jedi deram suas vidas para proteger as pessoas daquela região do espaço – lembrou-o Jora. – Não é no meio do nada. É digno de qualquer honra que possamos oferecer.

– É claro. Não quis faltar com respeito. – O rosto do jovem empalideceu, destacando as sardas em seu nariz e bochechas. Jora gostava quando os humanos tinham suas próprias marcas no rosto. – Só quis dizer que tenho trabalhado como arquivista, tentando ser um dos bons, e a fronteira não me parece precisar de muitos deles.

Ela inclinou a cabeça, refletindo.

– Você poderia se surpreender. Mas pretendo que você seja mais do que um arquivista, Reath. – Com um tom mais gentil, Jora acrescentou: – Você prefere se concentrar nas áreas em que acredita que o esforço conta mais do que o talento. Mas você possui talento mais do que o bastante para qualquer coisa que se proponha, e o esforço *sempre* conta. Para qualquer tarefa, em qualquer lugar.

– Não conta mais aqui? Onde ele faz mais bem?

Jora balançou a cabeça em profunda incredulidade.

– Meu primeiro Padawan ansiava por aventuras sem fim. Meu segundo ficaria feliz em evitá-las. O que vocês dois realmente precisavam era a mesma coisa: equilíbrio. Eu o encontrei para ele, e o encontrei para você.

(Ao menos, Jora esperava ter ajudado Dez a encontrar equilíbrio. De vez em quando, ela se questionava ao ouvir sobre suas façanhas em Zeitooine e Christophsis.)

O desânimo de Reath era tamanho que teria sido cômico se não fosse tão sincero. Aquele era um detalhe que nunca lhe revelaram quando se é uma mestra: às vezes, ensinar uma lição difícil doía mais do que aprendê-la.

– Diga-me, Reath, por que você não pode cruzar o Arco Kyber sozinho?

– Eu preciso? – respondeu ele, franzindo o cenho.

Jora não respondeu. O Arco Kyber ficava dentro de uma das vastas câmaras de meditação do templo de Coruscant. Cada cristal no arco era um cristal kyber recuperado do sabre de luz danificado de um Jedi morto em batalha. Tão belo quanto cintilante à luz, era um lembrete do preço que seus companheiros Jedi pagavam buscando justiça nos últimos milênios. Espessa nas bases, a curva mais alta do arco fora deixada extremamente estreita de forma proposital, como uma representação dos perigos enfrentados por aqueles que tombaram.

Escalar e cruzar o Arco Kyber era uma técnica de meditação avançada. A maioria dos Jedi nunca tentava – apenas aqueles que se sentiam atraídos pela Força a fazê-lo. Por isso, se Reath insistisse em interpretar a pergunta de forma literal, ele nunca teria uma resposta.

Ele insistiu na literalidade:

– Quero dizer, acho que eu poderia cruzá-lo. Atravessamos cordas e marras mais estreitas do que ele. Você quer que eu tente? – Reath parecia esperançoso novamente. – Se eu conseguir fazer isso sozinho, significa que não teremos de ir para a fronteira?

– Nem você nem qualquer outro Jedi jamais cruzou o Arco Kyber sozinho – disse Jora. – Nem ninguém jamais o fará. Quando você souber a resposta, acredito que entenderá o porquê de estarmos indo para a fronteira.

Reath suspirou. A frustração praticamente irradiava do Padawan, mas ele a manteve sob controle de forma admirável. Conseguiu perguntar:

– Para onde estamos indo? Especificamente, digo.

Jora ergueu a cabeça e olhou para o céu, como se pudesse ver as estrelas além do pôr do sol.

– Para o farol da República – disse ela. – Para o Farol da Luz Estelar.

UM

Reath Silas estava prestes a deixar o Templo Jedi em Coruscant para seguir rumo à sua nova e impressionante missão na fronteira, e estava infeliz com isso.

– Anime-se! – insistiu Kym, batendo no ombro de Reath e quase o fazendo derramar o conteúdo da caneca que segurava. Seu rosto estava vermelho com a emoção da festa de despedida que acontecia ao redor deles. – Você está prestes a ter uma aventura incrível!

– Aventura geralmente é um eufemismo para "ir a lugares que têm muitos insetos" – disse Reath. – Quer dizer, eu sei que os insetos têm seu lugar na Força e que são seres vivos e tal... Mas não significa que eu os quero nas minhas meias.

Kym riu dele. Algumas das fitas coloridas que decoravam a área comum dos Padawans tinham ficado presas em seus lethorns.

– Você sabe que pelo menos metade dos aprendizes aqui faria qualquer coisa por um estágio na fronteira, não?

Na opinião de Reath, "fronteira" era geralmente um eufemismo para "o meio do nada". Mas ele não tinha coragem de discutir com

Kym. Já era difícil fingir estar grato pela grande festa de despedida que seus amigos estavam lhe dando.

Não. Ele *se sentia* grato. Nunca era algo ruim saber que outras pessoas se importavam e sentiriam sua falta quando partisse. Mas ele não estava com humor para festa quando tudo o que sentia era melancolia e a absoluta certeza de que estava sendo levado de um dos melhores lugares na galáxia para um dos piores.

Coruscant era, literal e figurativamente, o centro da galáxia conhecida. Reath sempre fora grato por ser o templo para o qual tinha sido enviado, por ter tido o privilégio de crescer ali, de aprender diretamente com os membros do Conselho Jedi. Sua sorte continuou quando ele foi designado Padawan de Jora Malli, uma das Jedi mais renomadas da época, além de membro do Conselho. Significava que Reath servira em algumas das missões mais importantes dos últimos anos. O que lhe faltava em aptidão natural na Força (da qual ele tinha plena consciência desde que era pouco mais do que uma criança), ele compensava trabalhando duro, sendo confiável e assumindo responsabilidades. A maioria dos aprendizes ainda esperava por uma certa independência ao completar vinte anos; com apenas dezessete, Reath já havia recebido tarefas que sua mestra lhe assegurara que seriam desafiadoras até mesmo para um Jedi com treinamento completo.

Mas, acima de tudo – o *melhor* de tudo –, tivera acesso aos Arquivos Jedi.

Reath adorava histórias. Ele amava histórias. Adorava vasculhar os registros, descobrir o que as pessoas haviam pensado, dito e feito em eras passadas. Enquanto outros Padawans praticavam acrobacias ou duelavam com sabres de luz, ele ficava debruçado até tarde sobre seus textos digitais.

Aquilo o tornava, na maioria das vezes, o esquisito da turma. Em vez de se adequar aos outros, Reath abraçou seu estilo mais estudioso. Não via por que razão alguém deveria pensar que *ele* era esquisito; *na verdade*, esquisito era que os *outros* esperassem que todos os jovens tivessem a mesma personalidade. Quando rastreadores buscavam crianças sensitivas à Força, checavam apenas suas potenciais capacidades. Não o temperamento, e certamente não as preferências. Ninguém nunca perguntava aos jovens: "Vocês *gostariam* de se tornar cavaleiros heroicos e audazes? Ou preferem ficar em casa lendo?". Alguns indivíduos, por mais corajosos e capazes que fossem, ainda iriam preferir ler histórias a vivê-las, e Reath estava entre eles.

Até recentemente, Mestra Jora tinha sido mais do que compreensiva. Ela sempre dizia que a Ordem precisava de acadêmicos tanto quanto de aventureiros, e normalmente havia muitos candidatos para os últimos, e menos do que o suficiente para os primeiros. Dizia que achava revigorante o fato de Reath ir contra a corrente. Por isso, suas atribuições sempre incluíam bastante tempo nos Arquivos. Os outros Jedi com base em Coruscant tinham até passado a deixar livre uma escrivaninha em particular, com o entendimento velado de que se tratava do lugar de Reath.

E aí, quando ninguém esperava, Mestra Jora assumiu uma missão no *meio do nada*.

Ele protestara. Respeitosamente, é claro, mas verbalizara seus sentimentos, não que aquilo ajudasse de alguma forma.

– Vai ser saudável para você se alongar – argumentara a mestra com um sorriso – e testar suas habilidades de outras maneiras.

Mas Reath *já* testara a si mesmo. Esforçara-se para ser bom em cada área, não apenas nas de sua preferência. Quem estava sempre próximo ao topo na classificação de melhores duelistas de sabre de luz da categoria Padawan, apesar de não gostar tanto assim de duelar? Reath Silas. Quem tinha mandado bem em todos os exames, tirando aquela vez em que estivera com dor de barriga? Reath também. Quem fora o único aprendiz em décadas a dominar as práticas de meditação Gatalentana antes de seu vigésimo aniversário?

Você está sucumbindo ao orgulho, lembrou Reath a si mesmo. *Muito orgulho de si mesmo é prova de que esse orgulho não é justificado.*

Não era como se tudo aquilo tivesse sido ideia de Mestra Jora. Depois dos protestos de seu aprendiz, ela admitira: tinha sido selecionada por seus colegas para liderar a missão Jedi naquela nova margem da fronteira. Ela seria a Mestra Jedi encarregada do Farol da Luz Estelar, que se tornaria operacional a qualquer momento, para servir como fonte de aliança e unidade em todo o setor mais recente da República. Sua mestra merecia todas as honras que pudesse receber e qualquer dever que escolhesse. Mestra Jora teria recusado a tarefa se não a quisesse. Evidentemente, ela a queria. E para onde um mestre fosse, seu aprendiz o seguia.

Mestra Jora partira para o Farol semanas antes, indo na frente para que ele pudesse terminar os exames do curso de historiografia que fizera. Mas não havia mais retorno. Seu tempo em Coruscant terminara.

(Ele considerou reprovar de propósito em algo, mas não conseguiu seguir adiante com a ideia.)

Por que nenhum Jedi pode cruzar o Arco Kyber sozinho?, perguntou-se ele pela enésima vez. Reath queria muito ter a resposta para Mestra Jora quando chegasse ao Farol. A preparação para os exames privou-lhe de tempo para refletir sobre a pergunta dela. Foi estudar o arco propriamente dito, na esperança de que aquilo lhe trouxesse alguma ideia; em vez disso, viu um Jedi cruzar o arco completamente sozinho e sem dificuldade aparente. Mas ele sabia que dizer aquilo à Mestra Jora não o levaria a lugar algum.

Ele tinha uma missão. Era hora de se concentrar nela.

Reath disse a Kym:

– Não devo reclamar dessa tarefa. Nem de qualquer tarefa, nunca.

Kym conseguiu dar de ombros e dançar ao som da música ao mesmo tempo.

– Ei, não é como se todos estivessem igualmente prontos para assumir todas as tarefas possíveis. É por isso que são chamadas de tarefas em vez de, sei lá, "oportunidades de voluntariado".

– Estou tratando isso como se fosse apenas um trabalho. – Àquela altura, Reath falava tanto consigo mesmo quanto com Kym. – Ser um Jedi é uma vocação. Somos abençoados com essas habilidades, esses dons que devemos usar para o bem de todas as coisas vivas. Isso é tão real na fronteira quanto aqui em Coruscant.

Simplesmente não *pareceu* muito verdadeiro.

Revirando os olhos, Kym disse:

– Obrigado pela aula, Mestre Yoda. Agora você vai relaxar e se divertir um pouco?

Reath tentou. Era bom ver todos novamente. (Um punhado de aprendizes já tinha ido embora; ele estava ansioso para se encontrar com Imri, em particular. E Vernestra, de alguma forma, já fora elevada a Cavaleiro, o que era *incrível*, portanto, ela poderia lhes apresentar as instalações do Farol.) A banda amadora formada por alguns aprendizes tinha ensaiado pela primeira vez, o que significava que soava muito bem. Ele sorriu, dançou, ingeriu certas bebidas que, embora não fossem tecnicamente proibidas, eram mal vistas para Padawans de sua idade. Uma pequena dose de indulgência não era necessariamente uma coisa ruim, sua mestra lhe dissera. Tais celebrações podiam ser aceitas quando reuniam pessoas em comunhão e harmonia.

Mas seu olhar continuava sendo atraído para a única e ampla janela da sala. Através de seu grande trecho transparente, Reath podia ver o redemoinho vibrante de Coruscant: naves e deslizadores passando em várias altitudes e ângulos, as torres de edifícios, passagens tão numerosas que cruzavam sua visão como a teia de um aracnídeo. Desde que conseguia se lembrar, ele adorava aquele zumbido de energia, a sensação de que a própria galáxia possuía um coração batendo e que ele era capaz de sentir a pulsação ao seu redor, todos os dias.

"Busque em seu interior, meu Padawan", foi o que Mestra Jora lhe dissera quando Reath tentou expressar aquilo a ela. "Você só está relutante em deixar o único lar que já conheceu."

Aquilo não era tudo... mas era parte. Uma pequena parte, mas, ainda assim, saber daquilo não mudava nada. Reath ainda queria permanecer, e em nenhum outro lugar.

Seu crono apitou e ele foi tomado pelo desânimo. Era hora de deixar a festa, os Arquivos, o Templo, o planeta e, efetivamente, a própria civilização.

Reath não conseguiu se desvencilhar das despedidas afetuosas de seus amigos por algum tempo, o que significava que ele saiu tarde para o espaçoporto. Entrou correndo com a bolsa pendurada nas costas, apenas uns poucos minutos antes da partida programada – mas, de alguma forma, era a primeira pessoa a aparecer no atracadouro designado. Nenhum dos outros Jedi estava lá, nem mesmo a própria nave.

Será que estava com o número de doca errado? Reath já checava freneticamente quando ouviu uma voz que reconheceu:

– Estava esperando topar com você!

Reath virou-se para ver um jovem Cavaleiro Jedi se aproximando: Dez Rydan, caminhando a passos largos em sua direção com uma bolsa sobre o ombro das vestes de viagem que usava. Não parecia que viera até o espaçoporto para se despedir de Reath.

– Dez? O que você está fazendo aqui?

– Parece que estamos no mesmo transporte para a fronteira – Dez sorriu ao responder.

– Não sabia que tinha sido destacado para lá – disse Reath. Um jovem Cavaleiro tão ilustre quanto Dez poderia ir a qualquer lugar que desejasse.

– Acabou de acontecer. – Dez deu de ombros. – Na verdade, solicitei essa tarefa apenas há alguns dias. Que sorte ter sido aprovada a tempo, hein?

Reath concordou, que era mais fácil e diplomático do que perguntar *Por que* alguém *em sã consciência iria querer deixar a galáxia conhecida rumo ao além? Ainda mais Dez Rydan?*

Provavelmente tinha a ver com o que Mestra Jora dissera sobre seu segundo Padawan não querer aventuras o suficiente, enquanto o primeiro as desejava demais.

Dez fora aprendiz de Mestra Jora Malli antes de ela acolher Reath. Às vezes, os Cavaleiros mais jovens se tornavam mentores e amigos íntimos dos pupilos seguintes de seus antigos mestres. Embora Reath e Dez não tivessem uma relação tão próxima assim, devido às missões de Dez nos confins da galáxia, compartilhavam uma amizade e tinham praticado duelos juntos. O que fazia com que muitos Padawans que tinham escolhido Dez como modelo a ser seguido invejassem Reath.

Apesar de sua inclinação mais acadêmica, Reath admirava Dez tanto quanto qualquer outro. Belo, motivado, alto, de pele dourada e cabelos negros e espessos, Dez fazia amigos rápido. Embora tivesse passado nos testes de Cavaleiro apenas oito anos antes, já se destacara tanto em diplomacia quanto em batalha.

– Onde está o transporte? – disse Reath através do borrão das bebidas que consumira, esperando que Dez não percebesse seu estado. (Ele não temia um sermão, de qualquer forma. Reath ouvira de fonte segura que Mestra Jora certa vez pegara Dez depois de uma festa na qual uma quantidade muito maior de bebida tinha sido consumida, e que ela não o deixara inteiramente sem supervisão até ele ter passado nos testes para Cavaleiro.)

Se Dez notou a condição em que Reath se encontrava, pareceu não ter visto razão alguma para chamar atenção ao fato.

– Parece que nosso transporte original teve um subalternador queimado – disse Dez. – Obviamente, não há muito a se fazer sobre isso. Disseram que arranjaram um substituto para nós, mas mesmo o substituto está atrasado.

– E se não aparecerem? – perguntou Reath, meio que esperando uma resposta do tipo: "Você recebe uma tarefa totalmente nova e começa do zero!".

Dez deu de ombros:

– Encontraremos outra nave. Certamente alguém partirá naquela direção em um ou dois dias.

– Um ou dois dias? Pode *esquecer*. – Orla Jareni cruzou os braços sobre o peito enquanto se apoiava numa das vigas próximas. Ela parecia ter surgido do nada, quase resplandecendo na monotonia cinza-escura do espaçoporto. Enquanto Reath e Dez trajavam vestes para missões comuns, ela usava mantos de neve exclusivamente seus. – Estou pronta para dar o fora daqui. Acreditem em mim, há ao menos uma nave neste espaçoporto que quer nosso dinheiro o bastante para nos levar direto pela Bocarra, se necessário for.

Reath conhecia Orla Jareni apenas pela reputação, mas essa reputação era memorável. Orla recentemente se declarara Andarilha, uma Jedi que operaria independentemente dos ditames do Conselho Jedi. Alguns Jedi, vez ou outra, viam-se atraídos por um período de ação solitária, quer isso significasse meditação no topo de uma montanha, ajudar revolucionários em um planeta governado por tiranos, ou até mesmo, em um caso lendário, tornar-se uma discreta sensação da música em Alderaan. Reath ouvira que todos os caminhos podem levar a uma compreensão mais profunda da Força. Pessoalmente, ele não acreditava. Ainda assim, se o Conselho Jedi respeitava a decisão de Orla, ele também o faria. Pelo jeito, ela parecia sentir que seu caminho levava à fronteira.

Sua aparência era tão marcante e única quanto suas escolhas. Orla era uma Umbarana, com a pele totalmente clara e as maçãs do rosto salientes, traços comuns da sua espécie. Suas vestes brancas eram tão imaculadas que conferiam uma certa cor em comparação à sua pigmentação natural. Seus cabelos, presos em um coque folgado, eram de um prateado quase tão escuro quanto o preto. Tudo em Orla era angular, desde a junção de seu sabre de luz duplo até os cantos de seu sorriso astuto.

Sorriso que ela dirigia a Reath naquele momento, porque ele fora flagrado encarando. Ele abaixou a cabeça e torceu para não ter corado.

– Eu não teria tanta certeza – disse Mestre Cohmac Vitus enquanto caminhava para se juntar ao grupo que aguardava. Sua voz ressoante sob o capuz da túnica dourada fazia com que cada palavra soasse como um pronunciamento de peso de um juiz. – Quase nenhum tráfego comercial se dirige para o Farol... Pelo menos até o momento.

Reath não conhecia bem Mestre Cohmac, embora a ideia de fazê-lo o agradasse. O humano era ao mesmo tempo conhecido como erudito e místico. Parecia haver notas de rodapé suas em metade dos livros que Reath lia, sobre tópicos tão diversos que iam desde antigos rituais da Força a negociações de alto risco em situações com reféns. Nada daquilo explicava, de fato, a mística que pairava sobre ele. Mestre Cohmac tinha altura mediana para um macho da espécie humana, mas parecia mais alto devido à sua constituição esguia e angular, os cabelos negros espessos que lhe caíam quase até os ombros e a gravidade de sua presença.

Até recentemente, Reath vira Mestre Cohmac com frequência nos Arquivos. Ele passara muitas horas sentado não muito longe, enquanto os dois mergulhavam em um holocron atrás do outro. Por que, então, Mestre Cohmac solicitaria um posto de serviço distante na fronteira? Foi quando Reath compreendeu: *Ah, sim, ele também é um folclorista. Provavelmente irá coletar as histórias e lendas locais.*

Reath se perguntava se aquilo não poderia ser perigoso para Mestre Cohmac, que todos sabiam ser extremamente sensível à Força. Ir a algum lugar tão selvagem certamente os exporia a influências com as quais nenhum deles sequer sonhara.

Só então Reath percebeu que Orla Jareni e Cohmac Vitus caminhavam um na direção do outro, com os olhares fixos e meios sorrisos em seus rostos.

– Ora, veja só – disse Orla –, eu poderia jurar que certa vez ouvi você dizer que nunca mais voltaria para aquela parte da galáxia.

– Não importa quão longe nós corramos, ou em que direção – respondeu Mestre Cohmac. – No fim, sempre retornamos ao início.

Orla assentiu lentamente.

– Sim. É hora de voltarmos onde tudo começou.

O que aquilo queria dizer? Reath e Dez trocaram olhares que sugeriam que ambos estavam igualmente curiosos, e também igualmente avessos à ideia de meter o bedelho.

Naquele momento, a atenção de Reath, e de todos os outros, foi desviada por uma nave voando bastante baixo pelo espaçoporto, depois pousando inequivocamente na plataforma onde o transporte deles deveria estar. Era uma nave incomum, pelo menos para Reath: seu casco era azul-escuro e a cabine e os motores eram arredondados a ponto de serem bulbosos. Ou fora construída muito tempo antes, ou os seres que a construíram não se preocuparam em acompanhar os avanços tecnológicos – o que era uma ideia preocupante. Quando ela se acomodou na plataforma, todos os Jedi trocaram olhares.

– Parece mais uma nave de carga do que um veículo para passageiros – observou Mestre Cohmac.

– Quem se importa? Pode entrar no hiperespaço, não pode? – Dez sorriu quando o ar deslocado pela nave bagunçou seus cabelos e mantos com um assobio.

– Talvez? – disse Reath, franzindo o cenho.

Assim que a nave pousou na plataforma com um forte baque metálico, a escotilha se abriu. Dela emergiu uma jovem, possivelmente da idade de Reath, não mais do que um ou dois anos mais velha, de pele bronzeada. Seus longos cabelos castanhos soltos balançavam enquanto ela caminhava na direção deles usando um macacão comum de piloto, inusitadamente limpo e impecável, do mesmo tom de azul característico da própria nave. Na manga, estava costurado um emblema laranja-escuro em forma de estrela. Ela colocou as mãos nos quadris e estudou a todos como se estivesse desapontada.

– Vocês são os passageiros que vão para o Farol? Imaginei que estivéssemos vindo buscar um bando de monges ou algo do tipo. Vocês parecem… normais.

– Nós somos seus passageiros e poderíamos ser chamados de monges de um certo tipo – disse Mestre Cohmac sem qualquer sinal de surpresa e fazendo apenas uma curta pausa antes de perguntar: – Você é a pilota?

Ela sorriu e apontou para a escotilha com o polegar.

– Claro que não. Eu sou a copilota, Affie Hollow. *Ele* é o piloto.

Uma copilota adolescente parecia algo questionável para Reath, mas quando ele olhou na direção que ela apontava, todas aquelas questões desapareceram, substituídas por outras muito mais urgentes. Perguntas como: *A camisa daquele homem está aberta até a cintura? Ele está estendendo os braços para nós como se quisesse um abraço coletivo? Ele quer um abraço coletivo? Será que está chapado de especiaria?*

Não, pergunta errada... Quanta *especiaria aquele cara usou para ficar desse jeito?*

– Minhas belas crianças – disse o piloto, com um sotaque lacônico e um largo sorriso. – Eu sou Leox Gyasi, e lhes dou as boas-vindas à nave.

Houve uma breve pausa, que fez com que Reath se sentisse melhor; mesmo os Jedi mais experientes não tinham certeza de como abordar aquele sujeito. Dez finalmente deu um passo adiante com seu charme habitual.

– Dez Rydan. Prazer em conhecê-lo. Qual é o nome da sua nave?

Leox e Affie trocaram um olhar de cumplicidade, claramente preparando uma piada que estava para ser lançada.

– Já falamos – disse Leox. Ele era um humano alto, bronzeado e esguio, e seus cabelos louros escuros e ondulados não pareciam ter sido penteados nos últimos tempos. Talvez nunca. – Nossa nave se chama... *Nave*. Eu a batizei assim não por ser um contêiner, mas por causa do espaço dentro deste contêiner que lhe dá seu valor e propósito. Para me lembrar de olhar além do óbvio, sabe?

Soa como algo que Mestre Yoda diria se estivesse doidão de especiaria, pensou Reath. O que poderia ser um sinal muito bom ou muito, muito ruim.

– *Amei* – disse Orla, aparentando uma satisfação genuína. – E então, podemos ver nossos alojamentos?

Affie fez uma careta e disse:

– Quanto a isso, na verdade somos mais uma nave de carga. – Mestre Cohmac lançou a Dez um olhar que parecia dizer: "Que sorte a nossa". – Mas vamos preparar algumas divisórias e camas para vocês. – O rosto estreito de Affie se iluminou quando ela sorriu. – Só porque somos um substituto de última hora não quer dizer que não podemos torná-la confortável.

Leox a interrompeu:

– Isto é, se vocês não forem muito exigentes em sua definição de "conforto".

Orla foi a primeira a se dirigir à rampa de embarque.

– Nós somos Jedi, sr. Gyasi. Não precisamos ser mimados.

Affie torceu o nariz.

– Então, os Jedi são monges ou não?

Aquilo parou Reath antes que ele percebesse o que deveria significar. Se eles nem ao menos compreendiam quem eram os Jedi...

– Vocês devem ser de para lá da fronteira, não? – perguntou ele.

– Para nós, não é uma fronteira, filho. – Leox conduziu todos atrás de Orla para a *Nave*. – É o nosso lar. Mas se quis dizer que não estamos acostumados com esse trecho da galáxia, é verdade. Nunca estive tão perto do Núcleo antes, não mesmo.

– A Guilda Byne lida com o transporte em todo o setor. – Affie parecia orgulhosa. – Somos apenas uma das naves da Guilda, uma das menores, para ser sincera, mas Scover Byne ainda assim nos deu a primeira missão em Coruscant.

Envergonhado por sua falta de tato sobre "a fronteira", Reath estava ansioso para levar a conversa adiante. Tinha certeza de que aquela era sua chance de perguntar mais sobre Leox e Affie, seu veículo e o porquê de eles ganharem aquela honra em particular. Também estava ansioso para explicar sobre a Ordem Jedi para pessoas que, de alguma forma, nunca tinham *ouvido falar* dela.

Mas toda a conversa chegou ao fim quando Leox e Affie detiveram o grupo na borda da cabine de comando.

– E aquele ali – disse Leox, com um sorriso – é o nosso navegador, Geodo.

Parada em um canto da cabine estava uma pedra.

Tão alta e ligeiramente mais larga do que o próprio Reath, cinza-escura, com bordas arredondadas e uma superfície dura e rochosa. Impressionante, como eram as pedras. Mas, ainda assim, era apenas uma pedra, não? Reath franziu a testa, certo de que era algum tipo de piada estranha.

– Ele é um Vintiano, de Vint. – Leox passou o braço preguiçosamente ao redor dos "ombros" da pedra, como qualquer pessoa faria com um amigo. – Aliás, Geodo é um apelido. Acontece que não dá para pronunciar o nome dele corretamente a menos que você não tenha boca.

Reath tentou processar aquilo, e falhou. Seu principal consolo era que Dez e Mestre Cohmac pareciam tão confusos quanto ele. Orla Jareni, no entanto, exibia outro de seus sorrisos astutos.

– Geodo, hein? – disse ela. – Prazer em conhecê-lo.

Affie deu um tapinha na lateral de Geodo.

– Ele é um pouco tímido de início, mas espere até que conheça melhor vocês.

Leox gargalhava ao começar a conduzi-los da cabine até o restante da nave.

– Sim, aguardem. Mas não quero lhes passar uma má impressão. Geodo é um homem selvagem, certamente, mas quando se trata de manobrar a nave, é completamente profissional.

– Rígido, poderíamos dizer. – Orla ergueu uma sobrancelha. – Muito bem. Vamos dar uma olhada em nossas acomodações.

– Bem, nós meio que precisamos criar suas acomodações antes que vocês possam vê-las – admitiu Affie. – É melhor começar.

Ótimo, pensou Reath, enquanto se virava para acompanhar os outros. *Não apenas estou indo para os confins da galáxia, mas a tarefa de nos conduzir pelo hiperespaço pertence a uma pedra.*

Às vezes, a Força tinha senso de humor.

Em meia hora, as acomodações temporárias estavam todas montadas e designadas, e os passageiros e a tripulação se prepararam para a decolagem. De onde Reath estava sentado, conseguia enxergar apenas a janela da cabine, emoldurada por painéis de controle de um lado e pelo contorno de Geodo (ainda imóvel) no que deveria ser a posição de navegador. Ele precisava esticar o pescoço para ter essa visão, mas valia a pena. Aquela era a última vez que veria Coruscant por muitos meses, talvez até um ano; Reath recusava-se a considerar a possibilidade de sua missão durar mais do que isso.

Lar, pensou ele. A palavra o perfurou como uma flecha. Os Jedi não eram ensinados a pensar em seus templos como um lar, nem nos planetas onde haviam nascido. No entanto, a ânsia por um lar era algo de que ser senciente algum poderia se ver completamente livre. Reath não queria se livrar disso. Queria se lembrar de Coruscant daquele jeito: brilhante, próspero, em ascensão.

Você se opõe ao seu dever, meu Padawan? A voz de Mestra Jora ecoava na memória de Reath, levemente divertida, mas também severa. *Isso certamente é indigno de um Jedi.*

Quero cumprir meu dever, respondeu Reath em sua própria mente, com mais determinação do que conseguira se expressar para Mestra Jora da última vez que conversaram. *Mas sinto que meu dever é aqui, em Coruscant, nos Arquivos.*

Ele lembrou a si mesmo que se algo lhe dizia que não deveria mudar sua vida, nem mesmo um pouquinho, aquilo não poderia ser a Força.

Mas *vai que* era.

Reath encolheu-se em sua cadeira, agarrando-se à confiança nos instintos que lhe diziam que toda aquela viagem era uma má ideia, ao menos para ele. Todos os outros três Jedi pareciam firmes, até serenos. Ele invejava a segurança deles, e a conexão inabalável que tinham com a Força.

Quando eu passar em meus testes, refletiu Reath, *serei como eles. Firme e seguro. Com propósito. Sem conflitos ou dúvidas.*

Orla Jareni firmou as mãos nas alças almofadadas de seu cinto de segurança. Aquele era um caminho mais turbulento do que ela estava acostumada – o tipo de coisa que esperava encontrar na fronteira e encontrara ainda mais perto de casa. Queria ver aquilo como um bom sinal, mas era sempre um erro aventar presságios a partir da esperança, ou do pavor. Os verdadeiros presságios criavam a si mesmos e não podiam ser confundidos quando se manifestavam.

Nenhum sinal aparecera ainda para lhe provar que tomara a decisão correta.

Devo voltar atrás com tudo isso?, Orla se perguntou. *O Conselho não me negaria. Se eu lhes dissesse que estava errada, então...*

Então, você perderia a fé em você mesma. Pelo menos, comece. Retorne às origens de tudo. Só então saberá se tomou a decisão certa.

Ou não.

O capuz de um manto pode servir a muitos propósitos: aquecer, disfarçar, abafar ruídos excessivos e assim por diante. No momento da partida, Cohmac Vitus cobriu-se com o seu para usá-lo como escudo. Ele estava se empenhando além da conta em dominar suas emoções para se preocupar em controlar cada lampejo de sentimento que pudesse transparecer em seu rosto. A turbulência interior precisava ser contida antes que ele assumisse suas responsabilidades na fronteira.

Voluntariar-se para aquilo parecera a jogada certa, na ocasião. Não era apenas um trabalho importante, mas também levava Cohmac de volta ao lugar onde, em sua mente, deixara de ser um aluno e se tornara um Jedi de verdade. Os testes de Cavaleiro foram mera formalidade depois da crise de Eiram-E'ronoh.

Mas sempre que Cohmac pensava sobre aqueles eventos, precisava lutar contra emoções que Jedi algum deveria experimentar.

Retornar lhe trará paz, disse ele a si mesmo. *Você finalmente será capaz de deixar esses sentimentos de lado para sempre.*

Cohmac acreditara naquelas palavras quando as dissera a si mesmo em Coruscant.

Naquele momento, porém, ele não tinha tanta certeza.

As longas pernas de Dez Rydan se esticaram diante de si, cruzadas nos tornozelos, e ele inclinou sua cadeira para trás o suficiente para pensar que teria a chance de tirar um cochilo assim que estivessem rumo ao seu destino. Esperava que aquele momento parecesse mais tenso, mas, em vez disso, se sentia revigorado. Às vezes, tomar uma decisão tinha tanto poder quanto qualquer ação. Ter um propósito tornava mais claro cada movimento, cada pensamento.

Mestra Jora certamente diria que ele deveria ser mais cuidadoso. Aquele seu anseio por aventura poderia levar a outros anseios menos compatíveis com o papel de um Jedi.

Mas renunciar à missão de Zeitooine da forma súbita como ele fizera... Perguntas tinham sido e seriam feitas novamente.

Você fez o que precisava fazer, pensou Dez. *Se tivesse ficado mais tempo, sua frustração teria se transformado em raiva. Ainda não cansou de se questionar?*

Ele achava que sim. Naquele momento, era a verdade. Mas só o tempo diria o quanto sua decisão duraria.

Na cabine de comando, Leox assentiu enquanto as coordenadas surgiam na tela. Alguns cordões de suas contas de meditação, pendurados sobre a alavanca do trem de pouso, balançaram ruidosamente quando Affie guiou a *Nave* para fora da plataforma de pouso e dos limites do espaçoporto até o tráfego pesado de Coruscant.

– Bom trabalho, Geodo – disse Leox. – Estou prestes a sair deste planeta maluco. É tão urbanizado e movimentado que estar do lado de fora ainda passa a sensação de estar do lado de dentro.

– Também não fiquei impressionada – disse Affie. – Não circulamos muito, mas ainda assim, Scover fez parecer que este era o lugar mais incrível da galáxia.

– Incrível em termos de escala. – Leox acenou com a cabeça na direção da superfície do planeta enquanto eles voavam para longe. – Não em charme, se você me perguntar.

Affie não conseguiu evitar sentir-se desapontada. Esperava voltar para Scover Byne com alguma ideia ou impressão que faria jus ao privilégio de ser um dos primeiros membros da Guilda a viajar para o Núcleo da Galáxia. Devia haver algo significativo e fantástico a respeito de Coruscant, ou não seria o mais importante dos Mundos do Núcleo, seria? Fosse o que fosse, Affie não percebera. Talvez seus passageiros fossem interessantes; se a coisa toda de "Jedi" fosse muito significativa, ao menos ela poderia contar a Scover sobre aquilo.

Eu só quero deixá-la orgulhosa, pensou ela sobre a líder da Guilda, e sua mãe adotiva.

A atmosfera se tornou mais rarefeita. O céu escureceu. A *Nave* deixou Coruscant e deslizou para o espaço. Leox agarrou as alavancas do hiperpropulsor e disse:

– Mal posso esperar para fugir da civilização.

Então, ele os conduziu para o hiperespaço, para longe do Núcleo da Galáxia, rumo a regiões selvagens.

DOIS

As acomodações improvisadas a bordo da *Nave* não eram luxuosas, mas, novamente, os aposentos dos Padawan no Templo também não. Reath notou a pequena cama de campanha, as divisórias finas e o climatizador básico sem reclamar.

Ele também não podia reclamar da própria *Nave*. Certo, a tripulação era... excêntrica, e talvez fosse mais desorganizada que a da maior parte das naves que pousavam em Coruscant. No entanto, os motores zumbiam suavemente. A temperatura interna permanecia dentro de uma faixa confortável para humanos e para a maioria das espécies similares. Os Jedi tinham bastante espaço para relaxar, fosse na solidão ou com outras pessoas no refeitório.

Existia algum centro de informação? Alguma maneira de acessar histórias ou ficção? Claro que não. Seria tolice esperar algo assim em um veículo de transporte pequeno. Mas, ainda assim, Reath registrou aquilo como o primeiro sinal das privações que ele sem dúvidas enfrentaria na fronteira. Provavelmente seria melhor seguir em frente e acabar com o mau humor naquele instante, antes que ele chegasse até Mestra Jora e tivesse trabalho a fazer. Reath ainda tinha esperanças de fazê-la mudar de ideia, mas ele descartaria essa possibilidade remota antes mesmo de começar se aparecesse no Farol em sua melhor forma e nada abaixo disso.

Por isso, não estava com disposição para companhia. Porém, como sempre, *estava* com disposição para comer. Espichando rápido como estava, doze centímetros somente no ano anterior, às vezes parecia que era fisicamente impossível colocar para dentro tanta comida quanto ele realmente precisava.

Para o alívio de Reath, o refeitório da *Nave* estava em completo silêncio. Ele poderia ter privacidade *e* almoçar. Ele sussurrou:

– O melhor de dois mun... *Ahh*!

Geodo estava do outro lado do refeitório. Ele deixara a cabine? Leox e Affie o teriam movido? Ele andou, rastejou, rolou ou se teletransportou? Reath semicerrou os olhos encarando a rocha, tentando determinar se o ser estava receptivo, irritado ou até mesmo acordado. Tentando e falhando.

– Desculpe – começou a dizer Reath. – Você, hã, você me assustou aí.

Geodo não respondeu. Reath sentiu-se bobo por ter esperado por uma resposta.

– Oh, olá – saudou Affie Hollow ao entrar no refeitório. – E aí, o que achou dela? Da *Nave*, quero dizer.

– Ela é perfeita para nossas necessidades – admitiu ele.

A palavra *perfeita* fez o rosto de Affie se iluminar como uma lanterna de Naboo.

– Eu amo esta nave. É a minha favorita em toda a frota.

– Que frota?

– A Guilda Byne – disse ela, abrindo um pacote de pó rosa-claro e batendo seu conteúdo em uma pequena tigela. – Scover Byne é a proprietária, e diz que está me preparando para assumir o controle algum dia. Se eu assumir um pouco mais de responsabilidades, ela me dará uma nave só minha, eu tenho certeza. E eu escolheria a *Nave*.

O tamanho e a influência da Guilda Byne silenciosamente caíram no conceito de Reath. A *Nave* certamente estava em condições de uso, mas, se aquela era a melhor escolha da frota, ele tinha dúvidas sobre a frota em si.

Sua expressão deve ter traído seus pensamentos com muita clareza, porque Affie riu.

– Scover também não entende por que esta é a minha favorita. Mas sinto como se certas naves... carregassem uma energia, sabe? Talvez até um pouco de alma. A *Nave* tem mais alma do que qualquer outra que já encontrei. E é nela que eu quero viajar pela galáxia.

– Consigo entender – disse Reath. Talvez as naves criem algum vínculo com as pessoas, com o tempo. – Ela tem mesmo, hã, personalidade.

Affie misturou um pouco de água na tigela e o pó rosado se expandiu em um pão pegajoso.

– Certo, tudo bem. Diga-me o que são os Jedi em duas frases ou menos.

Pela primeira vez no que lhe pareceu serem dias, Reath sorriu.

– Essas duas frases podem ser bem longas.

– Não temos nada além de tempo e hiperespaço. – Ela se acomodou em uma cadeira e deu uma grande mordida no pãozinho pegajoso, murmurando: – Pronto, Geodo?

Geodo não disse e nem fez nada.

Reath suspirou. Era melhor começar bem do começo.

– Você sabe o que é a Força?

Affie dirigiu-lhe um olhar fulminante.

– *Todo mundo* sabe o que é a Força, fala *sério*.

– Tá bem, tá bem. – Ele ergueu as mãos simulando um sinal de rendição. – Desculpe, só estava me certificando. Bem, os Jedi são usuários da Força unidos em nossa busca para compreender seus mistérios e servir como guardiões da paz e da justiça em toda a galáxia.

– Já ouvi falar em usuários da Força antes – disse ela. – Mas por que isso os torna monges?

– Ainda tenho uma frase para terminar. Hã, nós nos baseamos em uma existência espiritual e abrimos mão de apegos individuais para nos concentrarmos inteiramente em problemas maiores.

Pensativa, Affie mastigou seu pão pegajoso por um momento antes de dizer:

– Então, isso significa nada de sexo.

Ele deveria repetir para ela todo o discurso de Mestra Jora sobre a diferença entre o celibato do corpo e a verdadeira pureza do coração? Era um discurso muito longo. Reath decidiu pular:

– Basicamente.

Ela acenou com a cabeça:

– Monges, definitivamente.

– Agora, tá aí uma coisa que eu simplesmente não entendo – disse Leox, mais tarde, quando Affie e Geodo tentavam lhe explicar sobre os Jedi. – Como se pode demonstrar amor à galáxia como um todo se não souber como amar um indivíduo?

Affie deu de ombros enquanto verificava novamente as leituras. A luz oscilante do hiperespaço refletia em cada parte do metal da cabine, fazendo com que parecesse belamente eletrificada. Até Geodo brilhava ligeiramente. Ela disse:

– Você não precisa fazer sexo com uma pessoa para amá-la. Você, mais do que qualquer outro, deveria saber de uma coisa dessas.

– Eu sei, de fato. Mas outros seres parecem valorizar a cópula como uma forma de vínculo. – Leox fez uma careta e praguejou. – Isso foi inapropriado. Me desculpe.

Affie sabia que ele tinha boas intenções, mas *detestava* quando Leox a tratava como uma criança em vez de como uma colega. Por sorte, aquilo não acontecia com frequência.

– Tudo bem. Acho que já ouvi falar de sexo uma vez.

Aquilo fez Leox rir.

– Apenas certifique-se de que sua mãe saiba que eu não fui a primeira pessoa a falar sobre isso com você.

Affie sentia um conforto toda vez que alguém descrevia Scover Byne como sua mãe.

– Sabe, seria fácil fazer Scover gostar ainda mais de você. Se você simplesmente usasse o macacão da Guilda de vez em quando...

– Isso aí não vai dar, não. – Leox balançou a cabeça. – Um homem precisa ter padrões. E uma vez que eu não tenho recursos financeiros para declarar minha independência da Guilda, minha personalidade deve ser afirmada em termos de vestuário. Em outras palavras, você só poderá tirar as minhas contas do meu cadáver gelado.

Affie conteve um sorriso.

– Sabe, os Jedi provavelmente diriam que você está dando muita importância a coisas mundanas.

– Somente eu posso julgar a minha relação com o metafísico, Pequenina.

– Não me chame assim!

Cohmac Vitus era um homem da razão e da lógica. Embora não negasse possuir emoções, nunca permitia que atrapalhassem seu julgamento, ou assim esperava. Sua mente precisa e matemática preferia o tangível ao nebuloso, o quantificável ao misterioso. Mais de um de seus companheiros Jedi apontara que aquele era um estado de espírito incomum para um místico. No entanto, aquilo era parte do que Cohmac sentia que levava para a Ordem: firmeza e racionalidade.

Então, por que aquela mentalidade estava parecendo mais uma defesa do que um dom?

Porque você está viajando para o lugar onde aprendeu pela primeira vez que o mal surge da imprecisão. Da emoção. Tudo aquilo que nasceu entre Eiram e E'ronoh.

Por um momento, ele estava de volta às cavernas, Orla tremendo ao seu lado, olhando amedrontada para as formas na escuridão gélida...

Cohmac sacudiu a cabeça, como se pudesse se livrar fisicamente da lembrança. A melhor maneira de sair da mente era exercitar o corpo. As opções eram limitadas numa nave daquele tamanho, mas um rápido passeio pelos corredores bastaria. Ele caminhou pela

Nave, esperando ter privacidade. A esperança fora em vão, pois quase imediatamente se deparou com Dez absorto em uma conversa com Reath Silas.

– Quero dizer – dizia Reath. – Você nos chamaria de monges?

– Não exatamente – respondeu Dez. – Vejo que não conseguiu convencer Mestra Jora a desistir da trança Padawan.

– Não tive essa sorte. – Reath passou a mão vagamente sobre sua nuca. Antigamente, a trança era obrigatória, pelo menos entre os aprendizes de espécies que tinham cabelos na cabeça. Nos dias atuais, nem todos os mestres a exigiam; Cohmac não tinha a intenção de fazê-lo, caso aceitasse outro Padawan. Mestra Jora Malli, evidentemente, pensava o contrário.

Cohmac pretendia se ausentar, mas antes de se afastar, Reath virou-se para ele.

– Com licença, Mestre Vitus? Posso perguntar como você descobre e registra novas lendas? Como folclorista, quero dizer. É só encontrar uma sábia local e pedir uma história?

– Às vezes. – Cohmac olhou por uma das poucas e diminutas janelas da *Nave*, para o azul brilhante e misterioso do hiperespaço. – Muitas vezes é mais complicado. Sempre há histórias que um povo *quer* contar sobre si mesmo... e então existem as outras histórias. As secretas, as sombrias, histórias cujos significados são mais difíceis de compreender. Essas não são as que costumam ser oferecidas a estranhos. E claro, geralmente são as mais importantes de todas.

Eram as histórias que teriam trazido benefícios, em Eiram e E'ronoh.

Dez sorria enquanto tratava de fechar novamente as botas.

– Como você faz para que se abram sobre elas?

– Isso varia – disse Cohmac. – Existem espécies que respeitam os forasteiros que os pressionam muito, exigindo os fatos. Também existem espécies que devoram os forasteiros que fazem isso. É melhor não se intrometer até saber com que tipo de cultura está lidando. Enquanto espera, você estuda a arte deles – continuou Cohmac, dando de ombros. – Pinturas, tapeçarias, literatura. Símbolos e alegorias podem revelar muito. Aí você pergunta sobre as artes e as lendas surgem naturalmente.

– Astuto – disse Reath. – Mas também engenhoso.

– Obrigado. – Cohmac inclinou a cabeça.

Dez disse:

– Isso deve ser um desafio para você, fazer algo assim, totalmente novo. Sair do mapa.

– Literalmente – brincou Reath.

Cohmac poderia ter dito que já estivera antes naquela região do espaço. Especificamente, na lua perdida entre os planetas gêmeos que serviam como hospedeiros para o novo Farol da Luz Estelar.

Mas não havia necessidade de mencionar aquilo, e Cohmac aprendera a limitar suas palavras. Era fácil demais abrir o bico.

Na cabine de comando da *Nave*, Leox Gyasi mascava um bastão de especiaria e analisava as leituras do navicomputador.

(O bastão de especiaria era legal no espaço da República. Por enquanto. Principalmente porque eles ainda não tinham tido tempo de proibir tudo. Talvez os bastões passassem batido e continuassem legais. Mas talvez não. Leox tinha um estoque guardado, por via das dúvidas.)

Deveria ver outros sinais de tráfego, refletiu ele. *Sinais mais claros do que esses. As leituras estão confusas? Se estão, por quê?*

– Geodo, amigão – disse Leox. – Você está vendo o mesmo que eu?

O silêncio sinistro de Geodo dizia tudo. Havia, de fato, algo errado com o tráfego no hiperespaço. Profundamente errado. Os poucos padrões de tráfego que ele conseguia distinguir estavam se movendo em direções que não faziam sentido algum.

– Não estou gostando disso. Não estou gostando *nem um pouco* – murmurou Leox.

A nave ainda estava avançando, sob não mais do que as tensões normais, então, eles podiam muito bem continuar. O problema poderia ser local, ele imaginou – algo que logo deixariam para trás.

Orla Jareni esperava passar ao menos parte de sua viagem até o Farol da Luz Estelar conversando com a tripulação da *Nave*. Ela compraria sua própria nave em breve, algo que nunca fizera antes. Por mais que tivesse estudado especificações e modelos, ainda acreditava que pudesse haver dicas valiosas para se obter de pessoas que passaram a vida inteira navegando entre as estrelas.

(Alguns Jedi caíam na armadilha de pensar que os não Jedi não tinham nada a ensinar. Orla, no entanto, sempre se lembrava de que cada ser na galáxia sabia ao menos uma coisa que ela não sabia.)

Affie Hollow parecia a candidata mais provável para a conversa. Orla assim decidira porque Affie parecia ter um compromisso maior com a sobriedade.

Ainda assim, Orla viu-se adiando a conversa. Na verdade, falar sobre a compra de sua nave significaria falar sobre sua decisão de se tornar uma Andarilha. Sabendo tão pouco sobre os Jedi, Affie certamente faria a pergunta mais óbvia: "Por quê?".

Naquele momento, Orla não se sentia muito confiante em sua resposta.

Ela poderia simplesmente dizer que era instinto. Era verdade, mas pouco provável de saciar a curiosidade da jovem. Era capaz de instigá-la ainda mais.

Ou ela poderia dizer, *A Ordem Jedi e eu não... estamos mais em sintonia.*

Também era verdade. Mas era possível que isso a colocasse em apuros se alguém do Conselho a escutasse.

Provavelmente, a melhor resposta seria: *Eu precisava conhecer a Força em um sentido mais profundo e ainda mais significativo.* Também era uma resposta verdadeira, além de longa e enfadonha o bastante para desencorajar mais perguntas.

Andarilha, sussurrara sua mente, e lá estava ela: afastando-se da Ordem para navegar sozinha por uma região desconhecida da galáxia. Esperando que lá fora pudesse encontrar o propósito que faltara em suas recentes missões.

– Estou me iludindo? – murmurou ela enquanto estava no refeitório, preparando um chá Chandrilano para si. – Se não consigo encontrar as respostas no Templo, o que me faz pensar que vou encontrá-las aqui? O que meu mestre diria se pudesse me ver?

Ela fez uma pausa, esperando que ninguém tivesse escutado aquilo. Era pouco provável, mas nunca se podia ter certeza em uma nave tão pequena. Então, ela resolveu guardar para si suas reflexões internas durante a viagem.

Orla tirou um momento para se concentrar, mas descobriu que não conseguia. As energias na nave estavam ficando confusas. Até mesmo desenfreadas.

Ela murmurou:

– O que está acontecendo?

Foi então que a voz de Leox Gyasi soou pelo comunicador da nave: *Todos que quiserem continuar vivos apertem os cintos* agora*!*

Reath correu para os assentos da tripulação, alcançando-os no momento em que todos os outros Jedi entravam. Enquanto todos apertavam as tiras dos cintos de segurança apressadamente, Orla gritou:

– O que está acontecendo?

Leox respondeu:

– Até onde posso dizer, o hiperespaço está quebrado.

– *O quê?* – Dez parecia tão perplexo quanto Reath se sentia. – Como isso é possível?

– Toneladas de destroços, o tipo de coisa que geralmente nunca se encontra por aqui? Está *por todo* o hiperespaço. – O bastão de especiaria preso entre os dentes de Leox começava a ranger. – Como se fosse lixo espalhado em todas as rotas lá fora.

Reath mal conseguiu exprimir em palavras o pensamento.

– Mas isso significaria um desastre... de proporções galácticas.

– É praticamente o tamanho da coisa toda – disse Leox. – Agora, todo mundo *segure firme*!

TRÊS

Affie vira muito mais do que a maioria dos jovens de dezessete anos. Embarcara e servira como tripulante em naves que viajavam por todo o setor, depois por toda a galáxia, de Kennerla a Coruscant. Certa vez, ajudara a guiar uma nave através de um vórtice no hiperespaço.

Mas nunca tinha visto Leox Gyasi tão perto de perder o domínio da nave.

Suas mãos permaneciam fixas nos controles enquanto ele tentava se manter firme.

– E então? – disse ela. – O que vamos fazer agora?

– Tentamos verificar se nosso caminho está livre. – Leox pareceria quase relaxado para qualquer um que não o conhecesse tão bem quanto Affie. Só ela e Geodo podiam perceber sua tensão interior. – Estaremos diante de uma ejeção explosiva no hiperespaço se formos atingidos por uma lasca de metal, seguida pelo nosso problema favorito: uma ruptura no casco.

Ruptura no casco. O pior pesadelo de todo viajante espacial. Uma ruptura significava ser atirado no vazio gelado do espaço – o que o mataria em dois ou três minutos. Ou em poucos segundos, se a pessoa tivesse algum ar nos pulmões, que imediatamente se expandiriam e explodiriam.

Pior ainda: o azul elétrico do hiperespaço estava mudando de cor. Passando pelo violeta até se tornar completamente vermelho. Affie não tinha ideia do motivo de aquilo estar acontecendo, mas não poderia ser bom.

O navicomputador começou a piscar rápido, emitindo uma luz carmesim em staccato pela ponte.

– Estamos detectando destroços – foi o que ela conseguiu relatar. – Algo *enorme*.

Leox falou o que estava pensando:

– Essa coisa tem a gente na mira.

– Conseguimos escapar?

– Vamos descobrir.

Manobrar no hiperespaço não era uma tarefa fácil. Geralmente não havia necessidade de fazê-lo, já que o navicomputador calculava e modificava o salto em velocidades sobre-humanas. Aquele dia era uma exceção. Pilotos experientes criavam uma espécie de intuição sobre o hiperespaço – um instinto –, que funcionava melhor do que qualquer droide ou equipamento. E Leox possuía instintos melhores do que qualquer outro piloto que Affie já encontrara. Se havia alguém capaz de salvá-los, esse alguém seria ele.

Ela só não queria saber o tamanho daquele *se*.

– *Segurem firme!* – A voz de Leox ecoou pela *Nave,* que chacoalhava. Reath, que já estava se segurando o mais firme possível, sentiu o estômago embrulhar. Os outros Jedi mantinham a calma, ou pareciam manter, mas Reath só conseguia fazer aquilo superficialmente. Ele não estava calmo de verdade. Sua mente agitada continuava dizendo: *Devíamos ter esperado uma nave melhor, ou maior, ou com uma tripulação mais confiável, ou basicamente qualquer outra, menos essa...*

BAM! Um choque poderoso atingiu a nave, sacudindo Reath com tanta força que ele foi pressionado contra as correias do cinto de segurança e mordeu a língua. Vibrações estranhas começaram a ondular através da *Nave*, mais sinistras do que o próprio choque. A nave deles estava prestes a se partir?

A voz de Leox soou pelo comunicador, preguiçosa como sempre:

– *Certo, então, temos boas e más notícias.*

Mestre Cohmac e Orla trocaram um olhar que Reath percebeu com o canto do olho. Ele não era o único ali a ter dúvidas.

– *A boa notícia é que, em vez de sermos esmagados e transformados em sucata por destroços espaciais, eles só nos atingiram de raspão* – prosseguiu Leox. – *A má notícia, como os mais astutos entre vocês notaram, é que sofremos algumas avarias. Affie vai verificá-las.*

Affie já estava passando pelos assentos dos tripulantes, apoiando-se contra a parede cada vez que a nave sacudia em uma nova direção, como fazia constantemente. Dez perguntou:

– Alguém aqui tem experiência em reparos de espaçonaves?

– Acabei de terminar o curso básico – disse Reath, esperando que outro Jedi com conhecimento superior se pronunciasse.

Ninguém o fez.

– Então, sua experiência é mais recente do que a de qualquer um de nós – disse Mestre Cohmac. – Veja se consegue ajudar. – Ele estremeceu, como se estivesse com dor, mas não disse mais nada.

Pensar que *ele* poderia ser o especialista em reparos a bordo era quase tão enervante para Reath quanto a colisão. Mas ele soltou o cinto e imediatamente seguiu Affie.

A nave balançava de um lado para o outro. Reath colidiu contra uma parede, depois outra, mas conseguiu se manter em pé até que, finalmente, chegou à escada que levava ao convés inferior. Agarrou os degraus com firmeza antes de arriscar descer um pé.

– O que você está esperando? – disse Affie. – Rápido!

Reath abandonou a cautela e soltou a escada, caindo nos compartimentos internos da nave. Affie já estava mergulhada entre as máquinas, com ferramentas nas mãos.

– O que está acontecendo? – perguntou ele.

Então, ele viu por si mesmo o que estava acontecendo: o regulador de coaxium estava totalmente desacoplado de sua posição. Affie agarrou o regulador com as mãos nuas, que logo começaram a ficar azuis devido ao frio intenso. Tremendo e chacoalhando, ela estava conseguindo encaixar o regulador no lugar, direcionando seu feixe verde e congelante de energia para os motores a que pertencia.

Se escorregasse de suas mãos, o feixe deslizaria para o lado e rasgaria a *Nave* ao meio.

– Também precisamos de alguém para reiniciar a estação reguladora, se você achar que pode lidar com ela – instruiu Affie, sem erguer os olhos.

Reath pegou um conjunto de ferramentas e saltou para o lado dela.

– Posso lidar com ela. Mas, se você preferir, seguro o regulador enquanto você faz os reparos...

– Não. Se a nave sacudir durante a transferência, estamos perdidos. – Affie tremia de frio, mas continuou aguentando. – Só vai logo, está bem?

Ele trabalhou o mais rápido que pôde, soldando a estrutura da estação com firmeza o suficiente para que a pior turbulência não a abalasse. A nave continuava sacudindo e balançando e, numa dessas, Affie pareceu prestes a perder o equilíbrio. Reath estendeu a mão e usou a Força para estabilizá-la o melhor que podia. Ele ainda não tinha a destreza necessária para segurar o regulador no lugar exato, mas conseguia manter a garota de pé.

– Uau – surpreendeu-se Affie. – O que é isso? Você... tem uma terceira mão ou algo do tipo?

– É a Força.

– Sério? Dá pra *senti-la*! – Ela riu alto com surpresa, e talvez até mesmo deleite. – Você não é um monge. É um *feiticeiro*.

– Sim! Monges-feiticeiros. É isso que somos. – Reath conferiu o que havia feito. Parecia correto, mas um olhar mais experiente era necessário. – Você consegue ver o meu trabalho? É o bastante?

Affie olhou por cima do ombro.

– Sim. Isso deve resolver. Ajude-me a levantar isso.

Reath colocou as mãos no regulador e quase gritou. Estava de tal forma enregelante que ele sentiu uma dor aguda em cada osso dos braços. Affie deveria estar agonizando de dor. Mas não fez nada além de estremecer quando os dois, com muito cuidado, empurraram a peça para cima. O clique metálico do regulador retornando à posição correta foi um dos melhores sons que já ouvira em sua vida.

Gemendo, Affie cambaleou para trás da máquina. Suas mãos continuavam azuis e bolhas se formavam em suas palmas.

– Um estimulante de estabilização – disse ela, ofegando. – O kit de primeiros socorros está naquela caixa de emergência laranja...

Reath compreendeu antes que ela pudesse terminar de falar. Rapidamente, ele pressionou o injetor contra o pescoço da garota até ouvir o chiado da medicação sendo injetada. Em poucos segundos, suas mãos começaram a retornar à cor normal e as bolhas descamaram.

– Ótimo – disse ele. – Conseguimos.

– Ainda não escapamos disso – observou Affie. Já livre da dor que sentia, ela subiu a escada.

– O que você quer dizer? Mais reparos? – Reath olhou ao redor em busca de qualquer sinal de dano adicional, mas nada parecia chamar a atenção.

– Por favor, pense nisso... algo no hiperespaço nos atingiu. E eu pensei ter visto... – A voz de Affie sumiu e ela correu de volta para a ponte.

– Se tivéssemos de ser atingidos, gostaria que fosse por qualquer outra coisa. Qualquer maldita rocha lá fora no espaço – disse Leox. – Sem ofensas.

O silêncio afável de Geodo indicava que ele não se ofendera.

Affie voltou correndo para a cabine, sem fôlego.

– Estamos bem?

– Por enquanto, sim. Bom trabalho com os reparos, a propósito.

– O garoto monge me ajudou. Mas aquele cargueiro... Leox, parecia um fragmento de uma nave de passageiros.

Leox suspirou. A ideia de informá-la gentilmente sobre esse fato já era...

– Sim, era.

– Devia ter centenas de pessoas a bordo. Talvez até milhares. – Seu rosto estava aflito; momentos como aquele o lembravam de como Affie realmente era jovem.

– Um jeito horrível de morrer – concordou Leox. Poderia também falar sem rodeios. Mesmo que ainda fosse uma criança, ela poderia lidar com a verdade melhor do que com qualquer mentira. – Escute, não tenho certeza, mas estou analisando as leituras... aquelas coisas se pareciam muito com destroços da *Legacy Run*, para mim.

Os olhos de Affie se arregalaram.

– Mas... a *Legacy Run* é uma nave da Guilda Byne. Scover viaja nela às vezes.

– Eu não disse que *era* a *Legacy Run*. Eu disse que se parecia. Talvez não fosse a mesma. É que... você deve se preparar. Tudo bem?

Ela assentiu, já tentando se concentrar de volta nos assuntos em questão, apesar da luz avermelhada e febril do hiperespaço perturbado ao redor deles. O coração de Leox se compadeceu dela. Nem toda garota conseguia se dedicar ao trabalho quando acabava de descobrir que sua mãe poderia ter morrido.

Scover está bem. Scover está perfeitamente bem.

Affie repetia aquilo para si mesma enquanto se acomodava no assento do copiloto. Scover Byne raramente acompanhava viagens da Guilda; ela preferia permanecer em seus planetas centrais, supervisionando a frota em sua totalidade. Não mencionara nenhum plano recente de fazer o contrário. Portanto, Affie recusava-se a entrar em pânico.

Mesmo que Scover não estivesse a bordo (e ela *não estava*), a destruição da *Legacy Run* já era ruim o bastante. A chegada da República no setor levara o transporte espacial a níveis altíssimos de atividade; todos queriam transportar as cargas antes que elas pudessem ser tributadas, tarifadas ou proibidas. Os colonos queriam muito chegar à fronteira e pagavam por transporte aos milhares todos os dias. Cada nave saía levando tanta carga viva e inerte quanto sua capacidade permitia. E a *Legacy Run*... haveria centenas de famílias a bordo, milhares de pessoas, até mesmo crianças pequenas...

– A nave ainda está se comportando de forma estranha – disse ela, tanto para se livrar das preocupações quanto porque era verdade.

– Isso porque o hiperespaço ainda está agindo de forma estranha, embora agora eu acredite que tem mais a ver com a destruição do cargueiro lançando tudo no caos. Quero dizer, veja isso – disse Leox, gesticulando para as leituras. – Destroços estão voando por todo o hiperespaço. O navicomputador está fechando vias mais rápido do que podemos contá-las. – Ele balançou a cabeça. – Estamos mudando o curso.

Affie congelou, como se o regulador de coaxium tivesse retornado para seus braços.

– No hiperespaço?

– Sim, eu sei... e nem comece, Geodo. O problema é que temos que sair dele o mais rápido possível. Não podemos fazer isso *e* chegar aonde estamos indo. Por isso, agora estamos indo para outro lugar. Com sorte, um lugar seguro.

Affie se preparou quando as coordenadas predefinidas começaram a rolar para baixo na tela de navegação. Qualquer predefinição que os conduzisse ao espaço real mais rápido era seu novo destino. Ela teria que confiar que a *Nave* não estivesse pré-programada com coordenadas que levassem, por exemplo, ao núcleo de uma estrela anã.

A última predefinição surgiu na tela.

– O garoto monge já voltou para o assento? – perguntou Leox.

– Se não voltou – disse Affie –, é problema dele. A propósito, ele, na verdade, é um feiticeiro.

Leox ergueu as sobrancelhas como se dissesse: *Nada mal*.

– Segurem-se! – avisou, ativando o comunicador, e então...

Eles estavam no espaço real. Sem trancos, sem sacudidas, a doce reentrada que qualquer um poderia desejar. Affie e Leox trocaram sorrisos quando ela gritou:

– Boa escolha, Geodo.

– Agora podemos descobrir o que diabos deu errado lá atrás – disse Leox. – E depois, podemos seguir nosso caminho.

O alívio tomou conta de Affie quando ela olhou para o setor amplamente vazio de espaço que os rodeava. Não estavam enfrentando naves hostis, intrometendo-se em uma zona de conflito ou em qualquer lugar próximo ao núcleo de uma estrela. Estavam praticamente... em lugar nenhum.

Apesar da vertigem da fuga, ela não pôde deixar de se perguntar: *Por que a nave estaria programada para nos trazer aqui?*

– O que aconteceu? – sussurrou Orla Jareni. Seu rosto branco ficara ainda mais pálido. – As vozes clamando...

– Muitos morreram – disse Mestre Cohmac. – Você também sentiu isso, Reath?

Reath percebera que algo estava terrivelmente errado, muito além da própria *Nave* – e que estava relacionado ao desastre –, mas não sentia nada como o choque refletido nas expressões de Orla e Mestre Cohmac. Ocorreu-lhe, pela primeira vez, que poderia haver certas vantagens em não ser tão sensível à Força quanto um Jedi típico.

– Você pode contar exatamente o que aconteceu?

Sem surpresa, primeiro Mestre Cohmac se recompôs.

– Não. Devemos entrar em contato com o Farol da Luz Estelar imediatamente. Precisamos de mais informações e não queremos que nosso atraso cause alarme.

Reath concordava. Bem, concordava com a maior parte. Uma parte e indigna parte sua queria que Mestra Jora se sentisse *um pouco* alarmada – apenas o bastante para que dissesse: *Sabe, a fronteira é um lugar desnecessariamente perigoso para estarmos. Deveríamos voltar para Coruscant agora mesmo.*

Ainda assim, ele se levantou e acompanhou Mestre Cohmac até a estação de comunicação da *Nave*. Era improvável que Cohmac precisasse de ajuda para enviar suas mensagens, mas era função do Padawan estar preparado para oferecer assistência a qualquer Jedi, a qualquer momento.

A estação de comunicação era uma pequena área com um teto curvo, dificilmente grande o bastante até mesmo para um único humanoide adulto. Dois já estavam espremidos lá dentro: Leox e Affie, o primeiro segurando uma unidade amplificadora junto ao ouvido. Aparentemente, Geodo ficara sozinho na ponte, o que Reath não achava reconfortante. Mestre Cohmac ajoelhou-se diante da porta, tão suavemente como se fosse o que estivera preparado para fazer o tempo todo, e disse:

– Sei que sua nave tem mensagens urgentes para enviar, Capitão Gyasi, mas...

Leox ergueu uma das mãos:

– Espere.

Se Mestre Cohmac sentiu impaciência, não demonstrou, apenas acenou com a cabeça. Mas Reath podia sentir a tensão crescendo dentro de Leox e Affie, uma tensão que o contagiava. Ele deixou escapar:

– O que há de errado?

– Tudo, ao que parece. – Leox desligou o amplificador e acionou um botão, projetando o som para dentro da sala.

Eles foram imediatamente inundados com ruído, mas de uma dezena de sinais tentando irromper ao mesmo tempo, sobrepondo-se e causando interferência uns nos outros:

– *... perdeu toda a energia, preso no sistema Bespin, sinalizando qualquer nave dentro de...*

– *... ao menos mil almas perdidas, possivelmente mais...*

– *... repleto de objetos, como se alguém tivesse minado o hiperespaço...*

– *... não consigo nem começar a avaliar os danos até que possamos chegar a...*

– De que setor vêm essas mensagens? – perguntou Mestre Cohmac, baixinho.

A expressão de Affie estava sombria.

– De todos eles.

– Tantos fragmentos da verdade – disse Mestre Cohmac. – Nada de panorama geral. O que, claro, é mais assustador do que toda a verdade jamais poderia ser.

– Assim *esperamos* – respondeu Affie.

Orla Jareni apareceu na porta atrás de Reath e sussurrou:

– Alguma notícia?

Ele sussurrou de volta:

– Parece... que foi um desastre de proporções épicas. Muitas pessoas foram mortas.

Mortas. A palavra era tão definitiva, tão absoluta. Reath de repente sentiu vergonha de ter ficado infeliz com sua missão na fronteira, de ter ficado infeliz com seu futuro quando tantos seres haviam perdido inteiramente os seus próprios.

Em seguida, chegou uma nova transmissão, mais alta do que o restante:

– Todas as vias do hiperespaço devem ser consideradas fechadas até segunda ordem. Para os viajantes além das fronteiras da República, até a Orla Exterior, reiteramos que o hiperespaço atualmente não é navegável e é extremamente perigoso. Aconselha-se a todos em trânsito que as viagens pelo hiperespaço devem ser evitadas a todo custo.

– Bem, é isso. – Leox desligou as transmissões. – Vocês ouviram a mulher falando. Parece que vamos ficar aqui por um tempo.

– Onde estamos? – perguntou Reath.

– Praticamente em lugar nenhum – respondeu Affie.

Eles estavam em um canto quase vazio do espaço, incapazes de seguir viagem ou retornar para casa. Por enquanto, e por um período desconhecido, estavam presos.

– Ouçam – disse Leox. – É claro que podemos encarar isso como estarmos à deriva no espaço profundo. Mas, se pararmos pra pensar, é só espaço, na verdade.

Reath estava incomodado. Ele foi até a ponte, que ao menos parecia potencialmente útil, e ficou sozinho por um momento com Geodo, que ainda estava sentado (ou de pé) na estação do navegador.

– Hã... – Reath puxou conversa. – Oi. Isso é terrível, né?

– Por favor – sussurrou Affie ao entrar na ponte logo depois dele. – Não tente conversar com ele sobre isso ainda. Geodo é muito sensível.

– Claro – disse Reath. – Mas... achei que vocês tinham dito que ele era um homem selvagem?

Leox, que estava passando por ali, interveio:

– Sua natureza é impulsiva, de muitos humores e climas. – Então, com um olhar afetuoso para Geodo, seguiu seu caminho. Reath estudou Geodo por alguns segundos, perguntando-se o que exatamente ele estava deixando passar, porque era *apenas uma grande pedra parada ali.*

Affie acomodou-se no assento do copiloto, aparentemente para matar o tempo, mas depois franziu a testa para um sensor piscando.

– O que é isso?

– São mais danos à nave? Precisamos reparar mais alguma coisa? – Reath começava a perceber o quanto precisava de algo para fazer, para que se sentisse menos desamparado.

Affie balançou a cabeça.

– É um sinal. Um transmissor de sinal. Não é uma mensagem de verdade, mas um indicador de uma nave próxima que precisa de ajuda.

– Próxima? – perguntou Reath. – Quão perto isso significa?

– Dentro deste sistema, acessível por subluz – disse Affie lentamente. – Não estamos sozinhos. Tem alguém lá fora.

– Não respondam! – gritou Orla. Ela estava caminhando pela ponte, aparentemente, mas deteve-se ao ouvir suas palavras. – Vocês não sabem quem está por aí. – Seu olhar estava distante. – Nunca se sabe.

— *VINTE E CINCO ANOS ANTES* —

PARTE UM

Os Padawans Orla Jareni e Cohmac Vitus conduziam a nave auxiliar T-1 pelo hiperespaço, e Orla não conseguia crer em sua sorte. A julgar pelo sorriso estampado no rosto, Cohmac estava igualmente satisfeito.

Era função de um Padawan realizar qualquer tarefa com a qual um Mestre precisasse de ajuda. Sim, às vezes aquilo incluía emocionantes atos de heroísmo, mas também poderia envolver remendar mantos ou limpar o chão. Pilotar uma nave contava como uma missão de alta qualidade, especialmente quando significava aproximá-los de outra tarefa ainda mais emocionante: resgatar dois governantes sequestrados do sistema de Eiram e E'ronoh.

Aquele sistema estava muito além das fronteiras da República, em um local que há muito resistia à assistência ou a aderir à República – algo que os residentes denominavam "interferência". Embora os Jedi viajassem ocasionalmente para aquela região do espaço, tais viagens eram raras, e os cidadãos pareciam determinados a mantê-las assim. Aquele era, como proclamavam, um espaço independente.

Por isso, o fato de aqueles dois mundos pedirem a ajuda dos Jedi era extremamente promissor. Uma missão bem-sucedida poderia finalmente preencher a lacuna entre a região e a República.

(Mestra Laret apontara que se aqueles planetas estavam dispostos a solicitar assistência de dentro da República, a situação seria, certamente, espinhosa. Mas Orla estava imperturbável.)

Aquela crise de reféns poderia ter sido resolvida se os dois mundos trabalhassem juntos, algo que nenhum dos planetas estava disposto a fazer. Eiram e E'ronoh ocupavam um sistema que servia como ponto de passagem pelo hiperespaço; eles mantinham um acesso que há muito permanecia fechado para o restante da galáxia. Aquilo poderia ter levado um imenso poder a ambos os mundos se estivessem dispostos a compartilhá-lo. Em vez disso, competiam pelo controle da região, lidando de forma beligerante com aqueles que ousavam violar seu espaço, cada um limitando o tráfego a quase nada. Eiram e E'ronoh não estavam travando uma guerra aberta um contra o outro, mas a inteligência sugeria um impasse amargo entre os dois que durava mais de um século. Suas origens eram obscuras e, àquela altura, irrelevantes. Eiram odiava E'ronoh. E'ronoh odiava Eiram. Ponto final.

Até que os governantes de cada planeta foram sequestrados.

– É uma grande honra e uma grande oportunidade que essas pessoas tenham pedido ajuda aos Jedi – dissera Mestra Laret enquanto instruía Orla no caminho para o espaçoporto. – Podemos fazer mais do que salvar esses dois governantes. Podemos evitar uma guerra. Podemos até ser capazes de abrir outra parte da galáxia.

Orla nunca tivera uma missão tão significativa antes. Pouquíssimos Jedi já haviam tido. Ela não pretendia decepcionar sua mestra.

De novo, não.

Orla vinha fazendo perguntas demais nos últimos tempos. Desafiando as decisões do Conselho Jedi – apenas para Mestra Laret, é claro, mas ainda assim com frequência. A princípio, Mestra Laret a escutava e até debatia gentilmente, mas sua paciência estava sendo testada.

– Ser um Jedi é *servir* – dissera Mestra Laret. – Como você pretende servir se continua questionando cada ordem?

A rara repreensão de sua mestra ainda doía. Por isso, daquela vez, Orla provaria o quanto estava disposta a servir à Ordem. Ela não questionaria coisa alguma.

Ninguém sabia se a lua orbitara Eiram ou E'ronoh, só que, em algum momento, incontáveis milênios antes, ela saíra de órbita e ficara parada no espaço morto entre os dois mundos. A lua era tão desprovida de qualquer valor que Eiram e E'ronoh nem se importavam em brigar por ela. Ficava apenas parada ali, obscura e ignorada.

Razão pela qual ninguém sabia sobre as cavernas e túneis nas profundezas dos desertos de sal lunares, e motivo de as cavernas serem um esconderijo perfeito para aqueles que não desejavam ser encontrados.

Era o único elemento do plano de sequestro que poderia ser chamado de "perfeito". O restante deixava muito a desejar.

– Tolos! – rosnou Isamer. O corpulento Lasat jogou a coisa mais próxima que conseguiu alcançar em seus tenentes; acabou sendo uma pesada cadeira, por isso, tiveram sorte de se esquivar dela. – Como puderam sequestrar a *rainha errada*?

Na outra extremidade da caverna estavam dois reféns, cada um preso por algemas de metal, cada qual vestindo roupas que foram manchadas e rasgadas durante o sequestro. O Rei Cassel de E'ronoh, um Pantorano azul-vivo, parecia extremamente nervoso com a situação, o que indicava mais inteligência do que normalmente lhe creditavam. Ao lado de Cassel estava sentada a Rainha Thandeka de Eiram, humana de pele morena, que parecia *furiosa*. Isamer era capaz de esmagar a maioria dos humanos sem ao menos se esforçar – mas estava grato pelo fato de a mulher não ter um blaster.

Um dos tenentes apontou para Thandeka, especificamente para a tiara prateada tecida através das grossas tranças negras da mulher.

– Ela usa a coroa deles... o manifesto relatava que a rainha estava a bordo...

– Sim. – Isamer cruzou os enormes braços diante do peito. – A *rainha consorte* estava a bordo. A rainha consorte é aquela casada com o governante. Em Eiram, a governante é a Rainha Dima, a *rainha reinante*. Em outras palavras, a útil!

– Oh, que bobagem – disse o Rei Cassel, de forma um tanto amigável. – Tenho certeza de que a rainha reinante quer sua consorte de volta. Ela vai servir, não vai? Para seus, hã, planos?

Thandeka murmurou baixinho:

– O que você está tramando? Acha que pode se unir a eles?

– Deuses, não. – Cassel pareceu horrorizado diante da ideia. – Mas... ouvi-los descrevê-la como inútil é um tanto indelicado...

– Você está tentando *poupar meus sentimentos*? – Thandeka ergueu os olhos para o teto da caverna, no que poderia ter sido descrença ou desespero. – Acredite em mim, neste momento meu ego é o menor dos nossos problemas.

Isamer ignorou aquilo tudo.

– Não vamos mais discutir isso – disse ele. Chegaria a hora de punir aqueles tenentes, e encontrar substitutos mais inteligentes, depois que aquilo fosse feito. Por enquanto, ele só poderia manter o plano em curso.

Os Hutts não esperariam menos.

Eles haviam abordado Isamer, como um dos líderes do Diretorado. Os poderosos Hutts tinham vindo até *ele*! Possuindo o maior conhecimento local do Diretorado, explicaram eles, ele estava em melhor posição para desestabilizar os governos locais. Tal desestabilização daria aos Hutts uma vantagem de longo prazo, vantagem esta que seria compartilhada com aqueles que os haviam ajudado.

Isamer conseguia vislumbrar aquilo: o Diretorado, fortalecido pela parceria com os Hutts, eclipsando todas as outras organizações criminosas naquela região da galáxia. Valia mais do que um pequeno risco.

– Lorde Isamer – chamou um dos operadores dos sensores. – Uma nave auxiliar T-1 emergiu do hiperespaço, a setenta raios de distância.

Os pelos de Isamer se arrepiaram de expectativa. Seu sorriso com presas se alargou quando disse:

– Contate-os da nave de Cassel. – Os destroços da nave estavam espalhados sobre a superfície do planetoide, mas seus tenentes tinham conseguido recuperar o transmissor de comunicações. Ao menos, tinham acertado em alguma coisa. – Implorem por ajuda. Atraiam todos eles.

Cohmac retirou-se de seu devaneio, repetindo mentalmente: *Foco.*

Não fora um devaneio ruim, apenas um em que ele duelava brilhantemente com seu sabre de luz, o tipo de fantasia detalhada que realmente poderia melhorar o desempenho real. Mas aquela era uma prática de meditação. Ele precisava melhorar sua habilidade de viver inteiramente no presente, como Mestre Simmix o lembrava constantemente.

A princípio, achou que fizera bem em sair de seu devaneio, mas então percebeu que fora por causa de uma luz piscando no painel de comunicação, indicando a recepção de um sinal.

Orla e Cohmac trocaram olhares quando a voz soou:

– Rei Cassel... em perigo, tentativa de sequestro... falha no sistema...

A assinatura codificada no sinal confirmava que provinha da nave de Cassel. Orla respondeu imediatamente:

– Os Jedi estão a caminho. Aguentem firme!

Será que deveriam ter primeiro verificado o sinal? Parecia um pequeno detalhe, um ao qual Cohmac não se deteve. Ele simplesmente guiou a nave na direção do sinal.

– Então, ao menos um dos reféns escapou. Isso torna nossa missão mais fácil ou mais complicada?

– Acho que vamos descobrir – respondeu Orla. Eles trocaram sorrisos. Por mais diferentes que fossem em temperamento, Cohmac sempre introspectivo e Orla sempre precipitada, ambos eram amigos desde criança, e estavam igualmente ansiosos para começar sua missão pra valer.

Momentos depois, algum tipo de planetoide apareceu a distância – um tão pequeno e remoto que nem nome tinha. Cohmac acionou os vetores de abordagem da nave sem pensar duas vezes.

Então, Mestra Laret correu para a ponte. Ela, assim como Mestre Simmix, estivera em um profundo transe meditativo; Cohmac esperava acordar os dois. Mas algo trouxera Mestra Laret à consciência, então, ao estado de alerta.

– O que está acontecendo? – perguntou ela.

– O Rei Cassel deve ter escapado – Orla começou a explicar. – Recebemos um sinal confirmado da nave dele...

– Da nave dele – disse Mestra Laret, severa. – Não do Rei Cassel.

Cohmac e Orla trocaram olhares incertos. Era tarde demais, Cohmac sentiu um abalo na Força: a sinistra dissonância que significava que nem tudo era o que aparentava ser...

Pouco depois, o próprio espaço pareceu se encher de luz, a nave sacudiu e girou, e não parecia mais haver lado de cima ou de baixo, nenhuma maneira de parar, nenhuma escapatória.

QUATRO

Se estivessem retidos no espaço da República, Reath não teria se preocupado nem por um momento. As Proas-longas sempre voavam com combustível excedente e provisões para viagens duas ou três vezes mais longas do que o programado. Excedentes desnecessários, é claro. O abundante tráfego no hiperespaço e um transceptor subespacial faziam com que uma possível nave de resgate raramente estivesse a mais do que algumas horas de distância.

Na fronteira, entretanto... parecia possível ficar à deriva por longos períodos. Talvez até permanentemente.

Por isso, o anúncio de Affie a princípio inundou Reath com uma onda de imenso alívio. Alguém precisava de ajuda. Eles poderiam ser capazes de oferecê-la, o que daria algum significado àquele estranho desvio.

Mas as palavras de Orla o detiveram, sua mão na metade do caminho até o botão do holotransmissor. Não conseguia acreditar que estivera mesmo prestes a *confiar* na fronteira.

Affie obviamente chegara àquela conclusão antes mesmo da advertência de Orla.

– E se forem piratas? E se forem os Nihil? E se forem apenas pessoas desesperadas que nos atacariam por comida?

– Sinto muito – disse Reath, desculpando-se pelo erro que quase cometera. – Não temos que lidar com riscos como esses com muita frequência na República.

Leox Gyasi contornou Orla e voltou para a ponte, tendo claramente ouvido bastante da conversa.

– Essa é a primeira coisa boa que ouvi sobre nossa adesão à República – disse ele. – Faz com que eu reconsidere minhas reservas, e agradeço sinceramente por qualquer chance de refletir sobre o assunto. Mas esta ainda não é a República, meu caro. Nem de longe.

A voz de Mestra Jora ecoava na cabeça de Reath: *Sempre que se sentir tolo, lembre-se de que lhe foi concedida a oportunidade de aprender. A verdadeira tolice é recusar tal oportunidade.*

– Certo. Piratas eu conheço. Mas Nihil? Quem são eles?

– Boa pergunta – disse Orla. Ela permanecia parada e quieta junto à porta, embora a tensão que Reath sentia irradiar da Umbarana parecesse se originar de algo diferente da situação daquele momento.

Leox e Affie trocaram um olhar que de alguma forma parecia incluir Geodo, apesar da notável ausência de olhos do navegador.

– Eles surgiram alguns anos atrás – contou Affie. – Quero dizer, eles existem há mais tempo, mas recentemente se tornaram perigosos. Ninguém sabe ao certo de onde eles são.

– Nem podemos determinar seu ethos – acrescentou Leox. – Um povo confuso. Mas temos certeza de três coisas: são saqueadores, são cruéis, e não são eles lá fora agora.

Foi a vez de Affie e Reath se entreolharem. Reath perguntou:

– Como você sabe que não são eles lá fora?

– Sei disso porque ainda estamos vivos. – Leox sentou-se em sua cadeira. – Não significa que não podemos ter alguns problemas, no entanto. É o seguinte. Chame o monge-chefe ou o que quer que seja aqui, e abriremos a comunicação juntos. Veremos se conseguimos ajuda, ou se precisamos ajudar, ou se devemos nos ausentar rapidamente.

– Vamos buscar Cohmac – disse Orla, já se virando para sair.

Reath esforçou-se para alcançá-la, pensando, *Mestra Jora não poderia saber de nada disso, ou nunca nos teria trazido aqui.*

Assim que Reath e Orla saíram, Affie virou-se para Leox.

– Desde quando precisamos de um Jedi para nos ajudar a decidir o que é perigoso e o que não é? Principalmente quando eles nunca ouviram falar dos Nihil.

– Não precisamos deles para isso – esclareceu Leox. – Mas nós três aqui precisamos ter uma conversinha rápida, sem ninguém da República presente.

Affie percebeu a que ele estava se referindo quase instantaneamente. Ela se inclinou enquanto ele apoiava um dos braços em volta de seus ombros e o outro ao redor de Geodo.

– O negócio é o seguinte – disse Leox. – É claro que não queremos que nossos Jedi pensem que podem estar a bordo de uma nave que transporta alguma carga que não é, no sentido mais estrito, legal na República.

– Nunca – disse Affie, com o semblante sério. – Isso *nunca* aconteceria. Os Jedi não sabem de nada que os faria pensar isso.

Leox assentiu.

– Seria prudente manter as coisas assim. É por isso que não importa quem esteja lá fora, ou quais sejam suas intenções, ou quanto possam nos pagar, continuaremos nos apresentando como uma nave completamente aberta, um cargueiro que virou transporte de passageiros apenas para uma viagem.

– Não importa quem suba a bordo ou onde queira fazer a busca, certos compartimentos devem continuar a não existir – acrescentou Affie.

– Sim, é verdade. – Leox recuou. – Lembrem-se, todos, nossas percepções definem a realidade do universo. Nada é de fato *uma coisa* até que nossos pensamentos a tornem assim.

– Não estou pensando nesses compartimentos – disse Affie. – Os que não existem aqui.

– Scover ficará tão orgulhosa de você. – Leox sorriu para ela. Affie poderia tê-lo abraçado, não por causa do elogio, mas por causa da suposição casual de que sua mãe ainda estava viva.

É claro que não existia nenhum "monge-chefe" no grupo Jedi. No entanto, Cohmac Vitus possuía a maior experiência de campo do grupo e percebeu que Orla estava abalada. Eles precisariam conversar sobre aquilo em breve, os paralelos entre aquela missão e a primeira que empreenderam juntos, mas haveria tempo mais tarde. O pedido de socorro exigia sua atenção. Então, ele se dirigiu de volta com Reath à ponte para ajudar a classificar os vários sinais.

– Por que não no centro de comunicação? – disse Cohmac, em vez de "olá". Leox Gyasi não parecia ser de fazer cerimônia.

– Primeiro, porque ainda não estamos respondendo – respondeu Leox. – Portanto, agora só precisamos isolar e analisar os sinais. Em segundo lugar, porque podemos obter uma análise muito melhor da origem de cada sinal daqui de cima.

– Bem pensado – disse Cohmac, com aprovação. Era raro encontrar um piloto autônomo que operasse racionalmente, mesmo com aquela aparência e linguajar. Como era bom ter um problema que pedisse soluções concretas, que exigia que ele procurasse respostas além da nave, em vez de olhar para dentro. – Quantos estamos captando no setor imediato?

– Parecem... onze – disse Affie, apontando para os diversos pontos vermelhos piscando em uma grade verde. – Destes, seis são cargueiros padrão, não muito diferentes de nós, exceto que nenhum é registrado na Guilda. Outros dois são transportes de passageiros padrão, variando em tamanho de esquifes de cinco pessoas a... – Ela assobiou. – A pelo menos um com duzentos sencientes a bordo.

Muitas pessoas precisariam de ajuda, então. Possivelmente em breve. Cohmac sentiu-se revitalizado com um propósito. Já estava ansioso para fazer alguma coisa útil, o que quer que fosse; parecia que seria convocado ainda antes do que esperava. A missão dos Jedi na fronteira teria início tanto por meio da força quanto da compaixão. Primeiro, no entanto...

– E os outros?

– E aquele ali? – perguntou Reath, apontando por cima do ombro de Affie. – O maior. Algumas dessas leituras... são níveis elevados de radiação, certo?

Leox assentiu, mas sua ausência de preocupação era tão completa que quase serviu para tranquilizar.

– Parecem Mizi, para mim. Eles não são tão suscetíveis à radiação quanto a maioria das espécies sencientes, por isso transportam cargas que muitas outras naves não podem. E aquele ali... – disse ele, apontando para o penúltimo ponto na tela. – Parece uma nave Orincana, o que é uma péssima notícia. Sua falta de beleza exterior combina perfeitamente com sua falta de beleza interior. Detesto desprezar uma espécie inteira, mas se existe algum Orincano transbordando inteligência, charme e bondade, eu ainda não o conheci.

– E quanto à última nave? – questionou Cohmac.

– É essa que me incomoda. – Leox deu zoom até que as especificações daquele veículo em particular, o mais distante, ficassem claras. – A menor do grupo. A que enviou o sinal original que interceptamos. Mas não consigo sacar qual é a dele.

Cohmac percebia a dificuldade.

– Os motores de uma nave de corrida... o casco de uma de transporte... potência do sensor quase semelhante à de uma embarcação de pesquisa... e, ainda assim, alguns dos componentes são fracos.

– Antigos, a julgar pelas leituras – observou Affie. – Então, eles aprimoraram alguns de seus sistemas, mas ignoraram os outros até que estivessem quase em frangalhos. Isso é esquisito, não é?

– Sim. Mas dificilmente um caso isolado. – Cohmac considerava as possibilidades. Nenhum armamento apareceu nas varreduras. Os armamentos podiam ser protegidos com certos revestimentos.

No entanto, os motores não pareciam potentes o suficiente para aguentar esse tipo de blindagem. Ele pesou as possibilidades e decidiu: – Vamos contatá-los diretamente.

– Mas se forem piratas... – Affie começou a protestar, mas parou quando Leox balançou a cabeça.

– Você viu os sensores deles – disse Leox. – Já sabem que estamos aqui. Sabem que sabemos o que fazemos. Se quiserem atacar, irão atacar. Até agora não o fizeram. Vale a pena arriscar. Quer fazer você o contato, Pawaman?

Reath levou um momento para ligar os pontos. Cohmac escondeu seu divertimento.

– Ah, hã, é *Padawan*, na verdade. Mas posso fazer eu o contato. – Ele se aproximou dos comunicadores e girou o botão. – Aqui é a nave, hã... *Nave.* Qual é a sua designação? Consegue transmitir um sinal visual? Câmbio.

A tela apresentou chuvisco e logo exibiu a imagem de uma menina, ainda mais jovem do que Reath Silas e Affie Hollow, embora Cohmac acreditasse que fosse apenas por volta de um ano mais nova. Seus cabelos escuros e lustrosos estavam puxados para trás em um firme rabo de cavalo, e suas bochechas arredondadas coraram quando ela sorriu.

– Oh, ainda bem! Estávamos com tanto medo de que vocês fossem piratas. Mas vocês não parecem ser piratas. Espere. Vocês são piratas?

Reath sorria, assim como a maioria das outras pessoas na ponte.

– Não somos piratas. Apenas viajantes com destino ao Farol da Luz Estelar, e agora retidos aqui.

– Pelo menos não somos os únicos – disse a jovem. *– Meu nome é Nan. Somos apenas eu e meu guardião aqui, e não temos muito.*

Cohmac interrompeu:

– Alguns de nós, incluindo Reath aqui e eu, somos Jedi, com o juramento de guardar e proteger os povos da República. – Todos os povos, na verdade, mas ele queria que compreendessem o bem que a República poderia levar para suas vidas. – Entraremos em contato com todas as naves em breve, e trabalharemos juntos para organizar a todos. Compartilhar recursos será a melhor maneira de sobreviver a esta crise. – Nan sorriu radiantemente. Talvez o Jedi tivesse feito sua primeira amiga no setor. – Aguentem firme. Entraremos em contato em breve. – Ela assentiu enquanto o sinal visual desaparecia.

Não havia ataque pirata iminente algum. No entanto, uma vaga sensação se abateu sobre Cohmac – uma percepção quase inconsciente de que algo permanecia desconhecido.

– Capitão Gyasi – disse ele. – Você pode aumentar o alcance do seu sensor?

Leox assentiu:

– Contanto que você saiba que, quando ganhamos alcance, perdemos nitidez. Assim como acontece com tantas coisas na vida.

– Uma troca aceitável. – Cohmac aproximou-se para analisar qualquer fragmento de informação que pudesse receber.

Em vez de fragmentos, a tela de repente se encheu de dados. Os olhos de Leox se arregalaram enquanto ele os analisou de perto, percorrendo-os.

– Opa, opa, opa. O que diabos temos aqui?

– Uma estação espacial? – disse Reath, arriscando um palpite mais rapidamente do que Cohmac poderia imaginar. – Mas... não está nem um pouco perto da estrela do sistema, e os níveis de energia estão baixos...

– Parece que não tem ninguém a bordo – disse Affie, que se curvava sobre as próprias leituras. – Embora a essa distância não possamos afirmar com certeza.

– Não recebemos comunicação alguma da estação, apesar da chegada inesperada de onze naves neste sistema – disse Cohmac. – As leituras de energia estão bastante baixas. A conclusão mais provável é que a estação está abandonada.

– Abandonada? – perguntou Reath. – Por quê? Foi simplesmente esvaziada? Ou se tornou perigosa por algum motivo?

Cohmac deu de ombros.

– Talvez. Ou pode ser que esta área já tenha sido uma rota de navegação próspera, e agora é menos usada. Ou simplesmente pode ter ficado obsoleta. Independentemente disso, devemos investigá-la.

– E digo mais – acrescentou Leox. – Precisamos investigá-la logo. Tipo, agora mesmo. E o mesmo deve ser feito com todas as outras naves da região. Porque a estrela local não está feliz.

Uma rápida varredura mostrou a ameaça: a estrela daquele sistema vazio e parado era volátil. Ainda não estava pronta para se tornar uma supernova, mas começando os milênios finais que a levariam ao cataclismo. Como tal, estaria sujeita a explosões solares de escala e intensidade perigosas. As leituras indicavam que ela estava prestes a deflagrar, emitindo rajadas de matéria superaquecida que teriam um milhão de quilômetros de comprimento. Quando aquilo acontecesse – como aconteceria ainda naquele dia, se não naquela hora –, cada uma das naves correria o risco de ser incinerada.

– Precisamos colocar a estação entre as naves e a estrela – disse Cohmac. – A estação obviamente possui blindagem que permite sua durabilidade neste sistema. Se ancorarmos do outro lado, temos uma chance.

Leox assentiu:

– Enviando o alerta agora mesmo.

Agradeça à Força, pensou Cohmac, *pelos problemas com soluções mais simples.* Elas permitiam a ilusão de que o universo poderia ser controlado, uma ilusão que todos precisavam de vez em quando.

Reath estava animado pela primeira vez desde que Mestra Jora lhe contara sobre a designação de ambos para o Farol da Luz Estelar. Uma estação espacial abandonada parecia ter potencial para oferecer aventuras sem insetos e algumas histórias para contar a seus amigos, quando quer que voltasse a vê-los.

Mas Reath ainda não pensaria sobre aquilo. Finalmente poderia voltar a viver o momento presente, como um Jedi deveria. Já fazia muito tempo.

A cada segundo que se aproximavam da estação, seu fascínio aumentava. O design era um que nunca vira antes: o centro constituía uma grande esfera feita de placas hexagonais de algum material transparente. Pesados elos de metal agrupavam-se em correntes de formato quadrado em seus polos, com outro anel de metal se estendendo ao redor de seu equador, que Reath estimava ter cerca de quinhentos metros de diâmetro. Uma eclusa de ar fazia parte da própria esfera, mas estava inutilizável, principalmente porque era enorme e de formato altamente irregular, construída para receber algum tipo de nave que nenhum deles jamais vira, talvez porque tivesse deixado de existir. A teoria de Mestre Cohmac sobre a estação estar abandonada parecia correta, porque os sinais de danos e o desgaste eram aparentes: painéis faltando, um pequeno trecho de um anel quebrado. No entanto, seu núcleo de energia deveria ter permanecido forte, porque a luz ainda brilhava no globo transparente central. As leituras confirmavam aquilo conforme a nave se aproximava.

– Gravidade, confere – disse Affie. – Sistemas de vida, conferem. A atmosfera é uma mistura de oxigênio e hidrogênio, então podemos subir a bordo, se quisermos.

Reath queria.

– Há quanto tempo vocês acham que aquele lugar está abandonado? Décadas? Séculos?

– Está mais para milênios, a julgar pela tecnologia – aventou Leox, semicerrando os olhos enquanto analisava a estação. – Que parece... familiar, mas não consigo entender por quê.

– Os Amaxine. – Um arrepio de reconhecimento percorreu Reath, levando um sorriso ao seu rosto quando identificou as formas curvas e os padrões do metal. – É tecnologia Amaxine!

– Amaxine? – Affie torceu o nariz. – Quem são eles?

Não havia nada que Reath amasse mais do que uma chance de explicar.

– Eram antigos guerreiros, de muito tempo atrás, antes mesmo da República. Sua ferocidade em batalha era supostamente incomparável. Existem muitas lendas sobre como seus batedores apareciam praticamente do nada, sinalizando para que as tropas partissem para o ataque.

– O que aconteceu com eles? – perguntou Affie.

– Aparentemente, quando a República unificou grande parte da galáxia, os Amaxines não estavam dispostos a aceitar a paz. Então, deixaram a galáxia e voaram para o espaço vazio em busca de outra grande guerra para travar. – Aquilo não fazia muito sentido, na opinião de Reath, mas ele não perdeu tempo julgando pessoas que morreram milhares de anos antes. Além disso, a pura emoção do momento, de testemunhar algo que antes fora apenas lenda e mito de repente ganhar vida, ofuscava todo o restante.

– Agora que você mencionou – disse Leox lentamente. – Acredito que já ouvi algumas histórias sobre os Amaxine, e como eles partiram há muito tempo. Mas pessoas estiveram aqui muito mais recentemente do que isso.

Franzindo a testa, Affie perguntou:

– Como você sabe?

Reath ficou feliz por ela ter perguntado, uma vez que aquilo significava que ele não precisaria fazê-lo.

– Coordenadas pré-programadas. – Leox bateu no painel. – Esse sistema estava em nosso navicomputador. Não sei por que, nem Geodo, nem você, e é por isso que quero que pergunte à sua mãe sobre isso assim que retornarmos a ela. Você é a única que pode obter uma resposta direta sobre o motivo de as naves da Guilda Byne virem programadas com um mapa que nos traz do hiperespaço diretamente para cá.

Reath virou a cabeça, como se estudasse as leituras mais detidamente, de forma que não pudesse ver o rosto de Affie. A explicação era óbvia: algum tipo de comércio ilegal, talvez algo que a Guilda executasse paralelamente. Com certeza não seria fácil para Affie ouvir aquilo.

Mas havia outras possibilidades. A Guilda poderia monitorar o comércio ilegal em vez de se envolver nele, ou até mesmo trabalhar contra ele, em um esforço para eliminar a concorrência corrupta. Eles não tinham informações suficientes para saber.

Para Reath, informação sempre fora tão vital quanto o próprio ar, algo que ele sentia que nunca poderia acumular o bastante. No entanto, estava percebendo que não saber tudo produzia uma certa... euforia.

Que provavelmente duraria pouco. E não era tão bom quanto estar informado e preparado. Ainda assim, ele aproveitaria toda a satisfação que pudesse obter.

Uma luz vermelha surgiu no painel da nave. Então, outra. Em seguida, quase todas elas acenderam ao mesmo tempo, brilhando escarlate. Cada alerta na nave estava soando.

– Opa – disse Leox. Sua calma habitual finalmente fora abalada. – Temos uma erupção solar chegando.

Reath olhou na direção aproximada da estrela, mas ela não era visível naquele ângulo.

– Em quanto tempo?

O rosto de Affie ficou pálido:

– Quatro minutos.

CINCO

Normalmente, um aprendiz deveria esperar pela aprovação de um Mestre antes de realizar qualquer ação drástica.

Nada naquela situação era normal.

Reath apressou-se para o comunicador.

– Todas as naves! Aproximem-se da estação para ancoragem imediata. Vocês têm quatro minutos para chegar ao lado seguro da estação, longe da estrela. Enviaremos ordens de embarque em breve, depois de verificarmos a estação. Apenas vão para lá agora!

As coordenadas surgiram no painel de Leox, e ele assentiu.

– Obrigado, Geodo. A caminho.

A nave virou tão rapidamente que a gravidade não teve tempo de compensar, fazendo Reath deslizar para o outro lado da ponte; aparentemente, os Jedi mais velhos também foram pegos desprevenidos, a julgar pelos baques e pelo *arre* que ele escutou de dentro da cabine principal.

Em segundos, as outras naves apareceram, todas dirigindo-se para a única área de segurança disponível atrás da estação, até que uma, a menor delas, diminuiu a velocidade.

– Aquela é a nave de Nan, certo? – Quando Affie assentiu com a cabeça, Reath assumiu o comando novamente. – Nan, vocês precisam se apressar.

– Nosso motor parou! Precisamos de reparos... e não há tempo.

Reath voltou-se para Leox.

– A *Nave* tem um raio trator?

– Negativo. – Leox estava com uma expressão pensativa. – O que temos é um cabo de reboque.

– Vá até a nave de Nan – disse Reath.

O olhar que Affie lhe dirigiu o fez pensar que, embora os Jedi estivessem prontos para arriscar suas vidas pelos outros, os civis não eram necessariamente tão comprometidos. Nem era justo esperar que fossem. As pessoas tinham o direito de zelar por sua própria sobrevivência. Antes que ele pudesse falar, no entanto, ela já tinha girado o botão para preparar o cabo de reboque, e Leox os virou bruscamente na direção da nave de Nan.

Mais baques soaram na parte de trás, e uma Orla Jareni apressada apareceu na porta, apoiando-se no batente.

– O que diabos está acontecendo?

– Estamos fugindo de uma erupção solar – explicou Reath. – Outra nave precisa de ajuda para chegar à segurança.

– Entendi. – O humor de Orla mudara instantaneamente. – O que eu posso fazer?

Leox lhe respondeu:

– A radiação solar está prestes a inundar todo o sistema. Para todos, com exceção dos Mizi, aquela estação é o único lugar seguro para se estar. Portanto, precisamos de exotrajes prontos.

Affie acrescentou:

– E uma ordem de embarque para todas as naves, para que não tentem passar pela eclusa de ar todas ao mesmo tempo.

Orla imediatamente pôs mãos à obra. Reath só podia aguardar e observar enquanto se aproximavam lentamente da pequena nave pertencente a Nan e seu guardião. Parecia ainda mais negligenciada de perto, obviamente montada a partir de fragmentos reunidos de outras naves. *Como um projeto artesanal de emergência para Ugnaughts*, pensou Reath, que logo se arrependeu por ocorrer-lhe tal imagem. Aquelas pessoas estavam fazendo o melhor que podiam com o que tinham. Mereciam respeito por sua engenhosidade.

– Quão perto precisamos chegar para usar o cabo de reboque? – perguntou ele.

– Não muito – assegurou Leox, depois confirmou disparando o cabo. Ele se lançou através do espaço vazio antes de se chocar com o casco da nave de Nan. Com um brilho de energia, o grampo eletromagnético entrou em ação. – Certo. Agora só precisamos chegar até a estação antes de sermos reduzidos a átomos.

Reath tentou não deixar sua reação transparecer, mas não deve ter feito um bom trabalho, porque Affie logo comentou:

– Não assuste os passageiros.

– Temos apenas quarenta e cinco segundos restantes – comunicou Leox, o que deixou Affie boquiaberta. Aparentemente, a situação era tão assustadora quanto Reath imaginara.

Mas Leox (e Geodo, talvez?) os conduziu ao redor da curva da estação esférica dois segundos inteiros antes que o espaço se enchesse com um lampejo de luz branca e fulgurante. Reath protegeu os olhos com o braço, e ainda assim quase ficou cego por um instante.

Quando sua visão retornou parcialmente, perguntou:

– Isso significa que conseguimos, certo?

Leox colocou as mãos atrás da cabeça.

– Sou bom ou não sou?

Antes que alguém pudesse subir a bordo da estação, um grupo de desembarque precisava se certificar de que o interior era seguro. Dez pediu para liderar o caminho; Affie concordou em ir como representante da tripulação da *Nave*.

Reath ofereceu-se prontamente, embora tivesse perguntas.

– Devemos conduzir mais varreduras antes? Pode haver nesta estação dimensões que não compreendemos. Riscos que ainda não imaginamos.

– É por isso que chamam isso de aventura. – Dez já estava verificando as configurações de seu equipamento de pulso, caminhando em direção à eclusa de ar. – Já verificamos a atmosfera, então sabemos que conseguimos respirar. Lidaremos com qualquer outra coisa quando aparecer.

Enquanto Leox manobrava a *Nave* cuidadosamente para a posição de atracagem no anel central, Reath perguntou a Affie:

– Vocês já exploraram muitos lugares antigos abandonados? Existem muitas coisas como essa por aí?

– É a primeira vez – respondeu ela, radiante, como se não houvesse qualquer chance de estarem prestes a morrer.

Talvez fosse verdade. *Veja desta maneira*, disse ele a si mesmo. *Você está realizando pesquisa com fontes primárias. Obtendo informações direto da fonte para compartilhar com outras pessoas mais tarde.* Ajudou, pensar que a última etapa daquela tarefa seria simplesmente anotar tudo.

A eclusa de ar se abriu. A luz entrou, quase cegando a princípio, e Reath momentaneamente temeu outra erupção solar. Seus olhos devem ter se ajustado à luz mais lentamente do que os de Dez, porque ele sussurrou:

– Olha só pra *isso*.

Pouco depois, Reath também pôde ver: um túnel que conduzia do anel utilitário quadrado diretamente para o globo central da própria estação. Enquanto os três caminhavam pelo túnel, Reath percebeu que a estrutura era transparente, criando a ilusão de que estavam suspensos na escuridão do espaço. Nunca vivenciara algo parecido, passear por um mar de estrelas. A vertigem o ameaçou por um momento, mas logo foi substituída pelo puro fascínio. Reath era atraído pela vista espetacular ao seu redor e pelo que viu à frente: uma abundância de verde.

O grupo emergiu no globo central, que incluía cabines e quiosques em várias camadas de passarelas. Poderiam ter sido lojas, laboratórios, todas abertas para a esfera vítrea que formava o corpo da estação – e todos cobertos de vinhas.

E samambaias. E musgo. Até algumas árvores. Vida vegetal transbordava de cada viga, escalava cada parede. Era mais flora do que Reath vira durante um ano em Coruscant.

– Como... – murmurou ele enquanto saíam, as hastes esmagadas ruidosamente sob seus pés. – Como isso é possível?

Dez gesticulou em direção à luz resplandecente no núcleo, um pequeno conjunto de baterias hexagonais supercarregadas, suspensas em campos de energia.

– Autogeração de luz e calor, abastecendo a estação. As plantas cuidaram do restante sozinhas.

– É lindo – suspirou Affie, caminhando para a frente com o rosto voltado para a luz.

Reath não podia discordar. Em vez de um lugar ameaçador e diabólico, ele entrara em um jardim orbital.

– Aposto que a estação tinha um arboreto – refletiu ele enquanto avançavam. – Para fornecer oxigênio e alimento, ajudar os viajantes a relaxar e tudo mais. E depois que a estação foi abandonada, as plantas assumiram o controle.

– Parece ser isso mesmo, para mim – disse Dez. Em seguida, respirou fundo e sorriu. O ar não apenas era respirável, como também tinha um aroma maravilhoso, fresco e doce. – Olha lá. Acontece que as plantas tiveram uma ajuda.

Seguindo com o olhar para onde Dez apontava, Reath vislumbrou um movimento dentro da vegetação. Um pequeno droide surgiu, um antigo modelo de jardinagem 8-T, que se parecia muito com a cúpula da "cabeça" de um astromecânico solta e independente. Os finos instrumentos metálicos que se projetavam de um de seus painéis pareciam estar ocupados polinizando algumas flores em forma de sino em tons de laranja e violeta. Outro 8-T apareceu, mais perto, ocupado com a mesma tarefa. Eles não deram atenção aos intrusos; sua programação tratava apenas de cuidar das plantas. Parecia que os droides vinham desempenhando seu trabalho de forma admirável.

– Devemos fazer um levantamento botânico? – perguntou Reath. – Catalogar todas as formas de vida aqui, descobrir se alguma é desconhecida para nós no momento?

– Não, isso é trabalho de droide – menosprezou Dez. – E não é particularmente urgente. Eu, pessoalmente, gostaria de dar uma olhada melhor nas outras coisas que os sencientes deixaram para trás... começando com *aquilo*.

Ele gesticulou na direção de um trecho de folhagem particularmente espesso, revelando uma forma que fora quase obscurecida atrás dela: uma estátua de uma figura, humana ou pelo menos humanoide, esculpida em pedra e dourada com algum tipo opaco de dourado que refletia a luz. A figura vagamente feminina usava um cocar entalhado com vidro colorido ou joias de verdade de forma elaborada, e tinha os braços cruzados diante do peito. Não se assemelhava a nenhuma divindade mitológica ou herói folclórico que Reath conhecesse, mas ainda assim ele sentiu uma emoção. Aquela era uma janela para história... para as lendas.

Mas, por trás daquela emoção, espreitava um calafrio. Uma sombra.

Encarando a estátua, ele disse:

– Vocês sentiram isso?

– Sim – respondeu Dez. Sua voz adquiriu um tom de hesitação. – A sombra. Pode não significar nada.

Ou pode, Reath não pôde deixar de pensar.

Affie Hollow não entendia de que "sombra" Dez e Reath estavam falando (o que não fazia sentido, já que estavam todos banhados em luz) e nem se importava. Qualquer que fosse o misticismo que aquele tipo de monge-feiticeiro propagava, interessava-lhe apenas levemente. A estação, no entanto, era fascinante.

Não por causa das antiguidades que os Jedi já estavam adulando. Por causa de objetos muito mais recentes do que elas.

Os olhos aguçados de Affie escolheram primeiro a chave de boca, depois o anx. Uma porção de ferramentas de viajantes espaciais, jogadas em um canto – obviamente abandonadas há algum tempo, mas não o suficiente para que fossem tomadas por videiras. O musgo sob elas ainda parecia verde e saudável, por isso elas não poderiam estar lá por mais de alguns meses. Alguns anos, talvez? Ela não era exatamente uma especialista em musgo. Talvez Geodo soubesse. No entanto, ela tinha certeza de que não fazia muito tempo que outros viajantes tinham passado pela estação.

Alguns deles provavelmente eram pilotos da Guilda Byne. Por que outro motivo as coordenadas daquele sistema estariam pré-programadas no computador da *Nave*? Com certeza não havia nada remotamente interessante para ser encontrado por lá; mesmo para os padrões do espaço aberto, aquela região era desolada. Portanto, aquela estação deveria ter sido de alguma utilidade para a Guilda em algum momento, ou não constaria como um dos lugares em seu navicomputador.

Centenas de lugares, lembrou-se ela. *Talvez até milhares. Nunca contamos todos... qual seria o objetivo? Alguns daqueles dados poderiam ser antigos, em desuso. Obsoletos para a forma como a Guilda funciona atualmente. Scover construiu tudo a partir de navicomputadores preexistentes na época em que estava criando a Guilda.*

Então ela se lembrou de que Scover poderia, naquele momento, estar morta ou ferida por causa de um desastre muito maior do que qualquer coisa que já tinham visto antes, e seu coração voltou a doer. Para os Jedi, aquele desastre era muito preocupante, mas uma preocupação abstrata; para ela, era intensamente pessoal. Lembrar-se de como sua mãe adotiva trabalhara para construir sua frota deixou Affie ainda mais esperançosa de que Scover tivesse sobrevivido. Ela *merecia* viver, para colher os benefícios de todo aquele esforço.

Mas os outros mortos no desastre provavelmente também mereciam viver. O acaso era muito cruel para prestar atenção ao que as pessoas mereciam.

Dez estudava a inscrição na estátua de arenito. Reath perguntou:

– Você consegue ler?

– Não, não está escrito em Aurebesh, e os agrupamentos de glifos não se parecem com o Básico – analisou Dez. – Mas também não é totalmente desconhecido. Isso me lembra de algumas línguas antigas que estudamos. Um verdadeiro estudioso pode ser capaz de traduzir. Por sorte, temos um a bordo.

Affie se perguntou se deveria ou não mencionar as ferramentas. Os Jedi pareciam não se importar mesmo com quem poderia ter ocupado a estação recentemente, por isso, ela decidiu que guardaria aquela informação para si por enquanto. Quando tivesse a oportunidade de conversar sozinha com Leox ou Geodo, eles poderiam discutir aquilo e decidir o que os Jedi precisavam, ou não, saber.

Quando Cohmac deu uma boa olhada pela primeira vez na pequena nave que se aproximava deles com um décimo da potência, sentiu um momento de empatia, quase ternura. Ela fora literalmente construída a partir de partes de pelo menos quatro ou cinco outras embarcações, nenhuma das quais parecia vagamente semelhante em design. Que pobreza poderia ter levado àquilo? Ao menos a necessidade desesperada fora correspondida com determinada inovação. Onde a maioria se consideraria incapaz e presa ao planeta, aquelas pessoas tinham encontrado seu próprio caminho para as estrelas.

Logo que tiveram a confirmação de que todas as espécies a bordo podiam respirar dentro da estação, Cohmac indicou que a nave remendada poderia atracar na eclusa de ar mais próxima e saiu para recebê-los, com Orla ao seu lado. O trio da exploração inicial voltou para ficar ao lado deles quando a segunda eclusa de ar se abriu.

– Ah, veja – sussurrou Nan enquanto avançava. Ela era ainda mais minúscula do que parecia na tela, uma garota com pouco mais de um metro e meio de altura, usando um vestido surrado, mas colorido. Seus cabelos escuros estavam vibrantemente pintados com mechas azuis, como um lampejo de vida e vivacidade. – Parece o meu terrário, mas é grande o suficiente para entrar!

– Sim, igualzinho ao seu terrário – disse o Zabrak idoso mancando atrás dela, rindo. Suas roupas combinavam com as dela, e sua bengala tinha incontáveis entalhes esculpidos, como registros de alguma medida de vida que Cohmac dificilmente poderia imaginar. – Olá. Eu sou Hague, e pelo jeito vocês já conheceram minha pupila, Nan.

– Cohmac Vitus, Cavaleiro Jedi. – Ele estendeu a mão para cumprimentá-lo, um costume que felizmente parecia tão comum na fronteira quanto em casa. – Bem-vindos. Deixe-me apresentar meus companheiros, Dez Rydan, Orla Jareni, Reath Silas e Affie Hollow. Esperamos transformar esta estação em um lugar de refúgio para aqueles retidos pelo fechamento do hiperespaço.

– Vocês estão no comando, é? Que bom, que bom. Não me importo em dizer que estamos gratos por ver vocês. Quase não havia provisões a bordo para durarmos três dias. Eu não preciso de muito, mas a pequenina...

– Acredito que os transportes maiores oferecerão alimentação adequada para todos nós – disse Cohmac. *Supondo que estejam dispostos a compartilhar e que as vias do hiperespaço não fiquem fechadas por muito tempo. Não adianta preocupar essas pessoas com isso.* – Por enquanto, instalem-se.

Orla acenou com a cabeça em saudação, mas passou por Cohmac, e retornou à *Nave* por motivos próprios. Os viajantes não se ofenderam com sua partida; Nan, em particular, parecia encantada por ter encontrado pessoas de sua idade. Não era de se admirar; Cohmac não estava familiarizado com a longevidade dos Zabrak, mas Hague era, no mínimo, várias décadas mais velho. Olhando para Reath e Affie, Nan perguntou:

– Vocês dois também são Cavaleiros Jedi?

Affie produziu um som que Cohmac decidiu não interpretar como rude.

– Que nada. Eu sou a copilota da *Nave*.

– Eu *serei* um Cavaleiro Jedi um dia – disse Reath. – Mas por enquanto ainda sou um Padawan. Um estudante nos caminhos da Força.

Nan se iluminou.

– Ouvi histórias sobre os Jedi. Você pode me contar mais sobre a sua Ordem? Como aprende a fazer as coisas que faz?

A curiosidade acerca dos Jedi era grande na região da fronteira, de maneiras boas e ruins. Cohmac esperava que eles causassem uma boa impressão a partir daquele momento. No entanto, suspeitava que o interesse de Nan tinha mais a ver com o belo rosto de Reath do que com o fato de ele ser um Jedi. Provavelmente muito mais.

Como os Jedi mais velhos sempre faziam ao observar tais interações entre os mais jovens e os estranhos à Ordem, Cohmac refletiu, *Temo que alguém terá que contar a ela que os Jedi não...*

Bem. Que Reath cuidasse daquilo quando e se o assunto surgisse.

Orla aproximou-se dele pelo lado.

– Escute, sei que você tem muito em que pensar no momento. Liderar o grupo, organizar os refugiados conforme eles sobem a bordo...

– Aonde quer chegar? – perguntou Cohmac.

Orla ergueu uma sobrancelha com tamanha veemência que ela poderia ter saltado do rosto.

– Quero dizer que você pode delegar suas outras funções, mas não seu conhecimento sobre artefatos antigos. Dez comentou que este lugar está repleto de tecnologias antigas e estátuas ainda mais antigas. Com *inscrições*. Em *línguas desconhecidas*. – Orla pronunciou tudo aquilo no mesmo tom que poderia ter usado para contar a um entusiasta de corridas sobre um veículo com motor de neutrinos de última geração no hangar ao lado, ou descrito docinhos de festa para uma criança empolgada.

Embora Cohmac geralmente demonstrasse mais moderação nos assuntos de seu interesse, Orla, *de fato*, chamara sua atenção.

– Línguas totalmente desconhecidas?

– Dez disse que ao menos uma delas lembra um pouco do Alderaaniano Antigo. Mas ele pode estar enganado. Os olhos de um especialista enxergariam muito mais.

– Então, deixo Dez e Reath incumbidos da estação de embarque, por enquanto. – Ele colocou uma das mãos no ombro de Orla. – Mostre o caminho.

Depois de terem se afastado vários passos, Orla disse, mais baixinho:

– No começo, fiquei abalada. Um acidente nesta região do espaço, uma nave que não conhecíamos bem...

– Também pensei nisso – respondeu Cohmac. Aquele capítulo de seu passado era um que raramente parava para pensar. Os paralelos entre aquela missão e a primeira que ele e Orla empreenderam juntos... Ele esperava deixá-los de lado e ignorá-los durante o desastre.

Aparentemente, Orla pensava o contrário. Ele não deveria ter esperado menos. Cohmac praticamente podia ver as palavras pairando em seus lábios. No entanto, antes que pudesse se aprofundar no assunto, ela parou e disse:

– Está sentindo isso? A... sombra? O calafrio? Reath e Dez também perceberam.

– É escuridão – disse Cohmac. – Também senti. Alguma coisa nesta estação está ligada ao lado sombrio.

SEIS

Algumas pessoas ficavam espantadas com os Jedi, incapazes de compreendê-los; outras podiam ser hostis, por temerem o que não entendiam, por temerem o poder que não podiam possuir. Protegido como estava no interior do Templo, Reath muitas vezes não tinha certeza de como construir essa ponte e se conectar com as pessoas normais, bem, como uma *pessoa*.

Com Nan, não havia esse problema.

– Os Jedi são soldados? Fizeram juramento à República? – Ela baixava timidamente os olhos enquanto permaneciam sob a copa de folhas que protegia as docas da estação. – Ou lutam apenas por vocês mesmos?

Reath negou com a cabeça.

– Nada disso. Quer dizer, nós protegemos a República, mas trabalhamos *com* ela. Não *para* ela. E isso não é tudo o que fazemos. Tentamos ajudar e proteger a todos aqueles que precisam, quando podemos.

Aquilo parecia não fazer sentido para Nan.

– Em troca de pagamento?

– Não somos mercenários. – Ele teve que rir. – É tão difícil assim imaginar que um grupo de pessoas tente fazer a coisa certa só porque *é* a coisa certa?

– Por aqui, sim – disse ela, sua expressão sombria. Apesar da juventude, Nan sem dúvida testemunhara algumas coisas terríveis. – O que é isso no seu cinto? É a espada da qual ouvimos falar? O sabre de fogo?

Ele sorriu.

– É chamado sabre de luz. E sim, este é meu.

– Você vai acendê-lo? – perguntou Nan, a expectativa brilhando seus olhos escuros.

– Não, a menos que eu tenha um bom motivo. – (Não era proibido, mas se ele fizesse aquilo, chamaria muita atenção. Mestre Cohmac poderia até pensar que eles estavam flertando. Na verdade, Reath achava que Nan provavelmente estava flertando, mas ele estava apenas *explicando*.)

– Por favor? – A expressão de Nan poderia ter derretido gelo. – Eu adoraria saber como funciona.

Antes que Reath pudesse descobrir quão vulnerável poderia ser àquela expressão, a voz de Leox soou pelo comunicador:

– *Os passageiros das últimas naves estão embarcando na estação. Vocês estão prontos aí?*

– Com certeza – assegurou Reath. O momento foi interrompido; ele poderia se concentrar novamente em seu dever. – Vamos, Nan. Vamos recepcionar nossos convidados.

Ela fez uma careta.

– Mizi? Orincanos? Pode chamá-los do que quiser... mas eles não vão se comportar como convidados.

– Como vão se comportar?

Nan lançou um sorriso travesso.

– Espere e verá.

Ainda bem que as articulações de reforço resistiram nesta estação, pensou Affie Hollow enquanto caminhava ao longo da passarela, em meio a um emaranhado de trepadeiras. *Caso contrário, esta coisa teria implodido, e quem sabe onde teríamos ido parar?*

(Em algum outro lugar pré-programado no computador. Em algum outro lugar que Scover tinha baixado, sem saber que armadilhas poderiam ter sido armadas para ela em navicomputadores antigos.)

Affie escolhera perambular em direção aos níveis superiores, subindo ao longo da solitária passarela em espiral que percorria o globo central da estação Amaxine, levando aos anéis mais ao alto. Daquela posição estratégica, poderia inspecionar toda a configuração da estrutura. Anel externo: vários arcos de metal separando os diversos segmentos, cada qual com uma eclusa de ar própria. Esfera central: vários compartimentos instalados ao longo da passarela, mas, fora isso, tratava-se realmente de um arboreto. (Ela teria pensado que sempre fora planejado para ser um, se não fosse pelo fato de tudo aquilo ter sido construído pelos Amaxine. De acordo com as lendas, eles não faziam o tipo "jardineiro tranquilo".) Através das placas transparentes, ela podia ver algumas das outras naves chegando para atracar.

Eles colocaram a nave Orincana próxima da Mizi? Oh, isso não vai terminar bem. Aqueles Jedi podiam ser monges-feiticeiros brilhantes, mas também eram completamente desinformados sobre aquela parte da galáxia, principalmente quanto a quais espécies nela se odiavam. Ao passar por uma grande eclusa de ar irregular na esfera, Affie viu-se tentada a voltar para a ponte para ajudar Leox e Geodo a resolver as brigas resultantes – além de testemunhar as expressões estarrecidas nos rostos dos Jedi.

(Ela não desgostava de ninguém da República, na verdade, mas era óbvio o quanto eles acreditavam ser os responsáveis por levar sabedoria e conhecimento. Já era hora de aprenderem.)

Mas embora muitas daquelas naves fossem tripuladas por seres que se odiavam, nenhum deles parecia disposto a entrar em guerra. Seria uma bagunça, não um desastre.

Provavelmente.

O que significava que Affie estava livre para explorar por conta própria.

Anéis inferiores? Ela ainda não sabia. Anéis superiores?

Ela ergueu os olhos. Estava a poucos metros do túnel que levaria para cima e para fora. Era hora de descobrir o que mais aquela estação poderia oferecer.

De um corredor, Affie escutou Orla Jareni e Cohmac Vitus conversando algo indistinto, sem dúvidas sobre as antiguidades que praticamente cobriam os conveses. Eles ficariam distraídos com aquilo por um tempo, e não prestariam atenção em onde Affie iria ou no que faria. Era ideal.

Ela afastou uma cortina de trepadeiras e entrou no túnel que levava "para cima". A gravidade ajustava-se a ela à medida que avançava, uma modificação incomum e engenhosa; aparentemente, todos aqueles antigos mecanismos da estação permaneciam em perfeito funcionamento. Affie não tinha intenção de tocar em nada lá dentro, porque era melhor deixar em paz qualquer tecnologia tão antiga que ainda estivesse operando. Qualquer outro viajante espacial também saberia daquilo.

Viajantes espaciais também saberiam que os anéis superiores e inferiores seriam os lugares mais prováveis para compartimentos de armazenamento, e para carga abandonada por outros. Se tivesse que arriscar um palpite, diria que os estoques da estação estavam no topo.

Decerto, quando Affie saiu do túnel para os sombrios anéis superiores, pôde distinguir longas filas de compartimentos de armazenagem – alguns do tamanho de um armário, outros maiores – estendendo-se até a escuridão central. Compartimentos mais espaçosos poderiam estar localizados nos anéis inferiores. As baias mais amplas poderiam conter substâncias potencialmente perigosas, por isso ela iria examiná-las mais tarde, talvez com a ajuda de Leox. Naquele momento, ela iria apenas fuçar...

Então, inclinou a cabeça. Havia algo *escrito* nos armários?

Affie acendeu sua haste luminosa enquanto avançava. Ao longo dos armários e das portas dos outros compartimentos estavam rabiscados alguns símbolos. Não eram etiquetas, e sim caligrafia ou escrita manual, com o mesmo tipo de lápis de graxa usado para marcar fios para conserto. Affie nunca escrevera nada à mão em sua vida, e dificilmente seria a única. Ela provavelmente nunca conhecera alguém que escreveu algo.

A escrita também não era Aurebesh. Era composta de... símbolos. Pequenas imagens em vez de letras. Diferentes linhas estavam escritas em diferentes alturas, em diferentes estilos. Então, ela viu, logo no fim das linhas, números muito menores...

Datas!, Affie deu-se conta. *São datas; isso nos diz quando eles estiveram aqui!*

Como ela suspeitava, não fazia muito tempo. Uma das linhas era de apenas seis anos antes. Outra era anterior, mas, ainda assim, cerca de apenas trinta e dois anos. Toda a escrita parecia vir da era recente, muito depois de a estação ter sido abandonada.

Não havia como atribuir significado às linhas sem conhecer sua linguagem ou, mais possivelmente, seu código. Os pictogramas eram bastante grosseiros. Affie correu um dedo sobre o desenho de uma onda com crista atravessada por uma linha diagonal; o símbolo assemelhava-se às leituras que indicavam uma perturbação gravitacional. E havia um em forma de Y, que sugeria uma potencial bifurcação nas vias do hiperespaço ou algum outro desvio. Ela começou a sorrir ao perceber que aquele era um lugar onde os viajantes deixavam mensagens uns para os outros, avisos sobre o caminho adiante.

Mas por que deixar mensagens tão importantes em código? Por que não redigi-las de modo que pudessem ser lidas facilmente?

Affie continuou escolhendo novos símbolos, tentando adivinhar o que cada um poderia significar, passando o dedo abaixo de cada linha. Então, seu dedo parou e seu sorriso desapareceu. Aquele símbolo era uma estrela de quatro pontas, uma estrela estilizada e característica, um símbolo que Affie conhecia bem. O que era adequado, porque ela o usava sobre o coração todos os dias em que vestia o macacão do uniforme.

Era o brasão da Guilda Byne.

– Está abafado aqui – disse Orla. – Quase escaldante. Precisamos dar créditos ao bioma. Os arboretos mais bem plantados raramente duram todo esse tempo. Este aqui não apenas sobreviveu, como tem *umidade*.

– Que sorte a nossa – disse Cohmac, irônico.

Eles estavam na esfera central, dentro do que Orla podia ver que fora uma espécie de área cerimonial, marcada com um assento, ou talvez um trono, esculpido em pedra. Um total de quatro estátuas montavam guarda. Cada uma retratava uma espécie diferente, ou talvez uma figura mitológica, mas todas compartilhavam o folheado dourado e a rica ornamentação em joias. As vinhas deslizavam ao longo das árvores e arcos próximos, não literalmente, embora o farfalhar constante estimulasse tal ilusão.

A luz estava salpicada de sombras de folhas. As sombras se projetaram no rosto de Cohmac quando ele se aproximou de uma das estátuas, olhando para as asas e a carapaça primorosamente esculpidas.

– Reconhece isso? – perguntou Orla.

Cohmac balançou a cabeça.

– O estilo de escultura é similar ao dos antigos Kubaz. Mas esse sistema está tão distante que meu primeiro palpite seria de que a semelhança é uma coincidência. Além disso, até onde eu sei, os Kubaz não têm deuses insetos.

Orla colocou as mãos na cintura.

– Talvez não sejam deuses. Talvez sejam monarcas ou líderes históricos.

– Monarcas, talvez – disse Cohmac. – Mas duvido que sejam figuras históricas. A maneira como são elevadas sobre os observadores, os halos grandiosos em suas cabeças... Veja, há espaços que provavelmente continham joias maiores no passado. Para mim, isso sugere profunda reverência. O mais intenso respeito e adoração. A longo prazo, a história não é assim tão generosa para indivíduo algum. Mas as religiões são. Os mitos são. Pode haver outros significados, também. Até traduzirmos esse idioma, não posso oferecer nada além de um palpite. Deuses seriam minha aposta.

Uma brisa suave soprou na ponta das vestes de Cohmac, passando pela bochecha de Orla. A princípio, Orla simplesmente deu as boas-vindas àquele leve toque de frescor. Ela pensou: *Acho que é por isso que as vinhas estão farfalhando. Esta estação tem uma ventilação ainda melhor do que tinha imaginado.*

Então, Orla sentiu um leve arrepio de mal-estar. Uma sensação de estranheza que só crescia a cada momento. Cohmac virou-se para ela.

– Aí está. A sombra. A escuridão.

Eles ficaram imóveis por alguns momentos.

– Todos nós sentimos isso agora – disse Orla. – Eu poderia ter presumido que não passava de uma árvore antiga; às vezes, as plantas podem ser fortes no lado sombrio. Mas isso...

– É diferente – concluiu Cohmac por ela. – Parece intencional.

Orla inspirou e expirou, tentando concentrar-se na Força, mas tal serenidade era ilusória.

Àquela altura, a escuridão era mais do que um arrepio. Era quase uma presença. Como se algo ou alguém se aproximasse deles lentamente. Orla se perguntou se aquilo poderia ser verdade. Havia um ser escondido na estação? Será que não estava abandonada como presumiram?

– Vou verificar o corredor – disse Orla, correndo na direção da porta. Com o canto do olho, viu Cohmac assentindo. Ele sentira a mesma coisa...

E então, Orla estava sozinha na escuridão total.

Ela se agachou antes que os ventos fortes pudessem derrubá-la. O frio a gelou até os ossos, e lascas afiadas de detritos arranharam sua pele. O terror a atingiu na barriga, ameaçando arrastá-la para a escuridão também. Orla invocou a Força para sustentá-la. Mesmo que ela não pudesse mais sentir, a Força sempre estava lá.

– Cohmac – gritou ela, sem saber o porquê. – Cohmac, onde você está?

Enquanto se levantava tentando olhar ao redor, fragmentos de metal e minério se cravaram em suas mãos. À distância, conseguia distinguir apenas vigas metálicas desmoronadas – e um brilho sinistro através delas. Embora fosse a luz mais forte que pudesse ver, não a inundou de outra coisa senão de horror...

Não havia mais frio. Não havia mais escuridão. Orla abriu os olhos (quando ela os fechara?) e viu-se no arboreto, perto da porta, exatamente onde estivera alguns segundos antes, quando o universo fazia sentido.

– Cohmac? – chamou ela, mas não ouviu resposta. Pondo-se de pé, ela o viu deitado entre o musgo e as vinhas do chão, inconsciente ou em transe, como se estivesse prostrado diante de um deus desconhecido. Orla correu até ele e, assim que se ajoelhou ao lado do ombro de Cohmac, seus olhos escuros se abriram. Mas sua respiração estava curta e superficial, e ele encarou Orla sem parecer de fato enxergar.

– Precisamos voltar para a nave – disse ela gentilmente, sem saber se Cohmac podia ouvi-la. – Deixe-me colocar o braço sob seus ombros.

– Aquilo não foi apenas uma visão. – Cohmac piscou e então olhou para Orla com total clareza. – Foi um aviso.

Reath achara que estavam chegando na parte fácil. Estavam todos seguros; todos precisavam dividir o espaço por um tempo, então, tentariam se dar bem uns com os outros, certo?

Estivera tão equivocado.

Os primeiros pilotos a chegar eram humanos que pareciam durões, e queriam que os demais assim pensassem.

– Este lugar está abandonado, não? – disse um deles, passando direto pela mão estendida de Reath em sinal de boas-vindas. – Isso torna tudo que esteja a bordo um alvo fácil.

– Espere – começou Reath. – Todos devem ter a chance de obter os recursos de que precisam.

– Não se eles forem meus. – O homem puxou o lenço vermelho que usava ao redor do pescoço enquanto lançava um sorrisinho para Reath. – Tudo o que não está fixado é meu. Qualquer coisa que eu possa soltar não está fixada. Vamos, homens. Vamos à caça.

Eles espreitaram por entre os anéis, procurando por armários e outros depósitos. Antes que Reath pudesse decidir se iria atrás deles, outro grupo surgiu. Aqueles eram os Orincanos, que pareciam parentes dos Gamorreanos, só que mais pálidos e menos fotogênicos. Seu capitão gritou de indignação ao testemunhar os humanos já saqueando o anel, depois saiu atrás deles.

Primeiro, Reath buscou seu comunicador:

– Mestre Cohmac, estamos lidando com uma, hã, inquietação entre os refugiados. Se puder vir até aqui, seria de grande ajuda.

Não houve resposta. Reath recorreu à Força, invocou sua vontade e gritou:

– Vocês querem parar de saquear a estação e voltar para cá?

Ninguém escutou. Ele suspirou, frustrado. Mestra Jora era tão boa em dobrar a vontade das pessoas com a Força, mas era mais uma habilidade inata do que uma facilmente ensinada. Reath poderia pegar o jeito algum dia, mas ela não traria nenhum benefício naquele exato momento.

Relutante, Reath sacou seu sabre de luz. Era hora de aplicar a lei.

Que ele nunca aplicara antes. Mas descobriria como fazer.

SETE

Affie não percebera que alguma coisa estava errada até estar bem no meio de tudo.

– Abaixe-se! – gritou Reath.

Ela não perguntou por que, nem se virou para olhar, apenas se jogou no chão da passarela. Uma barra de metal passou zunindo logo acima, chocando-se contra a parede com um estrondo reverberante. Cobrindo a cabeça, ela correu até que pudesse se enfiar atrás de uma barreira de folhas. Talvez tivesse sido um balcão em algum momento, talvez um bar. Naquele momento, densamente envolvido em vinhas, tornara-se uma cerca viva. De qualquer forma, aquilo a esconderia dos saqueadores.

Por que ela não esperou mais para descer? Era tarde demais para arrependimentos.

Affie estava decidida a permanecer abaixada. Se fosse revelada, os outros poderiam atacá-la, tomando-a como concorrente pelos poucos bens preciosos da estação. Ou, se quisessem tentar se apossar da *Nave* (o que era uma aposta bastante segura) e abrir caminho rapidamente pelas vias do hiperespaço, era possível que roubassem a própria Affie.

A República proibia a escravidão, mas ela não tinha certeza se estavam em território da República naquele momento. Não duvidava que alguns dos bandidos a venderiam para quem quer que a levasse para o outro lado da fronteira em troca de algum lucro rápido.

Então, pensou ela, respirando com dificuldade, *vamos ficar na surdina.*

De onde estava, Affie poderia espiar a confusão por entre as folhas. Os Orincanos já estavam cortando as vinhas no nível do "solo", abrindo buracos que lhes permitiam procurar por quaisquer coisas ocultas abaixo. Mais acima, no átrio, dois andares acima dela, os Mizi tinham encontrado algo que parecia uma armadura Amaxine. Aquele material nunca enferrujava ou se desgastava; era muito valioso. Os Orincanos ficariam furiosos ao ver que seus rivais encontraram tamanho prêmio.

Furiosos o bastante, provavelmente, para começar uma briga. Affie lançou um olhar avaliador para a parede. *Scover diz que, no passado, as estações espaciais mais antigas costumavam selar magneticamente seus cascos inteiros. Se eles começarem a brigar aqui, um único disparo de blaster poderia ficar ricocheteando por minutos. Talvez até horas.*

Os Orincanos não davam a mínima para história ou qualquer outra coisa além de suas próprias peles suínas. Por isso, não perceberiam o perigo. Se uma briga estourasse, fariam tantos disparos que toda a estação se transformaria em uma armadilha mortal.

Onde estava Reath? A voz dele viera de baixo, mas ela não conseguia ver muito do anel da eclusa de ar da estação. Os outros Jedi estavam vindo para ajudá-lo? Eles *conseguiriam* ajudar? Affie não ficara muito impressionada com aqueles famosos guerreiros místicos que, pelo que podia perceber, tinham basicamente exaltado a si próprios antes de largá-los em uma estação antiga que era uma tremenda roubada.

O breve devaneio de Affie foi interrompido quando passos pesados de botas começaram a ressoar nos painéis do chão, próximo a ela. Um Orincano? Em vez disso, sua espiada por detrás das folhas revelou um humano com um lenço vermelho, mas cujo sorriso ganancioso e insensível cairia bem em um focinho Orincano.

– Existe um mercado para garotinhas que paga muito bem – disse ele, em tom cantado. – Para as que não são muito velhas.

Ele queria que ela o ouvisse? O instinto dizia a Affie que ele não era um escravagista; seu interesse parecia mais pessoal, e ainda mais sinistro. Menos como se ela fosse algo que ele pudesse vender, mais como se fosse algo que ele não pudesse comprar.

Devagar, bem devagar para que sua roupa não fizesse ruído e para não perturbar nenhuma folha, Affie sacou o blaster preso à sua lateral. A arma deslizou silenciosamente para fora do coldre.

Sim, atirar no casco poderia matar a todos nós, pensou ela. *Mas só se eu errar. Eu não vou errar.*

Affie olhou através da mira de sua arma, apontando-a diretamente para o homem de lenço vermelho. Se ele virasse mesmo que uma fração de centímetro na direção dela, poderia vê-la. Isto é, se ele tivesse tempo de vê-la antes de morrer, algo que Affie não pretendia lhe conceder.

Mas ele não se virou. Em vez disso, começou a gargalhar.

– Sim, sim – disse ele, provavelmente para um de seus companheiros. – Essa vai servir muito bem!

Ele se afastou a passos rápidos. Affie sentiu-se aliviada, mais do que deveria. Ela nunca matara ninguém antes, e não queria começar agora. *Se sua vida está em jogo*, ela se repreendeu, *você não deveria nem pensar nisso. Não deveria pensar em nada além de salvar sua própria vida.*

Falar era fácil.

Em seguida, um grito ecoou pela estação. Affie não conseguia ver quem gritara, mas já sabia.

Eles tinham pegado Nan.

Reath olhava ao redor desesperadamente, tentando identificar os líderes. Se pudesse eliminar um ou outro integrante-chave, aquilo poderia sossegar os outros.

Uma voz quebrou sua concentração:

– Reath... ajude aqui!

Orla Jareni lutava para atravessar a selva do átrio exposto, apoiando parcialmente um cambaleante Mestre Cohmac. Qualquer pessoa em um nível superior teria a chance de disparar um tiro certeiro. Reath correu para ajudá-los a alcançar o túnel que levava ao anel da eclusa de ar.

Assim que os três chegaram ao túnel, Dez Rydan correu com o sabre de luz nas mãos, o manto ondulando atrás de si. Ele apressou-se para ajudar a apoiar Mestre Cohmac, mas o Jedi mais velho já estava se recuperando.

– O que aconteceu? – perguntou Dez.

– Ele teve um colapso. Acho que nós dois tivemos – contou Orla. – Ou nós dois tivemos uma... experiência, uma que não consigo explicar facilmente. Mas está conectada ao lado sombrio. Disso você pode ter certeza.

O átrio da estação ecoava com gritos, berros e o retinir de metal. Mestre Cohmac acenava com a cabeça rapidamente enquanto se endireitava.

– Orla, você está em condições de lutar?

A mão dela foi para o sabre de luz preso ao cinto.

– Sempre.

Mestre Cohmac olhou para Reath, que lhe assentiu de imediato. Em seguida, os quatro correram de volta para a estação.

– Orla, pegue aqueles – instruiu Mestre Cohmac, apontando para o segundo nível acima. – Vou limpar os níveis superiores. Dez, vá para o outro lado da estação e veja o que está acontecendo lá. Reath, guarde as eclusas de ar.

Reath assentiu. Orla e Mestre Cohmac pularam ao mesmo tempo, ambos elevando-se a metros de altura. Reath não os observou por mais tempo do que isso. Em vez disso, acendeu seu sabre de luz. Já fazia algum tempo desde que sentira seu zumbido, desde que sua luz verde fria o banhara com seu brilho.

Mas, para alguém que se considerava muito mais um estudioso do que um guerreiro, era surpreendentemente bom ter o sabre de luz nas mãos novamente.

Um grito chamou sua atenção para uma luta ocorrendo perto de outra entrada do anel da eclusa de ar. Os olhos de Reath se arregalaram quando ele viu Nan nas garras de um enorme homem humano. Os braços dela estavam presos ao lado do corpo e, embora ela sacudisse a cabeça de um lado para o outro, escapar era impossível. Ela parecia mais furiosa do que assustada, ainda que devesse estar apavorada.

– Hague! – gritou Nan. – Hague, *socorro*!

Ela não tinha ninguém em quem pudesse confiar para cuidar dela em toda a galáxia exceto um homem idoso. Reath não tinha dúvidas de que Hague iria até lá mancando, pronto para golpear o sequestrador com sua bengala. Tampouco duvidava de que Hague seria rapidamente espancado ou morto por causar incômodo.

Reath correu alguns metros na direção deles e então pulou. Seu salto o levou cinco metros acima da grama, passando por trepadeiras que se chocaram contra seus membros, até um ponto bem na frente de Nan e de seu sequestrador. Ambos pareciam igualmente surpresos ao vê-lo.

Outro humano, que usava um lenço vermelho, apareceu atrás dele.

– Você está aqui para nos dizer que não estamos mantendo a ordem? – perguntou ele em uma voz zombeteira. – Não há lei alguma por aqui ainda, rapazinho. Isso significa que podemos tomar o que quisermos desta estação. E também que podemos levá-la.

Os olhos de Nan estavam arregalados.

– Reath... o que você... – Ela perdeu o fôlego, e só conseguia encarar incrédula o sabre de luz.

Reath imaginou os próximos possíveis acontecimentos em sua mente. Não eram muitos, e todos eram mais violentos do que ele preferiria.

Então, disse em um tom calmo:

– Coloque-a no chão e vá embora, ou serei forçado a agir.

– Como é? Acha que pode nos eliminar com sua espadinha brilhante? – zombou o bandido que ainda mantinha Nan em um aperto mortal. – Parece um brinquedo.

– Não é – disse Reath, baixinho, colocando força e intenção em suas palavras. – *Coloque-a no chão e vá embora.*

Mas, como todas suas outras tentativas de usar a Força para influenciar mentes até aquele momento, aquela também falhou. O homem de lenço vermelho avançou de peito estufado, as mãos na cintura.

– Vem com tudo, garoto.

Reath nunca estivera naquela posição, onde precisava ser o primeiro a agir, a ferir. Ele sempre se perguntara se hesitaria. Se duvidaria de si mesmo.

Quando se tratava de salvar uma vida, no entanto, não poderia haver hesitação.

Em vez disso, Reath disse:

– Até onde sei, braços protéticos são mais avançados do que pernas protéticas. Mais confortáveis de usar, também.

Nenhum sinal de compreensão transpareceu no rosto do homem, não até o momento seguinte ao sabre de luz de Reath ter passado por seu braço, cortando-o no cotovelo. Um antebraço caiu no chão. A expressão do homem de lenço vermelho foi da presunção à incredulidade, depois se contorceu em uma careta quando suas terminações nervosas em choque finalmente transmitiram dor.

O cara maior largou imediatamente Nan e correu na direção da selva sombria que os cercava. Nan levou a mão à boca enquanto olhava para o antebraço decepado. Reath disse:

– Preciso ficar de guarda nas eclusas de ar. Venha comigo.

O homem de lenço vermelho por fim caiu de joelhos e berrou.

– O que você fez comigo?

Reath guardou o sabre de luz.

– Você receberá um check-up médico completo assim que a situação se acalmar.

Com isso, puxou Nan para o seu lado. Ele não sabia ao certo como se equilibrar para o salto enquanto carregava outra pessoa, então, recalculou rapidamente.

– Segure-se.

Os braços dela envolveram seu pescoço. Reath saltou para a frente e para cima em um arco acentuado, até que sua mão livre agarrou uma das vinhas mais compridas. Seu impulso e peso fizeram o restante, lançando-os em uma longa curva de volta ao anel das eclusas de ar.

Assim que pousaram, Nan disparou em direção à eclusa onde Hague e sua nave a aguardavam. É claro que ela gostaria de encontrar seu tutor. Mas olhou por cima do ombro e gritou:

– Obrigada!

Reath esboçou-lhe um breve sorriso antes de voltar a sacar o sabre de luz.

Os Orincanos apontaram suas armas para Cohmac quando ele saltou para o convés da estação. *Selado magneticamente?*, ele se perguntou sobre a estrutura. *É bem possível.*

A lâmina azul de seu sabre de luz se acendeu, seu brilho cortando a escuridão turva. Enquanto os Orincanos atiravam, ele girava seu sabre, desviando habilmente as rajadas para os troncos das árvores maiores que podiam suportá-las, ou para algumas das caixas e contêineres de carga abandonada. Nenhum dos disparos atingiu as paredes, o que era seu principal objetivo.

Guinchando desconcertados, os Orincanos bateram em retirada apressados. Ele olhou para baixo a tempo de ver Orla estender seu sabre de luz e acendê-lo: duas lâminas brancas e brilhantes perfurando as sombras. Os Mizi começaram a recuar instantaneamente. Mas era muito fácil para os saqueadores escaparem; o formato da estação faria ele e Orla literalmente correrem em círculos tentando perseguir a todos.

A *Nave* também carecia de poderio militar para impedir à força os saqueadores de partirem com seus ganhos ilícitos. Portanto, deter o saque deveria ser feito por meio de mais do que força pura. Razão e persuasão também não funcionariam.

Era hora do espanto.

Cohmac escalou os degraus da grade do átrio. Seus olhos detectaram Affie Hollow habilmente escondida atrás de uma barreira coberta por vegetação, mas aquilo pouco importava – exceto pelo fato de que a garota por fim descobriria também quem realmente eram os Jedi.

Ele concentrou sua energia e utilizou a Força. Embora a escuridão o cercasse, a mera pujança das coisas vivas na estação funcionava como combustível para Cohmac. O poder inundou seu corpo e a clareza definitiva aguçou sua mente.

Assim, ele saltou.

Affie gritou, mas o som passou por Cohmac, apenas mais um aspecto da realidade-ilusão ao seu redor. Com auxílio da Força, ele sentiu o chão do átrio e se equilibrou acima dele. *Oito metros* acima dele.

A levitação era uma arte complexa. Os Mestres mais acadêmicos discutiam as razões pelas quais deveria ser mais difícil para os Cavaleiros Jedi erguerem e sustentarem a si mesmos do que fazê-lo com outros objetos. Cohmac considerava tal discussão acadêmica a ponto de se tornar esotérica; além disso, aquela era uma habilidade que, para ele, vinha naturalmente.

Enquanto flutuava no centro do átrio, ele segurou o sabre de luz acima de sua cabeça. O brilho azul da arma cintilava contra as lascas expostas de metal como se acendesse dezenas de pequenas chamas. Ele gritou:

– *Ouçam-me!*

Sua voz ecoou por todo o átrio, como Cohmac calculara que aconteceria. Os sons de combate diminuíram, depois silenciaram. Rostos de muitas espécies o encaravam, as armas junto à lateral do corpo, perplexos ao ver um homem no ar, sustentado por coisa alguma além de seu próprio poder.

Na verdade, era uma das habilidades menos significativas de um Jedi. Mas fez com que as pessoas prestassem atenção e conquistou o respeito delas, o que era tudo o que Cohmac precisava no momento.

– Em nome da República, ordeno-lhes que cessem *imediatamente* os saques e roubos a bordo desta estação. – A voz ressoante de Cohmac preencheu todo o vasto espaço, alcançando todas as antenas e ouvidos. – Em quinze minutos, cada capitão de cada nave atracada aqui deve ter feito uma de duas coisas: reunido sua tripulação e partido, ou se preparado para cooperar de forma pacífica. Ou aceitam a autoridade das leis da República e ficam, ou a rejeitam e vão embora. Não importa o que escolherem. Mas escolham *agora*, ou seremos forçados a fazer essa escolha por vocês.

Ninguém se apressou em partir. Em vez disso, muitos dos grupos se recompuseram, largaram os bens pilhados e começaram a se arrastar de volta para o nível das eclusas de ar. Eles estariam prontos para negociar. Cohmac e os outros Jedi teriam a chance de discutir o estranho fenômeno que emanava dos ídolos, tão fortemente conectados ao lado sombrio.

Mas Cohmac não se enganava acreditando que alcançara algo além de uma trégua temporária. Enquanto descia pelo ar, com o manto ondulando ao seu redor, soube que aquela frágil paz não duraria muito.

— VINTE E CINCO ANOS ANTES —
PARTE DOIS

Fumaça em suas narinas.

Estrondos em seus ouvidos.

Sangue em sua língua.

E a última coisa a se tornar clara... uma luz fraca, ofuscada pela poeira que feria seus olhos.

Cohmac sentou-se em meio às ferragens de sua nave e avaliou a situação. Ela permanecia mais ou menos intacta, o que ele sabia porque a temperatura continuava constante. Pela janela de observação, ele podia ver a superfície do planetoide, uma crosta de sal com pequenos cristais brilhando com os ventos uivantes. Eles haviam aterrissado na encosta de uma colina, ao que parecia, porque a nave inteira se inclinava perigosamente para o lado. Arranhões profundos deixados pela nave na superfície revelavam um solo de pedra verde-escura enterrado sob centímetros de sal.

Preciso encontrar Mestre Simmix, pensou ele. Aquela era sua mais importante responsabilidade, mas não significava que pudesse ignorar aqueles que estavam mais próximos. Ao seu lado, Orla inclinava-se para a frente, apoiando as mãos no painel do piloto. Sua respiração era curta e rápida.

– Orla – conseguiu dizer Cohmac. – Você está bem?

– ... Sim. – Ela parecia não ter certeza.

Cohmac estendeu a mão e usou a Força para encontrar os outros dois passageiros. Mestra Laret Soveral apareceu para ele quase que instantaneamente. Ela se afastara da cabine, com dor, mas ainda focada, e mesmo assim seu espírito estava repleto de tristeza.

Onde Mestre Simmix deveria estar, onde *sempre* estivera sua calma e seu poderoso equilíbrio na Força, Cohmac não encontrou nada.

– Mestre Simmix – chamou ele, desejando não saber o que a Força já lhe contara. Pela primeira vez em sua vida, Cohmac a afastou, pensando nela como uma mentira. Ele se levantou e subiu o convés irregular em direção à parte traseira da nave. – Mestre?

Laret Soveral apareceu na porta, com o rosto e as vestes manchadas de fuligem. Era alta para uma mulher humana, com características marcantes e uma presença dominante, mesmo naquele momento confuso e difícil. Seus olhos castanho-dourados encontraram os dele desprovidos de emoção.

– Sinto muito, Padawan Vitus. Seu mestre está novamente em harmonia com a Força.

Cada princípio da doutrina Jedi dizia que Cohmac deveria se sentir feliz pelo Mestre Simmix, que se libertara da ilusão da mortalidade e das fraquezas da carne.

Em vez disso, Cohmac sentia como se suas entranhas tivessem sido arrancadas pelas garras de um rancor.

Mestra Laret não o impediu quando ele passou por ela, apenas o deixou ir. Alguns passos depois, Cohmac encontrou Mestre Simmix caído em um canto. Os cintos de segurança daquela nave não eram configurados para Filithares ou qualquer outra espécie sem membros; Simmix rira daquilo ao embarcar, dizendo que se arriscaria.

Por que eu não insisti? Mestre Simmix, sempre cuidadoso com a vida dos outros, era às vezes descuidado com a própria. Cohmac tivera que chamar a atenção dele para aquilo mais de uma vez. Simmix normalmente gostava quando ele o fazia; dizia que terceirizara seu senso de autopreservação para seu aprendiz. E, no entanto, daquela vez, daquela vez fatal, Cohmac deixara passar.

Era meu trabalho lembrá-lo dos riscos, dizia Cohmac a si mesmo enquanto se ajoelhava ao lado do escamoso corpo verde e fechava os olhos de seu mestre com reverência. A decisão de embarcar no transporte T-1 não fora somente sua, mas, ainda assim, qualquer parcela de culpa que lhe pertencia seria para sempre um fardo a suportar.

– Já era hora de alguma coisa sair como o planejado – resmungou Isamer. As leituras que mostravam a localização da nave Jedi abatida brilhavam diante de si. Ele acenou para dois dos guardas. – Vocês, vão até lá. Se alguém sobreviveu, certifiquem-se de que não continue assim por muito mais tempo.

Aquilo também fora previsto pelos Hutts. Conforme explicaram a Isamer, eles queriam que os Jedi viajassem para aquela região do espaço, não apenas em busca de crianças sensitivas à Força, nem em jornadas solitárias de descoberta, mas como parte de uma missão. Uma missão que falharia *terrivelmente*. Uma que provaria às pessoas daqueles mundos que nem a distante República nem os Jedi poderiam salvá-las. A antiga hostilidade em relação à República parecia estar enfraquecendo. Os Hutts a queriam fortalecida.

Portanto, se aqueles forasteiros quisessem fazer comércio com a grande galáxia, teriam que passar pelo Diretorado. E, por extensão, seus novos senhores, os Hutts, embora Isamer pensasse menos naquele aspecto. A porcentagem deles não seria mais do que simbólica, do que um adicional. Ele preferia se imaginar sentado entre montes de riquezas, mais rico do que poderia sonhar.

Tudo o que precisava fazer era garantir que nada atrapalhasse os planos dos Hutts de escravidão em massa.

No canto dos prisioneiros, o Rei Cassel se arriscou, baixinho:

– Suponho que aqueles sejam nossos salvadores.

– *Eram* nossos salvadores – respondeu a Rainha Thandeka. – Agora são alvos. Se é que sobreviveram à queda, claro.

– Ouvi dizer que os Jedi são muito fortes – disse Cassel, com o que parecia uma esperança genuína. – Talvez os guardas não consigam derrotá-los.

A Rainha Thandeka suspirou. Os dois estavam encolhidos juntos há algum tempo. Tempo o bastante para que a desconfiança dela no governante de E'ronoh se dissipasse um pouco.

– Você está tentando fazer eu me sentir melhor.

Cassel deu de ombros e lançou-lhe um sorriso tímido.

– Não sei se poderíamos nos sentir muito pior.

Thandeka não disse nada. Parecia que Cassel não enxergava tão à frente quanto ela. Uma cegueira que ela invejava.

Porque quando ela imaginava como aquela situação acabaria, todas as possibilidades terminavam com ambos mortos.

Orla segurava o braço de Cohmac enquanto eles saíam cambaleando no vento gelado e cortante de sal. Ele tinha apenas ferimentos leves e não precisava de apoio físico, mas ela sem dúvida sentira que o contato com outra pessoa poderia ajudá-lo a se firmar por dentro. Ele sabia que tanto Orla quanto Mestra Laret sentiram a reverberação na Força causada pela intensidade de sua tristeza. Se alguma delas sonhasse em repreendê-lo... *ousasse* insistir que os Jedi não deveriam sentir tanta tristeza... Cohmac não se responsabilizaria por seus atos.

Naquele momento, no entanto, Mestra Laret permanecia focada em seu objetivo.

– As cavernas – disse ela por cima do vendaval uivante, gesticulando para o contorno vago de uma entrada mais distante ao longo da colina. – Vamos.

Juntos, atravessaram com dificuldade as dunas de sal. Cohmac deu um suspiro de alívio quando o grupo finalmente chegou ao interior da caverna. Por dentro, a rocha parecia ter sido polida por séculos de sal, de tal forma que as paredes da caverna pareciam úmidas quando brilhavam sob a luz dos bastões luminosos dos Jedi.

Talvez não apenas pelo sal. Quando os olhos de Cohmac se acostumaram à escuridão, ele reconheceu entalhes nas paredes que representavam uma grande serpente encapuzada. Não um Filithar, mas parecido o suficiente para que ele tivesse que desviar o olhar. Era como se um retrato de Mestre Simmix tivesse sido gravado ali séculos antes, para esperar por eles.

– Os sequestradores vão invadir os destroços em breve – disse Mestra Laret. – Lamento ter deixado o corpo de Simmix para trás, mas, se o encontrarem, podem acreditar que ele viajava sozinho. Se isso acontecer, teremos tempo para encontrar o covil dos bandidos.

Cohmac conseguiu dizer:

– Esses entalhes... Mestre Simmix dizia algo sobre elas, sobre as serpentes desempenhando um grande papel na tradição local. – Ele deveria ter lido sobre o folclore da região em sua jornada até ali. Simmix o aconselhara a fazê-lo. Mesmo que mitos e lendas fossem do interesse de Cohmac, ele apenas passara os olhos pela leitura. Eles precisavam de um piloto. Quais seriam as chances de o folclore ter importância naquilo tudo?

Ou assim pensara. No momento, com a serpente entalhada o encarando, Cohmac não tinha tanta certeza.

Orla endireitou-se.

– Os entalhes parecem importantes. Como... como se a Força estivesse tentando nos dizer algo. Devemos voltar?

Mestra Laret inclinou a cabeça, reconhecendo as palavras de Orla sem concordar com elas.

– Para voltarmos e seguirmos para outro destino, precisaríamos ter outro lugar para ir. Não temos. Nosso dever é seguir em frente.

– Mas se... – disse Orla, sua voz falhando quando todos ouviram um som estranho vindo das profundezas da caverna. Quase um farfalhar... Não, era pesado demais para isso...

Ela e Cohmac ficaram tensos. Mestra Laret, à frente deles, já tinha o sabre de luz em mãos e o ativou bem a tempo de seu brilho azul revelar a enorme serpente branca, com muitos metros de comprimento e mais de um metro de largura, deslizando na direção deles com as presas à mostra.

OITO

Dez sabia que a tranquilidade na estação era precária, que ele era necessário para patrulhar e preservar a paz. Ainda assim, precisou permanecer na *Nave* por alguns momentos, para tentar entender o que Cohmac Vitus estava lhe dizendo. Dez perguntou:

– O que você quer dizer quando fala que foi transportado?

Cohmac balançou a cabeça.

– Não quero dizer que minha localização no espaço mudou literalmente. Mas minha consciência *não estava aqui*. Eu estava em um lugar escuro e assustador. Encarando um abismo terrível. Minha alma doía com uma espécie de angústia que poderia tê-la rasgado em duas. O porquê eu não sei dizer. Mas a dor era real.

Dez ponderou sobre aquilo.

– Você estava investigando os artefatos antigos naquela hora, não estava?

– Lendas sobre objetos imbuídos com o lado sombrio existem por toda a galáxia – respondeu Cohmac, assentindo. – De amuletos e cristais e até geleiras que continham tanta malevolência quanto qualquer criatura viva. Alguns diziam que os Sith mais poderosos de antigamente eram capazes de fazer isso, infundir sua própria escuridão nos objetos ao seu redor.

– Você acha que os artefatos podem estar marcados pelo lado sombrio da mesma maneira? – perguntou Dez.

– Essas coisas geralmente não passam de lendas – respondeu Cohmac, cauteloso. – Mas todas as lendas têm raízes em alguma verdade. Sabe-se que ao menos um artefato do lado sombrio existiu. Portanto, não podemos descartar a possibilidade.

– Se não são os ídolos – raciocinou Dez –, então a escuridão deve estar emanando das plantas a bordo da estação.

Cohmac produziu um ruído de escárnio.

– Não. Já encontrei árvores profundamente ligadas ao lado sombrio antes; conheço a sensação. Elas podem ser poderosas, mas aquela foi... *focada*. Direcionada, até. Havia inteligência por trás dela.

Dez franziu o cenho.

– Inteligência? Sem um ser senciente por trás?

– Parece estranho – admitiu Cohmac, já perdido em pensamentos. – Mas é possível, especialmente se...

– Se o quê?

Lentamente, Cohmac disse:

– Se os ídolos servirem como uma espécie de... sinal de alerta. Se eles comunicam uma mensagem inteligente, ou seja, que devemos ficar longe das trevas encerradas dentro deles.

– No momento, não temos muito como ficar longe deles – apontou Dez. – O que fazemos?

– Nada. Precisamos de um lugar onde todos possam se abrigar enquanto as vias do hiperespaço estão fechadas. Aqui é a única possibilidade nesse sistema. – Cohmac respirou fundo, esfregando as têmporas.

Dez assimilou a situação.

– Então, você está dizendo que o lado sombrio está presente...

– E nós estamos presos aqui com ele – concluiu Cohmac.

O que eu posso fazer? Aquela era a pergunta a se fazer primeiro, conforme ensinara Mestra Jora a Dez. Naquele caso, no entanto, com ou sem advertência, não havia muito o que pudesse ser feito sobre a mera ameaça da presença do lado sombrio. Se tal escuridão se manifestasse, ele agiria. Até lá, se concentraria nos aspectos tangíveis de sua missão.

Lembrar-se de Mestra Jora fez Dez perceber o que deveria vir em seguida.

– Descanse por alguns minutos – disse ele a Cohmac, que assentiu com a cabeça. – Preciso encontrar Reath.

Reath passara a maior parte de seu treinamento Padawan imerso nos Arquivos, mas já estivera em missões de resgate antes. Certa vez, ajudara a retirar os passageiros de um veículo de transporte com severas avarias no sistema Brield. Em outra ocasião, juntara-se a uma equipe Jedi que auxiliava na evacuação de uma torre em chamas na própria Coruscant. Esta segunda missão, em particular, fora bastante difícil, representando, inclusive, risco de morte. Não lhe faltava experiência.

Ainda assim, ele nunca vira – e estava certo de que jamais veria –, um grupo de pessoas tão ingratas por terem sido resgatadas quanto os refugiados da estação. Mesmo depois de vários dias de permanência na estação Amaxine, eles continuavam barulhentos e desagradáveis como sempre.

– *Primeiro* vocês nos fazem atracar ao lado da escória Mizi! – rosnou a capitã Orincana. – *Depois* nos dizem que temos de entregar toda nossa comida! Quem vocês pensam que são?

Um humano vestindo uma capa de peles e cetim acariciava o cavanhaque enquanto falava:

– Nossos passageiros obviamente pagaram adiantado pelo cardápio de luxo, preparado por nossos famosos *chefs* com ingredientes da melhor qualidade, por isso não poderíamos pensar em privá-los do que adquiriram de forma justa.

– Nenhum de vocês sabe compartilhar! – retrucou Nan, que estava entre eles com os braços cruzados contra o peito. Graças à atitude birrenta e à altura diminuta, ela parecia mais uma menininha do que a jovem que de fato era. O velho Hague, atrás dela, mantinha a mão firme sobre seu ombro. – Vocês não têm vergonha de si mesmos?

O capitão Mizi a encarou com seu nariz comprido.

– Não.

– Todo mundo precisa se acalmar – disse Reath, pelo que parecia ser a octogésima vez. Ele estava parado no meio da maioria dos passageiros, com o datapad em mãos, tentando não demonstrar sua irritação. (Provavelmente era por isso que Mestre Cohmac o incumbira daquela tarefa. Era um teste de paciência.) – Estamos todos juntos nisso e não sabemos por quanto tempo. Poderíamos receber o sinal para partir em uma hora, ou em quinze meses. Se desperdiçarmos ou formos egoístas agora, há muitas chances de nos arrependermos seriamente.

Silêncio. Eles não pareciam totalmente convencidos, pensava Reath, mas ao menos tinham parado de discutir por um momento.

– Opa, e aí? – Leox Gyasi saiu preguiçosamente da porta da eclusa de ar da *Nave*, com as mãos nos bolsos e suas contas multicoloridas balançando a cada passo. – Rapaz! É lindo aqui, não é? Espetacular. Como um refúgio em uma ilha, exceto pelo fato de que, em vez de um oceano, temos o espaço aberto.

Alguns refugiados trocaram olhares. Aquela parecia uma reação padrão ao encontrar o Capitão Gyasi.

– Claro que poderíamos estar encalhados em lugares muito piores do que este – refletiu Leox enquanto passeava sob uma copa espessa de folhas. Ele cheirou uma flor amarela e sorriu. – Poderíamos ter ficado presos em um planeta desértico. Ou vulcânico. Ou apenas isolados por aí, em um espaço morto, nos perguntando se ficaríamos sem ar antes de conseguirmos escapar.

Reath respirou fundo, reflexivo. Não foi o único.

Leox encostou-se em uma árvore, relaxado e tranquilo.

– Vejam, podemos encarar isso de dois modos. Um: não chegamos aonde queríamos ir tão rápido quanto gostaríamos. Azar, né? Não é assim tão ruim olhando-se para as coisas de uma forma geral, mas é azar. Ou dois: enquanto centenas ou milhares de pessoas morreram em um desastre terrível, nós fomos levados para um lugar seguro. Caramba, não apenas seguro, mas um lugar muito *bonito*. É uma sorte que tenhamos todos escapado, não acham?

Algumas pessoas concordaram. Nan não o fez, mas Reath teve um vislumbre de um sorriso em seu rosto. Até os Orincanos começaram a se mexer um pouco no lugar enquanto relaxavam suas costumeiras posturas de batalha.

– Por isso, em vez de focarmos no nosso azar, digo que deveríamos comemorar a grande sorte que tivemos – disse Leox. – Chegamos até este ponto sendo fortes. Por que não agir desta forma?

O capitão da nave de luxo fez uma breve pausa antes de dizer:

– Para ser franco, a maioria de nossas refeições pode ser confortavelmente reduzida pela metade e ainda fornecer os nutrientes de uma refeição completa. Temos algumas para compartilhar.

Para não ficar para trás, o capitão Mizi acrescentou:

– Acontece que estamos transportando um carregamento de peças de reparo. Algumas delas podem ser úteis para aqueles que sofreram danos no hiperespaço. Nosso seguro cobrirá as perdas de nosso cliente.

A capitã Orincana grunhiu, o que não era exatamente um som amigável, mas sugeria que ela e sua tripulação cooperariam.

Depois daquilo, Reath foi capaz de realizar rapidamente um inventário de alimentos e outros suprimentos significativos. No fim, enquanto todos se afastavam, ele se virou para Leox, que ainda estava encostado na árvore:

– Obrigado.

– Não por isso, garoto. Todos nós precisamos de um lembrete para nos concentrarmos nas coisas boas da vida de vez em quando.

Alguns dias antes, Reath estaria relutante em acreditar que pudesse aprender qualquer coisa (além de mecânica básica de naves) com uma pessoa como Leox Gyasi. Ficou feliz por descobrir que estava errado.

Enquanto Leox seguia em seu passeio meditativo pela vegetação, Reath foi deixado sozinho pela primeira vez desde o saque abortado da estação Amaxine. Era uma solidão indesejável. Se não tivesse que se concentrar em um problema imediato, sua mente tinha tempo para vagar de volta ao momento em que ele enfrentara o sequestrador de Nan...

O som do sabre de luz... o baque pesado do membro decepado caindo no chão...

Reath foi arrancado de seu devaneio pelo farfalhar das samambaias, que se abriram para revelar a entrada de Dez Rydan. Dez sorria, mas Reath sabia o motivo de ele estar lá antes mesmo de o rapaz mais velho perguntar:

– Como está se sentindo?

– Abalado – disse Reath. – Não culpado, exatamente, mas também não *inocente*, se é que isso faz algum sentido. Eu só... eu só fico pensando sobre aquele momento, me perguntando se poderia ter feito algo diferente para que aquele homem ainda tivesse o braço.

Dez sentou-se de pernas cruzadas em um trecho de solo. Um droide 8-T que trabalhava nas proximidades o examinou rápido, provavelmente determinou que ele não representava nenhum risco para as raízes e continuou trabalhando.

– É provável que houvesse alguma outra maneira de agir – disse ele. Reath sentiu a resposta atingi-lo como um chicote. Mas Dez prosseguiu, falando: – Você não sabe qual poderia ser. Nem eu. Naquele momento, você sentiu que aquilo era necessário para resgatar Nan?

– Sim. Caso contrário, nunca teria feito aquilo.

– Sabe – disse Dez. – De vez em quando, a cada poucos anos, um aprendiz se mete em problemas por ser muito agressivo. Por usar um sabre de luz em vez de palavras, por recorrer à ação quando a diplomacia ou negociação resolveria melhor a situação. Você não estaria sujeito a essa tipo de avaliação, Reath. Foi um momento perigoso. A ameaça era clara. Sua resposta foi proporcional ao risco para Nan.

Ouvir Dez dizer aquilo ajudou um pouco. Mas não muito.

– Eu fico pensando naquilo, repetindo o momento indefinidamente na minha cabeça, tentando pensar em uma maneira diferente de acabar com o problema.

– Ótimo. É preciso ser forte para questionar as próprias ações. Só não fique pensando no passado a ponto de esquecer o presente.

Reath esboçou um sorriso jovial.

– Você é bom nisso.

– Diga isso para Mestra Jora um dia desses. – Dez sorriu de volta. – Ela não vai acreditar.

O ânimo de Reath já havia melhorado. O peso do que fizera permaneceria, mas apenas de maneiras que o ajudariam a aprender com a experiência. Ainda assim, ele não conseguia parar de se perguntar.

– Aquele cara... o que eu... como ele está?

Dez respondeu:

– Ah, ele vai viver. A menos que Orla Jareni acabe com ele.

– É um corte limpo, bem na articulação, então você vai poder avançar rapidamente para uma prótese... e a ferida foi cauterizada instantaneamente – disse Orla, ao ver os analgésicos finalmente fazendo efeito total no homem de lenço vermelho. – Não precisa se preocupar com infecção.

– Não estou preocupado com infecção! Eu *perdi o meu braço*! – berrou o homem. A plena consciência retornara, não muito longe da fúria. – Vocês Jedi são responsáveis por isso...

– Assim como *você* é responsável por tentar sequestrar uma jovem. – Orla se levantou, tomando cuidado com o espaço apertado do pequeno compartimento de utilidades da *Nave*, sem fazer esforço algum para disfarçar o desprezo em sua voz. – Você foi advertido para que parasse. Poderia ter parado. Mas optou por não fazê-lo, porque pensou que um Jedi Padawan não seria capaz de impedi-lo de levar a garota. Está colhendo as consequências de estar muito, muito errado sobre isso.

O homem evidentemente sabia que era culpado, mas não estava disposto a renunciar ao que considerava a razão de sua ira.

– Não venha com discursos arrogantes para cima de mim. Os Jedi não sequestram crianças, também?

Orla precisou de todo seu treinamento para deixar de lado o lampejo de raiva.

– As famílias entregam seus filhos sensitivos à Força voluntariamente para os templos, para que possam ser treinados nos caminhos dos Jedi. Eles têm liberdade de escolha. – Ela respirou fundo na tentativa de se acalmar. Funcionou apenas parcialmente. – Para sua informação, sabe quando uma menina grita para que você a solte? Ela também tem liberdade de escolha. Se você optar por ignorar isso, não reclame dos resultados. Agora, reúna sua tripulação e tire sua nave desta estação em uma hora, ou faremos isso por você.

O homem de lenço vermelho empalideceu.

– Vocês nos privariam de ar? De comida?

– Vocês com certeza já recircularam ar o bastante para respirar por algumas semanas. Não vamos deixá-los morrer de fome. Mas também não permitiremos que sequestradores vaguem livremente. – Orla fechou o kit médico. – Em outras palavras, *deem o fora daqui*.

Depois que a nave criminosa desatracou da estação e uma divisão ordenada de suprimentos estava em curso, Cohmac Vitus sentiu que poderia reservar alguns minutos para se concentrar.

A escuridão sinistra a bordo da estação continuava a perturbá-lo... Mas para explorar aquilo mais completamente, ele precisava de sua conexão com a Força. A meditação era um prelúdio necessário para a ação.

Antes de buscar um lugar de silêncio e privacidade, ele observou cuidadosamente as posições de todas as outras pessoas relacionadas à *Nave*: Reath e Dez na estação com Leox, Orla no refeitório, Affie descansando em seu beliche, Geodo aparentemente encarregado da ponte. Cohmac encontrou um lugar calmo bem na parte de trás da nave, em frente a um contêiner de carga lacrado. (Interessante que a tripulação da *Nave* se desculpasse com tanta frequência sobre o pouco espaço de suas acomodações improvisadas, enquanto ainda reservava tanto espaço para carga que nem fora mencionado.) Cohmac depositou no chão seu pesado cobertor, dobrado em uma espécie de tapete de meditação, e ajoelhou-se sobre ele.

Eu contemplo o mundo dentro de mim, pensou ele. *Eu contemplo o mundo sem mim.*

O mantra o ajudara a se acalmar durante muitos anos; ele gostava daquele equilíbrio. Mas, agora, tornara-se literal demais para servir de mantra.

Eu sou um Jedi. Sempre fui. É minha identidade, uma que nunca procurei mudar.

Mas a Ordem não responde às perguntas que permanecem dentro de mim. As perguntas só crescem com o tempo.

A escuridão que habita esta estação. Ela é... muito familiar para mim, agora. Mas a forma que assume aqui é diferente e inquietante. Consciente, sem ser corpórea. O que a criou? Como o lado sombrio tomou forma neste lugar?

Como o lado sombrio toma forma em qualquer lugar? Às vezes, acho que nós, os Jedi, devemos, de alguma forma, ser os culpados. Nós, que nos recusamos a analisar a Força em sua totalidade, a examinar as trevas da mesma forma que a luz. Se o lado sombrio não fosse tão estranho a eles, suspeitava Cohmac, eles poderiam compreender mais prontamente a natureza dos ídolos.

Como podemos dividir a Força em duas? Como podemos justificar tal ato de violência? E é violência, tal divisão, separar as trevas da luz.

Affie deu a Leox todo o crédito por fazer os companheiros refugiados se acalmarem. Mas ela tinha que admitir: os Jedi eram rápidos em dar a todos um objetivo comum, ou seja, penetrar nos anéis inferiores da estação. Aquele objetivo coincidia perfeitamente com o dela.

Eles aceitaram seu relatório sobre os anéis superiores com bastante facilidade, o que era bom, porque seu relatório era verdadeiro. Não era, entretanto, toda a verdade. Affie guardara o código dos contrabandistas e suas ideias sobre aquilo para si mesma, por enquanto.

Não faz sentido algum que este seja um portal regular da Guilda Byne, raciocinou ela enquanto se preparava para descer aos anéis inferiores com o restante dos voluntários: Reath, Nan, Dez, e um Mizi de membros longos que, como todos os Mizi, preferia não revelar seu nome a estranhos. *Fica fora de mão e não tem nenhuma vantagem clara. Mas e se existir uma sociedade secreta dentro da Guilda, uma que esteja operando pelas costas de Scover? Podem estar comendo pelas beiradas, roubando pequenas quantidades de carga ou dinheiro, falsificando registros para escondê-los da gerência. O local pré-programado pode ter sido baixado de outra nave, uma que esteja nessa sociedade.*

Ela não precisava perguntar se Leox estaria nela; ele *jamais* faria aquilo.

Por mais irritada que tal teoria deixasse Affie, era de longe a mais plausível a que chegara. Scover não esconderia algo assim dela, por isso alguém tinha que estar escondendo coisas de Scover.

Seu peito inflou de orgulho quando ela imaginou encontrar a prova, apresentá-la a Scover e ouvi-la dizer "*Muito bem, filha...*".

– Certo – disse Dez Rydan, trazendo Affie de volta para o presente. O grupo de batedores estava ao redor dele perto da entrada para o anel inferior. Todos usavam suas próprias versões de equipamentos utilitários, exceto os Jedi, cujas vestimentas cotidianas pareciam adequadas para todas as ocasiões. – Não pudemos obter nenhuma leitura específica sobre o que pode haver lá, apenas que não é metal sólido. Se for um compartimento de carga, pode conter itens úteis para nós... que serão compartilhados igualmente por todo o grupo. Contanto que todos entendam isso e aceitem os riscos, vamos começar.

– Você deveria fazer isso? – perguntou Reath calmamente para Nan, que mal chegava à cintura do Mizi.

– Estou bem – retrucou Nan. Ela não mostrava sinais de trauma com a tentativa de sequestro; Affie não sabia se conseguiria ser igualmente fria em tais circunstâncias. – Além do mais... Hague não consegue escalar. Um de nós deveria estar aqui. Então, tem que ser eu.

– Você cuida bem dele – disse Reath.

– Ele retribui o favor – respondeu ela, sorrindo.

Chega de Teatrinho de Paquera. Affie voltou a concentrar sua atenção nos túneis que levavam aos anéis inferiores.

Ao contrário de todos os outros túneis, aqueles mostravam sinais de danos de seus longos anos de desuso. Enquanto a estrutura externa permanecia intacta, trepadeiras e raízes do arboreto tinham crescido através deles, transformando o que antes eram passagens livres em labirintos apertados e espinhosos imersos na escuridão. Não era nada que Affie não pudesse ter explorado sozinha; ela teria preferido, caso houvesse mais códigos dos contrabandistas escritos ali. No entanto, os túneis sinuosos eram ameaçadores o suficiente para que ela pudesse ver o lado bom de ter companhia na jornada.

Dez assumiu a liderança, descendo através do túnel. Seu controle de gravidade estava avariado, o que significava que a atração vinha dos anéis abaixo. Felizmente, as raízes escarpadas serviam como escada improvisada. Affie agarrou-se com força enquanto descia.

Por alguns segundos, ela foi cercada de raízes de árvores e um vasto campo de estrelas, um contraste que a encantava por sua estranheza. No entanto, não havia tempo para se demorar e apreciar: o Mizi acima dela estava com pressa de descer, tanto que cortava as vinhas para abrir ainda mais seu caminho.

Ela ouviu os bipes e resmungos de um droide. Olhando para cima, viu um 8-T deslizando, suas esteiras agarrando-se à parede externa do túnel. *Hã,* pensou ela, *essas coisas são minuciosas.*

Um estalo ecoou pelo túnel, e Reath produziu um som de desconforto. Olhando para baixo, Affie percebeu que o pé dele passara direto por uma raiz delgada. Nada de mais.

Ou assim foi o que pensou, até que o 8-T passou zunindo por ela na direção de Reath e o atingiu com um choque elétrico.

– Ai! – Reath sacudiu a mão como se doesse. – O que...

O Mizi gritou de dor. Affie ergueu os olhos para ver outro 8-T estendendo as pinças na direção do Mizi, agarrando seus dedos. Mais acima, no túnel, pelo menos mais três 8-Ts desciam na direção deles.

Ela mal podia acreditar, mas não havia outra explicação:

– Estamos sendo atacados!

NOVE

– *O que eles estão fazendo?* – gritou Affie, tentando empurrar um dos 8-Ts para trás. Não fazia diferença; outros dois já se aproximavam para tomar o lugar dele. – Achei que esses droides fossem jardineiros!

Reath reajustou a firmeza da mão sobre as raízes e se equilibrou.

– Eles são. Mas… Acho que isso significa que eles atacam ameaças ao jardim.

– Bem, nós causamos *mesmo* alguns danos – ressaltou Dez enquanto se balançava através do emaranhado de vinhas para um lugar logo abaixo de Reath. – Dá para ver o porquê de se sentirem ameaçados.

As bochechas redondas de Nan estavam vermelhas; seus braços, enroscados na raiz mais próxima; mas as pernas estavam penduradas, porque as pinças de um 8-T estalavam sob seus pés, impedindo-a de encontrar um apoio estável.

– Vamos continuar discutindo os sentimentos dos droides ou vocês podem acabar com essas coisas estúpidas? – perguntou ela.

– Fiquem calmos – disse Reath.

O que normalmente não era algo útil a se dizer, ao menos não para alguém que estivesse pendurado pelos braços com um enxame de robôs agressivos a caminho. Mas manteve todo mundo quieto por um instante, dando a Reath uma chance de pensar e se concentrar na Força.

Também deu aos 8-Ts a chance de se reunirem. Dezenas deles percorriam as paredes curvas do túnel, suas esteiras magnéticas prendendo-se de forma tão eficiente que poderiam muito bem estar avançando ao longo de uma superfície plana. Embora seus corpos escuros não se destacassem bem contra a escuridão do espaço, Reath podia vê-los se movendo pela maneira como cobriam as estrelas. As minúsculas garras podadoras, que não muito antes pareciam fofas, pinçavam e estalavam ameaçadoramente. Affie gritou quando um deles cortou a ponta de seu longo cabeço trançado. Se aquelas pinças eram capazes de cortar videiras grossas ou galhos delgados de árvores, também poderia cortar carne e osso.

Quem quer que fosse o jardineiro zeloso do passado que programara aqueles droides, tinha feito um trabalho muito bom.

– Certo – disse Affie, bufando enquanto se colocava em uma posição mais segura dentro do labirinto de vinhas. – Isso não deve ser um problema. Vocês, Jedi, podem voar, não é? Então, só nos tirem daqui.

Dez fez que não com a cabeça.

– Não podemos voar. Alguns de nós podem levitar...

– Tanto faz! – insistiu Affie.

– ... mas é uma coisa complicada de fazer, e difícil em situações estressantes – concluiu Dez, como se não tivesse sido interrompido.

Affie fez uma careta.

– Então, você está me dizendo que só pode voar quando *não precisa*? De que isso adianta?

Reath não pôde deixar de concordar com ela.

Bem abaixo deles, nos próprios anéis inferiores, uma luz estranha tremeluziu, arroxeada e brilhante.

– O que foi aquilo? – perguntou Reath.

– Parece algum tipo de campo de energia – especulou Dez. – Seja lá o que for, tem *algo* interessante lá embaixo.

– Vamos descobrir quando estivermos livres do ataque dos jardineiros assassinos... – As palavras de Affie foram interrompidas por um grito. – *Aaai.* Essa videira tem espinhos, ou algo do tipo. Me arranhou!

– Temos problemas maiores – disse Nan, aparentemente por entre os dentes cerrados – do que um arranhão.

– Todos fiquem quietos até eu chegar até Nan, certo? – disse Dez.

O lugar mais seguro para se mover era bem no centro do túnel, mas também era o lugar com menos raízes ou trepadeiras para se equilibrar. Qualquer outro lugar seguro para ficar também estava ao alcance dos 8-Ts.

Dez escalou com agilidade, passando por Reath, até o lugar onde Nan e o Mizi se agarravam a seus frágeis apoios para as mãos. Os droides aproximavam-se em bando a cada passo que ele dava, mas Dez nunca parava de avançar, nem de sorrir. Estendendo a mão, ele invocou duas videiras de cima, que se contorceram para baixo em sua palma, à espera. Ele jogou uma para o Mizi e se abaixou para segurar Nan debaixo do braço.

– Siga-me com Affie, está bem, Reath?

– Certo! – respondeu Reath.

Dez acenou com a cabeça para o Mizi, e depois de uma contagem silenciosa entre eles, ambos começaram a subir. O Mizi se saiu tão bem que Reath percebeu que Dez estava controlando sua ascensão. Era muito mais fácil usar a Força para ajudar a impulsionar alguém que já estava escalando do que simplesmente levitá-lo no ar.

Então, Reath começou a seguir na direção de Affie, mas os droides também. O enxame inteiro os alcançara. Affie estremeceu quando os droides rastejaram como besouros até a curva da raiz que servia como frágil apoio na parede.

– Não consigo acreditar que vou ser eliminada por cabeças de astromecânico decepadas – disse ela, sacando seu blaster. – Pelo menos vou levar algumas comigo antes de...

– Affie, não! – A ideia surgiu para Reath num lampejo. – Não atire nos droides. Atire nas raízes das árvores abaixo de nós!

– A árvore não é problema meu!

– Mas *vai ser* problema deles! Entendeu?

Ela entendeu. Affie virou-se e atirou para baixo, contra a raiz mais ao fundo que conseguiu mirar. Seu blaster causou um pequeno incêndio, que então se espalhou para um trecho de musgo.

Por mais discretas que fossem as primeiras chamas, foram necessários apenas alguns fios de fumaça para disparar os alarmes dos 8-Ts. As luzes azuis piscantes ao longo de suas bases ficaram vermelhas e todos eles giraram como um só, avançando para chegar o mais próximo possível da árvore. Como Reath suspeitara, proteger as plantas do fogo tinha prioridade sobre qualquer outra tarefa que um 8-T possuía, incluindo perseguir vândalos que invadissem os túneis.

Enquanto os droides borrifavam pequenos jatos de água sobre o musgo, apagando facilmente o fogo, Reath foi capaz de alcançar Affie, que já agarrara uma videira. Ele esperava que ela subisse até o nível do arboreto sem ele, mas, em vez disso, ela esticou a mão para obter ajuda, que Reath ficou satisfeito em oferecer. Enquanto se agarrava aos seus ombros, Affie disse, meio sem fôlego:

– Ainda acho que você deveria ter deixado eu atirar em um deles.

– Fica pra próxima.

A mão dela escorregou, mas ele conseguiu pegá-la antes que caísse. Reath esperava que ela disfarçasse com uma risada por sua falta de jeito e imediatamente se endireitasse. Em vez disso, Affie cambaleou para o lado, segurando o pulso.

– Estou me sentindo estranha. Esse arranhão... da videira...

– Está doendo tanto assim? – Reath franziu o cenho. – Deixe-me ver.

Ela começou a estender a mão, então desabou contra a parede próxima e escorregou para o chão. A marca em seu pulso já estava inchada e azulada, e listras se espalhavam por ele em tonalidades sinistras de roxo e preto.

Veneno.

Orla caminhava pelo centro do globo do arboreto. Naquele momento, todos os outros atracados na estação Amaxine tinham outros lugares para estar, fossem suas próprias naves ou no anel inferior da estação. Aquilo lhe dava a chance de estudar os estranhos ídolos que encontraram a bordo.

A inquietação a percorreu enquanto se aproximava das estátuas, aquela sinistra sensação de advertência emanando delas, tão certa quanto a luz de uma chama. Talvez compreender o que estavam olhando ajudasse a determinar exatamente o que significava aquele aviso vago.

Orla ficou cara a cara com a rainha humanoide, o primeiro dos ídolos a aparecer. Para seu divertimento, ela percebeu que se parecia um pouco com a estátua; maçãs do rosto fortes, sobrancelhas grossas, porte altivo. No entanto, a extrema simplicidade das vestes brancas de Orla contrastava com as roupas esculpidas e adornadas com joias daquela governante de outrora.

Embora não fosse a acadêmica que Cohmac Vitus era, Orla tinha seus próprios dons para realizar aquela análise. Sua conexão com a Força era instintiva, quase primitiva; confiava nela para se orientar. Às vezes, o conhecimento preexistente atrapalhava a descoberta, cerceando o pensamento. Aquela, suspeitava ela, poderia ser uma dessas ocasiões. Com todo seu aprendizado, Cohmac já estudara aqueles ídolos e encontrara apenas pistas intrigantes, nenhuma verdade.

Vamos dar uma chance ao instinto.

Orla olhou para a joia vermelho-escura que ficava no topo da coroa do ídolo. Deixou sua mente se levar em uma espécie de transe, não uma meditação completa, mas uma concentração profunda que permitia que pensamentos aleatórios viessem à tona. A prática proporcionava ao subconsciente uma chance de ser ouvido.

Uma rainha. Poderosa e desafiadora. Aquilo parecia indiscutível.

Bem. *Poderosa* era indiscutível. Por que *desafiadora* vinha à mente?

Quando somos desafiadores? Quando nos opomos a algo.

Orla estudou o queixo erguido da rainha, comparando-o com o restante de sua postura. As mãos da rainha não seguravam armas;

em vez disso, uma espécie de cimitarra estava a seus pés. Ela não fora criada com os braços erguidos em algum tipo de saudação ou carregando um tesouro saqueado; seus braços permaneciam junto às laterais do corpo, com braceletes envolvendo cada pulso.

Braceletes, Orla perguntou-se em um lampejo de percepção, *ou correntes?*

De repente, tudo pareceu tão claro que ela ficou chocada por não ter visto aquilo antes. Os ídolos não representavam líderes ou deuses.

Representavam os derrotados, representantes das forças (civilizações? planetas?) que foram conquistados por quem quer que tenha construído as estátuas.

– Então – murmurou ela –, quem diabos eram *eles*?

Zeitooine ensinara muito a Dez sobre venenos. A realeza de Zeit era constituída de casas traiçoeiras, sempre tentando assassinar umas às outras por meios elaborados, como pó adicionado a taças de vinho ou veneno espalhado em fronhas. Dez reconheceu as listras pretas se espalhando pela pele de Affie antes mesmo de ela perder totalmente a consciência.

– Vamos – disse ele, tomando-a nos braços. – Um kit médico cuidará disso, mas precisamos arranjá-lo imediatamente.

Dez apressou-se em direção à *Nave*. Reath correu tão rápido que passou por eles, o que era bom; ele poderia preparar o kit médico. A pele de Affie já estava amarelada e a cor já sumira de seus lábios.

– Deixa comigo! – Reath alcançou a eclusa de ar poucos segundos antes de Dez passar por ela com Affie. Em vez de entrar, ele se ajoelhou, segurando a garota. Em instantes, Reath voltou correndo com um kit médico na mão.

Bem atrás dele estava Leox Gyasi.

– Ei, ei, o que há de errado com a Pequenina?

– Nada que isso não resolva. – Dez pressionou o injetor de antitoxina contra a pele dela; o clique e o chiado que se seguiram dificilmente poderiam ser mais bem-vindos. Decerto, depois de apenas alguns instantes, as listras escuras na pele começaram a desaparecer, e a respiração de Affie se aprofundou. Leox caiu de joelhos, aliviado, e colocou uma das mãos na cabeça da garota.

Ela se mexeu, abrindo os olhos.

– O que aconteceu?

– Uma videira arranhou você – disse Dez. – Pelo jeito, era venenosa.

– Ah, ótimo – murmurou Affie. – Era exatamente o que precisávamos nesta estação para piorar tudo. Algo venenoso.

– A diversão nunca acaba. – O sorriso de Leox poderia ter iluminado qualquer noite. – Vamos, garota. Vamos colocar um pouco de chá de Jedha para dentro.

Dez deixou Leox levar Affie de volta à nave. Reath ficou para trás com ele.

– Talvez devêssemos marcar essas videiras.

– Por sorte não vi muitas delas por aí. – Dez esticou os braços acima da cabeça, grato por se mover mais livremente depois do confinamento do túnel. – Mas sim, fazer isso não seria má ideia.

Reath hesitou, como se houvesse algo que quisesse dizer a Dez, ou talvez como se houvesse algo que ele definitivamente *não* quisesse dizer, mas não podia deixar de pensar.

– Ei – disse Dez, suavemente. – Desembucha.

– O quê?

– Fale sobre o que quer que esteja pesando sobre você desde que nos encontramos no espaçoporto.

Reath apoiou-se contra uma das árvores próximas, estudando Dez com uma expressão surpreendentemente adulta. Ou não tão surpreendente... Reath já era quase maior de idade, embora Dez ainda pensasse nele como o jovem empolgado por ter sido escolhido por Mestra Jora. A amizade deles teve que crescer junto com Reath para se tornar mais equiparada e significativa.

– Eu não consigo acreditar que você escolheu vir para a fronteira – disse Reath, por fim. – Dentre todos os lugares que você poderia ter ido. Mesmo Zeitooine...

– Zeitooine era uma série infindável de conspirações e disputas mesquinhas, quase sem ação. – Dez esfregou as têmporas, afastando as lembranças de todas as dores de cabeça que o planeta lhe causara. – Pelo menos depois dos primeiros meses, logo que acalmamos alguns dos conflitos. Depois que aquilo passou, eu não fiz nada de real significado. Na fronteira, existe uma chance de *agir*.

– Acho que eu deveria ser mais parecido com você – disse Reath. – Sei que preciso aproveitar essa tarefa. Qualquer tarefa que o Conselho nos dê. Mas não sou atraído para a ação do mesmo modo que você.

Dez confessou o que dificilmente admitia para si mesmo:

– Às vezes, acho que anseio demais por ação e emoção. Pode ser perigoso, sabe?

– É o que Mestra Jora diz. – Mas Reath não soava como se acreditasse, e sim como se estivesse julgando a si mesmo e falhando.

Então, Dez levantou-se e colocou a mão no ombro do Padawan.

– Escute, a Força tem a ver com equilíbrio, certo? Idealmente, trata-se de encontrar o equilíbrio dentro de cada Jedi. Mas isso não é o mesmo que encontrar equilíbrio dentro da Ordem, o que é tão importante quanto. Precisamos de Cavaleiros que anseiem por aventura *e* Cavaleiros que não as procurem. Cada indivíduo traz diferentes dons para a Ordem Jedi. Nosso trabalho é compreender o valor desses dons, incluindo os nossos.

Reath lançou-lhe um sorriso torto.

– Certo. Vou tentar.

– Ótimo – disse Dez, acrescentando internamente, *Vou tentar também.*

– Ei, Dez. Tenho uma pergunta...

– Certo. Manda ver.

– Mestra Jora alguma vez perguntou a você... se você sabe por que nenhum Jedi pode cruzar o Arco Kyber sozinho?

Dez franziu o cenho.

– Não, ela nunca me perguntou isso. E as pessoas o cruzam sozinhas o tempo todo. Não é como um obstáculo intransponível, apenas uma prática meditativa, como caminhar em um labirinto.

– Pois é! – Reath suspirou, frustrado. – Mas Mestra Jora insiste que ninguém pode cruzar aquele arco sozinho, e quer que eu diga o porquê.

– Não posso ajudar com isso. – Dez encolheu os ombros. – Tudo o que posso dizer é que Mestra Jora é mais sábia do que nós dois juntos. Se ela lhe deu um enigma para resolver, vale a pena resolvê-lo.

Mais tarde, depois de se limpar, refrescar-se e retornar para a cabine, Affie estava descontente.

– Você está *defendendo* os droides?

– Eles são jardineiros – argumentou Leox, esticado em sua cadeira, os pés apoiados no console da cabine. Seus olhos estavam fechados, como se ele pudesse conversar e cochilar ao mesmo tempo. Talvez pudesse. – Servos do solo. Você ameaçou a razão de ser daqueles droides.

Affie suspirou e deixou aquilo de lado. Claro que os droides estavam apenas seguindo sua programação. Não significava que ela precisava gostar deles.

Além disso, ela tinha coisas mais importantes para contar a Leox.

– Escute – começou ela. – Lá fora, na estação, nos anéis superiores... encontrei algumas linhas escritas em código.

– Código? – Leox não abriu os olhos. – Conte-me mais.

– Parece algum tipo de... código de contrabandistas. Símbolos manuscritos que dão dicas sobre as direções em que podem viajar pelo hiperespaço, esse tipo de coisa.

Leox finalmente virou a cabeça e olhou para ela.

– Por que eles escreveriam isso em vez de registrar do jeito normal?

– Não sei – disse Affie, flexionando o pulso ainda dolorido. – Só escreveram assim.

– A pergunta não era retórica. Pense nisso. Quase ninguém mais escreve símbolos com as mãos... em nenhum lugar da galáxia, até onde sei, ao menos não em planetas avançados o suficiente para ter tecnologia. Então, por que os pilotos espaciais rabiscariam informações importantes nas paredes?

Era bom ter a resposta antes mesmo de a pergunta ser concluída.

– Porque estão comendo pelas beiradas, roubando aos pouquinhos e escondendo de Scover.

Leox, então, se endireitou, voltando as costas para o lugar.

– Espere. Como Scover entra nisso?

– Um dos símbolos é *este*. – Affie apontou para a forma de estrela no bolso do macacão. – Devem ser pilotos da Guilda Byne conversando entre si, mas de uma forma e em um lugar em que minha mã... quero dizer, um lugar que Scover não conhece.

Ele pensou nas palavras dela por alguns longos momentos. Affie mal podia esperar para vê-lo demonstrar o mesmo espanto e raiva que ela sentia. Se ao menos Geodo estivesse lá, em vez de ter ido se recristalizar em seu beliche! Ela queria que sua descoberta fosse testemunhada e confirmada.

Mas, então, Leox balançou a cabeça.

– Não acontece muita coisa na Guilda sem que Scover Byne saiba.

– Claro que não. Mas ela não pode saber sobre isso!

– Por que não pode? – Os olhos azul-claros de Leox encontraram os de Affie com uma franqueza incomum. – As coordenadas para esta estação estavam pré-programadas na *Nave*, como parte do pacote de dados de navegação padrão que toda nave obtém ao ingressar na Guilda. Isso não é coincidência.

A frustração piorou o humor de Affie. Por que ele não conseguia enxergar aquilo?

– Esses ladrões dentro da Guilda podem ter adulterado o pacote de dados. Inserido as informações de que precisam para operar pelas costas de Scover...

– E compartilhá-las com cada nave da Guilda, mesmo que não façam parte da suposta conspiração?

Affie cruzou os braços na frente do peito.

– Então, como você explica isso?

Leox levou um bom tempo antes de responder, com a voz baixa e paciente:

– Eu sei, e você também sabe, que nem toda aquisição da Guilda é o que se pode chamar de legal, no sentido mais estrito. Scover tem muito a esconder das autoridades. Este parece um bom lugar para isso.

– Ela não esconderia de *mim* – insistiu Affie.

Leox não respondeu. Apenas a encarou, sua expressão melancólica, mas gentil. Foi a gentileza que mais enfureceu Affie. A ideia de que ela *precisava* de gentileza, de que era uma idiota simplória e ingênua que Scover mimava e criava, em vez de uma pilota verdadeira e oficial da Guilda por mérito próprio. Muitos outros pilotos a menosprezavam. Leox nunca fizera aquilo, pelo menos não até aquele momento.

Ela saiu da ponte sem dizer mais nada, meio que esperando que Leox a seguisse para se desculpar, mas ele a deixou ir.

Orla Jareni observou Affie atravessar o corredor principal da *Nave*, praticamente deixando um rastro de fumaça preta com sua raiva. Pela porta da cabine, Orla teve um vislumbre de Leox observando a garota partir, com a preocupação estampada em seu rosto bronzeado pelo sol.

Não é uma boa hora para conversar, decidiu ela.

No momento, Orla tinha pouco mais a fazer. Não pretendia se aventurar novamente com os ídolos antigos até que Cohmac pudesse ir com ela. Dez ainda estava planejando uma nova maneira de chegar aos anéis inferiores da estação, e Reath estava lidando com os assuntos dos outros refugiados – mais particularmente Nan, ao que parecia.

Orla ainda esperava ter uma conversa sobre a compra de naves espaciais. Affie e Leox pareciam distraídos no momento. Quanto a Geodo... bem, um Vintiano provavelmente teria necessidades relacionadas a naves espaciais diferentes de um humanoide. Orla teria que colocar aquele assunto em espera.

Além disso, Cohmac e ela tinham muito mais o que conversar além dos ídolos.

Orla o encontrou no "convés de observação" da *Nave*: um curto trecho de corredor que por acaso tinha uma pequena janela. Cohmac a viu entrar, mas não falou nada.

– Você ergueu o capuz novamente – disse ela. – Nunca é um bom sinal.

Ela geralmente fazia Cohmac suspirar em cinco minutos. Daquela vez, o fez logo de cara.

– Suponho que pedir privacidade nesta nave é inútil.

– Não sei do que você está falando. O que é inútil é esperar que velhos amigos não entendam quando você está perturbado.

– Os vários problemas desta estação...

– Poupe-me – disse ela, sem ser indelicada. – Estou falando de algo que paira sobre você muito antes do desastre do hiperespaço.

O vínculo entre Cohmac e Orla se formara durante seus anos de Padawan, por causa da crise de reféns Eiram-E'ronoh. Os erros que cometeram na época – não serem cautelosos o bastante quanto a responderem aos chamados, não pesquisarem o suficiente antes de entrar em ação – tinham sido redimidos a um preço terrível.

De vez em quando, ela se lembrava de olhar o lado bom de tudo aquilo. Se a missão tivesse terminado de qualquer outra forma, aquela parte da galáxia jamais teria confiado na República algum dia, quanto mais escolhido juntar-se a ela? O Farol da Luz Estelar teria sido construído? Orla duvidava.

Ainda assim, nem ela nem Cohmac podiam olhar para aqueles eventos sem arrependimentos. Era algo que Orla entendera sem precisar perguntar. Ambos cresceram e se tornaram indivíduos muito diferentes, mas seu vínculo durou, e sempre duraria.

Orla sabia que sua decisão de se tornar uma Andarilha poderia separá-la de muitos da Ordem Jedi. Não de Cohmac.

– Nunca escondi segredos de você – admitiu ele.

– Já *tentou* – disse Orla. – Nunca deixei você escapar impune.

– Nem me lembre.

Ela pretendia lembrá-lo em intervalos regulares ao longo de suas vidas, mas poderia deixar aquilo passar mais um dia.

– Vai me fazer interrogá-lo?

– Você precisa? – Os olhos escuros de Cohmac procuraram os dela. – Voltar aqui, a caminho de um lugar tão perto de E'ronoh e Eiram... nos ver em perigo novamente, precisar adivinhar os perigos que temos pela frente...

– É uma situação muito diferente. – Orla apressou-se em dizer. Os reflexos daquele evento de muito tempo atrás eram fortes o suficiente sem que ela precisasse mergulhar muito neles. Não tinha certeza se estava pronta para suportar aquilo.

– Sinto que haverá mais paralelos – disse Cohmac. – Existem... outras ressonâncias ao nosso redor. Suas formas permanecem obscuras, mas antes que esta missão termine, nós as veremos de verdade.

– Entendi. – Não sendo mística, Orla percebeu que era hora de mudar de assunto, mas então sentiu o mesmo arrepio de frio terrível que a acometera antes... o mesmo lugar tão desolado e distante...

– Cohmac! – chamou, mas ele não podia ouvi-la. Ambos estavam perdidos na visão petrificante.

Reath caminhava ao longo do perímetro do nível do arboreto, quase à toa, como se não estivesse de olho nos Mizi, nos Orincanos e em alguns dos outros que haviam tentado saquear a estação antes. (Ele, pessoalmente, teria esperado mais tempo antes de permitir que todos embarcassem livremente de novo, mas aquele não era um assunto com o qual se sentisse confortável em contestar um Mestre.) Enquanto Leox habilmente os acalmara e os túneis tinham apresentado seus próprios obstáculos à entrada, parecia impossível que um membro solitário de qualquer grupo pudesse tentar algo. Honestamente, Reath não se importava se eles pegassem qualquer equipamento da estação. Qualquer pessoa que precisasse tanto de peças de espaçonave para roubar aquelas centenárias poderia tê-las. Mas se roubassem um dos ídolos antigos, apenas o venderiam pelos metais e pedras preciosas, sem nem mesmo se preocuparem em estudá-lo. *Sacrilégio*.

O pior de tudo seria outra tentativa de sequestro. Reath lembrou-se novamente do momento em que seu sabre de luz decepou o braço do homem, o baque suave através da lâmina que lhe disse que atingira e destruíra o osso. Ele estremeceu. As palavras gentis de Dez ajudaram, mas aquilo não era algo que ele conseguiria esquecer totalmente. O ato de atacar outra pessoa com um sabre de luz era horrível, e Reath esperava que continuasse assim.

Que eu nunca me esqueça, pensou ele, *que é outro ser vivo de pé diante da minha lâmina.*

Ele olhou para os arcos da floresta escura dentro do átrio...

Eles se foram. Tudo se fora. Reath estava sozinho entre as plantas e árvores, mas não eram as mesmas, ou elas tinham sido alteradas de alguma forma? Seu sabre de luz já estava em suas mãos, aceso. Sons farfalhantes e deslizantes encheram o ar de todos os lados, deixando-o tenso.

Uma névoa, quase escaldante com o calor repentino, o envolveu. Reath olhou ao redor desesperadamente, tentando compreender como o cenário mudara. Ele fora transportado para outra parte da estação? Para outro planeta? Ou de alguma forma falhara em enxergar o verdadeiro perigo à sua volta por todo aquele tempo?

Diante de si, ele sabia, estava a maior ameaça de todas. Reath não entendia como, mas estava tão certo daquilo quanto qualquer outra coisa que já conhecera em sua vida. Posicionou o corpo para a postura de batalha, respirou fundo e tentou se preparar para a ameaça que não podia ver.

Então, em meio à névoa, apenas alguns passos à sua frente, surgiu repentino um feixe de luz azul. A lâmina de um sabre de luz.

Uma lâmina que seria usada para matá-lo.

DEZ

Avançando aos tropeços pela névoa, Reath gritou:

– Por que você está fazendo isso?

Aquilo resolveria tudo. Nenhum Jedi faria mal a outro voluntariamente. Aquele Jedi se aproximaria o bastante para ver Reath, perceber que não eram inimigos e guardar sua arma. Reath estava tão certo disso que seus músculos relaxaram ligeiramente, prontos para declarar tal emergência um alarme falso.

Em vez disso, a figura (pessoa? coisa?) saltou para a frente a uma velocidade que a tornou nada além de um borrão. Antes que Reath pudesse ter tempo de se concentrar no agressor, uma bota o atingiu bem no peito, atirando-o ao chão. Ele tentou retomar um fôlego que não vinha; tentou pôr-se de pé, apenas para afundar as mãos em uma lama quente e pegajosa.

O zumbido do sabre de luz fez suas orelhas tremerem e toda a pele de seu corpo se arrepiar. Não era sua própria lâmina – aquela fora arremessada para longe dele –, então, tinha que ser a de seu oponente, sendo erguida acima da cabeça e, então, descendo, rasgando o ar num arco...

E nada. Reath viu-se de quatro no chão da estação espacial, cercado por nada mais sinistro do que samambaias e um par de droides 8-T satisfeitos. Seu coração batia acelerado com a adrenalina, seu corpo inteiro ainda à beira de uma luta que não estava mais acontecendo, ou que nunca acontecera.

Reath se levantou, respirou fundo e trouxe sua consciência de volta para seu corpo. Normalmente teria invocado a Força para se centrar, mas não ali. Eles estavam cercados pela escuridão – uma escuridão que buscava aterrorizar e confundir os Jedi.

E, a julgar pela visão que acabara de ter, também buscava colocá-los uns contra os outros.

A minúscula estação de comunicações se tornara o espaço de reunião e planejamento dos Jedi. Orla desejava que tivessem escolhido outro lugar – talvez um sem um teto baixo e arqueado, onde ela realmente pudesse ficar de pé com a coluna ereta. Mas a *Nave* oferecia poucas opções e, pelo menos daquela forma, ela, Cohmac e Reath precisavam se amontoar, o que descobriu ser reconfortante. Dez, com seus membros longos, estava à porta. Se aquilo não era reconfortante, provavelmente era mais confortável para ele.

– Eis o que sabemos – disse ela, enumerando os tópicos em seus dedos compridos. – A escuridão reside no interior desta estação. Transmite uma "sensação" muito diferente do tipo normalmente detectado nas plantas do lado sombrio. Isso significa que não podemos determinar sua origem.

Cohmac assentiu. Fixava o olhar à meia-distância, em algum ponto concreto, mas invisível.

– Todos nós sentimos que esses avisos emanam dos ídolos. Pelo seu aspecto, quase certamente não são originais da estação. Portanto, foram trazidos para cá em algum momento, por alguma razão significativa. A teoria de Orla é de que representavam povos conquistados, o que, se for verdade, acrescenta outro a fator a ser considerado. Selar a escuridão derrotada dentro dos ídolos, e colocar algum tipo de advertência psíquica em tal selo, poderia explicar isso tudo. Claro, é apenas uma possibilidade.

Orla deu de ombros.

– Vamos chamá-la de hipótese de trabalho.

Reath inclinou-se para a frente, pedindo silenciosamente permissão para falar, que lhe foi concedida:

– A Força emana da *vida*. Não de objetos inanimados. Existem lendas de artefatos poderosos da Força criados pelos antigos Sith. Mas os Sith, sem dúvida, não teriam aprisionado a escuridão. Eles a teriam liberado.

– Você presume que cada artefato que conhecemos tem sua origem nos Jedi ou nos Sith, que apenas Jedi ou Sith poderiam criar um – respondeu Cohmac. – Não podemos fazer tais suposições. Outros possuíram esse poder na Força.

Orla ponderou sobre as possibilidades.

– Então, o que vamos fazer? Continuar ignorando esses avisos? Porque esses avisos são intensos.

– Ignorá-los seria perigoso – concordou Cohmac, entrelaçando os dedos. – Se os ídolos contêm e alertam contra a escuridão, então tal escuridão deve ser examinada. Aprisionada ainda mais profundamente.

– Eles já estão bem isolados aqui – argumentou Dez, de onde estava à porta. – Em uma estação para a qual ninguém viaja muito, em um canto obscuro do espaço.

– Não necessariamente – respondeu Cohmac. – Affie mencionou que alguns mercadores, na verdade, a usam de vez em quando. Não seria surpresa se a estação logo fosse retomada por ainda mais viajantes. Mais uma razão para agir.

– Não vejo mal algum para a estação em remover os ídolos – disse Orla. – Não há mais nada aqui, exceto algumas plantas e uns droides de jardinagem. Então, vamos testar a hipótese.

– Como? – perguntou Dez.

– De duas formas, uma – disse ela. – Ou tentamos remover e isolar as estátuas, ou as destruímos.

– Mas não podemos destruí-las. São artefatos antigos! – protestou Reath. – São *história*!

Orla olhou para ele.

– Mais especificamente, se destruirmos algo que serve como um sistema de contenção para o lado sombrio, podemos acabar libertando a escuridão. Por isso, eu voto na primeira opção.

Dez franziu o cenho.

– Há uma outra possibilidade, que ainda não investigamos adequadamente. E se a escuridão que está confundindo nossas mentes estiver ligada ao que quer que está protegido pelo campo de energia nos anéis inferiores da estação?

Todos se entreolharam. Eles já haviam pensado naquilo, mas pelo jeito chegaram a conclusões diversas: Reath parecia profundamente em dúvida, enquanto Cohmac aparentava estar aliviado por escutar algo sensato, para variar. Orla considerava-se aberta a qualquer possibilidade, mas não a uma discussão interminável. Era hora de *fazer* alguma coisa.

– Então, vamos testar essa hipótese também – disse ela. – Mas primeiro vocês precisam descobrir como chegar lá sem se arranhar nas videiras venenosas e sem que os 8-Ts... *podem* vocês até a morte.

Aquilo fez com que todos rissem, como pretendera Orla. Ótimo. O riso fazia com que as pessoas relaxassem e sorrissem. Ele afastava o lado sombrio, e as trazia para mais perto da luz.

Reath dificilmente poderia culpar Affie, Nan e o Mizi se eles se recusassem a lidar novamente com os anéis inferiores da estação – mesmo que tivessem conseguido remover as videiras venenosas (discretamente, para não perturbar os 8-Ts) e colocá-las de lado sem lhes causar danos. No entanto, todos os três se juntaram ao grupo para realizar a próxima tentativa.

– Deve haver algo bom lá embaixo – raciocinou Nan enquanto verificava mais uma vez seu cinto de utilidades de campo, erguendo os olhos apenas uma vez para sorrir para Reath. – Nem sonhando que eu vou deixar vocês ficarem com tudo.

O Mizi concordou com a cabeça – a diferença, na opinião de Reath, era que Nan estava brincando com ele, mas o Mizi estava completamente sério.

Era ainda mais difícil dizer o que se passava na cabeça de Affie. Sua atenção parecia apenas parcialmente focada na tarefa em questão.

– Então, qual o nosso plano? Temos um, certo? Melhor que o último?

– Digamos que bolar um plano está em nossos planos – começou a explicar Dez. – Sendo mais específico, vamos fazer um reconhecimento. Realizar um levantamento mais completo deste nível e ver se conseguimos encontrar quaisquer pontos de acesso potenciais além do túnel principal, e assim por diante... sem ativar os 8-Ts dessa vez.

– Isso seria o ideal – disse o Mizi, com o rosto sério.

Na verdade, era o único passo seguinte. Mas Reath não conseguia parar de se perguntar se o grupo não poderia pegar o que aprendera da última vez e usar de forma tática. Mestra Jora sempre dizia: "Se você usar sua derrota para aprender o caminho para a vitória, não foi, de fato, uma derrota".

Todos se viraram, prestes a se dispersar. Antes de começarem, porém, Reath soltou:

– Tive uma ideia. Ou ela é muito boa ou completamente ridícula.

– Se for ridícula, provavelmente é ótima. – O entusiasmo de Affie se renovara. – Aprendi isso trabalhando com Leox e Geodo.

Não havia dúvida quanto a isso. Reath voltou-se para Dez:

– Os droides estão programados para atacar qualquer coisa que ameace as plantas desta estação, certo?

– É o que parece, certamente. – Dez colocou as mãos na cintura. – O que tem em mente, Reath?

– Veja. – Reath foi até umas das plantas menores da estação, um botão de flor amarela no interior de um recipiente redondo do tamanho de um punho. Muitos deles enfileiravam-se nas passarelas; os recipientes pareciam funcionar como viveiros improvisados para os

8-Ts. Ele ergueu gentilmente o recipiente do chão. Enquanto lhe espanava um pouco da terra, um punhado de droides se aproximou para observar Reath. Aquele comportamento era evidentemente suspeito.

Com muito cuidado, ele enfiou o recipiente da flor em uma das dobras de suas vestes e, em seguida, amarrou seu cinto confortavelmente ao seu redor. O nó era tão seguro que ele poderia ter dado um salto acrobático no ar sem ferir uma única pétala. Os 8-Ts ficaram encarando por mais alguns segundos antes de se afastarem para prosseguir com suas tarefas.

– Aí está – disse Reath. – Eles interpretaram isso como não prejudicial às plantas. E se as usarmos em nossa missão...

– Não vão nos atacar – concluiu Nan. – Porque nos machucar significaria machucar as flores!

Dez também sorriu, e até mesmo o Mizi assentiu. Affie, no entanto, cruzou os braços.

– Então, você está dizendo que devemos tomar as plantas como reféns. Usá-las como escudos corporais.

Quando ela colocava daquela forma, parecia pior. Mas...

– Bem, sim.

– É ridículo – disse Affie. O sorriso que escondera tão bem antes pôs-se a brilhar. – E é ótimo.

Em poucos minutos, cada membro do grupo estava usando sua própria flor. Os 8-Ts os acharam mais interessantes agora que usavam plantas, mas por outro lado não fizeram nada quando retornaram para o túnel e começaram a descida.

– Agora, para aquele campo de energia. – Dez olhou fixamente para a bruxuleante luz arroxeada. – Não há nada a fazer a não ser descer lá e dar uma olhada mais de perto.

– Concordo. – Reath começou a descer, seguido pelos outros. Para seu desânimo, os 8-Ts se aproximaram zumbindo e tornaram a descer as paredes do túnel.

Dez praguejou baixinho:

– Parece que vão sacrificar algumas flores pelo bem maior.

– Pelo bem maior, você quer dizer nos matar.

– Acho que essa é a intenção *deles* ao fazerem isso.

Mas Dez estava errado. Os 8-Ts enxamearam ao longo das paredes do túnel até a borda do anel inferior, estenderam várias ferramentas e, então, logo em seguida, a luz arroxeada desapareceu.

– Os droides desligaram o campo de energia para nós – disse Reath, maravilhado. – Para garantir que não tostaríamos os botões de flor!

Dez acenou para os 8-Ts.

– Não se preocupem – disse ele, dando tapinhas no recipiente que descansava contra seu peito. – Nós os traremos de volta sãos e salvos.

Os droides ficaram aliviados? Planejavam vingança? Reath não sabia, e nem se importava. Não quando eles finalmente alcançaram a última e mais secreta parte da estação Amaxine.

Quando pousou os pés nos anéis inferiores, Affie sentiu-se ligeiramente decepcionada. Não eram tão diferentes dos anéis superiores – os mesmos azulejos, os mesmos corrimões –, exceto que eram totalmente desprovidos de vida vegetal, e ela não vira nenhum sinal do código dos contrabandistas nas paredes. Ainda.

O anel que os recebeu era muito estreito; outros corredores curvos, ainda inexplorados, deveriam constituir o restante da circunferência. Sem o brilho púrpura do campo de energia, a única iluminação provinha da estação acima. Ainda assim, eles tinham os bastões luminosos, então, havia luz o suficiente para vasculhar.

– Certo, vamos nos separar – sugeriu Affie. – Checar diferentes passagens por conta própria. – *Não tinha como ser mais óbvia?*, repreendeu a si mesma.

Mas, pelo jeito, nada em sua sugestão pareceu suspeito para Dez ou Reath.

– Claro – disse Dez. – Parece que não há nada muito perigoso por aqui. É melhor cobrir o terreno o mais rápido possível.

Affie assentiu, como se fosse exatamente o que estava pensando.

Eles finalmente se separaram, e ela estava livre para mergulhar em uma das passagens com seu bastão luminoso. Affie se perguntava se encontraria códigos, se os outros os encontrariam, também, e se seriam capazes de entendê-los tão rápido quanto ela.

Como previra, as primeiras linhas de escrita apareceram depois da primeira curva. Ela foi direto até as inscrições, ansiosa para traduzir o melhor que pudesse. Acima de tudo, esperava encontrar algo que absolvesse sua mãe e provasse a Leox que havia um elemento corrupto em ação dentro da Guilda.

– Aqui – sussurrou ela. Seus dedos tocaram o metal ao lado do símbolo da estrela da Guilda Byne, ainda nítido contra o fundo esbranquiçado. Aquilo não fora escrito há muito tempo, no máximo há uma década, se tivesse que arriscar um palpite. Affie tentou acompanhar, sem saber ao certo como interpretar as marcas seguintes, até que chegou a um pequeno desenho de uma ave de rapina, com o bico para baixo e as penas da cauda para cima.

Ficou encarando até parecer que a imagem queimaria seus olhos. Reconhecera o símbolo de imediato, mas se recusava a acreditar que pudesse significar o que parecia significar tão claramente.

Poderia haver milhares de outras interpretações, disse a si mesma. Era verdade.

Mas seus pais – seus pais biológicos, aqueles dos quais se lembrava apenas vagamente, mas ainda amava –, a nave deles era chamada de *Mergulho do Kestrel*.

Quem quer que houvesse escrito aquilo estava falando sobre seus pais.

Ou isso, ou então fora escrito por eles próprios.

O percurso de Reath através da outra passagem foi mais curto, ao menos a parte que realizou sozinho. Estava mais escuro naquele trecho, tanto que seu bastão luminoso parecia mais fraco – uma ilusão de ótica, certamente, mas que não deixava de ser inquietante. Cada um de seus passos soava estranhamente alto enquanto ele abaixava a cabeça sob os arcos curvos das vigas do túnel.

Se a vegetação tomou quase todas as outras partes da estação, Reath se perguntou, *por que nunca se espalhou para cá? Aquele campo de energia servia para proteger o que está aqui embaixo... ou para nos proteger disso?*

Sua passagem e a de Dez se interligaram depois de apenas alguns metros, com nada além de um punhado de armários e alguns rabiscos nas paredes para marcar a importância do lugar.

– Parece que compartilhamos o mesmo destino – disse Dez. – Vem. Vamos dar uma olhada.

Reath sentiu um arrepio de orgulho. O que diriam seus amigos, aqueles que tanto idolatravam Dez Rydan? Lá estavam os dois, juntos em uma missão! Parceiros!

Certo, talvez Dez estivesse animado *demais* para mergulhar no escuro desconhecido, mas era como tinha dito antes: se algumas pessoas não gostavam o suficiente de aventuras, outras as desejavam demais.

– Olhe para aquilo – disse Dez. Ele apontava para uma porta circular à frente. Suas dobradiças estavam nas partes centrais superior e inferior, sugerindo que era preciso rodar para abrir.

– Estranho. Por que construir dessa forma?

– Pode significar alguma coisa. Ou pode não significar nada. – Dez ajustou o recipiente com a planta embalada em seu peito, certificando-se de não ferir nenhuma folha. – Vai, vamos ver se há algo interessante do outro lado.

Reath estendeu a mão, usando a Força, sabendo que Dez fazia o mesmo. Não sentiu consciência alguma do outro lado, nenhum eco da escuridão.

– Nada vivo, pelo menos.

– É o que parece. – Dez avançou apressado, deixando Reath vários passos para trás. – Agora, isso está trancado ou...

A porta se moveu, girando tão rápido nas dobradiças do eixo central que derrubou Dez, fazendo-o rodar até o outro lado. Reath piscou de perplexidade, repentinamente sozinho.

– Uau. Dez, vire de volta. – Na verdade, tinha sido algo muito engraçado; Dez teria senso de humor o bastante para apreciar aquilo.

Mas Dez não estava rindo. Não estava falando. A porta não voltou a se mover.

Vibrações começaram a reverberar pelo chão, pelas paredes. Pelas estreitas fendas da porta, uma luz completamente branca irradiou tão forte que Reath estremeceu e ergueu uma das mãos para proteger os olhos.

– Dez?

Um estranho som de rangido começou a soar – como o ruído de motores ou de algum outro grande maquinário. O que quer que estivesse acontecendo não parecia coisa boa, e Dez Rydan estava preso no meio daquilo.

Dez deu um grito sem pronunciar palavras, uma expressão que acusava dor. Reath correu para a porta, ignorando a luz ofuscante, e tentou forçá-la a abrir. Mas as dobradiças que antes giraram com tanta facilidade se recusavam a ceder.

A luz brilhou ainda mais forte, a ponto de Reath ter de fechar os olhos. Através de suas próprias pálpebras, viu um enredado de frágeis veias e vasos capilares destacado contra um vermelho opaco.

No momento seguinte, tudo estava escuro. O som e a vibração haviam cessado.

Reath levou um instante para se recuperar.

–Dez? Você está bem?

Não houve resposta.

Reath voltou a empurrar a porta, sem muita esperança. Daquela vez, ela se abriu imediatamente. A porta era surpreendentemente pesada; o peso quase derrubou Reath, como fizera com Dez. Ele podia ver dentro do túnel... e era estreito, com sulcos grossos.

Dez não estava lá.

Com cuidado, Reath inclinou-se para ver melhor. Nada de Dez, ainda, mas ele vislumbrou dois anéis de hélice, antigos, mas mesmo assim inconfundíveis. Os anéis de hélice eram incríveis propulsores de energia, equivalentes a coaxium puro suficiente para abastecer quarenta ou cinquenta grandes naves espaciais; eram raramente utilizados porque geravam energia demais para quase todas as finalidades não hiperespaciais.

Eles tinham uma tendência a funcionar mal, principalmente quando muito velhos, e criavam picos de energia capazes de derreter metal, fritar circuitos ou...

Ou desintegrar um corpo humano, até os átomos.

ONZE

O primeiro sinal veio como uma onda de pânico e tristeza, tão forte que penetrou a consciência de Cohmac como uma fina agulha de prata. Ele se levantou na cabine, quase esbarrando em Geodo.

– Algo está errado.

– Vivemos em um universo imperfeito – disse Leox, que mastigava um pedaço de alguma coisa que cheirava a menta. – Então, isso é certo.

– Quero dizer, algo está errado com nosso pessoal a bordo da estação, neste exato momento. – Cohmac correu em direção à eclusa de ar. Leox estava a apenas alguns passos atrás, todo seu torpor descontraído desaparecera ao primeiro sinal de que Affie Hollow poderia estar em apuros.

Eles tinham acabado de chegar à clareira verdejante da estação quando foram recebidos por Nan, que respirava com dificuldade e, por algum motivo, tinha um vaso de flores enfiado no bolso. Atrás dela, Cohmac pôde ver o Mizi correndo em direção ao seu próprio povo, e Reath Silas emergindo das vinhas, com o rosto pálido.

– Nós ouvimos aquele som alto, mas não vimos nada – disse Nan, arfando. – Reath foi o único a ver...

– Ver o quê? – Cohmac resistiu ao impulso de colocar as mãos no ombro da garota. Aquilo provavelmente confortaria a um Padawan, mas poderia ser interpretado por Nan como uma ameaça. – Diga-me.

– Dez se foi – sussurrou ela.

Se foi? O que aquilo queria dizer? Ele fora para outra parte da estação? Para fora da estação? Nenhuma das naves atracadas partira – os sensores da *Nave* teriam detectado algo do tipo.

Ou ela estava dizendo que...?

Affie finalmente estava emergindo das árvores perto do túnel.

– O que aconteceu com Dez? – perguntou-lhe Leox.

– Não sabemos. – A voz da garota estava estranhamente monótona, como se ela estivesse em choque, o que pareceu estranho para Cohmac. A jovem mal conhecia Dez. – Mas não é... não é algo bom.

Reath por fim os alcançou. Ele ergueu o rosto lentamente para encontrar os olhos de Cohmac. Tudo nele irradiava tristeza e pesar.

Cohmac já sabia. *Aconteceu de novo. Exatamente como aconteceu com Mestre Simmix. As ressonâncias me advertiram, mas eu não vi a tempo. Esta parte da galáxia cobrou seu preço.*

Ainda assim, não pôde deixar de perguntar:

– Conte-me como Dez caiu.

Os minutos que se seguiram foram uma confusão de detalhes sem sentido (plantas como reféns?), mas a essência continuava a mesma.

– Anéis de hélice? – disse Leox, gravemente. – E não sobrou nada lá dentro? Geralmente isso significa... – Ele parou de falar quando olhou de soslaio para Cohmac. Não era de se espantar. Era uma coisa difícil de se dizer em voz alta. Mas precisava ser dito.

– Fulminado – disse Cohmac. A fala soou desprovida de emoção, como uma conclusão lógica, nada mais. – A explicação mais provável é de que Dez foi fulminado instantaneamente.

Affie finalmente os alcançou e, de alguma forma, estava chocada com o que Cohmac dissera – como se estivesse pensando em outra coisa.

– Você quer dizer que ele está morto? – perguntou ela.

– Sim. – Cohmac estendeu a mão e invocou a Força, tentando encontrar qualquer fragmento da mente e do espírito do jovem Jedi.

A única resposta que obteve foi o silêncio.

Orla precisou de alguns momentos para entender exatamente o que tinha acontecido, obtendo informações apenas de Reath e Affie, ambos exaustos e traumatizados. Cohmac já percorrera toda a extensão da nave em direção às suas acomodações, declarando sua intenção de meditar. Sem dúvida estava se lembrando de Mestre Simmix. Orla tinha sua própria dor para encarar, mas sempre fora capaz de colocar as emoções de lado até que houvesse tempo para lidar com elas. Cohmac sentia as coisas de maneira mais profunda e instantânea. Seu equilíbrio era mais difícil de manter.

Se houvesse algo a fazer, qualquer esperança imediata, Orla sabia que Cohmac não teria se recolhido. Ele, assim como os outros, teria feito qualquer coisa para ter Dez de volta.

Mas não havia tal esperança. Não havia nada a se fazer além de aceitar que um jovem corajoso e solidário fora morto.

Teria sido melhor se tivesse morrido em batalha, pensou Orla. *Ou durante uma missão de resgate. Pelo menos assim sua morte teria significado. Mas desse jeito? Por causa de um equipamento defeituoso em uma antiga estação espacial? É tão arbitrário, tão injusto.*

Assim como a vida.

– Certo – disse Orla ao grupo reunido, assumindo o lugar de Cohmac. – Estão todos bem? Alguém está ferido?

– Não – disse Reath, o que pareceu falso, dado que ele tinha os olhos intensamente injetados e uma faixa de queimadura ao longo da testa. Mas estava de pé, se movendo e falando, então, uma varredura de radiação poderia esperar até mais tarde. Affie parecia estar em choque, o que era compreensível. O Mizi voltara para seu próprio povo. Nan parecia completamente impassível, embora carregasse uma expressão triste, provavelmente por consideração aos sentimentos daqueles que conheciam Dez há mais tempo. *Aquela garotinha é mais resistente do que parece*, pensou Orla. *Pergunto-me o que ela já testemunhou por aí.*

– Então, ninguém precisa de cuidados médicos – disse ela. – Certo. Eis o que preciso que todos vocês façam. Reath, Affie, limpem-se e descansem por alguns minutos. Nan, se estiver bem o bastante para explicar isso para os outros refugiados, eu ficaria grata. E não se preocupe, aquele desgraçado de lenço vermelho já se mandou. – O rosto de Nan se iluminou, mas ela deve ter percebido que o sorriso era inapropriado e o reprimiu. – E levem essas flores de volta para o lugar, está bem? Os 8-Ts estão pairando ao redor da eclusa de ar. A última coisa que precisamos é de uma invasão.

– Eu faço isso – disse Leox, que estava parado quieto à margem do grupo. Ele pegou cuidadosamente o recipiente com a flor que estava com Affie, que não lhe ergueu os olhos nenhuma vez.

– Não há palavras suficientes para expressar – começou Orla. – Perdemos um bom homem e um grande Jedi. Temos que buscar respostas sobre o que aconteceu, e logo. Mas primeiro devemos a ele, e a nós mesmos, um pouco de tempo para refletir sobre quem foi Dez Rydan e reconhecer sua unidade com a Força.

O grupo se dispersou, desconcertado, partindo em silêncio para várias direções. Orla apoiou a cabeça em uma das mãos apenas tempo o bastante para respirar algumas vezes.

Não podia dar a si própria o mesmo tempo para refletir que concedera a Cohmac e Reath. Não quando precisava descobrir o que fazer com os ídolos.

Affie tomou um banho rápido na minúscula ponta da *Nave*, passando o chuveirinho pelo corpo. O processo se tornara estranho, como se seu corpo agora tivesse se tornado estranho para ela. Parecia viver inteiramente em outra galáxia, uma que ela não mais habitava e só podia observar de uma grande e silenciosa distância.

Em seguida, Affie prendeu os longos cabelos castanho-escuros em uma trança, e vestiu um macacão limpo. Normalmente, aquilo fazia com que se sentisse melhor, não importava como estivesse se sentindo, para princípio de conversa. Mas, em vez disso, seus dedos continuavam encontrando o bordado do brasão da Guilda Byne e cutucando os fios, que nunca se soltavam.

Quando ela saiu, Leox a estava esperando no corredor.

– Está livre – disse ela, com a voz monótona.

– Não é minha preocupação imediata. Estou mais preocupado com você. Parece que foi atropelada por uma manada de gundarks.

– Estive em uma busca de rotina e alguém morreu – retrucou ela. – Devo dar uma festa?

– Claro que não – disse ele, com uma calma irritante. – Mas você tem nervos de durasteel. É preciso mais do que isso para derrubá-la.

A Mergulho do Kestrel. *Quem estaria escrevendo sobre a* Mergulho do Kestrel? Affie ficava remoendo aquilo em sua cabeça. Ela já interpretara outros símbolos como nomes de naves, mas devia ter entendido mal alguma coisa, porque lhe parecia que... como se os pilotos estivessem escrevendo os nomes de suas próprias naves. O que devia ser impossível, porque, do contrário, significava que seus pais estiveram ali, naquela mesma estação. *Eles não conspirariam contra Scover. Eu sei que eles não fariam isso. Mal me lembro deles, mas tenho tanta certeza...*

– Eu não vou a lugar algum – disse Leox.

– E se eu não tiver nervos de durasteel? – A raiva inflamava-se dentro de Affie, incandescente, infundindo-a com força renovada. – E se isso for exatamente o que basta para me derrubar? E se eu for capaz de sentir compaixão por outras pessoas?

Leox ergueu as mãos.

– Não estou dizendo que... Sim, perder Dez foi uma coisa terrível. Mas tem mais coisa aí, não tem?

– Não. – Com isso, ela se virou e se afastou.

Afastar-se de Leox, infelizmente, significava afastar-se de sua cabine. Aquilo a levou até o refeitório, no entanto. Se pegasse algumas barras de nutrientes, poderia se manter por mais um dia ou dois.

Poderia se esconder em seu beliche, sem ver ninguém, sem falar nada. Parecia bom.

Affie entrou no refeitório e encontrou Geodo. Ele teve o bom senso de não lhe fazer perguntas.

Sua solidariedade silenciosa a calou fundo como nenhuma palavra poderia ter feito. Ela apoiou a cabeça contra a lateral de Geodo e deixou as lágrimas rolarem. Ele esperou pacientemente enquanto ela chorava, por uma dezena de razões, e nenhuma ao mesmo tempo.

Reath aguardou até que todos os outros estivessem ocupados – com o pesar, o dever, ou o que quer que fosse –, então reuniu seu conjunto de equipamentos. Preparou-se como se fosse empreender uma expedição à montanha, com cabos e grampos, e verificou duas vezes seu sabre de luz. Ninguém o notou sair da *Nave* e entrar na estação.

Ele tinha espaço para si, ao que parecia. Depois do que acontecera a Dez, nenhum tripulante das outras naves de refugiados demonstrou mais interesse algum em explorar. Os únicos sons eram os zumbidos e bipes dos droides; os 8-Ts estavam adubando placidamente, como se nada tivesse acontecido. Para os droides, supôs ele, nada acontecera.

Reath encontrou o pequeno recipiente com a flor que colocara antes no chão, e o depositou de volta no bolso. Em seguida, abriu caminho para o túnel, passo a passo, consciente de sua própria respiração, lenta e constate. *Corpo e espírito em uníssono*, sussurrou a voz de Mestra Jora em sua memória.

Seus pés pousaram no anel inferior com um baque metálico. Se houvesse mais alguém na estação, com certeza teria ouvido. Reath estava grato por poder manter aquilo em segredo por um tempo.

Encontrou a curva exata que pegaram antes, e a porta circular. Voltar a abri-la parecia a um só tempo imprudente e necessário. Como sabia sobre os anéis de hélice, pensou ele, poderia evitar ativá-los.

Então, Reath congelou ao ver, através das pequenas fendas da porta, uma luz fraca e bruxuleante.

Não se tratava da mesma chama ardente que forçara seus olhos a fecharem quando Dez... se fora. Aquela era mais fraca, menor. Também era desconhecida, não autorizada e extremamente suspeita. Se alguém estava fuçando o local da morte de Dez... ou se descobrisse que aquele *não fora* o local de sua morte...

Com uma das mãos em seu sabre de luz, Reath empurrou a porta lentamente até que ouviu um grito horripilante. Uma pequena figura voltou pelo túnel.

– Fique longe de... *Reath?*

– Nan? – perguntou ele. Ela se sentou no chão, aliviada por ser apenas Reath. – O que você está fazendo aqui sozinha?

– Investigando. – Ela ergueu o queixo e cruzou os braços. – Já que todos parecem prontos para dar Dez como morto, quando não há um corpo...

– Nem provas, nada! – O alívio tomou conta de seu corpo, e ele se sentou ao lado dela. – Achei que era o único que não estava pronto para aceitar isso.

Nan o avaliou com um olhar, e pareceu achá-lo mais interessante do que antes.

– Certo. Então, ao menos alguns de vocês Jedi podem pensar por si próprios.

Reath não acreditava que havia realmente escassez daquele tipo de coisa, mas teria tempo mais tarde para discutir com ela sobre as tradições de discordância dentro da Ordem.

– O que encontrou até agora?

– Acabei de chegar, na verdade. Por onde devemos começar?

– Seguimos em frente pelos túneis, tomando cuidado com os anéis, e vemos se conseguimos encontrar evidências da razão do uso dessa área. Saber seu propósito pode nos dar algumas respostas. Talvez Dez tenha sido transportado para outro lugar, ou levado para um nível ainda mais baixo do que encontramos até agora.

– É mais ou menos isso o que eu estava pensando. – Nan se levantou; ela parecia estar estudando os anéis no nível do chão, mas sem sucesso. – Vamos em frente.

Os túneis se estendiam no que parecia uma escuridão sem fim. Reath manteve seu bastão luminoso estável, assim como Nan, mas o som de seus passos ecoando no desconhecido se tornou inegavelmente assustador depois de um tempo.

Para quebrar o silêncio, ele disse:

– Como você se tornou protegida de Hague? Se não for incômodo...

– Alguém está crescendo sem os pais, e você pergunta *se* é incômodo? – Mas Nan parecia mais divertida do que ofendida.

– Desculpe. Sei que pais são importantes, mas os Jedi são criados juntos, nos templos, desde a infância. Eles acolhem a maioria de nós quando somos bem pequenos, e isso é tudo o que já conhecemos. Por isso, acabo não presumindo que as pessoas venham de famílias. Talvez eu devesse.

Nan deu de ombros. Os longos cabelos presos em um rabo de cavalo caíram sobre um ombro, emoldurando seu rosto redondo como se as sombras que os cercavam tivessem se estendido sobre ela. Ela enrolou as mechas azuis de seus cabelos até as pontas.

– Tudo bem. Meus pais morreram bem. Cumpriram seu dever.

Eles tinham sido militares? Reath decidiu que o assunto era muito sensível para pedir mais informações.

– Foi há cerca de dois anos – prosseguiu ela. – Hague já era amigo da família. Atualmente ele pode estar no comando de uma nave pequena, mas já foi um comandante brilhante. Quando se ofereceu para me criar, eu pensei, ótimo. Assim aprenderei com o melhor.

– Seus pais provavelmente teriam gostado dessa parte – disse Reath. – Certo?

– Ah, sim. Eles teriam *adorado* essa parte. Meu pai sempre dizia que Hague era um estrategista tão bom quanto ele jamais conhecera.

Militar, definitivamente, decidiu Reath. Ele se perguntou se seu planeta natal seria fortemente militarista ou se Nan e Hague faziam parte de uma subcultura menor. As ramificações sociológicas estariam prontas para estudo... se aquele fosse o tipo de coisa que ele ainda tinha que fazer. O que não era.

Outra curva no túnel fez com que seus bastões luminosos revelassem uma segunda porta, muito menor que a primeira. Sem fendas ou janelas, apenas um metal preto e ameaçador. Eles se entreolharam e correram para investigar.

– Painel de controle – murmurou ele enquanto verificava. Padrões de círculos interligados sugeriam funções, que lhe permitiam arriscar um palpite. – A configuração é desconhecida, mas parece mais para manutenção do que para programação primária.

– Concordo – disse Nan. – Não é o que poderia ser chamado de utilização intuitiva.

Embora Reath não pudesse ler os símbolos incomuns gravados no painel, a ausência de seções coloridas ou de uma tela maior definitivamente sugeria que não era para uso geral. Era um lugar para os trabalhadores checarem as configurações, esse tipo de coisa. Aquilo indicava que as pessoas normalmente não percorreriam os túneis andando.

O que chamou sua atenção em seguida foi o grosso revestimento ao redor das bordas da porta.

– Isso parece uma eclusa de ar para você?

– Totalmente. – Nan respirou fundo. – Do outro lado da porta está o vazio do espaço. Dá pra sentir o frio no ar.

Era verdade. Reath já tinha começado a tremer.

– Para mim, parece que isso já foi uma estação de lançamento para cápsulas de transporte menores. Os anéis provavelmente alimentavam o desembarque das cápsulas da estação. Seus próprios motores entrariam em ação assim que tivessem passado pelas eclusas de ar.

Nan se abraçou.

– E Dez entrou sem estar em uma espaçonave... mas os túneis o lançaram mesmo assim.

A esperança fora provar que os anéis não desintegraram Dez. Agora Reath tinha que torcer para que tivessem. A alternativa àquilo era Dez ter sido arremessado a uma velocidade esmagadora e, em seguida, ejetado para o vácuo do espaço. Ele sabia, por pesquisas, que a morte no espaço sideral demorava mais do que a maioria das pessoas imaginava, até quinze segundos antes de se perder a consciência. Não era um período longo em qualquer medida absoluta, mas uma quantidade excruciante de tempo para sofrer o desespero de um terror mortal. E se Dez não tivesse sido capaz de respirar, então deveria ter suportado a expansão do oxigênio dentro de seus pulmões até que eles se rompessem.

Reath fechou os olhos. Tudo o que podia fazer era dar algum tipo de testemunho de tal sofrimento.

– Acabamos aqui? – perguntou Nan, muito baixinho.

– Sim. Acabamos.

Quando emergiram do túnel, Reath ouviu sons de... comemoração?

Aquilo soava tão *errado* naquele momento. Os dois se entreolharam, e Reath percebeu que ela estava tão consternada quanto ele. Ambos correram em direção às eclusas de ar, onde os Orincanos e os Mizi estavam rindo e dando tapinhas uns nas costas dos outros. Leox estava por perto, com a expressão mais solene, mas não infeliz.

– O que está acontecendo? – perguntou Reath.

– Parece que nosso período neste depósito de esquisitices está chegando ao fim – disse Leox. – A galáxia como um todo acaba de receber um comunicado da Chanceler da República.

Nan se iluminou.

– O hiperespaço está livre? Podemos voltar a viajar?

– As viagens ainda estão limitadas – suspirou Leox. – Mas há uma rota aberta para Coruscant. O Jedi mais velho decidiu que é hora de voltar para casa.

— *VINTE E CINCO ANOS ANTES* —

PARTE TRÊS

O sabre de luz de Cohmac voou de seu cinto para sua mão, acendendo-se no segundo em que a tocou...

O que foi quase tarde demais. A gigantesca serpente branca deslizou na direção deles a uma velocidade incrível, uma fina névoa de sal marcando seu caminho como o rastro de espuma de um navio. A boca da criatura se abriu largamente, revelando três enormes presas e uma garganta já ondulando de antecipação à caça.

Assim que sua lâmina azul se iluminou, foi acompanhada por outra – a de Mestra Laret – e duas brancas. Cohmac se perguntava se era realmente necessário empunhar um sabre de luz duplo, ou se Orla estaria apenas se exibindo.

Diante das presas da serpente, no entanto, ele podia perceber o apelo de uma lâmina extra.

Os três Jedi atacaram no mesmo instante em que a serpente – Cohmac de um lado, Mestra Laret do outro, e Orla de cima e de baixo simultaneamente. A serpente não teve chance; morreu quase no mesmo segundo. Entretanto, seu peso e impulso fizeram com que tombasse para a frente, derrubando Cohmac e Orla de costas antes de parar de forma definitiva com a cabeça bem na entrada da caverna.

– Certo – disse Orla, ofegante, enquanto punha-se de pé com dificuldade e todos desligavam os sabres de luz. – Regra número um. Não ignore os mitos locais se eles estiverem tentando adverti-lo. – Ela apontou para o entalhe da serpente.

Cohmac assentiu. Ele se sentia tolo e com raiva de si mesmo por ter decepcionado seu mestre.

– Mestre Simmix me designou a leitura das lendas por um motivo. Achei que fossem apenas histórias. Antecedentes que poderiam nos trazer um pouco de informação. Por isso não prestei atenção o suficiente. – De fato, as histórias falavam de serpentes que uma deusa de um passado remoto banira para as luas do planeta. Por que ele não refletiu sobre o fato de que a maioria das lendas era baseada na realidade em alguma medida?

Não importava muito, na verdade. A serpente estava morta e não era mais uma ameaça. Seu erro não lhes custara nada. Ainda assim, Cohmac continuou atormentado. Provavelmente porque não podia deixar de notar a semelhança tênue daquela criatura com os Filithar. Mais especificamente, com Mestre Simmix.

Alguns mestres eram rígidos e severos. Outros eram distantes. Alguns desafiavam seus Padawans continuamente a defender cada opinião, cada atitude, cada pensamento. Todas as abordagens poderiam ser bem-sucedidas em moldar excelentes Cavaleiros Jedi. Ainda assim, Cohmac sempre fora grato por ter um mestre gentil.

Agora, Simmix se fora, e eles deixaram seu corpo para trás como se não fosse nada.

O corpo não é nada, de fato. Cohmac lembrou a si mesmo. *Matéria grosseira. Mestre Simmix está com a Força.*

Aqueles pensamentos ajudaram. Mas só até certo ponto. Ele foi deixado com a dura consciência de que ignorara seu mestre quanto às lendas. Que descuidadamente negligenciara o dever de manter seu mestre seguro.

Que provocara a morte de seu mestre.

Durante todo o tempo, Mestra Laret estava curvada e de olhos fechados. Ela era reconhecida por sua habilidade de encontrar caminhos com a Força, e parecia que fizera aquilo novamente quando disse:

– As cavernas formam uma rede sob a superfície do planetoide. É lógico supor que o Diretorado escondeu os reféns em algum lugar dentro deste complexo, e a Força me diz que eles não estão longe.

– Então, vamos em frente – disse Orla.

Mestra Laret já tornara a fechar os olhos e usava a Força para detectar se alguma outra serpente gigante, ou outra criatura selvagem igualmente hostil, poderia estar espreitando no interior dos túneis. Cohmac fez o mesmo.

Nada por perto, pensou ele. *Mas isso não é o mesmo que "nada".*

Da próxima vez que Isamer enviasse lacaios para preparar um esconderijo, se certificaria de enviar indivíduos com alguma noção de conforto. Sim, as cavernas eram praticamente impenetráveis a qualquer um que não dispusesse de uma pesquisa aprofundada. (O que Isamer dispunha, e ele apagara a memória de muitos droides para garantir que ninguém fora do Diretorado pudesse dizer o mesmo.) Mas lá embaixo estava escuro, frio e apertado, e os humanos tolos que escolheram aquele local não consideraram que o teto da caverna era muito baixo para o conforto de um Lasat. Isamer estava cansado de ficar curvado, cansado dos reféns assustados encolhidos em um canto, cansado de esperar pelo término daquela operação.

Os governos de E'ronoh e Eiram já tinham dado os inevitáveis primeiros passos: oferecer resgate pelos governantes sequestrados, investigando em vão o sequestro e seguindo os rastros falsos que Isamer lhes deixara, fazendo apelos públicos atrapalhados para que os cidadãos mantivessem a calma, o que incitara ainda mais pânico entre eles – e solicitando a ajuda dos Jedi.

Como explicaram os Hutts, a maior atividade entre a República e aquela área do espaço tornava inevitável que algum planeta ou outro se voltasse para os Jedi durante uma crise. Ao criar uma crise no momento e no lugar certos, Isamer e o Diretorado poderiam garantir que a missão de resgate dos Jedi fracassasse terrivelmente. Tanto os salvadores quanto os reféns estariam, no fim, definitivamente mortos. A Ordem Jedi lamentaria a perda de seus Cavaleiros, e aqueles planetas e seus vizinhos perceberiam que nem a República nem os Jedi poderiam ajudá-los.

Depois daquilo, nada ficaria no caminho dos escravizadores. Em vez disso, os planetas se voltariam uns contra os outros, contra suas próprias subculturas ou espécies sencientes não dominantes, oferecendo povos para escravizar na esperança de que eles próprios não fossem. O medo imperaria. E Isamer lucraria.

Um dos guardas entrou na câmara interna, sua capa suja de sal; no canto, Thandeka e Cassel se encolheram.

– Lorde Isamer – disse o guarda. – Encontramos o cadáver do Jedi na nave.

Estava fácil demais. Isamer semicerrou os olhos dourados.

– Quantos Jedi vocês encontraram?

– Somente... somente um, Lorde Isamer, um Filithar. Ninguém mais estava com...

– Idiota! – rosnou Isamer. – Eles não enviariam somente um Jedi nessa missão.

O tenente se defendeu.

– Mas não vimos rastros nem sinais de que alguém tenha escapado.

– Não viram porque os Jedi são mais espertos do que vocês. Eles sabem como se esconder. Outros *devem* ter sobrevivido e escapado. Encontre-os e elimine-os agora mesmo!

O guarda partiu, apressado. Isamer, com um humor pior do que antes, acomodou-se em sua cadeira e acariciou com as garras o cabo de seu blaster. Ele esperava chegar logo ao fim daquilo, porque estava louco para matar alguém. Qualquer um. Um glorioso combate contra um Jedi seria preferível, mas simplesmente executar os reféns já bastaria.

Se não fosse pelas alardeadas habilidades mentais dos Jedi – a possibilidade de eles sentirem a ausência dos reféns –, Isamer já os teria matado.

No canto, os olhos de Thandeka encontraram os de Cassel, com medo compartilhado. Cassel sussurrou:

– Espero que os Jedi nos encontrem logo.

– Você coloca mais fé na República e em seus feiticeiros do que eu – disse Thandeka.

– Engraçado você dizer isso. – Foi a primeira vez que sua voz manifestou alguma irritação, qualquer indício de que seus mundos eram inimigos. – Sendo que foi Eiram que implorou pela ajuda deles.

– Duvido muito disso. – Dima certamente teria mais orgulho, pensou Thandeka... então, imaginou-se sendo ela a estar a salvo em casa, enquanto Dima estivesse em perigo. Thandeka não teria parado por nada até ter sua rainha de volta. Teria implorado pela ajuda de qualquer um que pudesse oferecê-la, até mesmo da República. Até mesmo dos Jedi. Ainda assim, o orgulho a fez acrescentar: – Não tem como você saber disso.

Cassel suspirou, a faísca de animosidade já extinta.

– Não, presumo que não tenha. Só é estranho pensar em recorrermos à República quando sempre procuramos evitar que eles, bem, nos engolissem inteiros.

– Talvez não devêssemos ter pensado nisso dessa forma. – Ela se encostou na parede e desejou um analgésico para tratar sua cabeça, que latejava. – Talvez devêssemos ter pensado em ter alguém a quem recorrer em tempos de crise. Em não ficarmos isolados.

– Nossos dois mundos sempre estiveram isolados um do outro – ressaltou Cassel, parecendo pensativo. Bem, pensativo para ele, de qualquer modo. – Nem mesmo os livros de história sabem o motivo. É apenas tradição. Esse não é um motivo muito bom para se fazer qualquer coisa, não é?

Thandeka olhou para Isamer e para o pesado blaster preso em sua lateral.

– Não parece ser, no momento.

Qualquer coisa que os mantivesse longe daquela situação, até mesmo amizade com E'ronoh, teria sido melhor do que ficar ali sentada com os pulsos amarrados, esperando pela morte.

Orla pensara que Cohmac e Mestra Laret provavelmente estavam paranoicos sobre a ameaça de mais cobras. Quantas serpentes gigantes poderiam sobreviver em uma rocha quase morta no espaço?

Resposta: pelo menos cinco, até o momento.

As presas desceram em direção a Orla, recuada como estava contra a parede da caverna. Ali perto, o zumbido vibrante dos sabres de luz de Mestra Laret e Cohmac dizia-lhe que estavam lutando contra a quarta das serpentes que os haviam atacado até o momento, mas a quinta era toda sua. Infelizmente, Orla estava presa em um lugar que não lhe permitia atacar. Mas que também não permitia que a serpente a alcançasse – por poucos centímetros –, então, ela aceitara.

– Não faz sentido algum você estar aqui – murmurou ela para a cobra. – Como uma espécie carnívora consegue viver numa lua com quase nenhuma outra vida animal?

Chega. Ela sabia que tinha o péssimo hábito de analisar apenas o que era lógico e sensato, o que ofuscava o fato de que a galáxia não era nenhuma das duas coisas.

Orla concentrou-se na Força o melhor que pôde. Inspirar. Expirar.

Então, quando a serpente mais uma vez se lançou em sua direção com a boca aberta, Orla golpeou com a ponta do sabre de luz para a frente – enterrando-o no céu da boca da criatura.

Ela uivou um silvo, um som horrível. Através da Força, Orla sentiu a dor da criatura e por um momento teve pena dela, uma simples fera que apenas caçava comida.

Sinto muito, pensou. *Mas "comida" é algo que nunca pretendi me tornar.*

Quando a serpente tombou, morta, Orla pôde ver Cohmac e Mestra Laret de pé sobre outra delas, morta também. Cohmac respirava com dificuldade, e até Mestra Laret parecia ligeiramente agitada.

– Estamos livres por enquanto – disse Orla. – Certo?

– Acredito que sim – respondeu Mestra Laret. Sua expressão não refletia nada do imenso alívio que Orla sentiu ao pensar que não encontrariam mais serpentes. Em vez disso, ela se aproximou de sua Padawan, séria e pensativa.

Orla sabia o que aquilo queria dizer.

– O que eu fiz? – sussurrou ela. – Só agi em autodefesa.

– Você não cometeu erros. – Geralmente calorosa e empática, Mestra Laret sempre tentava tranquilizar sua aprendiz, mas também sempre encontrava outras coisas nas quais Orla precisava trabalhar. *Sempre.* – No entanto, hoje você falhou repetidas vezes em recorrer a seu treinamento completo de combate contra seres não sencientes.

Eu segui meus instintos, Orla teve vontade de dizer. *Continuo viva. Eu venci!*

Em vez disso, ela assentiu.

– Vou me lembrar da próxima vez.

Mestra Laret dirigiu-lhe um raro sorriso.

– Vamos torcer para que a "próxima vez" não seja daqui a cinco minutos, hein?

– Com certeza – concordou Orla.

Por dentro, no entanto, ela não conseguia parar de pensar: *Se a Força fala comigo através dos meus instintos... por que não posso ouvir?*

DOZE

Poucos dias antes, a notícia de que eles poderiam viajar com segurança novamente poderia ter sido motivo de comemoração. Orla teria comprado algumas garrafas de vinho Toniray em seu destino – ou qualquer safra local que pudesse obter – e seria ela quem começaria as festividades.

Em vez disso, ela não sentiu nada. Ou melhor, eram tantas as emoções que se revolviam em seu interior que era impossível distingui-las, e Orla acabou entorpecida.

– Temos assuntos pendentes nesta estação – disse ela a Leox e Geodo enquanto estava com eles na cabine. De onde estavam posicionados, tinham uma vista reduzida, mas extremamente próxima dos revestimentos da eclusa de ar; apenas no canto mais alto Orla podia ter um vislumbre das estrelas. – Incluindo assuntos que podem não ser concluídos nunca.

– É difícil saber que você precisa deixar um companheiro para trás. – Leox balançou a cabeça enquanto dava uma tragada pensativa em seu bastão de especiaria. (Orla teria se oposto à fumaça amarga se aquilo não parecesse tão mesquinho em comparação a suas outras preocupações.) – Mas ficar não mudará nada. Além disso, acho que todos vocês já se consideram bem afastados do lugar, já que ele está contaminado com o lado sombrio... É assim que vocês o chamam, certo?

Orla concordou com a cabeça.

– O fato é que precisamos levar a escuridão conosco quando partirmos, se pudermos.

Leox e Geodo trocaram olhares, ou ao menos Leox encarou o Vintiano. Orla ainda achava difícil ler o humor de Geodo.

– Deixe-me ver se entendi – disse Leox. – Vocês identificaram uma fonte do mal primordial no universo e, em vez de se afastarem dela o máximo possível, querem *trazê-la a bordo*.

– Se pudermos conter a escuridão de uma forma que nos permita transportá-la, será completamente seguro. Do contrário, não seremos capazes nem mesmo de colocá-la a bordo, para começo de conversa. – *Supondo que já não seja impossível*, pensou ela, mas não disse nada. Aquele era um risco sobre o qual nenhum deles tinha controle e, além disso, no minuto em que se sugerisse que alguém poderia estar sob uma influência maligna, muitas vezes essa pessoa começava a se comportar como se realmente estivesse. A tripulação da *Nave* ficaria melhor se não se preocupasse com aquilo.

Leox ponderou, depois acenou com a cabeça.

– Então, façam essa feitiçaria sombria.

– É feitiçaria da luz.

– Que seja.

Reath realizara várias pesquisas sobre artefatos influenciados pela Força, que ele realmente não esperava que se mostrassem importantes tão cedo em sua carreira como Jedi. Aquilo só servia para provar que a pesquisa, as notas de rodapé e todas as outras coisas relativas a estudos das quais alguns Padawans zombavam eram, na verdade, *muito importantes*.

Mestre Cohmac, que como um arquivista sem dúvida concordaria, era o verdadeiro especialista naqueles assuntos. Mas ele aparentemente queria ver, mais uma vez, com quanta responsabilidade o Padawan da missão poderia lidar. O mestre, então, sentou-se no canto, tão estoico quanto qualquer um dos ídolos, enquanto Reath assumia as explicações.

– Os anciãos Jedi identificaram três tipos principais de artefatos da Força – disse ele ao grupo reunido na área de comunicação. – Existem artefatos que contêm certas memórias ou mesmo personalidades de usuários da Força do passado. Existem artefatos que aumentam a capacidade de um Jedi de usar a Força. E existem os artefatos que atrapalham ou confundem essa habilidade... que poderiam ser chamados de inibidores da Força.

Era difícil dizer se Mestre Cohmac estava realmente escutando; sua expressão era inescrutável. No entanto, Orla Jareni ouvia extasiada, e Leox e Affie, observando de portas diferentes, pelo menos prestavam atenção.

– Esses artefatos aparecem nas lendas com mais frequência do que na vida real... – continuou dizendo Reath.

– Não vamos ignorar as lendas – interrompeu-o Orla. Seus olhos encontraram os de Mestre Cohmac, como se estivessem compartilhando algum tipo de segredo que os aprendizes ainda não eram graduados o bastante para conhecer. Reath poderia ter pensado que era uma piada interna, se Mestre Cohmac tivesse sorrido.

Era melhor simplesmente prosseguir.

– Então – Reath foi em frente. – Parece que as estátuas foram colocadas nesta estação alguns séculos depois que ela foi construída. Nosso melhor palpite é que essas estátuas são artefatos do primeiro tipo: recipientes da Força. Nesse caso, foram trazidas para cá especificamente para conter o lado sombrio. De alguma forma, a escuridão se apossou do lugar; talvez seja por isso que a estação Amaxine tenha sido abandonada, para começar. Ou talvez tenha sido abandonada primeiro, e então as pessoas pensaram que seria um lugar seguro para os ídolos. Quaisquer que sejam os poderes que as estátuas sejam destinadas a armazenar, elas os mantêm sob controle... em grande parte. Não completamente. É por isso que a maioria de nós teve essas visões estranhas.

Orla assentiu.

– Faz sentido para mim. A Força tem nos advertido para lidarmos com isso. Quais são nossos próximos passos?

Mestre Cohmac finalmente se pronunciou:

– As estátuas devem ser removidas desta estação. Se sua contenção estiver falhando, então a escuridão que armazenam pode se libertar a qualquer momento. Uma vez que esta estação já está sendo usada de tempos em tempos por contrabandistas – ele acenou com a cabeça em direção a Affie, que por algum motivo estremeceu –, isso pode ser extremamente perigoso.

Leox levantou a mão.

– Minha pergunta é: como podemos evitar que isso seja extremamente perigoso para *nós*?

– Um exercício de vínculo – explicou Mestre Cohmac. – Nós três devemos ser capazes de reunir o poder necessário. Vou ensinar aqueles que precisam aprender os detalhes do ritual.

– Eu já o conheço. – Reath mal podia conter seu deleite. Buscar sempre por créditos extras mais uma vez valera a pena. – O ritual apareceu em um dos meus projetos anteriores.

Mestre Cohmac pousou uma das mãos no ombro do Padawan.

– Então, você já compreende o quanto é perigoso. Sua bravura é um exemplo para todos nós.

Os riscos, que antes eram teóricos, destacaram-se mais nitidamente para Reath. Mas ele não vacilou. O aprendizado era mais poderoso quando se tornava real. Ele estava pronto.

Após a instrução de Reath, Orla finalmente conseguiu ter um momento a sós com Cohmac.

– Qual é o seu problema? – A pergunta vinha carregada em parte de preocupação, em parte de exasperação. – Uma coisa é ser taciturno, outra é delegar suas tarefas a um aprendiz que nem mesmo é seu. Perder Dez é trágico e difícil, mas você mal o conhecia... ou será que há alguma conexão da qual não estou ciente?

– Eu mal o conhecia – admitiu Cohmac. Seu rosto estava impassível, mas seus olhos escuros cravaram-se nos de Orla, refletindo o desafio de volta para ela. – E, no entanto, conhecia o suficiente para entender que ele era cheio de vida e vigor, que estava sempre disposto a ajudar aqueles ao seu redor, que deveria ter mais décadas de vida. Por isso, quando penso nele... em sua morte inútil e sem sentido... apenas mais uma entre as inúmeras mortes causadas por esse desastre no hiperespaço, eu fico com raiva.

Orla assentiu.

– Claro. Todos nós temos que superar nossa raiva...

– Por quê? Por que eu deveria superá-la? Se não consigo sentir raiva pela perda dessa vida, então não posso sentir absolutamente nada. A Ordem nos pede para extirpar as partes mais profundas de nós mesmos, e para quê? Para que a morte de um jovem não seja lamentada?

Aquilo interrompeu Orla de súbito. Apesar de todas as suas divergências com a direção atual da liderança Jedi, ela nunca duvidou dos fundamentos de seus ensinamentos.

– Para que não acabemos nos desviando para o caminho da escuridão – disse ela a Cohmac com a maior delicadeza que conseguiu. – Não há emoção tão justificada ou nobre que não possa levar à loucura se não for mantida na proporção adequada.

Isso também está relacionado a Mestre Simmix, percebeu Orla. O mestre de Cohmac estava morto há quase um quarto de século e, no entanto, a perda ainda o marcava.

– Você carrega esse fardo há muito tempo – disse Orla, falando o mais gentilmente possível. – Percebe que não fez nada tão errado, naquela época? E todos nós compartilhamos desses erros, não apenas você.

Cohmac balançou a cabeça.

– Percebi que não foram os meus erros que me marcaram. Eu os remoí porque a Ordem não me permitiu lamentar. Meu sofrimento não teve outro escape. E eles nos dizem que este é o verdadeiro caminho Jedi.

Ela imaginou se deveria sondar mais a fundo, mas aquilo apenas prolongaria a melancolia de Cohmac sobre um incidente que deveria ter sido superado há décadas.

Ou essa é apenas uma desculpa?, Orla se perguntou. *Uma razão para evitar analisar as falhas de um amigo tão próximo?*

Enquanto questionava suas próprias motivações, no entanto, o momento de falar passou.

– Você sempre achou essa parte do caminho mais fácil do que eu – disse ele. Dessa forma, ele se voltou para os preparativos do exercício de vínculo.

A dúvida brotou na mente de Orla. *Será que estou partindo para me tornar uma Andarilha realmente por vontade da Força? Ou estou apenas me afastando das outras pessoas?*

Leox e Geodo foram encarregados de preparar uma área de armazenamento a bordo da *Nave*, o que por algum motivo Leox parecia considerar um procedimento muito complicado, que só deveria ser realizado por profissionais. ("Deixem conosco. Não se preocupem com isso. Não há necessidade de voltarem aqui até terminarmos. *Confiem em mim.*")

Mestre Cohmac conduziu os outros para o centro do arboreto, para onde os quatro ídolos encontrados foram levados. O vasto campo estelar do espaço cintilava através dos ladrilhos hexagonais translúcidos que formavam a esfera principal. Lá, a ventilação da estação era capturada pelas espirais de seus anéis de tal forma que ecoava como o som do mar dentro de uma concha, um gemido distante e granular. A pele de Reath formigava de adrenalina, seu corpo reagindo à visão que experimentara antes e poderia voltar a experimentar. Ele se perguntava se os outros Jedi foram afetados da mesma forma – aquilo era causado por seu próprio medo, ou a mera presença da escuridão instilava o pavor?

Não, não era só ele. As olheiras sob os olhos de Mestre Cohmac estavam mais pronunciadas, e seus ombros carregavam uma tensão como se ele esperasse ser atingido. A respiração de Orla estava de tal modo controlada que ela deveria estar fazendo um exercício para acalmar e centrar o corpo, mas ela estendia as mãos como se afastasse para longe a escuridão.

Por fim, todos eles estavam bem no centro da esfera. Os quatro ídolos os rodeavam, formando uma espécie de bússola. Reath decidiu que o inseto coroado ficasse ao norte, a humana ao sul, o anfíbio ao oeste e o pássaro ao leste. À luz, as joias facetadas cintilavam em tons de ferrugem, cobalto e ouro. As folhas das plantas emolduravam cada ídolo tão densamente que tanto os pedestais quanto as paredes ficavam quase ocultos. Ele se sentia um forasteiro ali, como se as plantas fossem as verdadeiras habitantes.

Mestre Cohmac fechou os olhos, estendendo a mão e usando a Força tão intensamente que Reath podia percebê-lo: o menor impulso em sua concentração, os contornos de uma consciência que não era sua. Ele disse:

– As quatro estátuas parecem estar conectadas. Devemos contê-las todas em um vínculo da Força, ou os laços serão rompidos.

– Entendido – disse Orla. – Vamos começar.

Os Jedi formavam um círculo, cada qual voltado para fora. Reath olhou para a rainha guerreira, a humana de couraça e coroa, até que sentiu que chegara o momento de fechar os olhos.

– Juntas – entoou Mestre Cohmac –, nossas mentes formam a essência de toda energia nesta sala. Nós somos o ponto central. O eixo. O núcleo. Sintam isso.

Reath concentrou-se até que *pudesse* sentir, fisicamente, uma espécie de brilho quente que envolvia a todos.

– Empurrem as paredes do núcleo para fora. Expandam a esfera. Permitam que suas mentes preencham este espaço.

O movimento para a frente que fez seu corpo inteiro balançar foi uma sensação tão real quanto qualquer outra que Reath já experimentara. O poder que eles detinham aumentava exponencialmente conforme suas mentes começavam a se conectar, e o núcleo brilhante que criavam preenchia quase todo o espaço, detendo-se próximo aos ídolos.

Lá, ele sentiu... frio. Imobilidade – não quietude, mas a inércia de uma sepultura.

Mestre Cohmac disse:

– Agora, todos nós, unidos como se fôssemos um... reivindiquemos os ídolos.

Suas mentes se expandiram em unidade, empurrando os limites da esfera por toda sala e além dela. Algo indefinido no interior dos ídolos se partiu; Reath imaginou que podia ouvir, uma ruptura rápida e clara. Ainda assim, a escuridão girou ao redor deles, mas de uma forma muito diferente e mais difusa do que antes. O vínculo da Força parecia estar criado.

Ele abriu os olhos para ver os outros Jedi respirando com dificuldade e se recompondo, assim como ele. Quando se viraram um na direção do outro, Mestre Cohmac sorriu e disse:

– A boa notícia é que esses ídolos foram vinculados com sucesso.

– Quais são as más notícias? – perguntou Reath.

Foi Orla quem lhe respondeu:

– Agora temos que levar essas coisas de volta para a *Nave*. E elas são pesadas.

De fato, eram. Mas Reath raramente carregara tamanho fardo com o coração tão leve.

Affie não se preocupou em assistir a qualquer que fosse a cerimônia mágica esquisita que os monges da República estavam executando.

Em vez disso, ocupou-se em obter registros visuais de cada linha do código dos contrabandistas.

Enquanto corria o scanner ao longo das paredes, não podia evitar de tentar interpretar mais dos símbolos. Os dois anéis separados por um asterisco de linhas irregulares... seria talvez uma viagem, interrompida por algo desastroso? Certamente uma das principais funções dos códigos deveria ser alertar outros pilotos sobre perigos.

Não se trata apenas *de enganar Scover*, disse Affie a si mesma, um tipo de piada deprimente.

Lá, novamente, estava o símbolo da estrela da Guilda Byne.

Ela aumentou a resolução para ter certeza de que aquelas varreduras fossem as melhores e mais nítidas do conjunto.

E então...

Affie franziu o cenho ao ver um desenho que parecia ser da cabeça de um ser, uma cabeça com uma crista alta no centro. Como a cabeça de um Bivall.

Scover Byne era uma Bivall.

Estão conspirando contra ela. Não apenas roubando – estão atrás dela, *especificamente.*

Os olhos de Affie focaram novamente nos dois anéis com o asterisco irregular no meio. Aquilo poderia ser uma explosão? Uma dica de uma futura expedição que poderia ser sabotada?

– Graças aos espíritos, logo estaremos indo embora deste lugar – murmurou ela, enquanto terminava rapidamente de efetuar os registros. Não havia como dizer quão longe a trama já fora.

Leox Gyasi já vira algumas coisas estranhas. O suficiente para que ele tentasse não usar a palavra *estranho* com muita frequência. Para a mente preparada, nenhum elemento da galáxia deve parecer estranho; tudo era feito da mesma matéria estelar, meramente assumindo formas diferentes de vez em quando.

E ainda assim...

– Tem algo de perturbador em ter ídolos amaldiçoados a bordo novamente – disse Leox. Ele estava sozinho com Geodo, que sabia sobre seu último incidente com um ídolo amaldiçoado e nunca relatara aquilo a Scover Byne. (A Pequenina era preciosa para ele, mas não se podia culpar uma garota por querer falar sobre coisas com sua mãe. Por sorte, aquilo acontecera antes da época dela.) – Eles dão azar, como nós dois temos motivos de sobra para saber. Me dão arrepios.

Geodo era feito de um material mais resistente. No entanto, Leox percebeu que também não lhe agradava a ideia. Da vez anterior, eles tinham levado os ídolos errados para o planeta errado, a pedido de um Rodiano que acabou sendo o cliente errado. A intenção, até onde Leox conseguira reconstituí-la após os acontecimentos, era que o Rodiano fosse adorado como um deus conquistador de ídolos pelo povo temeroso.

O povo tivera outras ideias.

Encostado no console mais próximo, Leox estudava o ídolo em forma de inseto, aquele com pinças e asas.

– Quer dizer, eu não ligava para os cânticos ou para os incensos. Os sacrifícios eram tranquilos, já que eram apenas flores. E cara, aquele pedestal que esculpiram em sua homenagem? Parecia bastante com você. Poderia ter sido seu irmão gêmeo.

Geodo nem precisava mencionar o mosaico bem menos bem-sucedido que retratava a descida de Leox de sua nave celestial. Não era como se Leox pudesse esquecer daquilo, não importava o quanto tentasse.

– Ser adorado não faz bem para o espírito. Corrói você de dentro para fora. – Leox balançou a cabeça. – Que é a verdadeira maldição nesse tipo de coisa, se você me perguntar. Saímos de lá na hora certa. Pelo menos os Jedi vão guardar estes ídolos em vez de tentar usá-los pelos motivos errados.

O Rodiano acabou fugindo do planeta o quanto antes, e em outra nave, já que Leox estava farto de sua tolice àquela altura. Leox e Geodo permaneceram lá apenas o tempo considerado decente o bastante antes de deixar o povo com um código moral de bondade e gentileza. Provavelmente, aquelas pessoas caíram na real depois de alguns meses, depois de se acostumarem a ter seus artefatos antigos mais sagrados de volta em seu mundo e voltaram a usar seu nome original.

Leox esperava que sim, de qualquer forma. Caso contrário, existiria um planeta chamado Leoxo, e se Affie algum dia descobrisse, nunca mais pararia de falar naquilo.

– Então, acho que é isso – disse Nan.

Reath estava com ela perto das eclusas de ar. A *Nave* já estava no ponto de partida.

– Vocês também vão partir logo? – perguntou ele.

– Na verdade, primeiro vamos terminar alguns reparos. Lembra do estado em que vocês nos encontraram?

– Certo – disse ele, estremecendo com seu próprio esquecimento. – Precisam de alguma coisa? Suprimentos, ou assistência...

– Não, estamos bem – insistiu ela. – Temos tudo o que precisamos. Incluindo tempo, agora, graças a você.

Os olhares dos dois se encontraram. Reath queria dizer adeus e achou que Nan também poderia querer. No entanto, quando baixou os olhos para ela – lutando visivelmente para encontrar as palavras certas, relutante em fixar-lhe o olhar –, o Padawan percebeu que o breve tempo que passaram como parceiros deveria ter significado mais para ela do que para ele. Que a maneira como ele se comportara poderia ter passado a impressão de interesse romântico, ao menos para qualquer pessoa que levasse uma vida mais normal. As pessoas da fronteira ainda não compreendiam os Jedi, o que significava que não compreendiam os limites de tais relações. Reath percebeu tardiamente que deveria ter sido mais cuidadoso.

Mas não havia necessidade de ser indelicado. Ele disse:

– Foi um prazer conhecê-la, Nan. Duvido que nossos caminhos se cruzarão novamente, mas desejo-lhe boa sorte.

– Nossos caminhos se cruzarão – repetiu ela, distraída, e então se endireitou. Ela encontrou o olhar dele com firmeza, como se estivesse fazendo uma promessa. – Você impediu que eu fosse sequestrada. Quer dizer que foi o responsável por me devolver ao meu povo. Não penso nisso de forma leviana.

– Qualquer Jedi teria feito o mesmo.

– Não foi "qualquer Jedi". Foi você, e direi isso a eles. – Nan o olhou nos olhos com grande solenidade por um longo momento, depois sorriu, retornando ao seu jeito alegre mais uma vez. – Obrigada por me contar tanto sobre a República e os Jedi. A galáxia está mudando e você me ajudou a entendê-la.

Reath estava feliz por ter feito aquilo, mas também feliz por eventualmente relatar aquilo a Mestra Jora. Ela, então, entenderia que ele não estava somente rejeitando o povo da fronteira, o que significava que suas razões para querer retornar a Coruscant eram *completamente objetivas*.

– Fico feliz em servir.

Eles finalmente se separaram. Reath olhou para trás por cima do ombro uma vez, para vê-la partir – no mesmo momento em que ela se virara para olhar para ele. Quando seus olhares se encontraram, Nan ergueu uma das mãos em despedida.

Eu a verei novamente, pensou Reath. Ele não tinha a menor dúvida quanto àquilo. A Força assim o declarou.

TREZE

– Esta via do hiperespaço pode até ter sido liberada para trânsito, mas a navegação não vai ser fácil. – Leox balançou a cabeça enquanto estudava as coordenadas de navegação. – Geodo, você pode triangular os vórtices... deixa quieto, olha aqui, já está feito. Eu deveria saber que você estaria um passo à minha frente.

Geodo era educado o bastante para não esfregar aquilo na cara de Leox, algo pelo qual o piloto ficou grato. Seu humor já estava no limite nos últimos tempos, e ele não era um homem cujo humor chegava ao limite com frequência. Leox não era um usuário da Força, mas não havia dúvida de que o universo possuía dimensões espirituais e, naquela estação, tais dimensões estavam seriamente fora de sintonia. Podia ser o lado sombrio ou o que quer que fosse: ele ficaria feliz em se livrar daquilo.

Claro, eles estavam voando com ídolos que ocupavam a última nesga de espaço de armazenamento disponível na *Nave* sem revelar compartimentos que a República jamais precisaria saber. Os Jedi afirmaram que estavam sob controle.

Não que ele acreditasse na palavra dos Jedi para *tudo*. Mas a Força era a área deles. Além disso, as dimensões espirituais da galáxia não o estavam alertando sobre seu compartimento de carga. Alertavam-no sobre a estação. Mais um motivo para dar o fora dali.

– Quanto tempo até nossa partida? – perguntou Cohmac Vitus, da entrada da cabine de comando.

– Só estamos esperando nossa copilota – disse Leox.

No momento em que disse aquilo, Affie passou por Cohmac pisando duro, fazendo o Jedi erguer uma sobrancelha. O olhar que ele lançou a Leox claramente significava algo na linha de: *Adolescentes... fazer o quê?*

Os problemas de Affie eram muito mais complicados do que isso. Muito mais válidos. Mas não eram da conta de Cohmac.

Leox apenas disse:

– Diga a todos para apertarem os cintos. Partiremos em cinco minutos.

Assim que o Jedi saiu, ele retornou ao seu lugar. Affie manteve o olhar fixo nos controles, alheia à presença dos outros membros da tripulação. Geodo não ousou puxar conversa com ela, e Leox não podia culpar o cara. Ele também não pretendia puxar papo.

Não por ter medo do temperamento de Affie – embora fosse algo muito razoável de se temer –, mas porque qualquer conversa iria levá-la de volta a fazer as perguntas erradas, e ele a segurar as respostas que ela não estava pronta para ouvir.

As coordenadas foram definidas.

– Desatracando da eclusa de ar em cinco segundos – anunciou ele.

Affie assentiu:

– Cinco, quatro, três...

Na marcação, ela girou a alavanca que liberava os grampos; um baque metálico pesado ecoou pela *Nave*, o som da liberdade. Quando os motores foram acionados, Leox girou o nariz da nave, trazendo de volta sua vista habitual das estrelas. Contemplar novamente o espaço aberto era um alívio. Ele ficava desconfortável preso em planetas ou estações, e só se sentia em casa com uma nave sob seu comando.

Affie muitas vezes o provocava com aquilo: “Estamos decolando, você finalmente vai poder respirar de novo”. Mas, naquele dia, ela se limitou ao mínimo:

– Preparando para o salto no hiperespaço.

– Essas águas ainda estarão um pouco turbulentas – murmurou Leox. – Geodo planejou as rotas da forma mais suave possível, mas isso não é a mesma coisa que suave de verdade. Você está pronta?

– Saltamos em cinco segundos. – Foi sua única resposta.

Leox agarrou o controle, respirou fundo e deu o salto. O espaço se estendeu até o infinito, cada estrela transformada em um cometa por um breve instante. Em seguida, o hiperespaço os rodeava, novamente azul (mas escuro, tingido de violeta, longe de estar normal) e cintilante, quase vivo.

E furioso.

Ele falara metaforicamente antes, mas a turbulência foi muito real quando teve início o primeiro dos saltos programados por Geodo. A *Nave* sacudiu sob eles como um blurrg num dia ruim, e Leox só continuou sentado porque agarrou os braços de sua cadeira.

– Uou! – Affie estava surpresa o bastante para falar com ele normalmente. – O que aconteceu lá fora?

– Algo ainda pior do que sabíamos – disse ele. – Logo vamos descobrir.

Orla considerava-se uma boa viajante – adaptável, flexível, criativa, e incluíra essas características entre as razões pelas quais seria uma boa Andarilha. (Não que tais considerações fossem realmente significativas, em termos de decidir a melhor maneira de seguir a Força, mas ela tivera que revisar todos os fatores antes de tomar uma decisão tão grande.)

Por isso, perceber que ela ainda podia ficar enjoada foi desanimador.

– É como se estivéssemos voando por um campo de asteroides – disse ela a Cohmac. Eles estavam juntos no compartimento de carga com os ídolos, garantindo que as amarras com as quais os envolveram permaneceriam fortes.

– Não estamos em um, estamos?

– Não, estamos no hiperespaço. Mas o próprio hiperespaço está acidentado agora. – Orla hesitou. – Como isso é possível?

– Não tenho certeza – disse Cohmac. – Pelo que entendi, ainda há muitos destroços interestelares da *Legacy Run* que precisam ser contabilizados. As sondas enviadas de Coruscant deram à tripulação, suponho que particularmente a Geodo, informações suficientes para percorrermos um trajeto improvisado de volta para casa. Um trajeto que deve envolver vários fragmentos de saltos combinados pelo navicomputador. Geralmente não há saltos intermediários, então, parece que estamos batendo em obstáculos no caminho.

Orla suspirou.

– Em outras palavras, é seguro, mas desconfortável.

– Exatamente – disse Cohmac. – Quase me faz desejar ter prestado mais atenção nas aulas de topografia superluminal, naquela época.

– Os arquivistas não deveriam se interessar por todos os assuntos?

– Em tese. – De vez em quando, como naquele instante, Cohmac Vitus dava um sorriso maldoso.

Reath estava em seus aposentos durante a viagem, onde Orla sugeriu que ele começasse a montar um relatório para Mestra Jora Malli. Eles tinham se apoiado fortemente em seu Padawan ao longo daquela jornada; ele merecia um pouco de descanso e privacidade. Orla sabia que ele também estaria triste com a morte de Dez, principalmente por causa do vínculo que compartilhavam por terem a mesma mestra. Lamentar não era o modo dos Jedi, mas a tristeza era algo a ser trabalhado, não negado. E podia ser bastante difícil, principalmente para um aprendiz que enfrentava sua primeira experiência real de luto.

É melhor o luto, disse Orla a si mesma, *do que a raiva.* Ela deu uma olhada de soslaio para Cohmac. Seu velho amigo parecia apropriadamente calmo e focado novamente. No entanto, qualquer que fosse a tempestade latente que alimentara aquela raiva, ela ainda o assolava sob a superfície. Orla sabia daquilo. Mas já bisbilhotara o suficiente. Cabia a Cohmac trabalhar o restante por conta própria.

O chão sacudiu sob seus pés; os ídolos balançaram.

– Se um deles cair e quebrar – disse Orla –, quais as chances de o que quer que esteja preso dentro se libertar?

Cohmac balançou a cabeça, lentamente.

– Tomara que não precisemos descobrir.

Nenhum caminho para a *Nave* era direto. O de Affie fora mais estranho do que a maioria.

Affie Hollow tinha catorze anos e estava ansiosa para deixar sua marca na Guilda. Sua mãe adotiva, a própria Scover Byne, achou uma boa ideia começar a ensinar seu ofício para a garota. A Guilda Byne crescera quase além da capacidade de Scover de controlar tudo pessoalmente. Uma filha leal, inteligente e capaz seria a melhor opção para braço direito – uma vez que possuísse experiência além dos simuladores de pilotagem, lá fora, no mundo real.

Por isso, quando a excursão de Affie pelas naves da Guilda começou, ela transbordava de entusiasmo, praticamente resplandecendo de satisfação ao pisar em uma ponte pela primeira vez ao lado da mãe. Aquele brilho foi ofuscado no minuto em que ela olhou para os rostos dos outros membros da tripulação. As palavras mais gentis que ela conseguia encontrar para definir a atitude deles eram "não se impressionaram".

E nem havia motivos para se impressionarem. Affie sabia que era jovem e que não possuía treinamento, sendo mais um incômodo do que uma ajudante. Mas não era justamente aquele o objetivo de um treinamento? Tornar alguém útil?

Por meses, ela saltou de uma nave para outra, nunca rejeitada (afinal, ela era a filha de Scover), mas também nunca realmente aceita. Alguns pilotos a ensinaram suas habilidades básicas, de má vontade. Aquilo era o melhor que ela conseguia. Uma vez, Affie escutou um navegador resmungando: "Meu trabalho é planejar rotas, não ensinar pirralhas melequentas". Aquilo era profundamente injusto e gerou nela um complexo que a fez carregar lenços por meses.

Em seguida, ela foi enviada para a menor nave de todas, a *Nave*.

Geodo foi o primeiro indivíduo que fez Affie se sentir realmente bem-vinda em muito tempo; nele, ela confiou imediatamente. Já Leox Gyasi era outra história. Ele cheirava a especiarias, falava sobre as "dimensões espirituais mais profundas do cosmos", e usava camisas de gola aberta com muitas contas, como se nem se *importasse* com o fato de aquilo ser pouco prático para voos de longa distância. (Graças à influência de Scover, Affie ligava muito para a praticidade.) A *Nave* era minúscula, e não era particularmente digna de nota, por isso a garota não tinha certeza de quantas de suas experiências ali se aplicariam a outras embarcações.

Mas Affie precisava aprender sobre toda a Guilda, e não apenas sobre as naves principais. Ela se resignou à jornada.

Para sua surpresa, sua primeira viagem a bordo da *Nave* a ensinou mais do que todas as anteriores somadas. Leox a orientou em cada etapa; Geodo permitiu que ela o observasse quando quisesse, pelo tempo que desejasse. Ninguém a desprezava por causa de sua idade ou inexperiência. Eles a deixavam aprender na prática.

Scover ficou perplexa quando, ao fim da jornada, Affie pediu para viajar novamente na *Nave*. Ela inclinou sua cabeça azul e aviana ao dizer:

– Achei que gostaria de experimentar um dos maiores transportes de passageiros, como a *Legacy Run*, talvez?

A *Legacy Run* era a maior e melhor em termos de transporte, confiada apenas aos melhores capitães, e Affie hesitou por um segundo, não mais do que isso.

– Vou ficar com a *Nave*, se estiver tudo bem para você.

Scover não gostou, mas concordou.

Enquanto finalizavam os preparativos para a próxima decolagem, Affie fez uma pergunta que esperava ser discreta:

– Por que vocês acham que Scover me designou para cá, em primeiro lugar?

– Porque eu sou seguro para você – disse Leox.

– O que você quer dizer?

– Quero dizer que nasci abençoado e livre das paixões febris que assolam tantos seres. – Leox recostou-se no assento do piloto; pelo jeito, o assento fora modificado para servir como poltrona reclinável, quando ele quisesse. – Não tenho desejo de reproduzir, nem, mais precisamente, qualquer desejo de realizar atos de reprodução sem tal finalidade em mente.

Affie pensou naquilo.

– Então, quer dizer que você... não faz sexo. – Suas bochechas ficaram coradas; ela não era uma *criança*, mas não estava habituada a falar sobre o assunto com adultos.

Para Leox, no entanto, ela bem que poderia estar falando sobre o clima.

– Já experimentei. Certamente não é uma prática desagradável. Mas não é algo imperativo, no meu caso, e sempre fui grato por isso. Parece liberar a mente, até onde posso julgar as mentes dos outros seres. Com certeza libera muito tempo. E eu ainda tenho o gostinho de dizer que sou a realização final da minha linhagem ancestral, o ponto ao qual todos seus esforços levaram. – Depois de uma pausa, ele acrescentou: – Bem, eu e minha irmã. Pelo menos, até ela ter filhos. Nesse caso, o grande ciclo se renova.

– Mas... Nossos pilotos são boas pessoas, não são criminosos, contrabandistas ou... Ninguém faria...

Leox ergueu a mão.

– Mesmo as boas pessoas levam seus amantes a bordo de suas naves de vez em quando e, em ambientes fechados, não há como dizer o que uma jovem pode testemunhar. Mas aqui estamos apenas eu e Geodo, e ele não entrará em seu próximo ciclo de acasalamento pelos próximos, o que, nove anos? – Geodo não o contradisse. – Como eu disse, aqui você estará segura. E também está em serviço. Então, que tal voltar ao trabalho e me mostrar que pode conduzir essa embarcação para fora da atmosfera?

Pela primeira vez, Affie pilotou uma nave de verdade. O curso deles oscilou um pouco, mas ela conseguiu. Leox não a elogiou nem a criticou, apenas disse:

– Da próxima vez, você saberá verificar se há turbulência atmosférica. Geodo vai definir os cursos daqui em diante.

Foi simples assim. Leox a aceitou como tripulante e esperava que ela acompanhasse. Affie sempre o fez. Ao longo dos dois anos e pouco que se seguiram, eles desenvolveram mais do que um relacionamento profissional. Se ela tinha um melhor amigo, era Leox.

Motivo de ela não conseguir ficar com raiva dele para sempre.

Geodo tinha ajustado um pouco o percurso, a ponto de eles terem uma viagem apenas levemente acidentada. Affie arriscou:

– Espero que Scover esteja lá para nos encontrar. – Era mais fácil falar aquilo do que *Espero que Scover ainda esteja viva.*

Leox compreendeu sem que ela explicasse.

– Tenho certeza de que sua mãe está bem. – Ele agia como se nada de errado tivesse acontecido entre eles, absolutamente. Talvez, para ele, nada tivesse acontecido mesmo. – Exceto por ter se preocupado com você, claro.

Aquilo era mais difícil, mas ela queria falar:

– Vou relatar a ela tudo o que encontrei na estação. Scover saberá como interpretar.

– Sem dúvida.

Ele disse aquilo com bastante tranquilidade, mas... Leox parecia preocupado? Ele nunca aparentou estar preocupado. Nunca. Menos naquele momento.

Affie recusou-se a pensar nos motivos pelos quais ele não gostaria que ela denunciasse uma operação de contrabando. Concentrou-se em manter a nave estável, e afastou todo o restante da mente.

— VIAGEM À ESTAÇÃO AMAXINE, POR REATH SILAS —
CONCLUSÃO DO RELATÓRIO

As razões que me deu para aceitar uma atribuição na fronteira foram cumpridas, mestra. Deparei-me com situações mais imprevisíveis do que qualquer coisa que poderia ter acontecido nos Arquivos. Usei meu conhecimento em conflitos reais, não apenas por meio de simulações. Obtive informações sobre culturas desconhecidas, embora Mestre Cohmac diga que ainda temos muito o que aprender sobre os ídolos e qualquer escuridão aprisionada dentro deles. Saí dos Arquivos por um tempo. E conheci formas de vida que nunca soube que existiam; embora não possa afirmar que consegui me comunicar com Geodo, eu o sinto mais através da Força. Um pouco mais. Acho.

Uma vez que já realizei tudo isso, por que permanecer na fronteira?

Por favor, pense só, mestra. O desastre do hiperespaço não apenas nos prendeu em partes distintas da galáxia, nos separando por dias, mas esta missão também custou a vida de Dez Rydan. Eu sei que você sente a perda dele ainda mais do que eu. Dez tinha mais experiência, mais habilidade, mais... bem, era melhor do que eu em quase tudo. Do que quase qualquer pessoa. E ainda assim ele morreu, porque há ameaças por aqui que desconhecemos. Nem mesmo sabemos o bastante para presumir quais são ou quando as encontraremos. Como podemos estudar os segredos mais profundos da Força ou alcançar níveis mais elevados de meditação se estamos ocupados demais lutando para permanecer vivos? Como posso colocar meu conhecimento em uso quando a fronteira não exige a maior parte desse conhecimento?

Você sabe que não sou covarde, Mestra Jora. Nunca deixei de fazer o que era necessário e certo. Mas estar na fronteira não é *necessário. Ao menos, não para nós.*

Se pensar sobre o Arco Kyber deveria deixar as coisas mais claras para mim, bem, não deixou. Os Jedi podem e, de fato, o atravessam sozinhos. Talvez tenha sido apenas um enigma que você me deu para me distrair da agitação de deixar Coruscant.

Eu nunca vou entregar isso para você ler. Trata-se apenas de um jeito de trabalhar as coisas na minha cabeça. Se tem uma coisa que eu sei, é que não há como convencê-la a mudar de ideia.

Mas seria tão ruim assim esperar que você mude de ideia por conta própria?

Reath deixou sua holocam quando sentiu a mudança sutil na vibração, que significava que sua jornada pelo hiperespaço logo chegaria ao fim.

– Apague tudo – disse ele para a câmera, antes de se levantar.

Quando chegou aos assentos, Orla Jareni já estava se acomodando e ajustando os cintos. Da ponte, Leox gritou:

– Precisamos prender aqueles ídolos? A última coisa que preciso é de espíritos malignos atrapalhando minha aterrissagem.

– Eles estão firmes. – Orla assegurou com tanta confiança que Reath quase parou de se preocupar com eles. Aquelas vibrações sombrias que as estátuas emanavam tinham ficado em silêncio, o que era um alívio. Nada das perturbadoras visões de advertência, o que era ainda melhor. O ritual de contenção parecia ter funcionado perfeitamente.

(Mais uma tarefa avançada que ele já realizara e não precisava buscar na fronteira. Mais uma coisa que era importante estudar, e registrar para as futuras gerações de Jedi!)

Mestre Cohmac juntou-se a eles poucos segundos antes do anúncio.

– Estamos recebendo um sinal de socorro – gritou Leox. – O tráfego ainda está fechado em todo lugar. Ninguém mais vai alcançá-los tão cedo...

– Vá – ordenou Mestre Cohmac. – Estamos prontos para ajudar.

Reath se preparou. Alguém estava à deriva, assim como eles não muito tempo antes? Se fosse o caso, seria algo bastante simples de resolver.

– Estamos prestes a sair do hiperespaço! – avisou Affie. – Segurem firme!

Reath agarrou seu cinto de segurança. Quase no mesmo instante em que ele fechou as mãos, a nave balançou uma última vez antes de se acomodar no familiar arrasto subluz do espaço real.

Ele soltou o cinto um segundo antes de Leox murmurar:

– Pelos *deuses*.

– O quê? – perguntou Orla. – O que foi?

– É melhor vocês verem com seus próprios olhos. – Ele parecia esbaforido, mas soturno. – Não tenho palavras.

Os Jedi correram para a ponte.

Não era incomum para uma nave ter problemas em sua jornada, sair do hiperespaço para lidar com o que quer que estivesse errado antes de prosseguir viagem. Sem dúvidas, era o que tinha acontecido com uma nave à deriva num espaço vazio tão profundo, no trecho de bilhões de quilômetros de nada entre vários sistemas estelares.

O que era incomum era estar quase a um braço de distância de uma nave a ponto de ser destruída.

Parecia ser um transporte de passageiros, embora fosse difícil afirmar, já que seu casco estava amassado e com manchas carbonizadas. Não eram manchas carbonizadas que indicavam combate, como as marcas de carbono de impacto de armas, mas sim do tipo mais sinistro, a irradiação das manchas enegrecidas indicando incêndios descontrolados dentro da nave. As áreas superiores da embarcação, incluindo a ponte, já tinham sido queimadas. Aquilo provavelmente significava que ninguém estava responsável pelas evacuações que precisavam acontecer imediatamente. Reath não conseguiu detectar nem mesmo uma única cápsula de fuga sendo ejetada.

Ele já estava se preparando antes mesmo de Orla dizer:

– Certo, Leox, leve-nos até a eclusa de ar da nave e prepare-se para atracar.

Affie ficou boquiaberta.

– Vocês querem que atraquemos em uma *nave em chamas*?

– As pessoas lá dentro estão com problemas – disse Reath. – Não tem mais ninguém por perto. Por isso, é nosso dever tirá-los de lá.

CATORZE

A transportadora *Viajante* deixara Cerea carregando trezentas almas por uma via do hiperespaço que se pensava estar livre. Mas ela fora aberta prematuramente. Destroços espaciais colidiram com a *Viajante*, transformando uma confortável nave de passageiros em um inferno autocontido.

Cohmac correu pelos corredores tomados de fumaça da *Viajante*, inalando apenas através da máscara de respiração firmemente presa à sua boca. A bruma feria seus olhos, embaçando-os, mas ele confiava menos na visão do que na audição, e na orientação da Força, para encontrar o caminho para o compartimento de carga principal.

Quando o alcançou, encontrou, como esperava, mais de duzentas pessoas amontoadas, ofegando através de máscaras ou respiradores, ou tossindo desesperadamente enquanto tentavam buscar por ar. Embora fossem Cereanos em sua maioria, Cohmac identificou Ogemites, Sarkanos, humanos e um punhado de Wookies entre a multidão.

Suas vestes douradas de Jedi foram reconhecidas de imediato. A multidão avançou em sua direção, cercando-o com uma centena de gritos.

– Não há como sair daqui!

– As portas das cápsulas não estão onde deveriam!

– Não podemos chegar ao outro compartimento de lançamento!

– Não consigo respirar!

– Estamos presos!

O frenesi da multidão estava perigosamente perto do pânico. Quando um grupo muito grande de pessoas entrava em pânico, tornava-se uma turba. Ninguém conseguiria resgatar uma turba.

Cohmac removeu sua máscara de respiração para gritar sobre o barulho:

– Levem-me para as portas das cápsulas!

A multidão se afastou dele, abrindo um caminho que indicava a direção. Ele percebeu no mesmo momento que o revestimento interno contra explosão, destinado a ajudar a nave a resistir a tais desastres, ficara preso no lugar. Se não fosse erguido, ninguém conseguiria alcançar as cápsulas de fuga.

Com um grande salto, Cohmac voou acima da multidão para acessar uma plataforma de serviço próxima ao topo do revestimento. Não demorou muito para ele encontrar o problema: uma viga de metal se alojara nos mecanismos do revestimento. Ele acendeu seu sabre de luz e mergulhou a lâmina profundamente na viga, que começou a derreter quase imediatamente. Ondas de calor emanavam dela, impedidas de chamuscar a pele de Cohmac pelo puro poder da Força.

– Abram espaço aí embaixo! – gritou ele. Mas a multidão se acalmara o suficiente para entender seu plano e antecipar-se. As pessoas já estavam recuando, deixando espaço livre na forma de um amplo semicírculo.

E foi bem a tempo. A viga se partiu em duas, desabando no chão do compartimento com um estrondo tremendo que feriu os ouvidos de Cohmac. Mesmo enquanto o som ainda ecoava, o revestimento contra explosão começou a subir, liberando o caminho para as cápsulas de fuga.

Cohmac percebeu que ele mesmo poderia precisar escapar por uma delas. O corredor por onde chegara ardia intensamente com fogo. Ele pousou silenciosamente no chão e se juntou à multidão em evacuação, que já se estabilizara do frenesi para um urgente senso de propósito. Ao fazê-lo, sacou seu comunicador.

– As cápsulas principais serão lançadas em breve. Todos os outros passageiros morreram na colisão?

A voz de Affie veio do comunicador:

– *Algumas pessoas ficaram presas nos conveses superiores. Orla tirou a maioria delas de lá, e Reath deve estar voltando para a* Nave *com a última... se ele chegar a tempo.*

Ela não precisou explicar o restante. A *Nave* não poderia continuar perto da *Viajante* por muito mais tempo, porque a transportadora logo explodiria.

Resgatar uma criança pequena de uma nave em chamas soava como heroísmo no sentido mais clássico. A realidade era menos glamurosa.

– Ai. *Ai.* – Reath estremeceu enquanto tentava reajustar a criança peluda e esperneante em seus braços. – Está tudo bem, bebê Wookie. Segura firme, bebê Wookie.

Mas o problema era exatamente aquele – o pequeno Wookie *estava* se segurando firme, como todos seus instintos arbóreos exigiam em situações de perigo, cravando suas garras no objeto mais próximo. Infelizmente, o objeto mais próximo era Reath.

Além disso, mesmo um bebê Wookie era grande e pesado. Reath conseguia suportar o peso, mas ele tornava complicado se abaixar sob as vigas danificadas e desviar dos escombros fumegantes do convés.

O Wookie gemia lamentosamente, e Reath tentava acariciar sua cabeça.

– Não tenha medo, pequeno Wookie... *aaah!*

Quando sentiu uma pontada na nuca, percebeu que o Wookie parecia ter tentado acariciar sua cabeça em troca e, ao fazê-lo, arrancara a trança Padawan de Reath pela raiz. *Ótimo*, pensou ele, *agora vou ter que deixá-la crescer de novo, presumindo que vamos conseguir sair daqui.*

Pelo menos, aquilo teve o efeito de acalmar o bebê, que prontamente colocou seu novo brinquedo na boca.

Reath tossiu. A fumaça o estava afetando. Quando pegou o pequeno Wookie, a criança estava se debatendo de medo. Uma daquelas garras arrancara sua máscara de respiração. Ainda bem que não precisavam ir muito longe.

Por favor, que o corredor ainda esteja livre, por favor, por favor, por favor...

Ele derrapou até parar. O corredor que conduzia à eclusa de ar da *Nave* estava em chamas.

Reath logo considerou suas opções. Alcançar outra cápsula de fuga a tempo era improvável. Ele poderia procurar por outro caminho, mais indireto, para a eclusa de ar, mas, mesmo que existisse, não havia garantia de que o encontraria rápido o bastante para salvar suas vidas.

A única chance era algo que nunca fizera antes, nem ao menos tentara – mas ele foi tomado por uma sensação de certeza que lhe dizia que aquele poder estava sob seu comando.

Equilibrando o bebê Wookie no quadril, Reath soltou uma das mãos, esticou-a e fechou os olhos. Com o poder da Força, ele se concentrou nas chamas, no movimento molecular do próprio calor, até que sua consciência se interligasse a ele.

Então, ele o empurrou para longe com toda sua energia.

Com um grande rugido, o fogo saiu pelos buracos no teto, deixando o corredor livre das chamas e da fumaça por um breve momento, mas longo o suficiente para ele atravessar correndo com o Wookie, saltando pela eclusa de ar para dentro da *Nave*.

A passagem da eclusa se fechou em espiral assim que seus pés tocaram o convés, antes de o fogo retornar.

– *Você demorou demais* – disse Leox de forma arrastada pelo comunicador. – *Segure-se!*

Não havia tempo para alcançar os cintos de segurança. Reath simplesmente agarrou a criança peluda em seus braços e se abaixou no chão.

A *Nave* fez uma curva acentuada para a esquerda, fazendo Reath rolar contra a parede mais próxima. Embora a criança Wookie tenha uivado em protesto, ela não relaxou os braços quando a nave acelerou e voou para longe. Apenas alguns segundos depois, a onda de choque da explosão os alcançou, sacudindo toda a nave. Mas eles estavam seguros.

Orla apareceu na porta.

– E o que temos aqui?

Apesar de suas feições angulosas e aparência ameaçadoramente imaculada, Orla deve ter parecido maternal ao bebê, que imediatamente arrastou-se até ela e agarrou sua perna com os braços. Ela se abaixou para coçar a cabeça da criança enquanto Reath se levantava.

– É muito novo para falar – disse ele. – Teremos que torcer para que o manifesto da *Viajante* possa ser encontrado.

– Vou cuidar dele por ora – prometeu Orla. Reath já tinha passado da metade do caminho para a ponte quando a ouviu perguntar ao Wookie: – O que é *isso* que você tem na boca?

Quando Reath entrou na ponte, foi capaz de ver a cena inteira por si mesmo. Onde a *Viajante* certa vez estivera, restava apenas o esqueleto enegrecido da nave. Pelo menos os destroços estavam cercados por um anel de cápsulas de fuga, cada uma piscando com um sinal localizador.

– Precisamos recuperá-las? – perguntou ele.

Leox balançou a cabeça.

– Um transporte da República já sinalizou que está a caminho para rebocá-los para Coruscant. Deve estar aqui dentro de uma hora. Estará mais bem equipado para lidar com esse número de pessoas. Sem chance que caberiam a bordo, a menos que concordássemos em ficar muito mais perto do que eu, particularmente, ficaria confortável. Provavelmente nem assim.

Affie olhou para Reath e riu.

– Você precisa de um banho. Ou de um polimento. Alguma coisa.

– Aposto que estou coberto de fuligem – disse Reath, percebendo que suas vestes estavam completamente manchadas de cinzas, exceto por uma clara silhueta em forma de bebê Wookie em seu peito. Como Orla também embarcara na nave em chamas e permanecera imaculada? Algum dia ele descobriria seu segredo. – Mal posso esperar para chegar a Coruscant. Especialmente nos vestiários do Templo.

A voz de Mestre Cohmac soou pelo comunicador:

– *Temos dois pais aqui... eles se separaram de seu filho muito pequeno...*

– São Wookies? – perguntou Reath.

– *Sim. O filho deles tem pelagem cinza malhada* – respondeu Mestre Cohmac.

– Então, pode dizer a eles que o bebê está são e salvo na *Nave*. – Reath permitiu-se um sorriso.

– *Graças à Força* – disse Mestre Cohmac. – *Já vimos mortes demais.*

O sorriso de Reath desapareceu quando ele pensou novamente em Dez, perdido num piscar de olhos, para sempre.

Teria sido aceitável que Cohmac, ao chegar em Coruscant, fosse logo tomar banho e vestir seus trajes cerimoniais – ou ao menos lavar o rosto para limpar a fuligem. Em vez disso, solicitou uma audiência imediata com o Conselho que, para sua surpresa, foi-lhe concedida.

Quando entrou na sala, viu que o aguardava um trio de Mestres, o máximo do Conselho que poderia ser reunido em tão curto prazo. Ele se ajoelhou, um antiquado gesto de respeito entre os Jedi, mas que lhe parecia apropriado.

– Mestre Vitus – disse Mestre Adampo, um Yarkorano com imponentes bigodes. – Estamos satisfeitos em saber que retornou em segurança, apesar dos muitos perigos do desastre do hiperespaço. Os primeiros relatórios indicam que você e sua nave foram fundamentais no resgate dos passageiros da *Viajante*. – Sua voz carregava uma pergunta não verbalizada: *Então, por que está aqui?*

– Sofremos uma perda enquanto estávamos presos na estação Amaxine – disse Cohmac. – Lamento informar ao Conselho a morte do Cavaleiro Jedi Dez Rydan.

Consternação, seguida por dor, manifestaram-se em seus rostos. Mestre Adampo perguntou:

– Foi devido ao dano ao hiperespaço?

Cohmac resumiu, da forma mais sucinta que pôde, a infinidade de estranhos fatores que levaram ao acidente fatal de Dez: a estação antiga, os ídolos aprisionando o lado sombrio, os labirínticos anéis inferiores que ocultavam um anel de hélice até ser tarde demais. Tudo aquilo soando muito seco, oficial e correto. Até mesmo um droide poderia ter se pronunciado com mais emoção. Era daquele jeito que deveria ser, é claro.

No entanto, a voz em sua cabeça – aquela que ele tentava não ouvir, aquela que falava com cada vez mais frequência – exigia: *Por que esconder seus sentimentos seria uma virtude? Fingir que eles não existem?*

Mestra Rosason, uma mulher humana de idade avançada, assentiu com a cabeça quando ele terminou.

– Esperamos mais relatórios sobre os ídolos também. Todos vocês cumpriram seu dever de maneira admirável em condições difíceis. A perda de Rydan é um golpe para toda a Ordem.

Aquelas eram frases que precediam a despedida.

Vocês não têm mais sentimentos por ele do que isso?, Cohmac quis perguntar. *Um jovem ruma para a morte e isso não passa de uma linha em um relatório?*

Ele controlou a raiva. Tentou se lembrar exatamente do que Orla lhe dissera a bordo da *Nave* sobre moderação. Mas a memória de Cohmac, que sempre fora excelente, não conseguia mais recordar as palavras.

Os registros de transporte de Coruscant eram incrivelmente completos e, para a surpresa de Affie, totalmente abertos para leitura pública. Aquilo deu a ela a chance de buscar por informações que normalmente lhe estariam restritas. Mesmo a nave-mãe da Guilda Byne não dispunha de tantos dados.

Se ao menos pudesse contactar Scover diretamente! Mas Scover costumava guardar sigilo sobre em quais naves viajava e quando, e preferia deixar as coisas daquele jeito. Affie sabia respeitar a discrição de sua mãe, mesmo quando aquilo a mantinha em um suspense tão desolador.

Leox sentou-se ao seu lado quando ela parou de rolar a tela e apontou para o monitor.

– Veja só – disse ela. – Há três naves da Guilda aqui, então elas conseguiram sair bem do hiperespaço...

– E ali está a *Lampejo do Equinócio.* – Leox riu e bateu palmas com verdadeiro entusiasmo. – Mal posso esperar para falar com Vishla sobre o que quer que sua equipe tenha feito enquanto o hiperespaço estava fechado, embora eu duvide que eles tenham alguma história que se compare à nossa.

– Assim espero – disse Affie. – Uma pessoa foi *morta*.

– Torna a missão trágica, admito, mas há um certo valor narrativo.

Affie o teria repreendido se não soubesse que Leox realmente se importava com o que acontecera a Dez. Além disso, Geodo já estava fuzilando-o com um olhar mortal. Não havia sentido em piorar as coisas.

Além do mais, ela ainda tinha muita informação a vasculhar. Muitas naves. Muitas rotas registradas. Coruscant era um dos poucos lugares onde as naves da Guilda poderiam ter buscado refúgio seguro contra o desastre, presumindo que tivessem sobrevivido. Ela não conseguia encontrar a nave-mãe da Guilda em lugar algum.

– Veja isso – disse Leox, por fim, centralizando um pacote de dados específico na tela. – Mais três naves da Guilda Byne partiram daqui ontem.

– Mas não a de Scover.

– Você não está olhando atentamente. Veja. – O anel brilhante que ele usava cintilou quando tocou na tela. As palavras ali diziam: *Redirecionado, Selado sob Autoridade Expressa da Guilda.*

Apenas uma pessoa tinha o direito de designar algo como "Autoridade Expressa da Guilda", e essa pessoa era a própria Scover Byne.

– Ela está aqui em Coruscant. – Affie começou a sorrir, depois a rir, embora as lágrimas lhe escorressem dos olhos. – Scover escapou.

– Não disse? – falou Leox, abraçando-a pelos ombros. Ela tinha certeza de que ele não dissera nada, mas quem se importava? Sua mãe estava viva.

O desastre do hiperespaço exigira a atenção de todos os Jedi, de uma forma ou de outra; todos estavam envolvidos em resgate, resolução ou análise. Com grande atividade em todos os níveis do Templo, fechar um corredor era – como a babá de Orla costumava dizer – um trabalho árduo. No entanto, nada tirava as pessoas do caminho mais rápido do que anunciar: "Lado sombrio passando!".

Não que Orla tivesse realmente declarado aquilo em voz alta. Ela até *queria*. Mas aquele fato concreto foi suficiente para fazer o Conselho Jedi liberar rapidamente a área, o que significava que ela não tinha desculpas e nada para distraí-la da assustadora tarefa que tinha pela frente.

Primeiro, a bordo da *Nave*, eles transferiram cuidadosamente cada um dos ídolos para um flutuador antigravidade. Em seguida, Orla conduziu a procissão da nave até a estação. Seu trabalho era garantir que ninguém entrasse acidentalmente na área "fechada", enquanto os outros Mestres seguiam atrás para oferecer a mais cuidadosa vigilância sobre os ídolos.

Dezenas de pessoas postavam-se nos corredores laterais, nem tanto observando, mas aguardando que o caminho fosse liberado. No entanto, conforme Orla conduzia as estátuas adiante, os espectadores inquietos ficavam em silêncio e imóveis, até que os únicos sons eram seus passos e o zumbido baixo dos flutuadores. Mesmo os poucos convidados civis que não podiam sentir a Força eram afetados pelos entalhes ornamentados e pelas feições sinistras no rosto de cada ídolo.

Quanto àqueles que *podiam* sentir a Força? A contenção protetora que tinham lançado nos ídolos ainda na estação permanecia forte; não havia perigo imediato. Mas a contenção em si formigava desconfortavelmente nas margens da consciência de Orla. Era como a sensação de saber, sem precisar se virar, que alguém entrou em uma sala que deveria estar trancada.

Eles estavam, aliás, prestes a entrar em um lugar que estava efetivamente trancado há um longo tempo – um local separado do Templo como um todo, escondido dos próprios Jedi: o Santuário nas Profundezas.

Atualmente, o santuário nos níveis mais inferiores do Templo era coberto por uma área de meditação, que fora desmontada às pressas com a iminência da chegada da *Nave* à Coruscant. A frequência cardíaca de Orla acelerou enquanto caminhavam lentamente pela sala grande e escura, sobre o que restava do chão, até chegarem ao poço escuro e quadrado no centro. As escadas tinham sido esculpidas na pedra muito tempo antes, tempo o bastante para que as bordas ficassem gastas. Há tanto tempo, na verdade, que nenhum Jedi sequer estivera ali.

Poucas pessoas sabiam que o Templo Jedi fora construído sobre um santuário Sith.

Existia lá uma vergência na Força – um nexo de poder e energia que poderia ser usado para muitas finalidades, tanto dignas quanto perversas. As vergências surgiam por conta própria; não podiam ser criadas, apenas descobertas. No longínquo passado da Velha República, durante o antigo Império Sith, os Sith e os Jedi guerreavam com frequência pelo controle de tais vergências. Os Sith haviam capturado aquela primeiro.

Talvez os ídolos estejam apenas retornando para casa, aventou Orla.

Ela estava sendo melodramática. Os Jedi tinham controlado aquela vergência por milhares de anos – primeiro por meio de seu próprio santuário, depois por meio da construção do Templo.

Ainda assim, foram os Sith que haviam entalhado aqueles degraus.

Orla desceu na frente, segurando a bainha de suas vestes brancas ao entrar no santuário escuro. Eles estavam no subsolo, e ela podia sentir o frescor úmido que sempre permeou o lugar. O ar até cheirava a terra.

Relíquias e outros objetos fortemente impregnados com o lado sombrio da Força eram levados ali para purificação. Lá, Orla trabalharia com alguns dos grandes Mestres para retirar a energia sombria dos ídolos naquele espaço sagrado e protegido, onde poderia mergulhar na vergência, dissipar-se na Força cósmica e ser novamente unificada.

Orla suspirou ao pensar: *Em teoria, pelo menos. A realidade pode ser bem mais perigosa.*

Reath levou sua protegida (ele descobrira que era uma fêmea) Wookie até a enfermaria da doca espacial para reuni-la com seus pais. Aquela enfermaria tratava apenas de questões de saúde menos críticas: ferimentos leves, vacinações, a ocasional quarentena de viagens. Pelo menos, aquele era o plano.

Depois do desastre do hiperespaço, nada acontecia conforme planejado. Aquilo ficou mais claro do que nunca para Reath quando um droide médico entrou zumbindo pelas portas da enfermaria, oferecendo-lhe uma visão do que poderia muito bem ser uma zona de guerra. Depois da onda de choque inicial, ele ouviu os grunhidos de alegria de dois pais Wookies aproximando-se para recolher sua filha.

Ele se submeteu aos agradecimentos, abraços e a alguns cuidados antes de deixar a família reunida e feliz a sós. Assim que o fez, correu em direção às portas para descobrir como poderia ajudar.

Cada superfície plana da enfermaria – camas, balcões, pisos – estava quase totalmente ocupada pelos feridos da explosão da *Viajante*. Enquanto os que estavam no chão pareciam apresentar ferimentos mais leves, como membros quebrados ou lacerações, alguns dos pacientes nos leitos estavam conectados a vários monitores e reguladores. Os constantes zumbidos e bipes não conseguiam abafar os gemidos. Enquanto alguns médicos orgânicos corriam de pessoa para pessoa, tanto eles quanto um punhado de droides médicos estavam visivelmente sobrecarregados.

– Por que eles não estão em hospitais? – murmurou Reath.

Embora ele estivesse falando consigo mesmo, um droide pílula que pairava por perto respondeu:

– Todos os hospitais estão lotados após o desastre do hiperespaço. Cada instalação médica deve operar com força total.

Ou mais ainda, pensou Reath, observando a espantosa superlotação. Ele viu uma mulher deitada no chão o encarando e se ajoelhou ao seu lado.

– O que posso fazer por você?

As pessoas, em sua maioria, queriam água. Muitas delas também queriam analgésicos, que os droides médicos, a contragosto, permitiram que ele acessasse. A princípio, Reath se perguntou se deveria distribuí-los tão livremente – mas aquela era uma emergência, ele poderia se preocupar com as recomendações mais tarde. Acima de tudo, percebeu o Padawan, as pessoas queriam que alguém lhes desse atenção e assegurasse que tudo ficaria bem.

Ele normalmente era capaz de fazer aquilo. Mas, às vezes, as pessoas faziam perguntas que ele não sabia responder.

– Alguém mais do nosso transporte escapou?

– Estávamos levando vacinas para Crothy. Alguém foi até lá? Eles conseguiram conter a doença?

Graças à Força por termos atravessado o hiperespaço inteiros, percebeu Reath. *Embora nem tudo se devesse à Força. Parte daquilo era graças aos esforços de Leox, Affie e Geodo. Ou talvez a Força estivesse agindo por meio deles, imagino. Ainda assim, não percebi o quanto fomos afortunados.*

Ele contemplara demais os aspectos negativos da situação, não os positivos. Deveria ser mais como Leox, grato pelas coisas boas em vez de reclamar das ruins.

E se aquilo fosse verdadeiro para o acidente, talvez também fosse com relação à sua rejeição àquela missão.

Um droide médico aproximou-se dele.

– Sua condição é aceitável?

– Estou bem. Só estou aqui para ajudar. – Um pensamento terrível ocorreu-lhe naquele momento, uma ideia que Reath deveria ter considerado antes. Era tão inimaginável... Tão impossível... – Você tem acesso aos registros médicos do Farol da Luz Estelar?

– Sim, os dados são atualizados a cada meia jornada.

– Há uma paciente chamada Jora Malli na enfermaria deles? É um membro do Conselho Jedi, a nova líder da delegação Jedi no Farol da Luz Estelar. Ela se feriu após o desastre do hiperespaço?

O droide inclinou sua cabeça oval.

– Mestra Jora Malli nunca foi levada à enfermaria do Farol. – Reath sorriu durante o breve momento que o droide levou para acrescentar: – Ela foi morta na batalha contra os Nihil.

Ele não poderia ter ouvido aquilo corretamente. (Ouvira muito bem.) Não podia ser verdade. (Claro que podia.) Ou o droide estava errado. (Droides puxavam suas informações diretamente do processamento central.)

– Morta? – repetiu Reath em voz baixa.

– Jora Malli foi declarada morta em ação pelo Mestre Jedi Sskeer – disse o droide. – Há alguma outra informação que eu possa fornecer?

Reath conhecia Sskeer. Eles haviam se encontrado quando o Trandoshano fora designado como auxiliar de Mestra Jora no Farol. Se Sskeer disse que era verdade, então... então, era verdade. Ele engoliu em seco.

– Não. Isso é tudo. Obrigado.

Enquanto o droide avançava para longe, Reath recostou-se na parede mais próxima. O ar não entrava em seus pulmões. Seus olhos não focavam. Seus ouvidos se recusavam a conferir sentido aos sons que o rodeavam. Ele sentia apenas sua pulsação, sua respiração pesada e a terrível certeza de que Mestra Jora se fora.

QUINZE

A área de treinamento dos Padawans já estava praticamente deserta naquela hora do dia. Outros aprendizes estariam se preparando para missões ou jantando com seus mestres. Reath, que não tinha nem um nem outro, foi para lá por não ter outro lugar para ir.

Eles já haviam redesignado seus aposentos. Rápido assim! Não era como se um quarto no dormitório dos Padawans fosse muito diferente dos outros, e o quarto que ele recebera como medida temporária era muito mais luxuoso, na verdade – o tipo de quarto geralmente ocupado por um Mestre visitante de outro templo. Mas seu antigo quarto ficava próximo ao corredor que levava aos Arquivos. Sua pequena janela dava para o nascer do sol, ou o que poderia ser visto dele através da densa paisagem urbana. E, o mais importante, era seu *lar*. Familiaridade era o que Reath precisava mais do que qualquer outra coisa. Em vez disso, tinha uma colcha finamente tecida e uma grande vista que dava para o Senado Galáctico, que para ele poderia muito bem ser uma parede de durasteel em branco. Por isso Reath planejava permanecer na área de treinamento até que estivesse tão cansado que não pudesse mais lamentar, ou mesmo pensar, e retornasse para seus aposentos temporários, já que não passava de um lugar para que desabasse na cama.

Ele vestiu um elmo com revestimento de proteção e baixou o visor sobre os olhos. Com um movimento do dedo, Reath acendeu seu sabre de luz; nas extremidades do visor, podia ver o brilho verde atenuado. O zumbido era familiar em seus ouvidos e suas mãos.

– Droide de treinamento – chamou ele. – Ativar no nível cinco.

Ele ouviu o zumbido das esteiras do droide lutador. Embora nenhum droide pudesse replicar totalmente a experiência de combater um oponente consciente, eles podiam testar os reflexos e a precisão. Às vezes, Reath sentia que não praticara o bastante contra eles; era hora de corrigir aquilo.

Concentrar-se era difícil. Se tivesse perdido apenas Dez... ou apenas Mestra Jora... não. Cada uma daquelas mortes o abalara profundamente, destruindo os próprios alicerces de sua vida. Perder os *dois*, então...

Mas eles iriam querer que ele se tornasse um bom Jedi. Um excelente Jedi. Reath pretendia conquistar aquilo em sua honra.

Busque em seus sentimentos, sussurrou a voz de Mestra Jora Malli em sua mente. A dor que o dilacerou quase o distraiu da energia que se concentrava dentro do droide de treinamento...

Mas não muito. Reath moveu seu sabre para cima, contendo a rajada. Abaixou-se para evitar a barra giratória que dispersara ar apenas o suficiente para que ele ouvisse. Desviou de mais duas rajadas, levantou-se em um salto e atacou. Seu sabre de luz atingiu o droide, provocando uma chuva de faíscas que ele pôde apenas vislumbrar a seus pés.

Reath retirou o elmo e olhou para o droide. Sua cabeça fora quase arrancada. Eles eram projetados para sofrer danos, mas talvez não *tanto*.

– Muito bem, senhor – disse a cabeça dependurada do droide, com uma voz surpreendentemente profunda. – Eu recomendaria que sua próxima prática começasse, no mínimo, em uma configuração de nível sete.

– Entendi. Hã, desculpe pelo pescoço.

– Pode ser reparado. Mas devo cuidar disso imediatamente. – O droide apoiou a cabeça cuidadosamente em uma das mãos em forma de garras enquanto se virava para sair novamente da sala.

Reath estava mais uma vez sozinho com seus pensamentos, o último lugar em que queria estar.

Não consigo parar de pensar em Mestra Jora, pensou ele. *Talvez seja esse o meu chamado.*

Então, Reath desceu para uma das muitas câmaras de meditação no interior do Templo. Enquanto alguns daqueles espaços eram pequenos e aconchegantes, outros abrigavam tetos altos e um vasto espaço aberto. Era a segunda opção. E estendendo-se por todo o comprimento da cavernosa câmara branca, curvando-se sobre tudo, estava o Arco Kyber.

Ele caminhou silenciosamente pela sala, tomando cuidado para não perturbar a meia dúzia de Jedi que estava sentada em vários bancos ou almofadas, em transes profundos. Enquanto a maioria das áreas de meditação ficava mais perto do centro do templo, aquela, mais próxima do topo, tinha janelas com vista para Coruscant. A certa hora da madrugada, a luz do sol atingia o Arco Kyber no ângulo correto para deslumbrar toda a sala com um arco-íris. Reath perdera o instante. Naquele momento, o arco parecia simplesmente escuro e serrilhado, como algo que poderia ter sido feito de boa e velha rocha.

Ele avançou até a base do caminho – quase dois metros de espessura, naquele ponto –, e se agarrou firmemente com as mãos. Os cristais kyber estavam frios contra suas palmas. Reath respirou fundo, encontrou seu primeiro ponto de apoio e começou a escalar o arco.

No início, a subida foi tão fácil que ele poderia se imaginar em uma parede de escalada na sala de recreação dos jovens iniciantes. Conforme se deslocava mais para o alto, no entanto, o arco se estreitava. Tornou-se mais difícil encontrar apoio para seus pés. Reath escalou sem medo; mesmo que ficasse chocado demais para desacelerar sua própria queda, um dos outros Jedi na sala o faria. Ainda assim, a tarefa exigia destreza. Exigia concentração. Enquanto Reath fazia aquilo, não conseguia pensar em mais nada.

Por fim, ele alcançou o topo. Lá, os cristais tinham sido fundidos em uma curva de quase dez centímetros de largura. Reath caminhou firmemente sobre ela, depois girou para começar a percorrer o caminho de volta para baixo. Àquela altura, porém, sua concentração estava mais vacilante.

Eu consegui, Mestra Jora. Cruzei o Arco Kyber sozinho. É possível. Não é nem mesmo difícil. Então, por que você... o que você quis dizer com...

Ele saltou o último metro para o chão. A frustração voltava a se avolumar em seu interior, combinada a uma dor que não deveria sentir, e de alguma forma Reath percebeu-se mais distante da Força do que antes. Provavelmente deveria procurar a almofada mais próxima e meditar, mas aquele tipo de serenidade lhe parecia fora de alcance. Antes que pudesse pensar em qualquer outra coisa que servisse como distração – algum exercício, talvez –, seu comunicador zumbiu. Ele saiu correndo da câmara de meditação para atender.

– É o Silas.

– *Padawan Silas* – disse Mestre Adampo, do Conselho. – *Estamos felizes por encontrá-lo.*

Ele só conseguia pensar em um motivo para que o Conselho Jedi quisesse conversar.

– Fui designado para um novo mestre? – Por mais que doesse pensar em substituir Mestra Jora, não lhe restava outra coisa. A menos que, talvez, os diversos problemas em sua missão tivessem levado o Conselho a decidir que Reath não deveria continuar treinando para se tornar um Jedi...

– *Ainda não. Discutiremos isso com você em breve.*

– Então...

– *Os pacotes de dados de comunicação do Farol da Luz Estelar chegaram* – disse Mestre Adampo. – *Eles incluem informações novas e potencialmente críticas sobre o setor. Como um dos poucos Jedi que retornaram daquele setor, suas ideias podem ser significativas.*

– Envie-me a localização e logo estarei lá, mestre – disse ele. – Obrigado.

Mestre Cohmac certamente seria mais útil na reunião, sem mencionar Orla Jareni. Mas logo Reath percebeu que em breve eles estariam ocupados com os ídolos. Um arrepio o percorreu ao imaginar aquelas coisas no próprio coração do Templo. Embora tivesse ajudado a erguer a contenção da Força, fazia todo o sentido que Jedi mais experientes cuidassem do restante.

Apenas relatar o que encontraram lá, a parsecs de distância do Farol da Luz Estelar, do outro lado do setor? Claro, Reath poderia lidar com aquilo, mesmo que se resumisse a dizer: "A maior parte do que vimos era um monte de plantas". Aquilo o manteria ocupado, e era tudo o que ele queria.

Não importava quão grande e confusa Coruscant era – e ela era bastante as duas coisas –, espaçoportos eram espaçoportos em qualquer lugar. Affie Hollow correu pelo Hangar Central Senatorial, enumerando com um sorriso todas as semelhanças.

Droides conduzindo grandes volumes de carga? Confere. Pilotos usando suas jaquetas mais chamativas e falando mal uns dos outros? Confere. Algum cargueiro antigo que mal parecia capaz de continuar inteiro, quanto mais voar para o espaço? Confere. Um grupo de viajantes amontoados carregando muitas malas e tentando descobrir qual era seu meio de transporte? Confere. (Neste caso, um grupo de Trandoshanos, rosnando confusos.)

Ao menos um cargueiro enorme e de última geração, reluzindo como se tivesse acabado de ser polido?

Aquilo não era algo que se podia encontrar em qualquer doca espacial antiga. Mas Affie acabara de localizar a embarcação número setenta e um da Guilda Byne, a *Seda de Aranha*.

Ela subiu a rampa correndo, sua trança comprida balançando. Alguns dos droides da tripulação apitaram ou a chamaram enquanto ela avançava, mas Affie não podia parar. Ainda não. Simplesmente acenava e continuava correndo.

A *Seda de Aranha* era nova demais para que Affie tivesse dela boas recordações – ou quaisquer recordações, aliás. No entanto, já parecia ser a nave de Scover: era limpa até o menor dos rebites, calibrada com precisão, cheirando a produto de limpeza em vez de graxa. Affie provavelmente estaria deixando rastros de sujeira. Mas sabia que Scover não iria se importar.

Ela finalmente correu para a ponte. Alguns membros da tripulação permaneciam trabalhando mesmo nas docas, em parte por razões de segurança, em parte porque o funcionamento do equipamento nunca poderia ser perfeito o bastante. No centro de tudo estava uma mulher Bivall, a cabeça enrugada inclinada enquanto examinava as leituras, até que ouviu os passos e se virou. Ao ver Affie, Scover Byne sorriu.

– Aí está você.

Affie atirou os braços ao redor de Scover, abraçando-a com tanta força quanto ousava. Scover retribuiu o gesto, não com tanta força, porque Bivalls não se deixavam levar tanto assim. Ainda assim, era um abraço.

– Estou tão feliz que esteja bem – disse Affie. – Quando ouvimos sobre o desastre do hiperespaço... sobre o que houve com a *Legacy Run*...

– Minhas viagens estavam concluídas à época do desastre. – Scover estudou o rosto de Affie. – Acredito que você não se deixou distrair por seus medos.

– Não. Leox me fez ver a razão muito rapidamente, então pude continuar trabalhando. – Affie fingiu não notar a pequena ruga na testa de Scover à menção do nome de Leox Gyasi. Scover simplesmente não *entendia* Leox. Muitas pessoas não entendiam. Apesar de seus desentendimentos recentes, Affie queria defendê-lo sempre que possível. Scover acabaria percebendo o grande piloto que ele realmente era em algum momento. – O que não significa que não estou feliz em vê-la.

– Assim como eu estou feliz em vê-la. Não tínhamos certeza de que a *Nave* estava em um local seguro. – A voz de Scover estava fria, mas ela afastou os fios de cabelo do rosto de Affie enquanto falava. – Vocês não conseguiriam entregar nenhuma de suas cargas naquelas condições. Avise ao Capitão Gyasi que isso não o prejudicará nas métricas da Guilda.

– Pode deixar.

– Mas... – Scover fez uma pausa astuta. – Posso presumir que uma de suas cargas não foi descoberta pelos demais?

Affie ligou os pontos.

– *Ah*. Não se preocupe. Nosso segredo permanece seguro e armazenado em um compartimento com temperatura controlada.

Até mesmo Scover teve que sorrir.

– Temos alguns dias antes que as vias do hiperespaço voltem a ser totalmente liberadas. Que tal usar um pouco desse tempo para explorar Coruscant juntas?

– Com certeza! – Affie deleitou-se com a consideração de sua mãe adotiva; como a ocupada gerente de uma guilda de navegação, Scover raramente conseguia dedicar toda sua atenção a Affie ou a qualquer outro indivíduo. Naquele momento, no entanto, elas teriam a chance de passar um tempo agradável juntas.

E Affie teria uma chance de finalmente fazer a Scover algumas perguntas importantes.

No coração do Templo de Coruscant, no Santuário das Profundezas, os ídolos pareciam brilhar. Suas superfícies polidas captavam a luz dos candelabros, e a cor das joias reluzia contra o ouro escuro. Cohmac estava entre eles, tentando compreender sua natureza e suas histórias secretas.

Que escuridão está contida nesses ídolos?

Quando invocou a Força, não podia sentir nada além da proteção que ele, Orla e Reath haviam conjurado. Ela se mantinha forte e estável como um campo de energia, tão distinta que Cohmac imaginava que seria possível visualizar a bolha ao redor dos ídolos, até mesmo colocar o dedo no exato local onde a barreira terminava. Aquilo era uma ilusão, o modo como a mente de um ser vivo tentava dar sentido aos limites desconhecidos e amorfos da Força. Mas era uma ilusão que servia a um propósito. Aquilo tornava a barreira mais real em suas mentes que, por sua vez, os tornavam mais capazes de enfrentar os poderes aprisionados dentro dela.

Orla permaneceu ao seu lado, assim como alguns especialistas nos segredos Jedi.

O Conselho escolhera um punhado de outros Jedi para se juntarem a eles na meditação em grupo, todos Mestres, cada um possuindo conhecimentos e habilidades únicas que poderiam contribuir. Poreht La, um Lasat, era um especialista em técnicas antigas. A arquivista humana Tia Mirabel aprendera mais sobre objetos imbuídos da Força do que qualquer outra pessoa na Ordem. E o poder de Lurmen Giktoo Nelmo falava por si só.

Se Mestre Yoda estivesse presente, sem dúvida teria liderado a equipe. Mas teriam que fazer o melhor que pudessem sem ele.

– Estamos prontos? – perguntou a Mestra Giktoo, alisando sua pelagem. Os outros Jedi se aproximaram, formando um círculo ao redor dos ídolos. Cohmac esforçou-se a eximir-se do futuro e do passado – das perguntas, da raiva, das dúvidas – para que nada além do presente existisse enquanto Giktoo continuava:

– Vamos continuar.

Affie fez a primeira tentativa enquanto comiam em um dos estabelecimentos locais estrangeiros, um lugar com piso xadrez, poltronas de um vermelho-vivo e droides garçons que andavam sobre quatro rodas pouco práticas.

– Você leu nosso relatório? Sobre a estação Amaxine?

– Ainda não tive tempo de revisar todos os materiais sobre sua jornada – disse Scover, que não era a mesma coisa que *não*. – Como está seu braço? O Capitão Gyasi não deveria tê-la forçado a assumir uma missão perigosa.

– Eu me *ofereci* para descer nos túneis. Leox não poderia ter me impedido. Enfim, meu braço está bem. Viu? – Affie mostrou seu pulso quase curado.

– Agora experimente um pouco disso – insistiu Scover, estendendo um pequeno prato de algo chamado *barafuraba*, embora Affie tivesse ouvido a maioria das pessoas chamando apenas de *baba*. Aparentemente, era muito apreciado em Coruscant, mas...

– É feito de gelo – disse Affie. – Quem iria querer comer gelo?

– Nós fazíamos de vez em quando na minha família. Viemos originalmente do Núcleo, como você sabe, e *baba* é agradável ao paladar da maioria das espécies sencientes.

Scover usara o nome popular de alguma coisa, algo que ela nunca fazia, sinal de que realmente deveria gostar muito daquilo. Affie pegou uma colher cautelosamente, estremeceu quando o choque do frio atingiu sua boca, e então abriu os olhos.

– Nossa, isso é *incrível*.

– O frio é parte do sabor, na verdade, como imagino que agora você reconheça.

– Certo, certo, você estava certa. Eu estava errada. Quero mais.

Scover sorriu, e o momento para perguntas importantes passou. Só depois de terminar sua segunda porção de *baba* é que Affie se perguntou se aquela distração fora intencional.

A chance para a segunda tentativa surgiu enquanto elas visitavam um estaleiro holográfico. O droide de vendas se aproximou, trazendo imagens de novos cargueiros, todos mais rápidos e seguros do que qualquer outro, mas incrivelmente acessíveis, de acordo com seu padrão.

– Como podem ver, não sacrifica o estilo em prol da função. – O droide ampliou a holografia de uma vista da nave que caberia nos braços estendidos de Affie para uma imagem em tamanho real da ponte. O brilho holográfico preencheu o estaleiro com modelos translúcidos de assentos, controles e até mesmo um falso campo de estrelas à frente. – Se desejar ver os aposentos da tripulação...

– Envie-me as especificações para estudos futuros – disse Scover. Muitas pessoas poderiam ter sido rudes com um droide, principalmente um com táticas de venda agressivas. Mas Scover sempre era educada com todos. Era uma característica que Affie admirava, mas que ainda não dominara.

– Imediatamente, senhora. Vou incluir informações sobre nossos aprimoramentos especiais também. – O droide afastou-se para transferir o pacote completo de dados, deixando-as sozinhas em meio à imagem holográfica de uma nave que ainda não existia.

– Comprando grandes quantidades de cargueiros? – questionou Affie. – Cargueiros da *República*? Estamos indo bem assim?

Scover sempre ficava um tanto orgulhosa quando falava sobre suas margens de lucro cada vez maiores.

– Temos visto um aumento substancial nos negócios recentemente. Claro, o desastre da *Legacy Run* causou atrasos, mas são temporários. Muitas pessoas desejam transportar cargas em breve, em vez de esperar a expansão da República, por vários motivos com os quais não precisamos nos preocupar.

– Você tem certeza da lealdade de todos os nossos pilotos, então – disse Affie. – A carga não está, hã, chegando alterada?

Aquilo chamou a atenção de Scover.

– Você sabe algo sobre corrupção dentro da Guilda? É sobre Leox Gyasi?

– *Não*. Leox está totalmente limpo. É só... – Affie, então, desembuchou a história toda: a estação Amaxine, as linhas do estranho código, os símbolos da Guilda Byne e o fato de que um sistema vazio tinha suas coordenadas pré-programadas no navicomputador da *Nave*. Scover ouviu com interesse aguçado e silencioso, sem dizer nada até que Affie finalmente fez uma pausa longa o suficiente para que parecesse plausível que tivesse terminado.

– Isso não é evidência de uma ala corrupta dentro da Guilda – disse Scover. – Esse código escrito é usado ocasionalmente por pilotos em locais onde as mensagens padrão seriam difíceis de entregar. A prática é totalmente arcaica hoje, mas perdura em certos locais, incluindo a estação Amaxine. – A explicação foi tão impessoal quanto qualquer droide teria sido capaz de oferecer. Scover sempre falava daquele jeito, e normalmente não parecia estranho para Affie.

Mas aquilo pareceu... *distante*.

– Fico feliz por ninguém estar tentando enganá-la – disse Affie, genuinamente aliviada. – Ainda assim, aquela estação é perigosa, Scover. Os anéis de hélice, as plantas venenosas, até mesmo os pequenos droides jardineiros atacam, e isso sem mencionar o lado sombrio. – Talvez aquilo não fosse nada além de misticismo Jedi, mas dada a terrível sorte que tiveram na estação, Affie começava a se perguntar se eles estavam certos. – Nossos pilotos não deveriam usá-la.

– É escolha deles – disse Scover. – Usar a estação quando acharem adequado, ou não. Não imponho métodos para os pilotos que se provam capazes.

Era verdade. Affie sempre achou que aquilo demonstrava uma notável mente aberta; como a maioria dos Bivalls, Scover valorizava regras, definições, precisão. O fato de dar liberdade aos pilotos significava que ela podia ver as coisas de vários pontos de vista.

Affie percebeu, pela primeira vez, que aquilo também significava que Scover não precisava fazer perguntas que poderiam ter respostas difíceis.

– É apenas uma estação intermediária – assegurou Scover. – Você ainda está abalada com a experiência e, portanto, dando a ela uma importância indevida em sua mente. Com o tempo, você terá uma perspectiva maior. Por enquanto, tire isso da cabeça. – Ela sorriu. – Você gostaria de comer alguns bolinhos amanteigados? Sei que são seus preferidos.

Affie conseguiu sorrir.

– Claro! Parece ótimo.

Mas não conseguia esquecer o que Scover lhe dissera involuntariamente ao negar algo que não precisaria ter negado: a estação Amaxine, fosse o que fosse, era muito mais para a Guilda Byne do que uma estação intermediária.

Por mais isolado que Reath estivera antes, ele desejou estar sozinho novamente.

Ele se sentou à margem da reunião, sem dizer nada, mas poderia muito bem ter sido alvo de um holofote. Os outros Jedi mantinham uma distância respeitosa, tão visivelmente cientes de sua perda que a tornavam ainda maior. Reath sentia como se, ao mesmo tempo, devesse mostrar o peso de sua tristeza e mantê-la sob controle.

Ninguém aqui o está julgando, lembrou ele a si mesmo. Aquele não era mais um exercício que poderia praticar até dominar. Ele sempre se orgulhara de sua capacidade de se destacar, mas não mais. Quem se importava? Por que ele sempre achou que valia a pena se preocupar com aquilo?

Dez e ele participaram de uma reunião informativa naquela sala certa vez, talvez três anos antes. Sobre o que fora mesmo? Grupos de invasão ameaçando Kashyyyk? Reath não conseguia se lembrar. Tudo em que conseguia pensar era na maneira fácil com que Dez se acomodava em sua cadeira, confiante em seu novo título de Cavaleiro, enquanto Reath se perguntava se um dia se sentiria tão impetuoso, tão seguro de seu futuro.

O futuro de Dez se encerrara no meio do nada, sem qualquer motivo.

Mestre Adampo caminhou até a frente da câmara e todos pararam. Reath foi tomado pela gratidão. Assim que a reunião teve início, ele pôde finalmente escapar por um tempo da câmara de eco que eram seus pensamentos.

– Hoje devemos examinar um elemento inimigo que causou grandes problemas na fronteira, um grupo de saqueadores conhecido como Nihil – disse Adampo quando a sala escureceu. – Embora a República já tenha identificado os Nihil como uma ameaça significativa aos assentamentos e à navegação, agora ficou determinado que o grupo certamente causou o desastre da *Legacy Run*.

Reath sentou-se ereto enquanto murmúrios consternados preenchiam a sala. Se os Nihil eram capazes daquilo, o que mais poderiam fazer? Para Reath, aquilo não importava tanto quanto o que eles já tinham feito.

Se não fosse pelo desastre da *Legacy Run* e o subsequente conflito com os Nihil, Mestra Jora ainda estaria viva.

Foi como se a fúria o inundasse – ele não teria acreditado que tinha a capacidade para aquele tipo de ódio dentro de si. *Eles mataram minha mestra*, sussurrou uma voz desconhecida e inegável em sua mente. *Os Nihil a mataram.* Seu corpo inteiro ficou tenso quase a ponto de tremer.

Afaste-se do ódio. Este é o lado sombrio, sussurrou uma voz mais familiar – não era dele, mas a de Mestra Jora. Era apenas a lembrança dela, mas foi como uma tábua de salvação para a luz.

Ele exalou lentamente. Banir toda a tensão era impossível, mas Reath resolveu direcionar sua energia para aprender mais sobre aqueles invasores que tanto mal causaram, e não apenas a Mestra Jora.

– Por isso, o grupo requer um estudo mais aprofundado do que tem sido conduzido recentemente – continuou Adampo. – As origens dos Nihil são misteriosas; eles compreendem numerosas espécies de mundos amplamente diferentes. No entanto, não temos uma estimativa sólida das espécies incluídas ou das proporções representadas, devido aos seus rostos mascarados. – Adampo ativou a primeira holografia, a imagem de um temível guerreiro Nihil com uma enorme máscara de respiração amarrada à cabeça, atacando alguma nave infeliz. O Nihil usava listras azuis de batalha, pintadas da linha do cabelo até o peito, sobre a própria máscara. Reath se lembrou, de maneira bizarra, mas afetuosa, das mechas azuis no cabelo de Nan.

Talvez ele *tivesse* se afeiçoado a ela.

– As naves Nihil são excepcionalmente perigosas porque podem se juntar ou se separar em seções menores – prosseguiu Adampo. – Por isso, nenhum oponente pode ter certeza se enfrentará uma tempestade de pequenos caças ou um enorme encouraçado. As naves normalmente são construídas a partir de peças de outras embarcações, como essa.

Outra holografia preencheu o espaço. Aquela mostrava uma espaçonave completamente remendada, uma que lhe parecia muito familiar.

Reath arregalou os olhos ao se dar conta. *Essa nave se parece com a de Nan e Hague.*

Parece exatamente *igual.*

A imprecisão sobre o lugar de onde tinham vindo. As mortes violentas dos pais de Nan. As manchas carbonizadas no revestimento de sua nave. As mechas azuis no cabelo de Nan.

Reath sussurrou.

– Eles são Nihil.

DEZESSEIS

Um hotel de luxo em Coruscant fazia o "luxo" de outros planetas parecer trapos e cinzas. No Hotel Alisandre, os quartos estavam situados nos níveis mais altos dos edifícios mais altos, completos com plataformas de pouso pessoais, banheiras e droides serviçais que serviam os melhores vinhos, refeições e sobremesas. Affie, que passava a maior parte de seus dias em seu minúsculo e despojado beliche na *Nave*, passou cinco minutos inteiros correndo as mãos sobre os lençóis de sua cama absurdamente grande.

– As camas precisam ser desse tamanho – apontou Scover enquanto os droides serviçais guardavam suas coisas. – Embora sejam extremamente grandes para os padrões da maioria das espécies humanoides, nada menor do que isso pareceria luxuoso para um Gigorano, ou mesmo seria suficiente para um Trodatome.

Affie deixou-se cair em um ninho de travesseiros, apreciando a maciez à qual não estava acostumada.

– Certo, você não está impressionada. Então, por que se preocupar em ficar em um lugar como este? – A casa de Scover era boa, mas dificilmente grandiosa, e ela sempre era cautelosa com o dinheiro.

– Políticos e empresários importantes se hospedam em hotéis como este, principalmente aqui no Distrito Federal – respondeu Scover. – Podem ser nossos futuros clientes. Poderei marcar várias reuniões nos níveis de clube abaixo.

– Só mesmo você para encontrar a desculpa perfeita.

Não era uma desculpa, era o verdadeiro motivo de Scover, como Affie sabia. Mas soou como uma provocação que a fez sorrir e bagunçar o cabelo de sua filha adotiva.

Convencida do contentamento de Affie, Scover não se preocupou ao sair uma hora depois para começar a trabalhar em algumas daquelas reuniões. Affie permaneceu imóvel na rede antigravitacional da varanda por vários minutos após sua partida, fingindo observar as nuvens passando logo acima do nível dos olhos. Preguiçosamente, ela estendeu a mão e acionou o controle que colocaria todos os droides serviçais em modo de espera.

No momento em que os olhos dos droides escureceram, ela deu um pulo. Com o coração acelerado, correu pela suíte até o guarda-roupa onde as coisas de Scover estavam guardadas.

Devo ser a pior filha de todas, pensou Affie enquanto pegava um dos infopads de Scover. *Eu deveria confiar nela. Não deveria fuçar nas coisas dela.* Affie pensava naquilo durante todo o tempo em que seus dedos digitavam habilmente uma das senhas de nível superior, uma que Scover compartilhara com ela sem pestanejar.

Assim que toda a memória do tablet se abriu para ela, Affie inseriu os códigos de setor da estação Amaxine, os mesmos que estavam pré-programados na *Nave*. (Ela os memorizara; depois de vê-los brilhando por vários dias no painel da *Nave*, aqueles códigos estavam praticamente gravados em seu cérebro.) Affie prendeu a respiração pelo instante que levou para as informações surgirem na tela. Certas frases saltaram como se escritas em carmesim:

Centro de Transportes/CONFIDENCIAL

Revelação às Guildas Concorrentes Punível por Expulsão

Os incentivos incluem bônus dobrados/Perdão dos juros de compra/Contrato de servidão reduzido

– Contrato de servidão? – sussurrou Affie. – A Guilda Byne usa... *trabalhadores sob contrato de servidão*?

Ela tentou explorar mais a fundo a parte do registro intitulada "Centro de Transportes", mas estava bloqueada até mesmo para seu nível de acesso. Tais informações deveriam ser apenas para os olhos de Scover.

Em sua mente, Affie imaginou as longas linhas de código dos contrabandistas, especialmente a pequena ave de rapina virada para baixo. Digitou rapidamente *Mergulho do Kestrel*.

Aquelas informações não estavam protegidas por camada de segurança alguma. Aquele era o tanto que Scover sentia que tinha a esconder.

Mas, conforme Affie continuava lendo, suas mãos começaram a tremer e ela desejou nunca ter aberto o tablet.

– Muitas pessoas de diversas espécies tingem o cabelo ou o pelo...

– Estou lhes dizendo – insistiu Reath –, *eles eram Nihil*.

Houve um tempo – na verdade, sua vida inteira até três minutos antes –, em que Reath jamais sonhara que poderia se levantar no meio de uma reunião do Conselho Jedi e anunciar que tinha informações importantes. Mas lá estava ele. Mais tarde, ele ficaria envergonhado. No momento, estava ocupado tentando convencer vários Mestres céticos, os remanescentes dos participantes da reunião, de que os Jedi já tinham ficado frente a frente com os mais novos e mortais inimigos da República na forma de uma jovem e de um homem idoso.

Um droide de protocolo interrompeu:

– Transmissão solicitada da *Nave* chegando, mestres.

Graças à Força por Leox estar na nave para receber a mensagem, em vez de vagando em algum antro de especiaria, pensou Reath. *Ou... será que foi Geodo que a enviou?*

Antes que pudesse se perguntar sobre a capacidade de uma rocha lidar com a comunicação entre naves, as imagens foram projetadas na tela. Ele apontou para a nave de Nan e Hague.

– Olhem. Estão vendo? É definitivamente o feitio Nihil.

– Os Nihil podem não ser os únicos a montar naves com peças componentes – argumentou Mestre Rosason. – Ainda mais na fronteira, onde estaleiros e suprimentos são mais difíceis de encontrar. No entanto, as semelhanças *são* impressionantes.

– E há marcas de carbono – acrescentou Mestre Adampo, ressaltando antes que Reath o fizesse. – Prova de que esteve em uma batalha relativamente recente, embora dificilmente pareça uma nave que escolheria lutar sozinha.

– Exatamente. – Reath concentrou-se nos detalhes que lhe escaparam antes. Como eu não vi isso? – Esta junção, bem aqui? É uma versão estranha de uma eclusa de ar, mas se fosse personalizada para funcionar com outras naves em vez de uma estação...

– Sim, vi algo semelhante em registros holográficos de outras naves Nihil. – Mestre Rosason fechou os olhos com uma expressão que Reath achou difícil de interpretar, mas que depois percebeu ser de alívio. – Mesmo que fossem apenas dois, vocês tiveram muita sorte por eles terem decidido não prosseguir com ações violentas na estação. Poderíamos ter perdido mais de uma alma. Pelo visto, parece que escapamos por pouco.

Aquela seria a parte complicada.

– Hum, quanto a isso...

Os pelos de Mestre Adampo se arrepiaram.

– Você está dizendo... que acha que os Nihil tiveram algo a ver com a morte de Dez Rydan?

– Não – disse Reath. – Não vejo como poderiam ter feito aquilo. – Nan não estava mais perto de Dez do que Reath. – Mas enquanto estávamos parados lá, Nan e eu tivemos várias conversas sobre, bem, os Jedi. E a República. E o Farol da Luz Estelar. E sobre futuras remessas para a região. – Ele desejava, de alguma forma, poder viajar de volta no tempo e chacoalhar seu antigo eu, tão facilmente lisonjeado e persuadido. Nan o manipulara para trair a Ordem no exato momento em que, a muitos sistemas de distância, Mestra Jora estava morrendo. – Eu achei que ela estava apenas curiosa. Eu quis nos representar bem em uma nova região da galáxia. Agora percebo que ela estava... tentando extrair informações de mim. E conseguiu.

Ele esperava olhares sombrios e de desaprovação como o primeiro, e provavelmente o mais leve, aspecto de sua punição. Em vez disso, os membros do Conselho pareciam resignados.

– Eu também não teria suspeitado deles, especialmente com tão poucas informações sobre os Nihil quanto vocês possuíam – disse Mestre Rosason. – E você não poderia entregar nenhuma informação confidencial.

– Ainda assim, eram informações úteis que os Nihil não tinham, mas agora têm – reconheceu Reath. – É minha culpa, e eu gostaria de consertar isso, se possível.

Os Mestres se entreolharam, perplexos.

– O que quer dizer? – perguntou Mestre Adampo.

– Hague e Nan tiveram que permanecer na estação Amaxine. Eles ainda estavam concluindo os reparos, graças ao auxílio que prestamos a eles. – A decepção fez o rosto de Reath se ruborizar, mas ele não parou de falar. – Ela disse que demoraria um tempo até que terminassem. Talvez Nan estivesse mentindo, mas como na hora eu não suspeitava de nada, ela não tinha motivo para querer me enganar. Me enganar ainda mais, quero dizer.

– Você deseja confrontá-los – disse Mestre Rosason. – Com que propósito?

Reath não conseguia acreditar que não era óbvio.

– Eles são Nihil! Descobriram informações sobre nós; poderíamos aprender sobre eles! Poderíamos responsabilizar alguém pelo que aconteceu com a *Legacy Run*! Poderíamos até ser capazes de efetuar uma prisão, se a nave deles puder ser associada a qualquer um dos ataques.

– São apenas duas pessoas – ressaltou Mestre Adampo.

– Eles estão na estação Amaxine – disse Reath. – Em outras palavras, o local onde os ídolos foram deixados para conter o lado sombrio. Para mim, isso sugere que exista algo interessante a respeito da estação, algo sobre sua história que ainda não descobrimos. Algo que pode ser perigoso. Se assim for, não acho que deveríamos deixar para os Nihil encontrarem.

Rosason inclinou a cabeça.

– São todos argumentos válidos. Mas também são hipotéticos. Não sei se, neste momento de crise, podemos nos dar ao luxo de enviar um Jedi para investigar uma mera hipótese.

A frustração ardia dentro de Reath.

– Então, vocês querem apenas deixá-los livres?

Mestre Rosason colocou a mão em seu ombro com tanta delicadeza que Reath lembrou-se de Mestra Jora. Enquanto ele engolia em seco, ela disse:

– Se vocês tivessem descoberto as identidades deles enquanto ainda estavam na estação Amaxine, sim, vocês estariam corretos em levá-los sob custódia, se possível. Mas, a esta altura, significaria enviar pessoas de que precisamos por arriscadas vias do hiperespaço para uma estação perigosa, apenas na esperança de que Nan não estivesse mentindo para você e a nave deles ainda não tenha partido. É muito risco para pouca recompensa.

Aquilo talvez fizesse sentido. Tudo o que Reath sabia era que não poderia aceitar.

– Posso solicitar um pedido formal para viajar de volta até lá por conta própria?

– Você pode – disse Mestre Adampo. – Mas provavelmente será negado.

Mestre Rosason acrescentou:

– Você perdeu sua Mestra e seu amigo. Precisa de um novo propósito, de empreender ações construtivas, e precisa disso rápido.

– Não se trata de mim e dos meus sentimentos – insistiu ele, mas logo se retificou. – Não se trata *apenas* disso, de qualquer forma.

– Se fosse assim tão simples, nós o deixaríamos ir – disse Mestre Adampo. – Mas é um momento complicado, e uma situação complexa.

Ele falou muito gentilmente. Todos eles o fizeram. Aquilo só deixava Reath mais determinado a solicitar o pedido formal. E se lhe fosse negado...

Reath precisaria descobrir até que ponto estava disposto a se desviar das ordens do Conselho.

Leox relaxava no refeitório da *Nave*, envolto em uma fumaça adocicada e sentindo-se muito bem. A Guilda fora justa quanto ao atraso deles e até mesmo oferecera um pequeno adicional de periculosidade. Aquilo era raro na Guilda Byne; suspeitava que teria que agradecer a Affie. De qualquer forma, ele não era um homem que desprezava a generosidade simplesmente por causa de sua raridade. No dia seguinte, ele poderia ir até uma daquelas lojas chiques de Coruscant comprar um novo par de botas... Geodo poderia desejar um belo polimento...

Aquela agradável linha de pensamento foi interrompida por uma voz miúda.

– Leox?

Ele ergueu os olhos e viu Affie parada na porta. Ela usava exatamente o mesmo macacão de antes, mas soltara o cabelo. Aquela pequena mudança não explicava o quanto ela parecia mais jovem. Menor.

– Qual o problema, Pequenina?

O fato de ela não ter reclamado do apelido o deixou mais preocupado do que qualquer outra coisa. Affie deixou-se cair na outra cadeira, para que se sentassem um de frente para o outro na estreita mesa do refeitório. Em vez de responder à sua pergunta, ela disse:

– Onde está Geodo?

– Conhecendo os clubes. Só os deuses sabem a que horas ele estará de volta. Algum dia desses, aquele cara vai ter que diminuir o ritmo.

– Não sei como ele consegue – disse Affie, mas a piada compartilhada não fez nenhum sorriso manifestar-se em seu rosto.

Leox recostou-se e cruzou as mãos atrás da cabeça.

– Parece que posso ir muito mais longe respondendo perguntas em vez de ficar fazendo-as.

Levou alguns instantes para que ela começasse, e Affie não iniciou com uma pergunta.

– A Guilda Byne não se limita a contratar pessoas. Ela também opera com contratos de servidão.

– Correto.

– Você sabia? – Ela ficou boquiaberta. – Por que nunca me contou?

– A princípio – admitiu ele –, achei que você devia saber desse pequeno segredo, sendo o filhotinho premiado de Scover e tudo mais. Então, eu percebi que você ainda tinha uma visão mais pura do mundo, e não queria ser o responsável por acabar com ela. É uma pena que qualquer um de nós tenha que perdê-la.

Affie apoiou a cabeça sobre a mesa. Ele não insistiu nem se intrometeu, apenas deu outra tragada e deixou que ela assimilasse aquilo.

O contrato de servidão, às vezes, era elaborado para parecer melhor do que era, porque não era tão ruim quanto a escravidão. Nem perto disso. No entanto, também não era tão bom quanto a liberdade. Tais contratos surgiam quando pessoas desesperadas por emprego encontravam empregadores que queriam trabalhadores que não pudessem se opor. Até mesmo proprietários de naves eram vítimas daquilo, quando acabavam tendo mais despesas com reparos e combustível do que receita com carga – um risco nada incomum para embarcações menores. As pessoas vendiam seu trabalho e sua liberdade de ir e vir por um período determinado de tempo, geralmente não inferior a sete anos; Leox ouvira falar de contratos que duraram três décadas inteiras. Havia alguns limites legais sobre o que servos contratados podiam ser obrigados a fazer em guildas que queriam trabalhar com a República. Eles não podiam ser forçados a arriscar as próprias vidas, por exemplo, mas aquilo ainda os deixava presos por anos no infortúnio do trabalho incessante não recompensado. Os Hutts, como era de se imaginar, instauraram indústrias de tais práticas.

– Eu pesquisei a nave dos meus pais – disse Affie, por fim. – A *Mergulho do Kestrel*. Foi assim que descobri que eles eram servos contratados por Scover.

Colocar aquilo para fora lhe custara. Leox estendeu o braço para a caixa térmica mais próxima e pegou uma garrafa d'água, oferecendo-a a ela. Affie aceitou sem fazer comentários.

– Você estava certo sobre o código dos contrabandistas – prosseguiu ela. – Não era um grupo tentando roubar dinheiro de Scover. É apenas uma prova de que o pessoal da Guilda Byne usa a estação Amaxine. Praticamente são obrigados a fazê-lo. Ela oferece bônus e benefícios àqueles que assumem os riscos, incluindo reduzir alguns anos de seus contratos de servidão. Tenho certeza de que foi por isso que os meus pais... – Affie engoliu em seco. – Foi por isso que eles levaram a *Mergulho do Kestrel* para lá. Por isso que morreram naquela estação.

– Foi *lá* que eles morreram?

– Eu encontrei nos registros dela – disse Affie, pesarosa. – Classificado como *confidencial*. Apenas algumas horas atrás. Pelo jeito, alguns comerciantes tentam usar os anéis de hélice para impulsionar seus motores. – Quando executada corretamente, aquela manobra poderia fazer com que uma nave realizasse uma viagem consumindo apenas um décimo do combustível normal. Aquilo aumentaria muito as margens de lucro. Mas, se fosse executada incorretamente... e era algo difícil de se fazer direito... poderia explodir uma nave em pedacinhos. Pela expressão no rosto de Affie, seus pais deveriam ter cometido tal erro.

– Ah, cara. – Leox balançou a cabeça. – Sinto muito por você ter que descobrir assim. Sinto muito por você ter descoberto tudo isso.

– Não – disse ela, ferozmente. – Não é isso. Eu odeio ter essa consciência, mas... estou feliz por saber.

– Você só precisa se acostumar a carregar esse fardo.

Ela assentiu. Ele bateu sua própria garrafa de água na dela e, por um instante, não havia nada a fazer a não ser bebê-la.

Despertar de um transe profundo pareceu a Orla como emergir de águas escuras, o ar e a luz derramando-se sobre ela. Embora seus olhos estivessem abertos, ela não estivera enxergando os arredores – nem nada mais, na verdade –, apenas se conectando mais profundamente com os outros Jedi do círculo.

Todos eles trocavam olhares enquanto se viravam uns para os outros, seus movimentos em perfeita sincronia. Orla ainda mantinha o controle de sua própria mente e de seu próprio corpo; eles não haviam unido por completo suas consciências, mas alcançaram um estado de harmonia que lhes permitia refletir não apenas os movimentos como também o pensamento e a intenção. Aquilo lhes daria a melhor chance possível de combater qualquer mal que estivesse prestes a ser libertado.

Em uníssono, eles levantaram as mãos, perceberam novamente a intensidade quente da contenção da Força... e a extinguiram.

O Santuário nas Profundezas não escureceu, mas de repente tudo pareceu mais escuro – não, percebeu ela, apenas mais frio. Embora o "calor" da contenção fosse uma ilusão, ilusões tinham força própria.

O que ela não compreendia era que a câmara parecia estar... vazia. Nada mais. As únicas emanações da Força vinham de seus companheiros Jedi.

– Já se dissipou na vergência? – perguntou Orla. A confusão enfraquecia seu vínculo compartilhado. – Ou ainda está presente? Aguardando?

– Não há nada aqui. – Os olhos de Giktoo se arregalaram quando ela se deu conta. – Nada está preso aqui. Nem nunca esteve.

– Isso é impossível – disse Mestre Mirabel. – Nós compartilhamos suas lembranças da estação Amaxine. A escuridão que vocês sentiram lá, aquele poder bruto, foi muito real.

– E os avisos que recebemos? – interrompeu Orla. – As visões?

– Temo que possamos ter interpretado mal os avisos. – Cohmac caminhou até o ídolo insetoide adornado com joias. – Talvez eles não fossem usados para conter o lado sombrio. Acho que, em vez disso, eram usados para... amortecê-lo. Para mantê-lo no lugar. É por isso que os exercícios de contenção têm sido tão difíceis de executar. Estávamos nos sobrepondo aos seus objetivos originais, acabando por desfazê-los.

– Explique em termos muito simples para aqueles de nós que não são fluentes em Arqueologia da Força Antiga – disse Orla.

– Essas estátuas não estavam contendo o lado sombrio dentro de si. Estavam contendo o lado sombrio da estação Amaxine, mantendo-o preso lá, tentando nos advertir isso. – Cohmac colocou uma das mãos no peito quando percebeu a importância de suas próprias palavras. – Então, quando removemos as estátuas...

– Não removemos a escuridão – concluiu Orla. – Nós a libertamos.

— VINTE E CINCO ANOS ANTES —

PARTE QUATRO

Para profunda gratidão de Orla, eles entraram em uma área das cavernas sem serpente alguma. Mestra Laret liderava o caminho, empunhando um bastão luminoso. Orla e Cohmac seguiam vários passos atrás. No início, Orla acreditara que sua mestra insistia em manter alguma distância entre eles, caso alguma serpente atacasse pela retaguarda.

Depois que fora capaz de se centrar melhor, no entanto, Orla sabia tão bem quanto Mestra Laret que nenhum predador espreitava nos arredores. Em vez disso, os dois aprendizes estavam recebendo espaço para que pudessem conversar abertamente.

– Sinto muito por Mestre Simmix – disse Orla.

Cohmac assentiu. Seu olhar continuava vago.

– Não devemos lamentar. Ele está com a Força – disse ele.

Ela respondeu exatamente como deveria:

– Mas podemos lamentar a perda dele...

Cohmac a interrompeu com um gesto.

– É ridículo. – Ele reajustou suas vestes, inquieto, pouco à vontade. – Eles mandam que um mestre e um aprendiz passem anos juntos, trabalhando em parceria, tão próximos quanto uma família poderia ser, e esperam que não nos apeguemos. Nunca pensei sobre isso antes, nunca precisei pensar, mas agora não consigo evitar perceber o quanto isso é injusto. Pior do que injusto. É *errado*.

Suas palavras não foram imediatamente assimiladas por Orla. Mestra Laret não era de todo ortodoxa em seus métodos, necessariamente, mas ela ou qualquer outra pessoa nunca chegou e disse que os Jedi poderiam estar totalmente errados sobre algo. Sobre *qualquer coisa*.

Se ao menos alguém tivesse se manifestado antes. Orla poderia não ter se sentido tão sozinha.

Por anos, ela esteve consciente de que estava mais profundamente conectada com a Força em momentos e maneiras que iam contra os ensinamentos de Mestra Laret. Orla queria seguir os ensinamentos de sua mestra – Laret Soveral era o modelo da Jedi perfeita, na opinião de Orla –, mas sua própria experiência com a Força não era a mesma.

Será, dizia ela a si mesma, teimosamente. *Você será mais parecida com a Mestra Laret se continuar tentando. Cohmac está sofrendo porque perdeu seu próprio mestre, mas não há razão para permitir que sua dor o afaste dos ensinamentos Jedi.*

Confie em sua mestra. Confie na Ordem. Confie que um dia tudo ficará claro para você, tão claro quanto a água da chuva.

Quando Orla ficou em silêncio, Cohmac se perguntou, a princípio, se ela o estava censurando – mas não. Ela ainda irradiava simpatia.

Provavelmente estava apenas tentando guiá-lo pelo caminho correto. Como Mestre Simmix certa vez dissera: “Você pode discordar do Conselho, mas *a forma* como você discorda é importante”. Transmitir a raiva que sentia foi tolice. Não resolvia nada e refletia mal o treinamento de seu mestre. Se Cohmac não pudesse sofrer, ele pelo menos pretendia ser um exemplo da fiel dedicação de Mestre Simmix para com os Jedi.

Além do mais, a raiva era uma distração, e não era hora de se distrair.

Mestra Laret parou de andar e ergueu uma das mãos, alertando-os. Mais serpentes? Cohmac ficou tenso e tentou escutar o ruído revelador de escamas contra a pedra.

Nada. Mestra Laret estava olhando para cima.

Sussurrando, ela disse:

– Acredito que estamos abaixo do covil dos sequestradores.

– Abaixo? – Orla também manteve a voz baixa, apesar de sua óbvia perplexidade. – Mas essas cavernas não são tão profundas...

– Nós viajamos por baixo de uma formação rochosa maior. Há mais espaço acima de nós do que antes. O que significa mais cavernas. – Mestra Laret voltou-se para os Padawans com uma expressão grave. – Sem uma planta, não podemos ter certeza, mas acredito que encontraremos uma ligação entre esta caverna e a deles. Ao menos alguma passagem. É o que as correntes de ar indicam.

Cohmac percebeu que *havia* uma leve brisa.

– Então, vamos entrar?

– Estamos nos aproximando. – Mestra Laret o corrigiu. – Não entramos até sabermos onde estão os reféns, se estão vivos e como mantê-los seguros. Nosso trabalho aqui não é combater os sequestradores. É proteger os reféns.

Era bom, antes de uma escaramuça, lembrar que qualquer ação armada era apenas um meio para um fim. Cohmac assentiu, determinado a servir bem em homenagem a Simmix.

– Sabe – murmurou Thandeka. – Poderíamos nem estar nesta posição se E'ronoh estivesse disposto a negociar com Eiram.

Cassel tinha os dentes da frente ligeiramente compridos, olhos redondos e um nariz que o fazia parecer um voorpak azul-vivo.

– Achei que fosse Eiram que não negociasse com E'ronoh.

Seus dois planetas estiveram em conflito durante tanto tempo que nenhuma cooperação era vista como possível e, portanto, nenhuma fora promovida.

Há quanto tempo ninguém sequer tentava? Às vezes, parecia que Eiram se definia não por seus próprios méritos, mas simplesmente como aqueles que se opunham à E'ronoh. Ela estava começando a suspeitar que E'ronoh fizera a mesma coisa, ao contrário. Alguém realmente se lembrava das razões de todo aquele ódio? Aquelas razões ainda eram válidas nos dias atuais?

Vou perguntar a Dima, pensou Thandeka, antes de se lembrar que era quase certo que nunca mais veria a esposa.

– Além disso, por que não estaríamos nesta posição? – perguntou Cassel. – Aqueles criminosos não faziam parte de nenhuma negociação comercial entre Eiram e E'ronoh, tenho certeza.

– Não. Mas se tivéssemos feito antes acordos comerciais com a República, a escória da galáxia não estaria tentando invadir agora. E a principal razão pela qual nunca imaginamos lidar com a República é porque nunca aprendemos a lidar uns com os outros. – Por muito tempo, eles se orgulharam de sua independência. Mas em que momento o orgulho se tornou mera teimosia? Em que momento a independência se tornou ignorância intencional?

Qualquer que tenha sido tal momento, Thandeka suspeitava que os dois planetas já o tivessem vivenciado há muito tempo.

O rosto de Cassel estava abatido, mas ele tentou sorrir para ela. Parecia ser um homem gentil.

– Pelo menos nossos sequestradores também não estão se divertindo. A julgar pela cara feia do grandão peludo ali, ele está tendo um dia quase tão ruim quanto o nosso.

Thandeka simplesmente retribuiu o sorriso. Era muito mais gentil do que mencionar que, quanto mais zangados seus captores ficassem, maiores as chances de os dois acabarem mortos.

DEZESSETE

O que eles fazem com os Padawans que ficam sobrando?, Reath estava refletindo sobre aquela questão algumas horas depois de descobrir sobre a morte de Mestre Jora, assim que se recuperou do choque extremo. Era lógico que ele seria escolhido por outro mestre em algum momento, mas quando e como?

(O fato de Reath nunca ter conhecido outro aprendiz na mesma situação era um sinal da paz e da prosperidade da República.)

Quando foi convocado para outra reunião do Conselho, Reath presumiu que fosse sobre os Nihil que ele identificara na estação Amaxine. Ele estava se esforçando para pensar naquelas pessoas como Nihil, em vez de Nan e Hague. Guerreiros ferozes em vez de refugiados. Mudar seu pensamento, extirpar o carinho que sentira por eles, poderia ajudá-lo a lidar com parte da intensa vergonha que o acometia por entregar informações a um inimigo – nada menos do que o inimigo que matara Mestra Jora. Eles o haviam enganado uma vez, mas nunca o fariam novamente.

O Conselho raramente se preocupava ele próprio com Padawans individualmente. Por isso, era provável que buscassem por mais informações sobre os Nihil ou quisessem puni-lo por seu descuido. Talvez ambos.

Em vez disso, quando Reath se ajoelhou diante deles, Mestre Adampo disse:

– Queremos falar com você sobre seu novo mestre.

– Alguém já me escolheu? – Reath não conseguia imaginar quem seria. Todos os Mestres que ele conhecia já tinham seus próprios aprendizes, exceto, é claro, aqueles que estiveram com ele na estação Amaxine, mas um deles certamente teria falado com ele antes.

Mestre Rosason disse:

– Não. Você sofreu a perda, e só você pode nos dizer o momento certo para retomar seu treinamento.

Reath não tinha ponderado sobre quando gostaria de começar a treinar novamente. Padawans não precisavam tomar muitas decisões importantes por conta própria, como regra geral, e sua primeira reação àquela foi desejar que tudo desaparecesse. A escolha parecia um fardo. Sua dor por Mestra Jora já era pesada o bastante.

– Dadas as circunstâncias extraordinárias – continuou Mestre Rosason. – Também agradecemos sua opinião sobre que tipo de tarefa seria mais benéfica para você no futuro.

– O que quer dizer?

Mestre Adampo estendeu as mãos, num gesto expansivo.

– Alguns em sua situação poderiam solicitar atribuições na fronteira, a fim de cumprir os desejos de sua falecida mestra. Outros, no entanto, poderiam pedir mais tempo em Coruscant ou em outro dos Mundos do Núcleo, para que sua relação de trabalho com o novo mestre possa começar em um lugar mais familiar. Existem vantagens e desvantagens para cada opção, e outras opções que não discutimos aqui. Cabe a você pesquisar, refletir e nos dar uma resposta.

Eu não tenho que ir para a fronteira, afinal, pensou Reath.

Apenas algumas semanas antes, aquilo seria motivo de comemoração. Mas pagara um preço muito alto por sua liberdade.

Sua inquietação deve ter ficado aparente para todo o Conselho, porque Mestre Rosason disse gentilmente:

– Você não precisa escolher agora. Na verdade, nem deveria. Não passou tempo o suficiente para que escolhesse de maneira consciente. Queríamos apenas informá-lo de que essa escolha é sua.

Reath agradeceu e deixou as câmaras do Conselho o mais rápido que pôde. Ao menos, ao lhe oferecerem aquela responsabilidade, os Mestres também lhe concederam tempo para pensar sobre as coisas. Quando ele tentava imaginar seu futuro, só conseguia pensar em uma coisa: voltar para a estação Amaxine para confrontar Nan e Hague – e prendê-los, se possível. Para consertar o único grande erro que já cometera na vida.

E aquele era o único futuro que não poderia acontecer.

Ou poderia?

Affie fora bem-sucedida em aparentar uma falsa normalidade na noite anterior, jantando com Scover e passando a noite em seu grande e luxuoso quarto de hotel. Por mais macia que a cama fosse, ela mal dormiu. Em vez disso, ficou por horas invocando as poucas lembranças que tinha de seus pais.

Viajando na cabine de comando da *Mergulho do Kestrel* no colo de sua mãe, deslumbrada com a bela nebulosa que atravessavam.

Movendo os bracinhos nas piscinas de Wrea, seu pai sustentando sua barriga com uma das mãos enquanto ela aprendia a nadar.

Indo dormir no meio deles depois de um pesadelo, sentindo-se a salvo de qualquer perigo.

Eles queriam ser livres enquanto eu ainda era jovem. A única maneira de fazer isso era assumindo as perigosas tarefas de Scover. Então, eles assumiram. E morreram.

A injustiça daquilo a atormentava, assim como saber que não havia maneira alguma de consertar nada. Sua mãe e seu pai se foram, assim como o pobre Dez Rydan.

Não havia realmente nada que ela pudesse fazer?

Ao amanhecer, ela fez algumas pesquisas pouco específicas em bases de dados, tentando descobrir se alguma coisa que Scover estava fazendo era considerada ilegal. Provavelmente não, imaginava ela, considerando como a Guilda Byne prosperava em vários sistemas. No entanto, descobriu que a República tinha regras muito mais rígidas sobre o que servos contratados poderiam ser obrigados a fazer. Scover não estava forçando ninguém, mas as leis da República eram minuciosas, indicando que "incentivos" excessivamente perigosos poderiam ser considerados uma exigência, no sentido legal.

Mas as penalidades eram severas. Prisão? Dissolução de qualquer empresa de transportes que fosse pega envolvida em tais práticas? Affie tentou imaginar sua vida sem a Guilda Byne e não conseguiu.

Damos bons empregos para muita gente, raciocinou ela, *como Leox e Geodo. A maioria dos nossos pilotos é livre. Como eu poderia forçá-los a voltar a ser independentes?*

Era muito trabalhoso ser um piloto independente, pelo menos um que operasse dentro da lei. Mas também era uma pergunta mais fácil para Affie fazer a si mesma do que: *Será que eu sequer conseguiria mandar Scover para a prisão?*

Tinha que haver outra maneira de impedir que Scover colocasse seus pilotos em perigo. Affie vasculhou sua mente até perceber que havia uma coisa que poderia ser feita... se ela tivesse coragem para isso.

Naquela manhã, ela tomou rápido seu café da manhã e pediu licença a Scover, que a dispensou distraidamente com um aceno; várias das reuniões esperadas já estavam agendadas. Aquilo deixou Affie livre para voltar às docas espaciais, caminhar até a ponte da *Nave* e anunciar:

– Temos que voltar para a estação Amaxine.

Geodo ficou sem palavras. Leox girou tão lentamente que suas contas nem balançaram, e disse:

– Por que exatamente temos que voltar para lá?

– Outros pilotos da Guilda estão usando aquela estação – disse ela. – Servos contratados e qualquer outra pessoa falida e desesperada o bastante para arriscar suas vidas em troca de um dos bônus de Scover.

– O que é algo terrível. – Leox a estudou cuidadosamente. – E é um risco que eles aceitam. Esse bônus por si só diz a qualquer piloto que o queira que pode não haver mais volta.

– Ela não oferece essas tarefas aos pilotos verdadeiramente livres para recusá-las. Somente para pessoas desesperadas. É por isso que nenhum de nós sabia sobre a estação antes.

– Certo. Porque é um lugar terrível de se estar. E voltaríamos lá para fazer o quê, exatamente? – questionou ele.

– Para obtermos registros – explicou ela. – Para montar um caso. Se alguém levasse tudo isso às autoridades da República, e elas realmente ouvissem, e parece que ouvem... bem, Scover estaria em apuros.

Leox cruzou os braços sobre o peito.

– Isso é um eufemismo. Algo assim faria com que ela fosse presa. Poderia até levar à dissolução da Guilda. Você está pronta para isso?

Affie não conseguiu responder àquela pergunta. Talvez não precisasse responder nunca.

– Se eu mostrar isso para Scover, ela vai perceber que precisa recuar. Que precisa parar de usar aquela estação, e quaisquer outros lugares perigosos para os quais ela mande servos contratados.

– Você acha que Scover vai aceitar isso? – Leox parecia duvidar. – Ela não é uma mulher que aceita muitas restrições.

No passado, era aquilo que Affie mais admirava em Scover.

– Ela vai ter que aceitar. Além disso, mesmo que não dê ouvidos a ninguém, pode ser que me escute.

– Pode ser que sim – disse Leox. Ele ainda parecia em dúvida. – Mas precisamos estar preparados. Os Orincanos podem ter ficado por lá, e provavelmente não serão tão receptivos quando não tivermos Jedi ao nosso lado. Quero dizer, a *Nave* tem artilharia suficiente para se defender, mas não mais do que isso. Tampouco podemos adquirir abertamente uma grande expansão para nossos armamentos sem atrair atenção indevida das autoridades. – Ninguém daria a mínima se eles retornassem para uma antiga estação Amaxine, provavelmente, mas Affie sabia que de forma alguma as autoridades poderiam bisbilhotar no compartimento de carga "secreto". – Também vamos precisar de mais armas pessoais.

– Sobre isso, podemos fazer alguma coisa. Aposto que existem armas de mercado paralelo à venda em algum lugar de Coruscant. – A euforia crescia no coração de Affie, até ela se sentir radiante como os raios do sol. – Geodo, você conhece algumas pessoas, digamos, interessantes. Alguém que pode vender uma coisinha ou outra na surdina? Talvez um ou dois detonadores térmicos?

O olhar astuto de Geodo falou alto.

Lentamente, Leox começou a sorrir.

– Tudo bem, então. Vamos tacar fogo em tudo.

A história milenar dos Jedi tornava possível existir protocolo ou precedente para praticamente todas as situações imagináveis em que um membro da Ordem pudesse se encontrar.

Mas não para cometer um erro tão grande quanto aquele.

Orla sabia que o Conselho tinha verbalizado de forma mais elegante. Ela preferia sua própria versão. Em sua opinião, não havia sentido em tentar se esconder de verdades desagradáveis, e a verdade desagradável ali é que eles tinham estragado tudo.

Nem todos conseguiam aceitar o fracasso tão facilmente, como Cohmac Vitus demonstrava no momento. A raiva o consumia, tão tangível quanto nuvens tempestuosas.

– *Parecia* com o tipo de vínculo usado em artefatos daquela época. Quase idêntico.

– Ninguém o está culpando, Mestre Vitus – disse Giktoo, e talvez ela quisesse mesmo dizer aquilo, de coração. – Pode ser difícil diferenciar as várias formas de objetos vinculados à Força. O único erro aqui foi realizar o ritual de proteção no fim de sua estadia na estação Amaxine.

Orla reprimiu sua frustração ao perceber que Giktoo estava certa:

– Se tivéssemos permanecido mais alguns dias, teríamos reconhecido o erro. A escuridão a bordo da estação teria se manifestado.

– Sua cautela era compreensível – insistiu Poreht La. – Não queriam expor a si e a tripulação de sua nave a poderes mais sombrios. Não posso dizer que fizeram a escolha errada.

– Libertamos algo profundamente sombrio. – A pulsação nas têmporas de Orla pressagiava uma dor de cabeça. – Essa me parece a escolha errada.

– Mas o que mais poderia ter sido? – disse Cohmac, falando mais para si do que para os outros na sala. – Não havia *mais nada* vivo naquela estação, exceto plantas. E o que senti foi muito mais complexo do que qualquer coisa que já captei de plantas impregnadas de escuridão.

– Outro motivo pelo qual o engano era compreensível – disse Tia. A única palavra que Orla conseguiu assimilar foi "engano".

– Os avisos – disse Orla. – As visões que tivemos na estação. Não estavam nos mostrando a escuridão aprisionada dentro dos ídolos. Estavam nos dizendo que eles deveriam ser deixados *completamente sozinhos*. – Sua frustração se intensificou. Era o modo da Força se comunicar por meio de imagens e sensações, mas Orla desejava que tais mensagens pudessem *ser precisas* de vez em quando.

Cohmac respirou fundo, tentando visivelmente se concentrar. Recuperar o controle costumava ser fácil para ele. As lutas de que falara deviam ter sido ainda mais profundas do que Orla percebera.

– O que passou, passou. O que importa é o presente. O que vamos fazer sobre a estação Amaxine?

Orla não tivera tempo de se perguntar o que viria a seguir, mas a resposta lhe pareceu instantaneamente clara:

– Temos que voltar. Precisamos substituir os selos que rompemos e torná-los ainda mais fortes do que antes, se possível. – Aquilo seria difícil. O selo anterior durara séculos, antes que eles aparecessem e o arruinassem. Mas ela estava determinada a tentar.

Embora todos os Mestres assentissem, Tia disse:

– Ainda não.

– O que estamos esperando? – disse Orla. – Que alguém se machuque ou morra? Aquela estação ainda está em uso por contrabandistas e comerciantes livres. Mesmo que estejam envolvidos em atividades ilegais, isso não é desculpa para deixarmos que se exponham a esse tipo de perigo.

Foi Cohmac quem respondeu, ainda que se dirigisse aos outros:

– O trânsito para aquela região ainda é perigoso. A maioria dos Jedi nas redondezas foi destacada para o Farol da Luz Estelar, e está ocupada lidando com as consequências por lá. Vocês não têm Mestres de sobra.

– Não precisamos de Mestres – insistiu Orla. – Tiramos aquele selo por conta própria; podemos colocá-lo de volta também.

– Vocês estariam se arriscando sem necessidade – disse Poreht La. – Perdemos muitos bravos Jedi nesse desastre para assumirmos tais riscos. Sim, isso precisa ser feito. O Conselho em breve reunirá um grupo para ir à estação Amaxine. Mas não agora. Por enquanto – ele gesticulou para os ídolos –, eles devem ser removidos para um local mais seguro, e o santuário lacrado mais uma vez.

– Claro. Cuidarei disso pessoalmente. – Cohmac aceitou com tanta facilidade que Orla sentiu que não poderia protestar sem parecer cabeça-dura. Ao saírem da câmara, a cabeça de Orla latejava. Ela estava determinada a falar com Cohmac e ver se não conseguiria convencê-lo. Se ambos se mostrassem unidos, o Conselho poderia realmente escutar.

Em vez disso, praticamente assim que as portas se fecharam, Cohmac virou-se para ela e falou baixinho:

– Você deve ter reparado que eles não nos *proibiram* de ir.

– Não mesmo, não é? – A cabeça de Orla já estava até melhor.

– Em nossa primeira missão juntos, cometemos um erro – disse Cohmac. – Agora, cometemos outro. Mas este, pelo menos, podemos consertar. E pretendo fazer isso.

Aceitação, e mesmo resignação, eram habilidades que os Jedi deveriam dominar. Todas suas habilidades e autoridade poderiam não resolver todas as situações. A Ordem poderia convocá-los a fazer coisas e ir a lugares que eles não teriam escolhido. Qualquer grande Jedi poderia aceitar aquilo rapidamente, até mesmo sem chiar.

Era uma habilidade em que Reath ainda estava trabalhando, com pouco sucesso.

Como no momento não tinha tarefas atribuídas, e nenhum mestre ao qual ser designado, era o responsável por ocupar seu próprio tempo. Lembranças de Mestra Jora e de Dez o afligiam por todos os lados. Tudo o que fizera ou aprendera nos anos anteriores estava ligado a uma ou ambas as pessoas que perdera. Concentrar-se era impossível. Em vez disso, ele se dirigiu até seu lugar favorito, a única fonte de conforto segura que conhecia.

Nas vastas câmaras do Arquivo, Reath sentou-se dentro de seu velho e confortável cubículo com um dos textos que negligenciara nos últimos tempos – um que recontava os contos de fadas e lendas dos Mundos do Núcleo. Aqueles personagens eram todos conhecidos por meio de canções e rimas ensinadas às crianças, mesmo dentro dos templos; algumas delas tinham raízes na verdade, como a Boa Princesa Chaia de Alderaan ou o pirata Ithoriano Bluebrow.

Como os guerreiros Amaxine.

Ele percorreu as imagens das armaduras, naves e armas dos Amaxines, a maioria delas representações artísticas encontradas na arte antiga. Mas também havia artefatos reais retratados. Enquanto Reath estudava as imagens, via padrões com círculos infinitos – enrolados juntos, sequenciados, envolvendo uns aos outros – gravados em metal ou pintados em vasos.

Não é à toa que construíram uma estação esférica com anéis ao redor dela, pensou ele. *Círculos significavam alguma coisa para eles. Talvez algumas das lendas expliquem o motivo.*

Antes que pudesse seguir adiante, entretanto, outra pessoa entrou em seu cubículo.

– Ei – espantou-se Reath. – Este aqui está ocupado... Mestre Cohmac?

– Boa tarde, Reath. – Mestre Cohmac usava o capuz de sua capa dourada, algo que não lhe era incomum, mas no momento parecia um tanto... furtivo. Sua voz também era baixa, embora aquela fosse a regra nos Arquivos. – Vi que você pediu para retornar à estação Amaxine.

– Eu, hã, sim. – Reath endireitou-se e afastou os cabelos castanhos do rosto. – Como se tivesse servido de alguma coisa. Você também ficou sabendo sobre Nan e Hague, certo?

– Correto. – Mestre Cohmac não parecia nem de longe interessado o suficiente pelo fato de que eles haviam sido enganados pelos Nihil. – Além disso, descobrimos que a escuridão que encontramos na estação não estava de forma alguma ligada aos ídolos. Eles funcionavam como supressores e como sentinelas. Ao removermos os ídolos, libertamos a escuridão. Isso não pode ficar assim.

Reath levou um momento para processar aquilo.

– Espere. Não podíamos mover os ídolos?

Mestre Cohmac estremeceu, como se estivesse com dor.

– É o que parece. É importante que eles sejam devolvidos à estação, e que a escuridão seja suprimida mais uma vez.

Ser convidado para ajudar no ritual de vínculo, que era certamente do que aquilo se tratava, era lisonjeiro, mas Reath sentiu que era justo explicar que ele tinha um objetivo completamente diferente.

– Pedi permissão para retornar à estação para prender Hague e Nan. Eles se recusaram e disseram que não podiam dispensar ninguém, nem mesmo um Padawan. O Conselho reverteu a decisão por causa dos ídolos?

– Não. Essa é a decisão final. No entanto, ninguém foi *proibido* de viajar até lá. Você e eu estamos livres, assim como Orla Jareni, que compartilha de nossas preocupações. Meu subsídio pessoal cobriria a locação de uma embarcação, de preferência a *Nave*, já que eles podem fazer a escolha cientes dos riscos de viajarmos para a estação.

– Então, você está sugerindo que nós... nos rebelemos? Que nos oponhamos ao Conselho?

– O Conselho não proibiu isso explicitamente. Eu nem mesmo descreveria como uma ação rebelde. – Mestre Cohmac revelou ter um sorriso muito malicioso. – Prefiro pensar nisso como "mostrar iniciativa".

Cada segundo que Reath passara na estação Amaxine fora prova de que aventuras não eram para ele. Não *mesmo*.

Mas ele não podia deixar uma tarefa inacabada para trás.

– Não precisamos inventar uma história de fachada? – sussurrou ele.

– Não. Nós não mentimos. Simplesmente *partimos*.

– O que precisamos levar? – Reath tentava pensar em dispositivos especiais que poderiam ajudá-los a capturar os Nihil.

Mestre Cohmac, no entanto, estava evidentemente pensando mais na escuridão que eles voltariam a encontrar.

– Precisamos dos ídolos.

Aquilo fora mencionado antes, mas só naquele momento Reath percebeu todas as implicações.

– Nós vamos *roubá-los*? – *Certo, vai ser legal passar mais tempo com artefatos históricos, mas nada legal termos que tirá-los do Templo sem ser notados.*

– Eles são os únicos objetos que sabemos serem poderosos o suficiente para combater essa escuridão. Então, cedemos à ladinagem.

Reath hesitou antes de dizer:

– Você fez uma *piada*.

– Sabe-se que isso já ocorreu antes – disse Mestre Cohmac, com o rosto sério. – O Conselho me encarregou de remover os ídolos de seu lugar no Templo e encontrar um local mais adequado para eles. Acontece que o local mais adequado é na estação Amaxine.

A sensação de sorrir, para variar, foi boa. Mas o sorriso de Reath durou pouco.

– Somos apenas nós? Nan e Hague não pareciam guerreiros letais, mas aposto que eles têm armamento a bordo daquela nave.

– Você está correto, sem dúvida. – Mestre Cohmac ficou ainda mais sério do que de costume. – Esteja ciente, Padawan Silas, que a jornada que estamos empreendendo é extremamente perigosa. Se... Não, *quando* tivermos problemas, não poderemos pedir ajuda à Ordem

Jedi ou à República. O que fizermos lá, faremos sozinhos. Pense nisso com cuidado antes de aceitar.

– Eu entendi esta parte desde o início – disse Reath. – Estou dentro.

Affie estava verificando o trem de pouso da *Nave* quando ouviu passos atrás de si. *Scover*, pensou ela, e seu estômago se embrulhou.

Em vez disso, eram Reath Silas e Cohmac Vitus, ambos usando suas capas com os capuzes levantados como se estivesse ventando e chovendo em vez de um dia totalmente lindo. Cohmac parecia sereno, mas os olhos de Reath disparavam de um lado para o outro de uma maneira que ela só poderia descrever como sorrateira.

– Senhorita Hollow – disse Cohmac. – Queremos novamente alugar a *Nave*. Desta vez de forma particular. Para outra viagem à estação Amaxine, se vocês considerarem tal coisa.

– Mais do que consideramos. – Affie enxugou as mãos sujas de graxa com um pano ao se levantar. – Aceitaríamos a fretagem no mesmo instante. O problema é que outra pessoa já nos contratou.

Os ombros de Reath desabaram de desânimo. Até Cohmac parecia desapontado.

– Posso perguntar quanto tempo levará a jornada desse cliente?

– Pergunte à nossa passageira. – Ela apontou para o passadiço, onde Orla Jareni acabara de sair para recolher o restante das coisas.

Orla sorriu.

– Perdoe-me, Affie. Não mencionei que os outros viriam comigo?

– Não, não mencionou. – Affie fez alguns cálculos de risco rápidos em sua cabeça, mas acabou simplesmente acenando para os outros, dando-lhes boas-vindas.

Cohmac ergueu uma sobrancelha:

– Houve algum problema para remover os ídolos?

– Nem um pouco – disse Orla. – Todos presumiram que eu os estava levando para um centro de pesquisa. Eu apenas não mencionei qual deles. Contanto que pesquisemos um pouco no caminho, digo que a *Nave* é uma instalação tão boa quanto qualquer outra.

Depois daquilo, os três Jedi se amontoaram no arco de ancoragem mais próximo no espaçoporto, discutindo seus planos em voz baixa. Affie os observava da cabine, entre Leox e Geodo.

– Deveríamos contar a eles que estávamos mesmo indo para lá? – perguntou Affie. – E reduzir a taxa?

Leox balançou a cabeça.

– Um homem precisa botar comida na mesa.

DEZOITO

A *Nave* deixou Coruscant sem incidentes, apenas mais uma entre os milhares de veículos que deixavam o planeta todos os dias. Às vezes era bom ser apenas uma única gota d'água no oceano, um único grão de areia na praia, pensou Leox.

A viagem de volta à estação foi mais fácil do que a primeira. A via do hiperespaço, apesar de ainda acidentada, estava muito mais limpa. Leox sentiu-se à vontade para deixar Affie e Geodo encarregados da ponte de comando. Além disso, aqueles dois precisavam de algum tempo para pôr a conversa em dia.

Ele dirigiu-se sem pressa até o refeitório, esperando que tivessem trazido um pouco mais daquele caf requintado – realmente dava para notar a diferença com aqueles produtos de qualidade –, mas, em vez disso, topou com Orla Jareni, parecendo mais zangada do que um Grindalid ao meio-dia.

– Precisamos ter uma conversa – disse ela, com as mãos na cintura.

Isso não parece positivo, pensou Leox.

– Sobre o que devemos conversar?

– Eu entrei acidentalmente no compartimento de carga a bombordo, em vez do a estibordo que vocês adaptaram como cabine para mim. – Seus olhos escuros de feiticeira se estreitaram. – O que significa que eu sei o que vocês estão carregando.

Certo, não era daquele jeito que Leox esperava que o assunto fosse abordado. Na verdade, ele esperava que nunca viesse à tona. Ainda assim, se fosse necessário explicar, era melhor acabar com aquilo logo de uma vez:

– Senhora, eu lhe garanto que aquela especiaria é perfeitamente legal.

– Legal no sentido de realmente legal? – exigiu saber Orla. – Ou legal do tipo as leis da República ainda não alcançaram este setor?

– Completamente legal. Totalmente. Cento e um por cento.

– Não existe esse negócio de cento e um por cento.

Leox deu de ombros, o gesto expansivo e fluido de um homem à vontade, o tipo de homem que também pode deixar os outros à vontade.

– É modo de falar. Mas não há absolutamente nenhuma razão para se opor àquela especiaria.

A sobrancelha de Orla continuou erguida em um arco extremamente cético.

– Nenhuma razão, é?

Ele usou sua melhor estratégia:

– Ela é *medicinal.*

– Ceeerto. – Ela suspirou. – Não há nada que possamos fazer quanto a isso agora. E acho que você é esperto demais para mentir abertamente sobre ela ser legal... Pelo menos no sentido mais estrito da palavra. Então, acho que vamos ter que deixar para lá.

– Isso e o fato de eu ser o único piloto que você vai encontrar disposto a aceitar um trabalho envolvendo robôs jardineiros assassinos, videiras venenosas, garotas atraentes que na verdade são guerreiros Nihil e algum elemento misterioso do lado sombrio que vocês, particularmente, libertaram.

Depois de uma pausa, ela admitiu:

– É, também tem isso.

Seguir diretamente rumo à estação Amaxine em vez de considerá-la uma parada de emergência acabou se revelando uma viagem muito mais rápida. Em uma hora, Affie anunciou:

– Preparem-se. Vamos sair do hiperespaço em breve.

Reath prendeu os cintos. Desde que Mestre Cohmac fora procurá-lo nos Arquivos, ele estivera agitado – carregado de propósito. No entanto, precisava se concentrar. Se fosse confrontar Nan e Hague, tinha de fazer aquilo com o máximo de controle.

Eles são guerreiros perigosos, lembrou a si mesmo. *Provavelmente possuem armas que você não encontrou antes. Precisa estar pronto para eles.*

Era verdade, mas quando pensava em Nan e Hague, ainda via uma jovem doce de rosto redondo e cabelos escuros e lustrosos, e um homem idoso que se apoiava em uma bengala para andar.

A história deles poderia ser mais complexa. Será que poderiam estar sendo controlados pelos Nihil, servindo ao grupo contra sua vontade? Reath lembrou-se de algumas das reuniões, em que descobrira que os Nihil eram conhecidos por ameaçar certas autoridades planetárias, forçando-as a fazer vista grossa a seus saqueadores ou pagar enormes resgates. Se os Nihil podiam intimidar o governo de um mundo inteiro, eram facilmente capazes de forçar duas pessoas vulneráveis a cumprir suas ordens.

Talvez tenhamos vindo até aqui para prendê-los, percebeu Reath. *Ou talvez tenhamos vindo até aqui para libertá-los.*

– Saindo do hiperespaço em cinco...! – gritou Leox por cima do trepidar nervoso da *Nave*. – Quatro...! Três...!

Reath agarrou as alças de seu cinto de segurança, assim como os outros Jedi.

– Dois...! E *um*!

A *Nave* estremeceu, então mudou para a velocidade suave do voo normal. Cada um dos Jedi respirou aliviado. Cohmac Vitus disse, com ironia:

– Essa foi a parte fácil.

Da ponte, Leox gritou:

– Você pode querer reformular essa frase.

Os outros se entreolharam. Reath foi quem perguntou:

– Por que diz isso?

– Eu disse – respondeu Leox –, porque temos uma Tempestade Nihil inteira do outro lado da estação carregando poder de fogo suficiente para nos transformar de volta em poeira estelar.

Affie ouvira falar dos Nihil. Vira holos e imagens de suas naves de guerra, seus ataques com gás venenoso e o terrível estrago que deixavam para trás. Eles haviam destruído naves da Guilda. Não muitas, mas o bastante para que ela estivesse ciente das devastadoras perdas de vidas.

Nada daquilo a preparara para o terror absoluto de testemunhar uma daquelas enormes naves de guerra com seus próprios olhos.

Assim como a nave de Nan e Hague, era uma colcha de retalhos de outras seções e partes de naves, de diferentes metais, formas e estéticas, todas unidas de forma selvagem. Mas a nave de guerra Nihil não era apenas maior; era infinitamente mais perigosa. O casco era crivado de portas de armamentos em todas as fendas e ângulos. Não havia uma maneira segura de abordar uma nave daquelas, nem um meio de superar seu poder de fogo. Some-se isso ao fato de que a nave de guerra poderia se dividir em naves menores e cercá-los de repente.

Affie não queria nem mais pensar naquilo.

Leox reagiu instintivamente, acionando os controles que colocariam os motores em sua configuração ativa mais baixa e desligariam todos os sistemas desnecessários. Até as luzes dos corredores se apagaram. O interior da *Nave* poderia muito bem estar iluminado por velas.

– Eles ainda serão capazes de nos ver – disse Affie. Suas mãos continuavam congeladas no painel.

– Mas vai demorar mais, e ganharemos tempo para fazer isso.

Leox acionou o mais suave impulso para inclinar seu curso para baixo e lateralmente – logo atrás de um punhado de detritos espaciais aleatórios, um asteroide tão pequeno que era pouco maior do que a *Nave*.

– Vamos prendê-lo.

Affie já entendera o que ele pretendia.

– Certo.

Ela ativou um cabo de reboque magnético, esperando que a composição do asteroide tivesse metal suficiente para funcionar. Uma pequena vibração sinalizou que sim. Affie exalou de alívio enquanto eles flutuavam, protegidos por um asteroide que os ocultava da visão dos Nihil. Se os saqueadores examinassem a área, pensariam que o asteroide era um pouco maior e muito mais metálico. Qualquer sinal de vida provavelmente seria classificado como de mynocks.

Àquela altura, os Jedi se aglomeravam ao redor da porta da ponte. Cohmac falou primeiro:

– Bom trabalho.

– Mas não podemos ficar aqui para sempre – acrescentou Orla. – Vamos esperar até que eles tenham saído para ir à estação?

– Não podemos. – Os olhos de Reath estavam arregalados com o tamanho da nave Nihil, mas ele parecia determinado. – Quando os Nihil partirem, levarão Nan e Hague com eles, e não descobriremos nada.

Cohmac entrelaçou as mãos.

– As repercussões podem ser ainda piores. Seja qual for a escuridão a bordo daquela estação, dependendo da forma que assumir, os Nihil podem acabar reivindicando-a para si.

– Os Nihil ainda não estão atracados na estação – refletiu Leox. – Apenas Hague e Nan. As trilhas de íons indicam que estão aqui há algumas horas, pelo menos. Por enquanto estão apenas orbitando.

– Por que não atracaram? – perguntou Affie.

Leox encolheu os ombros.

– Meu palpite é que viram leituras como essas. – Ele tocou no console. Só então Affie percebeu as leituras que sugeria que mais gigantescas erupções solares poderiam estar se aproximando. Não imediatamente... mas cedo demais para que ficassem confortáveis.

Leox prosseguiu: – Provavelmente os Nihil desejam flexibilidade. Manter suas opções em aberto, caso precisem debandar.

Cohmac Vitus voltou a entrelaçar as mãos.

– Isso indica que os Nihil não têm sensores de última geração que lhes permitiriam detectar as explosões solares com mais precisão, ou que o procedimento de ancoragem leva mais tempo do que a maioria das naves. Seria excelente se pudéssemos descobrir qual desses fatores é verdadeiro, embora, é claro, essa não seja nossa prioridade no momento.

Os Jedi tinham permanecido calmos o suficiente para pensar nas implicações mais completas das ações dos Nihil. Affie, ainda que contrariada, estava impressionada.

Enquanto a nave Nihil continuava sua lenta volta ao redor da estação Amaxine, códigos começaram a surgir a partir da estação de navegação. Leox sorriu.

– Ah, sim. Vejo o que está pensando, Geodo. *Isso* é que é plano.

Affie também entendera, mas não conseguia parecer tão entusiasmada.

– Isso é incrivelmente perigoso.

– Sim – concordou Leox. – Mas vai ser legal pra caramba.

Eles não seriam capazes de usar seus motores; se os energizassem o suficiente para acelerar tanto quanto precisavam, os Nihil identificariam o pico de energia no mesmo instante. Mas se liberassem algum combustível sobressalente, aquilo impulsionaria a nave até a estação. A velocidade seria adequada – mas apenas se eles conseguissem realizar a manobra no tempo certo.

Com qualquer outro indivíduo além de Leox e Geodo, Affie teria acreditado que aquela tática seria uma sentença de morte. Assim, ela prendeu o cinto de segurança e se preparou.

Assim que a nave Nihil orbitou o outro lado da estação Amaxine, as duas espaçonaves ficaram brevemente invisíveis uma para a outra. A *Nave* liberou o cabo de reboque, manobrou com metade da potência ao redor do asteroide e...

– Ative – disse Leox.

Affie apertou o ejetor de combustível de emergência. A *Nave* deu uma guinada para a frente instantaneamente. As coordenadas de Geodo a mantiveram apontada diretamente para seu alvo. Ainda assim, mesmo sabendo exatamente o que estava acontecendo, Affie não pôde evitar prender a respiração.

No último instante, antes que a colisão se tornasse inevitável, Leox acionou os motores apenas o suficiente para trabalhar contra a propulsão restante da ejeção do combustível. Aquilo fez com que a nave quase parasse, girando um pouco até que...

– Pronto – murmurou ele. – Estamos em órbita, assim como os Nihil. Na mesma velocidade. Não podemos vê-los, mas eles também não podem nos ver, o que é o principal.

– Ótimo trabalho – disse Orla Jareni, mas sua expressão era de pesar. – No entanto, eu diria que o principal é: de alguma forma, precisamos embarcar em uma estação espacial sem atracar. Alguma ideia de como vamos fazer *isso*?

No fim das contas, sempre havia uma maneira. Não necessariamente uma maneira *segura*. Mas nenhum deles tinha voltado para a estação Amaxine para não correr algum risco.

Orla ajustou seu exotraje, satisfeita por ter um que realmente servisse. Reath e Affie também, mas Cohmac teve que se virar com um largo demais. Normalmente aquilo criaria um risco inaceitável de perfuração, mas aquela era uma situação urgente, e ao menos eles não estariam indo muito longe.

Uma caixa estava próxima dos pés de Affie, uma que ela parecia ter a intenção de levar com eles.

– O que é isso?

– Ah, só... – Affie hesitou. – É algo que eu preciso para registrar o código dos contrabandistas na estação. Quero decifrá-lo.

Reath negou com a cabeça.

– Affie, há Nihil naquela estação. Sem falar nas videiras e nos 8-Ts. É muito perigoso ir até lá só para pesquisar. – Depois, para si mesmo, ele murmurou: – Não acredito que acabei de me opor a uma pesquisa.

– Eu não trabalho para os Jedi – retrucou ela. – Quero dizer, o faço como copilota da *Nave*, mas assim que chegarmos na estação, estarei por conta própria. Isso significa que vou embarcar na estação quer vocês queiram ou não.

– Não posso me opor a isso – disse Orla. Na verdade, ela queria, mas a garota tinha razão. Eles não tinham nenhuma maneira de impedi-la senão pelo uso da força física, que era a última coisa que qualquer um deles precisava. Além disso, Geodo estava atrás de Affie, carrancudo, como se desafiasse alguém a se opor à vontade de sua amiga. – Venham todos. Vamos andando.

Minutos depois, todos os quatro membros do grupo de desembarque estavam reunidos na eclusa de ar. À contagem, Leox liberou as válvulas de pressão. Placas de metal se abriram em espiral, expondo-os ao vazio gelado do espaço. A falta de gravidade fez com que flutuassem sem peso no interior da escotilha. Em vez de escutar o costumeiro ruído das eclusas se acoplando, Orla foi imediatamente envolta em total silêncio.

Vários metros abaixo de seus pés estava a superfície rotatória da estação Amaxine.

– *Devemos chegar às eclusas de ar em quarenta e cinco segundos* – informou Cohmac, por meio dos comunicadores dos capacetes. – *Quando eu disser*.

Sincronia era essencial. Orla preparou seu propulsor portátil e ficou em formação com os outros.

A voz profunda de Cohmac soou pelo comunicador:

– *Três... dois...* um.

Orla acionou o propulsor, permitindo que seu impulso a empurrasse para a frente, para fora da eclusa de ar da *Nave* e em direção à superfície da estação. Ela tinha seus grampos magnéticos prontos antes mesmo de seus pés fazerem contato, e se prendeu imediatamente. *Consegui*.

Todos os demais também conseguiram, com variados graus de elegância. Depois, todos se deslocaram juntos em direção à eclusa de ar mais próxima. Foi Reath quem agarrou a alça manual do lado de fora e girou para abri-la. Quando as portas deslizaram, escancarando-se, todos manobraram para entrar na eclusa.

Agora, pensou Orla, *a parte complicada.*

No momento certo, a *Nave* abriu as portas do compartimento de carga. Seu conteúdo flutuou para fora, à deriva: os ídolos, presos uns aos outros com cabos básicos de carga. Por um momento, flutuaram livres em gravidade zero, e Orla pôde imaginá-los voando: o inseto, o pássaro, a rainha e o anfíbio.

Mas eles não podiam ir longe. Ela ergueu a mão no mesmo instante em que Cohmac e Reath; em uníssono, eles invocaram a Força, trazendo os ídolos para mais perto. As quatro formas douradas se aproximaram cada vez mais, até que os Jedi puderam manobrá-las para dentro da eclusa de ar, também. Ela os empurrou para o lado – não queria aquelas coisas sobre suas cabeças quando a gravidade retornasse –, executando aquilo logo antes de as portas voltarem a se fechar.

Por um momento, eles flutuaram na escuridão total. Então, as luzes se acenderam, a gravidade os puxou novamente e o sibilar revelador do ar ficou cada vez mais alto. Os ídolos pousaram com um grande baque. Conforme a atmosfera continuava preenchendo a câmara, Cohmac disse:

– *Bom trabalho, todos vocês. Conseguimos.*

Orla sorriu, mas não pôde deixar de acrescentar:

– *E agora, como recompensa... perigo mortal.*

As portas da estação se abriram, revelando a selva.

Cohmac removeu o capacete assim que pôde. O ar quente e quase úmido da estação o cercou, junto com os cheiros familiares de solo e de flores. Um 8-T passou, deteve-se, pareceu concluir que ele não representava ameaça alguma à remoção de ervas daninhas e seguiu seu caminho.

Ele começou a tirar o exotraje, aliviado por se livrar da veste pesada e disforme. Uma eventual fuga poderia ser mais rápida se eles mantivessem os trajes – mas isso tornaria todas suas tarefas mais difíceis de realizar, forçando-os a ficar na estação Amaxine por mais tempo. Cada segundo que permaneciam era mais um em que os Nihil podiam se tornar cientes de sua presença.

– Estou indo para as instalações de armazenamento nos anéis superiores – anunciou Affie, que já removera o exotraje e estava lá em seu macacão da Guilda. – Vocês façam o que precisam fazer. Não vou deixar que me vejam. Devo estar pronta em pouco mais de dez minutos.

– Podemos demorar mais tempo – advertiu Cohmac. – Tome cuidado.

Affie assentiu e, em seguida, correu por entre a vegetação para qualquer que fosse a tarefa que iria realizar.

Os Jedi estavam sozinhos. Quando começaram a mover os ídolos de volta para a região central próxima ao assento de pedra, Orla disse:

– Sentiram isso?

– Sim. – Cohmac podia sentir a escuridão pressionando-os por todos os lados, como se tentasse comprimir e esmagar seus corpos. – É como se a escuridão soubesse que os ídolos retornaram.

– Essa energia... não pode cair nas mãos dos Nihil – disse Reath, baixinho.

Cohmac ergueu a mão em advertência.

– Não revele sua presença, se puder evitar. – Não havia como saber onde exatamente os dois Nihil estariam na estação, ou o que poderiam estar fazendo. – Mas procure por qualquer evidência de suas atividades desde que partimos. Devemos saber quais são seus planos, para que possamos saber como combatê-los.

Reath assentiu enquanto colocava de lado o capacete de seu exotraje.

– Nan estava bisbilhotando os túneis inferiores. Provavelmente é por onde devo começar.

Cohmac acenou com a cabeça. Ele não gostava de deixar um aprendiz entrar sozinho em uma situação tão perigosa, mas ele e Orla teriam que dedicar todas suas energias ao trabalho que tinham pela frente. Reath poderia ser protegido daquele perigo, mas de nenhum outro.

– As visões que tivemos antes – disse Orla, franzindo a testa. – Alguma coisa nelas...

– O quê? – Cohmac as considerava nada mais do que pesadelos induzidos pela proximidade de tamanha energia negativa.

– Alguma coisa familiar, que não havia antes. – Orla fez uma pausa e balançou a cabeça. – Ainda não consigo explicar.

– Quaisquer que sejam as respostas que pudermos obter, precisamos delas logo. – Com isso, Cohmac entrou na estação, com Orla ao seu lado, preparando-se para o que quer que viesse.

Como foi que esses túneis ficaram ainda mais escuros?

Nada poderia ser mais escuro do que o escuro, mas parecia a Reath que aquela escuridão em particular realmente se empenhara. Ele avançou bem devagar, colocando silenciosamente um pé diante do outro. O feixe de luz de seu bastão luminoso iluminava apenas uma faixa estreita nas paredes curvas ao seu redor.

Em pouco tempo, ele encontrou a escotilha circular onde Dez perecera, que conduzia ao caminho que ele e Nan tinham percorrido antes. Naquele momento, Reath estava procurando respostas sobre Dez. Ele não confiava mais na explicação de Nan sobre o motivo de ela estar lá. O que ela *realmente* procurava? Fosse o que fosse, ele provavelmente a afastara daquilo.

Hora de descobrir. Hague e Nan obviamente tinham objetivos secretos durante sua estada na estação, e Reath não tinha a intenção de deixar aquilo lhe escapar novamente. Se conseguisse confrontá-los e prendê-los, pretendia responsabilizá-los por *tudo* o que haviam feito.

Cautelosamente, Reath abriu a escotilha e a cruzou com cautela, lembrando a si mesmo: *Cuidado com os anéis de hélice...*

Eu não cheguei a ver os anéis de hélice, pensando melhor agora...

Desde quando esse túnel é branco por dentro?

A escotilha se fechou.

Reath virou-se e tentou voltar a abri-la, mas não. Não via ninguém através das estreitas frestas da porta; ninguém estava lá fora. O que quer que houvesse acontecido à escotilha era automático. Mas um sistema automatizado poderia matá-lo tanto quanto a malícia de qualquer ser.

Ainda pior do que a porta trancada foi a percepção de que o túnel em que ele entrara não era mais um túnel. Era muito menor – claro por dentro, quase como um tipo de cela...

Tudo se deslocou, vibrou, *mudou*. Reath foi jogado para trás quando a luz de repente preencheu o pequeno espaço, e ele se viu em uma sala que deveria ser destinada a um prisioneiro. O pequeno assento moldado na parte de trás, as janelas estreitas...

Reath arregalou os olhos. Viu que nem toda luz que o rodeava provinha de dentro da cápsula. Parte vinha de fora... e era o inconfundível azul elétrico do hiperespaço.

Isso não é feito para um prisioneiro, deu-se conta. *É para um passageiro.*

Para onde diabos estou sendo levado?

E como é que vou voltar?

DEZENOVE

Um estremecimento profundo no interior da estação fez com que Affie parasse onde estava, *O que foi isso?*

Ela se moveu para o canto mais próximo, ficou com as costas contra a parede e manteve seu blaster preparado. Seu instinto lhe dizia que o que ouvira não fora obra dos Jedi, dos Nihil ou mesmo dos 8-Ts, e sim um movimento mecânico nas entranhas dos maquinários da própria estação.

Uma eclusa de ar sendo explodida? Não, se fosse isso eles já estariam despressurizando de forma fatal. A nave de guerra Nihil atracando com a estação Amaxine? Affie nem sabia ao certo se aquilo era possível. De qualquer maneira, esperava que não. Se aquilo acontecesse, seriam necessários muitos outros Jedi para salvá-los do que os que estavam disponíveis.

O som era vagamente familiar. Affie levou alguns segundos para localizá-lo antes de perceber que ouvira algo muito parecido quando Dez Rydan foi morto.

Será que Reath se explodira? Ela esperava que não... tinha se afeiçoado mais a ele do que esperava. Descobrira que mesmo caras arrogantes da cidade podiam se revelar pessoas decentes.

Talvez ele estivesse morto. Talvez não. De qualquer modo, não havia nada que Affie pudesse fazer. Depois de alguns segundos, ao perceber que nenhum outro som ressoou na estação, ela retomou seu progresso pelas câmaras escuras. Abriu caminho através das grossas cortinas de videiras que pendiam, roçando-lhe de todas as direções.

Ao longe, ela percebeu movimento, muito acima do chão para ser um 8-T e distante demais da câmara central para ser um dos Jedi. Affie abaixou-se para espiar cuidadosamente e reconheceu Nan.

Em vez do vestido colorido que ela usava antes, Nan vestia um macacão tão simples e prático quanto o de Affie, bandoleiras e um cinto amarrado com pelo menos três vezes mais armas do que ela própria carregava. Os braços de Nan estavam descobertos, revelando tatuagens – não figuras, mas algum tipo de escrita, pequena demais para ser lida à distância. Para Affie, pareciam muitas tatuagens para alguém tão jovem. Talvez fosse algo comum entre os Nihil.

Mas ela se preocuparia em obter informações sobre os Nihil mais tarde. Por enquanto, Affie só precisava saber se Nan e Hague não tinham descoberto sua presença e, a julgar pelo andar despreocupado da garota, não tinham. Aquilo significava que os Jedi estavam livres para fazer o que quer que estivessem fazendo.

E Affie estava livre para obter a prova de que precisava para forçar Scover a recuar.

– Isso é ruim – repetia Reath para si mesmo enquanto afundava na cápsula hiperespacial. – Isso é muito, muito ruim. É o que acontece quando não se tem acesso a materiais de pesquisa.

Ele confiava em sua habilidade como Jedi e nos caminhos da Força. Seu sabre de luz permanecia a seu lado. Por isso, Reath poderia se preparar para lidar com o que quer que viesse.

Mas se preparar incluía avaliar com precisão a situação em que se encontrava, que na verdade era *extremamente terrível*.

– Estou em uma cápsula hiperespacial – disse em voz alta. O interior arredondado da cápsula captava os sons e os alterava de um jeito estranho. – Não consigo ver nenhum navicomputador a bordo e, além disso, ela deve ser pequena demais para ter um hiperpropulsor próprio. Eu acho... Acho que deve ser algum tipo de veículo de trânsito de mão única, o equivalente em tamanho humano de um droide sonda.

Ele se esforçou ao máximo para não pensar nas palavras *mão única*. O pânico não o ajudaria, enquanto a análise... provavelmente também não ajudaria muito, mas pelo menos valia a pena tentar.

– Não sei para onde estou indo, o que vou encontrar lá e nem como voltar. Certo. Isso meio que resume tudo.

Viagens no hiperespaço podiam durar de alguns minutos a várias semanas. Sem saber quanto tempo levaria, Reath começou a se preocupar com falta de comida, água, e com a ausência de um tubo de evacuação. Mas assim que percebeu esses detalhes, a cápsula de repente saiu do hiperespaço. Ele piscou de perplexidade enquanto olhava para as estreitas janelas na escotilha, aquelas que acabaram de mudar do azul elétrico para a noite escura. Um campo de estrelas estava além delas. A cápsula o levara para o meio do nada?

O único sensor dentro da cápsula começou a piscar, e Reath sentiu o zumbido que só poderia significar uma coisa: um raio trator.

– Pelo menos estou indo para *algum lugar* – disse ele, tirando do cinto o sabre de luz. O que quer que viesse a seguir, ele pretendia estar preparado.

A cápsula inclinou-se ao começar a descer pela atmosfera. As nuvens não variavam tanto de planeta para planeta, presumindo que fossem vapor d'água e não metano, o que Reath realmente esperava que fosse o caso. Ele não era capaz de deduzir muita coisa durante a descida; a investigação teria que esperar pela superfície do planeta.

O raio trator puxava inexoravelmente a cápsula para baixo, mas em uma descida controlada. Reath não sentiu nada além de um pequeno baque quando a cápsula se acomodou em... algo.

Ele olhou pelas janelas estreitas e não viu nada além de vegetação: árvores, arbustos, uma espécie de paisagem pantanosa. Na verdade, ele reconheceu as vinhas da estação; algumas sementes deviam ter feito a mesma jornada no passado. Aquilo era um forte indício de que a atmosfera seria respirável por humanos. Ninguém estava esperando para matá-lo, também, o que sempre era um bom sinal.

Reath empurrou a porta da escotilha e saiu. Nuvens espessas filtravam a luz branca do sol, mas sem ocultá-la. O ar era quente e úmido, e cheirava a solo argiloso, água salgada e densas e viçosas plantas pantanosas. Solo molhado devia estar próximo. No entanto, a cápsula pousou em uma faixa de terreno rochoso.

Uma faixa que devia ter sido escolhida, muito tempo antes, como base para aquela cápsula hiperespacial.

Enquanto se afastava da cápsula, Reath deu uma olhada melhor no mecanismo. O pequeno veículo quase esférico em que estava era apenas parte do todo – a "cabine", por assim dizer, na ponta. Atrás dela, estendia-se o restante do mecanismo, longo e delgado, que ele presumia ser o hiperpropulsor. Outra cápsula, idêntica àquela em que chegara, repousava mais ao longo da trilha sinuosa. *Isso se move pelos túneis*, percebeu ele. *É um mecanismo antigo e completamente automatizado. Ainda deve haver várias dessas cápsulas dentro da estação Amaxine. As pessoas entram em uma delas e viajam para coordenadas predeterminadas.*

Então, para onde essas coordenadas me trouxeram?

Primeiro, ele prestou atenção em seu entorno imediato. Reconheceu os motivos circulares dos Amaxines na plataforma de pouso, que se recolheram, inegavelmente preparando as cápsulas para a viagem de volta. Anéis de hélice também estavam posicionados ali, o que significava que provavelmente havia combustível e energia para mais de uma viagem. Reath esperava que sim; caso contrário, aquele planeta seria seu novo lar. Embora musgo tivesse crescido em parte do eixo central – seriam os controles? –, todo o equipamento parecia estar em condições de funcionamento.

Aquilo indicava que ele provavelmente teria um meio de retornar para a estação Amaxine. Precisava apenas descobrir como.

Então ele ouviu as folhas farfalharem, nos juncos. Reath se virou, com o sabre de luz nas mãos, para ver... nada. Somente árvores. Apenas plantas.

Ainda assim, enquanto estava ali, podia sentir um peso opressor se assomando sobre ele – a presença do lado sombrio, poderoso, agudo e concentrado. Alguém estava se aproximando com intenções malignas, aparentemente de todas as direções ao mesmo tempo.

Ocorreu a Reath que ele poderia correr para os controles da cápsula. Aquela tecnologia parecia ser altamente automatizada; ele poderia ser capaz de fazer a viagem de volta à estação Amaxine em apenas alguns minutos. A outra cápsula estava ali esperando sabe-se lá por quanto tempo. Aquilo significava que ele tinha duas chances de sair dali, de retornar para os outros e para a importante missão que tinha em mãos.

Mas a Força lhe dizia que ele precisava ficar. Que tudo o que havia no planeta – por mais perigoso que fosse – era de suma importância. Que ele poderia descobrir algo que todos os Jedi precisavam muito saber. Os segredos da estação Amaxine não permaneceriam na estação; eles se expandiriam muito além de seus antigos limites, para toda a galáxia. Os Jedi tinham que estar prontos.

Reath respirou fundo, assumiu uma postura defensiva e acendeu sua lâmina.

A pesquisa de Cohmac sobre artefatos e tradições da Força lhe ensinara que a contenção do lado sombrio geralmente assumia uma forma entre algumas: o eco de um Sith ou de outro servo das trevas; uma memória específica de uma atrocidade, geralmente a lembrança daqueles que a cometeram; ou uma energia mais amorfa e vaga.

O que ele sentia ali – na estação Amaxine, livre e desprotegida – era algo completamente diferente. Por mais que fosse impossível, ou que devesse ser, aquilo era *consciência.* Sapiência. Vontade individual...

Não. A vontade de diversos indivíduos, cada um deles possuidor de intenções assassinas.

– Você já ouviu falar dos guerreiros de terracota de Zardossa Stix? – murmurou Cohmac enquanto os dois Jedi avançavam mais a fundo na clareira florestal no centro da estação.

– Claro – disse Orla. – As estátuas antigas de um exército caído. As lendas dos Zardossanos afirmavam que as estátuas eram as únicas coisas que mantinham os guerreiros mortos, que se elas fossem destruídas o exército voltaria à vida. Agora fico me perguntando por que você as mencionou justo neste momento, e nenhuma das respostas é boa.

– Acho que esses ídolos podem estar contendo uma espécie de exército ou algum outro grupo perigoso – disse ele.

Orla parou no meio da clareira e estendeu os braços.

– Não estou vendo nenhum exército.

– Mas pode sentir um – disse Cohmac à medida que as impressões se tornavam mais palpáveis. Sua postura passou de meramente alerta a pronto para o combate. – Busque em suas sensações.

– Sinto *algo* – respondeu Orla – e sinto sua malícia. Ainda assim, fizemos uma varredura bem completa nesta estação. Você está me dizendo que de alguma forma deixamos passar uma força militar inteira?

Então eles ouviram os primeiros passos.

Ambos os Jedi giraram até ficar um de costas para o outro, uma unidade de combate. Acenderam seus sabres de luz no mesmo instante, dois feixes brancos do sabre duplo de Orla e o único feixe azul de Cohmac projetando um brilho nos espaços escuros entre as vinhas.

O farfalhar ficava mais alto a cada instante, mas quanto mais Cohmac ouvia, menos entendia. Nenhum dos inimigos que se aproximavam usava botas, e ele não conseguia escutar quaisquer cliques reveladores de metal indicando a presença de armas. E o som parecia abafado, de alguma forma; inconfundível, mas ainda estranho...

Ele viu uma árvore se deslocar na direção da clareira, como se tivesse sido empurrada. Então, aproximou-se e percebeu que não se tratava de uma árvore.

A criatura diante deles tinha dois metros de altura, era nodosa e desajeitada. Não possuía nada tão central quanto um tronco; em vez disso, parecia ser uma massa escorregadia de tentáculos feitos de videiras espinhosas, muitos deles revestidos com armaduras semelhantes a cascas de árvore. Parecia haver uma espécie de "cabeça", com chifres de espinhos e uma boca larga e sorridente como a armadilha de uma planta carnívora, projetada para se fechar sobre sua presa. Atrás dela estava pelo menos mais uma dúzia da mesma espécie, todas enormes. Cohmac percebeu que aquelas coisas se fundiam perfeitamente com a vegetação densa e alta no interior da estação Amaxine, mas que, antes, tinham estado imóveis.

Dormentes.

Até os Jedi as libertarem.

– Finalmente – disse a criatura líder em uma voz baixa e retumbante. – Um pouco de carne.

– Pare de se esconder – gritou Reath para o inimigo invisível. – Mostre-se.

As vinhas ao redor do lançador de cápsulas balançaram. Galhos farfalharam. Ainda assim, Reath não via nada além de plantas...

Ele arregalou os olhos quando percebeu as formas incrivelmente enormes que se aproximavam dele, rastejando em sua direção sobre dezenas de trepadeiras ou tentáculos. Pareciam-se com matéria vegetal do pântano condensada, coberta por casca e cravejada de espinhos. Apenas um detalhe contrastava com sua aparência arbórea: seguravam em seus... caules? talos?... blasters que pareciam extremamente antigos e letais.

O inimigo não estava escondido *entre* as plantas, não. De alguma forma, ele era as plantas.

– Uau! – surpreendeu-se Reath. O pesquisador dentro dele superara o guerreiro. – Isso é incrível. Vocês são vegetais, não animais, mas são sencientes?

Todos se entreolharam, aparentemente perplexos. Qualquer que fosse a reação que esperavam, não era aquela.

Reath já recuperara a compostura, mas sentiu que manter o inimigo desprevenido era uma estratégia interessante. Sua reação inicial fizera aquilo muito bem, então ele seguiria com ela.

Abaixando ligeiramente seu sabre (enquanto o mantinha preparado), ele disse:

– Suas bocas se parecem com armadilhas para insetos. É isso que elas são? Ou esse é o tipo de criatura da qual vocês evoluíram? Têm histórias que vão tão longe assim no passado? Espero não estar sendo rude. É só que... uau! Nunca conheci uma espécie como a de vocês.

– Ele fala mais do que o outro – disse um dos seres do pântano aos demais. – Mas também se esqueceu do nome dos Drengir.

– Nunca ouvi falar dos Drengir antes – disse Reath, com sinceridade. Era só um palpite seu que aquele era o nome da espécie; como nenhum deles o contradisse, devia ter sido um palpite acertado. – Nem qualquer coisa parecida com vocês, nem de longe. Existem plantas sencientes na galáxia, certamente, mas elas tendem a ficar enraizadas no lugar. Literalmente enraizadas. Vocês, não.

Nenhuma das criaturas olhou para ele nem uma vez. Um Drengir disse:

– Acho que é mais jovem do que o outro.

O líder Drengir rosnou:

– Toda carne parece igual para mim.

Carne realmente não era um descritor que Reath queria ouvir aplicado a si mesmo. Ele continuou enrolando como se ninguém tivesse falado, fazendo uma contagem mental durante todo o tempo.

– Eu sou um humano. Meu nome é Reath Silas. Cheguei aqui por acidente, então, hã, sinto muito se estou me intrometendo em algo. *– Sete Drengir no grupo. Dois mantêm as armas nas laterais do corpo e podem não ser combatentes. Pontos vulneráveis incertos, mas cuidado com os espinhos.*

– Se for mais jovem, então é ainda menos provável que tenha informações do que o que temos – prosseguiu o líder Drengir. – Não vai saber como este transmissor funciona. Pedaços de carne tolos saem das cápsulas e não descobrimos nada. Mas dois visitantes significam que confirmamos: nossa estação de pouso permanece intacta. Poderemos encontrar nossos irmãos novamente. E podemos parar de nos indagar sobre nosso prêmio. Vamos finalmente poder devorá-lo.

Ninguém estava falando com Reath, mas ele achou que deveria insistir, apenas para deixar de ser chamado de carne. Será que não conseguiam ouvi-lo? Ou entendê-lo? Eles tinham um forte sotaque, mais parecido com a forma como as pessoas falavam séculos antes. Ainda, assim, ele tentaria:

– Provavelmente aquelas outras *pessoas* não pretendiam vir aqui tanto quanto eu – chutou ele. – Achávamos que era a tecnologia Amaxine...

– Os Amaxines! – Todos os Drengir emitiram um som farfalhante que devia ser sua versão de riso. *Então, eles podem me ouvir*, pensou Reath. *Só não acham que vale a pena conversar comigo.*

O líder Drengir continuou:

– Uma de nossas primeiras conquistas. Eles construíram esses transmissores para guerrear contra nós, tentando tomar nosso planeta como fizeram com muitos outros. Em vez disso, nós os derrotamos e os devoramos. – Mesmo aquele comentário era mais uma conversa motivadora para seus companheiros Drengir do que uma declaração dirigida a Reath. – Tomamos para nós a estação deles. A partir dela, planejamos destruir muitos mundos. Mas então nosso povo ficou em silêncio. Nenhum deles voltou glorioso ou derrotado.

Não vimos seu povo na estação, Reath quis dizer, mas foi interrompido por duas constatações.

Primeiro, eles viram, *de fato*, Drengir na estação. Agora que os estudava, reconhecia a curva de seus espinhos. O característico verde-amarelado escuro de alguns caules. Os Drengir estiveram lá o tempo todo, quietos e silenciosos. Seriam eles a escuridão que continham os antigos ídolos?

Em segundo lugar, apenas alguns momentos antes, o líder Drengir dissera que outra pessoa aparecera recentemente em uma cápsula hiperespacial. Recentemente quanto?

– Quem mais veio ao seu planeta por meio das cápsulas? – perguntou Reath, ajustando a firmeza da mão no punho de seu sabre.

– Este está fresco – observou um dos Drengir, ainda ignorando Reath. – Diferente daquele murcho com seiva correndo de sua cabeça. Talvez possa responder a mais perguntas.

Reath ignorou a ameaça implícita de interrogatório. Percebeu quem deveria ser o outro humano que fora parar ali.

– Tragam-no até aqui – disse ele, invocando a Força para dobrar a vontade das criaturas. – *Tragam Dez Rydan a mim.*

O último pensamento coeso e coerente no cérebro de Dez Rydan foi: *Essa escotilha vai me atingir bem no rosto.*

A dor atingira sua testa, sacudindo todo o seu corpo como eletricidade, a agonia irradiando por suas entranhas, seus dedos, seus pés. Tudo então ficou escuro por um longo tempo, mas a dor não se foi. A agonia era a única sensação que lhe restava, e seu único desejo era que ela parasse. Se precisasse morrer para que a dor cessasse, pareceria uma troca justa. Contanto que ela parasse.

Chegou um momento em que ele foi virado e forçado a ver a luz do sol; sua cabeça latejou tanto com a informação sensorial que ele vomitou. Algo o açoitara cruelmente nas costas como punição. Um chicote? Uma videira? Dez não sabia e nem se importava. Só queria que sua cabeça parasse de doer.

Com o passar dos dias, ele deveria ter se sentido melhor ou morrido. Em vez disso, embora pudesse sentir o inchaço em seu rosto e pescoço diminuindo, Dez permanecia em uma terrível espécie de estase. Estaria sendo envenenado? Ele fora espetado com espinhos, e depois se sentiu nauseado e sonolento. Seus olhos se recusavam a focar, mas se aquilo se devia a seu ferimento ou se estava sendo induzido, Dez não sabia dizer. Os Drengir continuavam fazendo perguntas, mas ele não conseguia entender exatamente o que eles queriam saber. Nem tinha sequer certeza se Drengir era o nome correto. Se pudesse explicar as coisas para eles, ele o teria feito. Mas o mundo girava ao seu redor, nauseante e embaçado, além de sua compreensão.

Dez suspeitava que o tinham enjaulado, por mais desnecessário que aquilo fosse. Galhos o envolviam por todos os lados. Ele não poderia nem se levantar, se quisesse. E não queria.

Um dos Drengir se aproximou; àquela altura, Dez conhecia o cheiro deles e o associava à dor. Mas enquanto se preparava, o Drengir sussurrou:

– Há mais carne aqui.

Talvez. Dez não tinha certeza do que a criatura dissera. Não fazia sentido, mas todo o restante também não.

– Queremos ver o que o seu povo pensa que pode fazer com isso. – Entre os galhos, Dez conseguia distinguir o Drengir balançando o que tiraram dele quando chegou inconsciente: seu sabre de luz. – Mate-o, e nós o libertaremos.

– O sabre de luz não é... não é a ferramenta de um assassino. – Dez tossiu. Ele não conseguia nem ficar de pé; como poderiam esperar que lutasse? Dez não fazia ideia de quem ou o que estava ali. Um pirata? Um contrabandista? Leox Gyasi? Não importava. Ele se recusava a matar outro ser senciente para a diversão dos Drengir. – Em vez disso, libertem ele. Matem *a mim*. – Então, tudo estaria terminado.

– Isso não nos diria nada – disse o Drengir. A criatura falava tanto consigo mesmo quanto com Dez. – Queremos ver mais do que isso.

Outro espinho perfurou a carne de Dez, e ele gritou de dor, mas no segundo batimento cardíaco, a dor sumiu. Ele sentiu que não tinha sumido de fato, e sim que fora mascarada. Mas apenas aquilo já parecia uma razão para viver.

O que quer que tivesse sido injetado nele também provocou outros efeitos. Sua pulsação estava acelerada, e seus músculos começaram a se contrair e tremer. *Adrenalina*, sussurrou alguma parte do seu cérebro que ainda funcionava, mas que estava muito distante.

– Lute e a dor acaba – disse o Drengir. Com a visão embaçada, Dez viu a porta da jaula se abrir.

Sua mente não importava mais. Dez não era nada além de seu corpo, nada além de raiva, desespero e um frenesi químico desenfreado. Ele agarrou seu sabre de luz e o Drengir permitiu que prosseguisse. Instantaneamente, Dez girou o sabre de luz em um arco comprido e baixo, cortando a criatura, que caiu em dois pedaços no chão.

Era aquilo que deveria fazer? Ele matara alguma coisa; as criaturas o deixariam partir?

Cada uma das partes do Drengir estremeceu. Então, voltou a se contrair. Em seguida, começaram a brotar gavinhas. A visão de Dez duplicou, triplicou e, em seguida, tornou a duplicar enquanto os tentáculos alcançavam uns aos outros. Eles cresciam rápido e densamente, unindo de novo o Drengir até que ele estivesse intacto.

– Muito bem – disse o Drengir. – Agora vamos levá-lo até o novo intruso, e você vai fazer isso de novo.

VINTE

Usar a Força para dobrar a vontade dos outros era instintivo para alguns Jedi. Os professores até tinham problemas, vez ou outra, com jovens alunos que pegavam o jeito sem ainda compreender que não deveriam brincar com a mente das pessoas. Para outros Jedi, entretanto, era um truque que poderia levar anos ou mesmo décadas para ser dominado.

Reath estava na última categoria. Por isso, quando um dos Drengir voltou para a clareira arrastando uma figura humana atrás de si, ele ficou mais surpreso do que satisfeito. *Eu fiz mesmo isso?*

Qualquer dúvida sobre seu próprio feito desapareceu no segundo em que reconheceu o homem que era arrastado para frente. Reath sabia quem devia ser, mas seu rosto se abriu em um sorriso quando gritou:

– *Dez!*

Dez não o chamou de volta. Seu olhar estava perdido; sua respiração, acelerada; e seu rosto, vermelho. O sorriso de Reath sumiu quando notou o inchaço roxo ao redor de um dos olhos de Dez, e que seus cabelos negros estavam emaranhados com sangue. Pior do que a aparência de Dez era a feição dos Drengir, cujas bocas de armadilha sorriam.

Pelo menos eles haviam soltado Dez, que permaneceu ali olhando fixamente para as cápsulas de transporte. Ele não parecia capaz de compreender que elas significavam fuga, liberdade, casa. Por causa do ferimento na cabeça ou pelo que os Drengir lhe tinham feito, ou talvez por ambos, ele estava em um estado de consciência profundamente alterado.

Mas Reath precisava chegar a Dez de alguma forma. Ele tentou:

– Dez? Vem. Vamos embora.

Sem resposta. Os Drengir começaram a rir, um misterioso som de farfalhar.

Talvez meu truque mental não tenha funcionado, afinal, pensou Reath. *Ou talvez só tenha funcionado porque eles já pretendiam trazer Dez até mim. Porque queriam que eu o visse. Mas por quê?*

Dez ainda não se movera. Talvez um gesto fosse mais fácil de entender. Reath estendeu-lhe a mão.

Por fim, Dez deu um passo na direção de Reath e dos transportes. Os Drengir não fizeram qualquer movimento para detê-lo. Reath sabia que aquilo só poderia significar más notícias. Apenas alguns minutos na companhia daquelas criaturas lhe ensinaram que elas não eram do tipo que deixava suas vítimas partirem.

– Aquele? – perguntou Dez, com a fala arrastada.

– Sim – disse o líder Drengir. – Aquele. Mate-o, e você será libertado.

Reath não teve tempo de processar o que acabara de ouvir porque, naquele exato momento, Dez saltava em sua direção, com o sabre de luz ardendo.

– Quem são vocês? – perguntou Cohmac.

As criaturas vegetais o ignoraram. No coração da estação Amaxine, eles cercavam o Jedi. Desde o início, percebeu Cohmac.

Ele também percebeu o peso opressor caindo sobre eles, não muito diferente da sensação estranha que anunciava um terremoto ou ciclone. O lado sombrio tinha poder ali, poder que fora liberado.

– Seus ancestrais foram aprisionados aqui – disse Cohmac. – Há muito tempo. Foram mantidos no lugar pelos ídolos, estou certo? – Mesmo com seu sabre de luz empunhado e encarando os inimigos, ele desejava permanecer um estudioso.

As plantas ouviram, ou pelo menos não se preocuparam em fingir que não. As criaturas vegetais emitiram um som sibilante de puro desprezo.

– Nossos ancestrais, não. *Nós* fomos aprisionados aqui. Agora vemos que foi um truque simples, mas não percebemos na época. Não será fácil aprisionar os Drengir novamente.

Os ídolos não existiam há séculos? Mas Cohmac lembrava vagamente que algumas formas de vida vegetal eram capazes de permanecer dormentes em condições ambientais hostis, "dormindo" por meses, anos ou até mais. Aqueles seres conhecidos como Drengir deveriam ter capacidades semelhantes. Em qualquer outra situação aquilo poderia ter sido fascinante.

– Esses são os descendentes daqueles que nos colocaram aqui – rosnou outro Drengir. – Olhe para as armas deles, as armas que brilham. São as mesmas.

Os Jedi aprisionaram os Drengir ali? Antes que Cohmac pudesse abrir a boca para perguntar, o líder Drengir disse:

– Não são as mesmas. As outras armas eram vermelhas.

Orla e Cohmac trocaram olhares rápidos. Ambos sabiam o que aquilo poderia significar.

Sith.

Um arrepio percorreu as costas de Cohmac quando ele percebeu que os Drengir deviam ter enfrentado e sido capturados pelos antigos Sith. Se os Drengir estavam tão profundamente ligados ao lado sombrio de forma a representar uma ameaça aos próprios Sith...

Então, com um sorriso cada vez maior, o líder Drengir declarou:

– Hora de comer.

Cohmac respondeu ao movimento antes mesmo de vê-lo de fato, um átimo de movimentação captado pelo canto do olho. A lâmina de seu sabre de luz cortou o que ele só poderia chamar de um chicote de espinhos, tão espesso quanto um antebraço humano. O membro desabou no chão e continuou se debatendo, dobrando-se, quase rastejando.

Mas não havia mais tempo para analisar o que era ou o que acontecera, porque os Drengir estavam sobre eles.

Cohmac estendeu a mão e alcançou a Força, trabalhando para sentir os movimentos de seus oponentes antes de eles os realizarem, o que lhe deu tempo para desviar de um de seus chicotes. Orla, por sua vez, saltou sobre eles em um arco amplo, virando de cabeça para baixo para pousar atrás do líder Drengir. Ambas as lâminas de seu sabre de luz reluziram enquanto perfuravam o tronco da criatura com dois cortes giratórios, lanças brancas e brilhantes emergindo de sua casca.

Em vez de cair, o Drengir riu. Ele avançou, livre do sabre, e se virou para atingir Orla com seu chicote espinhoso. Cohmac percebeu que o tronco já estava se curando, criando novos tecidos para substituir os que foram perdidos.

Droga, droga, pensou Cohmac. *Como se mata um inimigo que não se pode ferir?*

A situação não era assim tão terrível, como Orla provou pouco depois, quando cortou os tentáculos inferiores de um Drengir, que desabou, vivo e consciente, mas incapaz de se regenerar rápido o bastante para retornar ao combate. *Aqueles tentáculos devem ser essenciais para seu equilíbrio*, refletiu Cohmac. Ao menos eles tinham identificado uma vulnerabilidade para atacar.

Mas mesmo aqueles ferimentos eram apenas temporários. Cada vez mais Drengir emergiam das vinhas, revelando que os Jedi não estavam lutando contra um mero grupo – mas sim contra um exército.

Os ouvidos de Dez zumbiam. Sua cabeça doía. A coisa à sua frente segurava um sabre flamejante como o seu e gritava algo que ele não conseguia entender. Apenas uma palavra fazia sentido: seu nome.

Ele não queria mais ouvir seu nome. Não queria ouvir mais nada. Dez queria simplesmente fazer tudo parar. Eles disseram que se matasse aquela coisa, a dor iria parar.

Ele desceu seu sabre de luz sobre o outro com todas as suas forças. Os sabres se chocaram, fazendo suas mãos e braços vibrarem. Seu oponente cambaleou para trás. Através do sangue latejando em seus ouvidos, Dez ouviu a risada dos Drengir. Ele queria que aquilo também parasse.

Por um instante, foi capaz de se concentrar em seu oponente – alguém mais jovem. Alguém vagamente familiar. Uma voz perguntou:

– Dez, por que você está fazendo isso?

Não fazia diferença. O oponente tinha que morrer.

De barriga para baixo, Affie rastejou por entre as camadas de caixas de armazenamento, buscando mais linhas do código. Ela registrara boa parte daquilo, mas sentia que precisava de absolutamente tudo escrito na estação Amaxine para provar seu caso.

E talvez, quem sabe, pudesse encontrar mais alguma coisa sobre sua família... até mesmo algo que seus pais tivessem escrito...

Ela se sobressaltou com mais sons vindos de baixo. Não era o barulho alto de antes – nem de perto tão estrondoso quanto aquele –, mas ainda contava como o que Leox chamaria de "uma confusão". Baques de coisas ou pessoas se chocando contra o chão, o zumbido de sabres de luz e, por algum motivo, um monte de farfalhar de plantas.

Affie agarrou seu comunicador:

– Leox, na escuta?

– Algum problema, Pequenina?

Ela tinha problemas maiores para lidar do que aquele apelido idiota.

– Os Jedi estão fazendo muito barulho na câmara central. Não faço ideia do motivo, mas estão. Se eu posso ouvir daqui, garanto que Nan e Hague também podem.

– *Espere um segundo, deixe-me verificar uma coisa...* – Leox ficou em silêncio por um momento, depois murmurou baixinho uma palavra rude que nunca tinha falado perto dela antes. – *Sim, os Nihil sabem que não estão sozinhos.*

A mão de Affie apertou o comunicador.

– Como você sabe?

– *Posso afirmar isso porque eles não estão mais orbitando a estação. A nave de guerra assumiu uma posição estacionária. Isso significa que vamos ter de parar de orbitar também, ou eles nos verão dentro de... dois minutos.*

– Saia daí – disse ela. Talvez fosse errado tomar uma decisão como aquela sem a participação dos Jedi, mas não havia tempo a perder, e os Jedi eram os causadores daquele problema, para começo de conversa. – Você e Geodo. Vão embora. Salvem-se.

– *Acalme-se. Tudo o que precisamos fazer é pisar no freio. Talvez possamos até nos atracar a uma das eclusas de ar, ficar a postos para ajudar vocês, se a situação piorar.*

– Ótimo – disse Affie. Os estrondos e gritos vindos de baixo ficaram mais altos. – Porque tenho certeza de que vai piorar.

Duelos com sabres de luz eram amplamente considerados a aula mais legal do Templo Jedi. (Reath preferia História Antiga, mas compunha a grande minoria.) Toda a ênfase no duelo ofuscava uma verdade simples: aquela era uma situação que um Jedi quase certamente nunca enfrentaria, nem ao menos uma vez durante uma vida inteira de serviço. Apenas outros Jedi portavam sabres de luz; os Jedi não lutavam entre si em campo e nem em qualquer outro lugar. Portanto, duelar era efetivamente inútil, a não ser como exercício.

Assim Reath argumentara, e ele ainda se sentia certo em princípio. Naquele momento, entretanto, a prática do duelo era a única coisa que o mantinha vivo.

Dez Rydan, com os olhos arregalados, avançava contra Reath repetidas vezes, implacável. Seus óbvios ferimentos não minavam sua força; na verdade, Dez estava ensandecido de adrenalina, quase incapaz de pensar racionalmente. Era como se aproximar de um animal ferido: por mais que se tentasse cuidar dele, ele só iria tentar atacar de volta.

Aparar. Posição dois. Torcer e desviar. Bloqueio alto, bloqueio baixo, posição quatro. O corpo de Reath conhecia as posturas e exercícios tão bem que ele podia se defender sem pensar conscientemente. Mas aquilo era tudo o que podia fazer: defender-se e prolongar a luta.

As únicas outras opções eram mutilar ou matar Dez Rydan.

– Corte-o com a lâmina que arde – rosnou um dos Drengir que assistiam, todos eles parecendo muito entretidos. – Cozinhe a carne para nós.

Reath não tinha certeza de com qual deles o Drengir estava falando, mas não gostou nem um pouco daquela instrução.

Preciso fazer Dez acordar, pensou ele. *Fazê-lo me ouvir, se é que ainda pode fazer isso. Como faço para me comunicar com ele?*

Então Reath lembrou-se de outra voz dizendo, enquanto ele reclamava sobre a missão na fronteira: "Como vou me comunicar com você?".

– Mestra Jora – disse Reath. – Lembra dela? Nossa mestra?

Dez mal parecia entender o que Reath estava falando. Então o Padawan estendeu a mão e se conectou com a Força, preenchendo a mente do Cavaleiro com lembranças de Jora Malli: seu sorriso caloroso, seu riso surpreendentemente profundo, seu desejo insaciável por comida Bilbringi...

E, depois, com o conhecimento de que ela morrera, em um local distante, para nunca mais ser vista...

Reath conseguiu criar uma conexão com a mente de Dez a tempo de inundá-la com tristeza e dor. Dez afastou-se e ergueu seu sabre para desferir outro golpe. Mais cedo ou mais tarde, ele atacaria com mais força do que Reath seria capaz de bloquear.

Dez deteve-se no meio do movimento, como se estivesse congelado. Sua expressão continuava vidrada, mas em seus olhos havia alguma evidência de que ele ao menos tentava conferir sentido ao que Reath estava dizendo.

O suor alisava a pele de Reath. O ar estava denso com a umidade e os odores de solo, seiva e mofo. Ele ficou parado em posição defensiva, mantendo os olhos fixos nos de Dez, sem saber quanto tempo duraria a trégua.

Reath tentou invocar a Força, conectar-se com Dez daquela maneira, mas parou imediatamente. A mente de Dez estava irreconhecivelmente desordenada... frenética. Mesmo que pudesse estabelecer uma conexão em meio aquele caos, era tão provável que ela perturbasse Reath quanto estabilizasse Dez. O risco era muito alto.

Ele teria que se comunicar com o amigo de outra maneira.

Com cuidado, Reath falou:

– Pense em Mestra Jora. Imagine a voz dela. Sei que você pode ouvi-la, dentro de sua mente, se prestar atenção. Ela diria para parar de lutar e me deixar levá-lo para casa.

A princípio, pareceu que Dez nem sequer o escutara. Mas, então, ele abaixou seu sabre de luz. Apenas alguns centímetros, mas foi o suficiente para que Reath tivesse uma chance.

Não era honroso acertar um oponente que estivesse caído. Na maioria das vezes. Aquela era uma das exceções. Reath moveu sua lâmina bruscamente para cima, fazendo-a colidir contra a de Dez quase na base. Com a mente vacilante e atordoada, Dez perdeu o controle de seu sabre de luz. A arma girou para cima e Reath a agarrou com a mão livre.

O Padawan colocou-se entre Dez e os Drengir, as lâminas cruzadas. Mesmo através do brilho, ele podia ver a fúria nos rostos retorcidos das criaturas.

Para Dez, ele disse apenas:

– Vem. Vamos para casa.

– E pensar... – ofegou Orla – que algumas pessoas... consideram jardinagem... um passatempo... relaxante!

Cohmac não riu de sua piada. Não que ele risse muito. E sem dúvida estava distraído tentando evitar que sua cabeça fosse arrancada pelos chicotes espinhosos dos Drengir.

Um daquele chicotes arranhara a panturrilha de Orla no início do confronto. Fora apenas um golpe de raspão, mas bastou para fazer sua perna doer do pé até o quadril. O inchaço já endurecera o tornozelo e estava começando a fazer o mesmo com o joelho. Espinhos venenosos, ela imaginou.

Um Drengir lançou-se sobre Orla, mas ela se jogou para trás, meio pulando, meio levitando, até que se livrou do combate. Não que pretendesse deixar Cohmac sozinho por muito tempo, mas eles poderiam lutar melhor em unidade uma vez que ela tivesse alguma perspectiva sobre com o que estavam lidando.

Quando ela desceu, seu pé fez contato não com o chão, mas com algo curvo e móvel. Orla caiu prostrada e olhou para trás, para o 8-T que tivera a coragem de ficar em seu caminho. O droide não lhe deu atenção, simplesmente continuou a poda dos galhos.

Poda.

Com tesouras especialmente concebidas para cortar plantas.

A mente de Orla girou com as possibilidades. *Os 8-Ts atacam qualquer coisa que considerem uma ameaça às plantas. Não estão nos atacando no momento, o que significa que não consideram os Drengir como plantas sob seus cuidados.*

O que significa que deve haver alguma maneira de colocar os 8-Ts contra os Drengir.

Ela se virou e se lançou sobre a cúpula do 8-T; ele assobiou de consternação, mas continuou sua tarefa. Nenhuma interface óbvia era aparente. Se ela fosse usar os droides, teria que trabalhar com a programação existente.

Orla pôs-se desajeitadamente de pé, ignorando a pontada de dor no tornozelo. De onde estava, podia ver que Cohmac estava preso perto de um dos arcos centrais. No alto, curvava-se um dos caramanchões, tão densamente envolto em trepadeiras que o metal era quase invisível.

Aquele era um dos raros momentos em que um blaster seria mais útil do que um sabre de luz. Orla lembrou a si mesma de carregar um no futuro; então, reuniu forças para saltar ainda mais longe do que antes – de novo meio levitando –, avançando até o caramanchão. No ponto mais alto, ela golpeou com seu sabre de luz, cortando a conexão da estrutura com o teto. Quando o metal cedeu, ela começou a descer e gritou:

– Atenção lá em cima! – Seu amigo não precisaria de mais do que aquilo para compreender o que ela desencadeara.

Orla controlou sua queda o melhor que pôde, mas mesmo a suave aterrissagem fez a dor irradiar por sua perna inteira. O veneno continuava a se espalhar. *Antitoxina*, pensou ela. *Assim que der. Ainda não.*

Emaranhado em trepadeiras como estava, o caramanchão caiu em estágios: cada caule se desenrolando e esticando até certo ponto, depois parando, até que o peso o forçava a ir ainda mais longe. Ele balançou de um lado para o outro, chamando a atenção dos 8-Ts. Orla voltou mancando para o centro do combate. Como ela previra, Cohmac descobrira seu plano; ele recuou até estar bem longe do local do descanso final do caramanchão. Os Drengir, acreditando que seus inimigos recuavam, assumiram uma posição privilegiada. Orla juntou-se a Cohmac mais uma vez, cada um deles aparando os golpes dos chicotes espinhosos com seus sabres em borrões de luz. Cada golpe de um sabre fazia as pontas dos espinhos se espalharem pela estação, como dardos envenenados e mortais.

O caramanchão finalmente desabou no chão com um estrondo. Ele atingiu um dos Drengir, mas foi apenas um benefício colateral. As criaturas estavam cobertas por trepadeiras e tão presas quanto se tivessem sido apanhadas por uma rede. Não demoraria muito, é claro, até que eles conseguissem sair. Orla queria que eles saíssem – ou melhor, queria que tentassem.

– Abram caminho! – gritou o líder Drengir. Uma de suas mãos afiadas cortou uma videira com um jato de seiva. Outro Drengir fez o mesmo, despedaçando as vinhas com toda sua força.

E foi então que os 8-Ts entraram em ação.

Eles cercaram os Drengir. Primeiro um punhado, depois uma dezena, depois mais e mais droides de toda a estação avançando pelo chão e pelas paredes, com as tesouras de poda estalando. Logo os Drengir começaram a uivar em protesto quando aquelas tesouras encontraram seus alvos. As criaturas não teriam problemas para destruir os droides quando estivessem livres, mas aquilo demoraria um pouco.

– Boa ideia – disse Cohmac a Orla. – Esta é a nossa chance.

– Concordo plenamente.

Orla deixou a batalha sumir de sua memória, a tensão sair de seu corpo. Respirou fundo, vivendo apenas o momento. Do fundo de sua mente, invocou a resposta da Força.

Conforme abriu mais sua percepção, tornou-se mais capaz de sentir Cohmac fazendo o mesmo ao seu lado. A coragem dele aumentava a dela. Com determinação renovada, ela traçou os limites da escuridão, moldando-a na forma de uma esfera, sentindo o esforço de Cohmac fortalecendo o seu próprio. Em seguida, concentrou aquela energia no interior dos ídolos, aprisionando-a...

Um flash de luz brilhante e esverdeada iluminou toda a estação por um momento. O primeiro impulso de Orla foi achar que algo estava errado com a iluminação da câmara, ou pior, que os sistemas internos estavam começando a explodir. Então ela percebeu que aquela luz estava apenas em sua mente, sua consciência tentando dar sentido ao puro poder da Força.

Naquele instante, a luta entre os Drengir e os 8-Ts terminou. Mais uma vez, os Drengir se fundiram à escuridão da selva. Orla quase poderia tê-los perdido de vista. Os 8-Ts rodopiaram, brevemente confusos, depois voltaram para a importante tarefa de jardinagem.

Aquilo manteria os Drengir no lugar?

– Este é o selo – disse ela, quase em transe. – Está funcionando.

– Com sorte, para sempre, mas pelo menos por algum tempo. – Cohmac já se recuperara totalmente e mais uma vez puxara o capuz de seu manto se preparando para a viagem. – Isso nos dá tempo para escapar e entrar em contato com Reath novamente. Espero que Affie tenha terminado com o código.

– Se não terminou, faremos Leox e Geodo a chamarem de volta. – Orla puxou as mangas de seu manto branco imaculado. – Vamos embora.

Eles se apressaram em direção à porta que levaria ao anel da eclusa de ar. Sentindo sua aproximação, a porta se abriu, revelando o espaço escuro. Mas no meio daquela área estava uma figura esguia e curvada. Quando o solhos de Orla se ajustaram à luz, ela reconheceu quem os encontrara.

– Temo ter que pedir a vocês que fiquem aqui – disse Hague, apontando seu blaster diretamente para eles.

— VINTE E CINCO ANOS ANTES —

PARTE CINCO

Cohmac e Orla se arrastaram pelos túneis da caverna atrás de Mestra Laret. Estavam se aproximando do covil dos sequestradores, podiam todos sentir, mas apontar sua localização precisa estava sendo difícil. O problema era agravado pela realidade de que escolher o caminho errado até os reféns poderia levá-los direto até guardas armados ou armadilhas explosivas.

Orla cobria a retaguarda, onde estava mais escuro. Sua própria silhueta tênue era apenas uma das muitas sombras que os rodeavam. Eles estavam, naquele ponto, perto demais para arriscar ativar seus sabres de luz, ou mesmo usar seus bastões luminosos em qualquer configuração além da mínima.

Ela não duvidava de Mestra Laret. Encontrar caminhos através da Força era um de seus conhecidos talentos. Mais importante, o julgamento de Mestra Laret era invariável e indiscutivelmente *correto*. Não era uma questão de seguir servilmente os preceitos da Ordem – Laret Soveral decidia por si mesma, não importando o que acontecesse, como Orla aprendera ao tentar, em vão, influenciar seu julgamento. Mas, ao tomar decisões, sua mestra sempre tinha alguma regra em mente, fosse ela ética, legalista ou qualquer outra. Todas aquelas regras os incitavam a continuar fazendo o que estavam fazendo, ou seja, procurando os membros das realezas mantidos como reféns.

Orla, no entanto, sempre sentia o desejo de seguir primeiro seus instintos, e as regras que se danassem. No momento, seus instintos lhe diziam que parasse.

Que parasse, simplesmente. Não para procurar. Nem mesmo para usar suas sensações para esquadrinhar. Parar e esperar por um sinal que revelasse mais.

Você está com medo, disse ela a si mesma, segurando resoluta o cabo de seu sabre de luz. *Não ceda ao medo. É isso que está acontecendo.*

– Estive pensando – sussurrou o Rei Cassel.

Deve ser a primeira vez, disse Thandeka a si mesma, e depois se sentiu culpada. Em Eiram, as piadas sobre a inteligência de Cassel, ou a falta dela, eram comuns... e talvez não completamente erradas. Mas depois de passar horas fisicamente ligada a ele, ela descobriu que o que faltava ao homem em inteligência ele compensava com bondade.

– Sobre o quê?

Cassel olhou para Isamer antes de responder. O Lasat estava ocupado demais enchendo a cara de carne malpassada para prestar atenção no que resmungavam. Tranquilizado, Cassel disse:

– Ele continua mandando seus guardas procurarem os Jedi, então eles devem estar bem perto de nós.

– É uma possibilidade – disse Thandeka. Ela não iria estender suas esperanças além daquilo. A rainha se resignara com a morte horas antes... Ao menos em grande parte. A única parte que não podia aceitar totalmente era nunca mais ver sua esposa. – Por que você diz isso?

– Estava pensando que poderíamos fazer alguma coisa para chamar a atenção deles – disse Cassel, seu rosto Pantorano ficando azul-escuro. – Gritar o mais alto que pudermos ou algo do tipo.

– Estamos cercados por rocha bruta. Não acho que gritar nos ajudará muito. – Então Thandeka ponderou sobre aquilo. Os detalhes da sugestão de Cassel podiam não ser úteis, mas a ideia básica...

Ela olhou ao redor do miserável covil com novos olhos. Antes, ela só procurara por um meio de escapar (nenhum) ou as armas que seriam usadas para executá-los (blasters). Daquela vez, Thandeka procurou por equipamentos de comunicação. Nada ali transmitiria um sinal para fora do planeta, nem mesmo para a superfície. Mas se os Jedi tivessem se aproximado o suficiente de sua localização, talvez ela pudesse alcançá-los.

Um dos dispositivos de comunicação portáteis usados pelos guardas do Lasat estava sobre uma caixa próxima. Thandeka acenou com a cabeça na direção dele. Cassel olhou para ela consternado, mas ficou espantado depois que percebeu.

Ela olhou de volta para seu captor. Isamer ainda estava devorando sua comida, alheio a qualquer outra coisa. Eles tinham uma breve chance.

Juntos, ela e Cassel se contorceram alguns centímetros para a esquerda, apenas o bastante para que os dedos dos pés dela tocassem a caixa. Thandeka bateu o mais forte que pôde. O comunicador caiu, pousando na ponta macia de seu manto, que abafou o som da queda. (Não que Isamer fosse ouvir por cima de seus grunhidos e mordidas.) Com o pé, ela puxou a unidade de comunicação para perto deles.

Os olhos de Cassel e Thandeka se encontraram, em alegria compartilhada. Ainda assim, pegar o comunicador era uma coisa... usá-lo de maneira efetiva era outra.

As algemas em suas mãos tornavam difícil segurar o aparelho, mas ela conseguiu. Não havia nem como cogitar levá-lo à boca para que pudesse sussurrar uma mensagem; qualquer coisa que ela pudesse dizer alto o suficiente para ser ouvida àquela distância alertaria Isamer no mesmo instante.

No entanto, diferentes tipos de mensagens podiam ser enviados por meio de comunicadores, não apenas de voz. Vários códigos e sinais – nenhum deles conhecido por Thandeka –, mas sua mensagem não precisava fazer sentido. Ela só precisava que os Jedi captassem alguma coisa, qualquer coisa, enviada a partir de sua localização.

Com o polegar, Thandeka apertou um botão, fechou os olhos e pensou: *Dizem que os Jedi podem fazer qualquer coisa.*

É o que veremos.

O comunicador de Orla começou a vibrar contra seu quadril. Confusa, ela o apanhou e não viu nenhuma mensagem, não ouviu palavra alguma. As rajadas de sinal às vezes eram usadas para enviar código, mas fora apenas uma rajada longa – estática, basicamente.

Ainda assim, estava vindo de muito perto, mais próximo do que qualquer nave poderia estar.

Os sequestradores se comunicariam uns com os outros de maneira inteligível, raciocinou Orla. *Portanto, ou isso é um defeito ou uma tentativa frustrada de nos alcançar.*

Qualquer que fosse o caso, aquilo lhe oferecia uma forma de rastrear a localização do sinal.

Ela foi tomada por alívio. Nada lhe causava tanto ódio quanto a sensação de estar presa, e vagar por aquele labirinto era muito parecido com estar em uma prisão.

Mas agora eles poderiam escapar.

VINTE E UM

Mantendo os dois sabres de luz cruzados diante de si, Reath começou a recuar na direção da cápsula de transporte. Com o ombro, era capaz de empurrar e trazer consigo Dez, mas não rapidamente.

Reath teria preferido se mover rápido, porque os Drengir continuavam se aproximando deles. No entanto, seu óbvio plano de fuga não parecia preocupá-los, o que significava que ainda havia uma falha grave em que ele não pensara.

Se for um problema tão grande assim, vou descobrir em breve, disse ele a si mesmo.

Ele queria que as criaturas conversassem, tanto para descobrir o que pudesse quanto para que finalmente parassem de se referir a ele como carne.

– Então – disse ele –, os Drengir são deste mundo e alguns de vocês viajaram para a estação? Ou se estabeleceram neste planeta abandonando a estação em uma dessas cápsulas hiperespaciais? – Para Reath, as cápsulas pareciam parte de um sistema automatizado, mas ele queria que os Drengir confirmassem aquilo.

Ele notou que o que disse interessou aos Drengir – mas as criaturas ainda não lhe davam bola. Uma delas disse:

– Outros de nossa espécie permanecem na estação. Ele os viu.

O líder Drengir sibilou, o que parecia ser a versão deles de um som pensativo.

– Então eles não foram mortos. Estão apenas dormentes. Se estiverem dormentes, podem ser libertados.

– Podemos fazer isso sem que nós mesmos fiquemos dormentes? – perguntou outro deles. – Por que devemos nos arriscar pelos fracos?

Em resposta, o líder Drengir atacou com seu chicote espinhoso, forçando o que falara a se agachar, submisso.

– Não nos arriscamos pelos fracos. Nós nos arriscamos para descobrir se podemos usar as cápsulas novamente. Nesse caso, podemos retomar nossa caçada. Finalmente encontraremos carne fresca.

– Certo, essa última menção a "carne" já passou da conta, estamos indo agora – disse Reath, empurrando o cambaleante Dez com mais força em direção à primeira cápsula.

– Seremos capazes de caçar! – Um Drengir apontou um dedo verde e mofado para Dez. – Aquele ali disse que nada mais nos impede.

Quando foi que Dez passou a dar discursos motivacionais para os Drengir? Mas então Reath compreendeu que Dez não estava em seu estado normal, e não estivera desde praticamente o momento de seu transporte. Ele evidentemente sofrera um sério ferimento na cabeça, mas aquilo fora apenas o início de seus problemas. Só a Força sabia com o que ele poderia ter sido drogado ou sobre o que tinha sido interrogado.

Ele encarou os Drengir de igual para igual enquanto continuava empurrando Dez cada vez mais para trás. Estavam quase alcançando o mecanismo de lançamento.

– No passado, os Amaxines foram nossos inimigos – disse o líder Drengir para aqueles que o cercavam. Todos os seus seguidores assentiram em aparente concordância. – Eles construíram essa estrutura para nos combater melhor. Então, nós a encontramos e a usamos para combatê-los. Eles abandonaram a estação, deixaram-na por nossa conta. Vitória nossa!

Todos os Drengir gritaram com a lembrança daquela glória. Com base no que Reath estudara sobre os Amaxines, qualquer vitória contra eles teria sido conquistada a duras penas. Tudo o que importava era que a celebração uivante lhe dera o momento de distração de que precisava para empurrar Dez com o cotovelo pela entrada da cápsula. Dez tropeçou e caiu de joelhos; Reath estremeceu, mas disse a si mesmo que ao menos aquele seria o último sofrimento de Dez Rydan.

Um dos Drengir fez um gesto na direção deles.

– Deixem que fujam para a estação. Iremos segui-los.

– Seguir-nos... – A voz de Reath foi sumindo. Havia duas cápsulas de transporte no lançador, e ele contornara os Drengir sem perceber que eles já estavam embarcando na outra. Reunindo toda sua coragem, ele disse: – Tudo bem. Sigam-nos. Temos amigos a bordo da estação.

As criaturas voltaram a se dirigir a ele – mas com uma gargalhada barulhenta e sibilante que causou calafrios em Reath:

– A estação será nossa, e nossa conquista da galáxia poderá ser retomada.

Reath imaginou a vegetação densa em toda a estação Amaxine. Os Drengir poderiam estar... *deveriam* estar em estado de suspensão aquele tempo todo, ocultos à vista de todos. A escuridão que os rodeava não era a sombra de algo morto há muito tempo, mas de algo que poderia tornar a despertar.

– Temos que ir – disse Reath. – Obrigado pela conversa estimulante.

A risada das criaturas preencheu seus ouvidos até ele também estar no interior da cápsula de transporte. Apagando os sabres de luz, Reath os largou, fechou a porta da escotilha e apertou o único controle do painel. Os mecanismos imediatamente começaram a produzir seus estranhos e lamentosos zumbidos.

– Onde estamos? – Dez conseguiu perguntar. Ele continuava de joelhos. – Não entendo onde estamos.

Reath ajudou o amigo a se acomodar em um assento, agachando-se ao lado dele para mantê-lo firme.

– Não importa, porque não vamos ficar – disse ele, gentilmente. – Estamos indo para casa.

E os Drengir estarão bem atrás de nós.

O blaster de Hague disparou.

Como se estivesse em câmera lenta, Cohmac viu a mão erguida de Orla e sentiu sua repulsão por meio da Força.

O raio de energia estalou no ar, não congelado no lugar, mas avançando devagar o bastante para que os Jedi pudessem evitá-lo facilmente. Assim que deixou de ser perigoso, Orla o liberou. Ele se chocou contra a parede com um jato de faíscas que iluminou brevemente o rosto surpreso de Hague.

– Por que nos ataca? – Cohmac exigiu saber. – Não fizemos mal a vocês.

– Nós *ajudamos* vocês – acrescentou Orla.

– Sim, ajudaram. Mas fizeram aquilo tanto por mim quanto por vocês mesmos, não foi? – Hague manteve um pouco do calor avuncular que demonstrara quando todos se encontraram pela primeira vez após o desastre da *Legacy Run*, mas o blaster que empunhava revelava a verdadeira história. – Ser os grandes e sábios salvadores dos pobres e indefesos era conveniente à sua vaidade. Mas os Nihil não são mais pobres, e *nunca* estivemos indefesos.

E lá estava – a raiva de Hague, não mais mascarada. Não era um momentâneo destempero que se manifestava ali, mas a incandescência vulcânica profundamente acumulada que borbulhava furiosamente. Sua raiva também não era meramente por si mesmo; ela era algo que carregava por seus iguais. Cohmac perguntou-se quem eram os Nihil – de onde deveriam ter vindo, para sustentar tal fúria como direito inato.

Ele disse apenas:

– Nada disso respondeu à minha pergunta. Por que nos ataca?

– Fomos os únicos retidos aqui, mas o infortúnio caiu sobre toda a nossa Nuvem.

Hague falou como se eles soubessem a que o termo "Nuvem" se referia. *Provavelmente uma divisão interna dos Nihil*, deduziu Cohmac.

Enquanto isso, Hague prosseguia:

– O que deveria ter sido um momento de triunfo supremo foi, em vez disso, motivo de humilhação. Quando nos perguntarem o que tomamos, não teremos quase nada a oferecer, e eles podem nos expulsar. – Um brilho surgiu em seus olhos. – Mas se oferecermos a eles as vidas dos Jedi, e os segredos desta estação espacial, isso vai compensar tudo. Agora que o restante de nossa Nuvem está aqui, finalmente poderemos agir.

Hague ergueu seu blaster e disparou, não nos Jedi, mas nas portas reforçadas atrás deles. Elas se fecharam com um estrondo pesado, prendendo-os. Cohmac e Orla trocaram olhares que revelaram que cada um deles buscara uma saída e não encontrara nenhuma.

– Sua feitiçaria não poderá salvá-los – disse Hague. Mas ele parecia um tanto abalado.

– Não precisamos de feitiçaria – retrucou Orla. Ela sempre cedia a provocações um pouco rápido demais. – Temos sabres de luz.

Hague não mais desejava enfrentá-los; Cohmac não sabia se o homem estava intimidado ou apenas seguindo em frente. A cabeça de Hague se virou enquanto ele falava em um pequeno comunicador preso na gola de sua jaqueta:

– Invasores a bordo da estação confirmados. Dois Jedi. Provavelmente há outros, já que também foi detectada movimentação nas áreas de transporte da estação.

Áreas de transporte? Cohmac guardou aquela informação para referência futura – presumindo que houvesse um futuro.

Do comunicador de Hague soou uma voz áspera:

– Enviem uma equipe para investigar as áreas de transporte e limpá-las. Segurem os Jedi. Outra equipe se juntará para eliminá-los.

Affie não queria deixar sua missão inacabada. Mas os Jedi já estavam com problemas. Aquilo significava que Leox e Geodo também poderiam estar. Embora não tivesse sido capaz de identificar todos os estranhos sons que reverberavam pela estação nas horas anteriores, os últimos estrondos definitivamente foram de rajadas de blaster atingindo metal. Ela queria que seus amigos saíssem vivos da estação, o que significava deixar sua missão de lado por um tempo.

Pelo menos eles tinham se armado, como Leox sugerira. Ela levou a mão ao único detonador térmico em sua bolsa, apenas para se certificar de que estava lá. Seria melhor não lutar, mas se os Nihil começassem uma briga, Affie queria saber se poderia pôr um fim nela.

Um baque quase inaudível parecia vir do anel das eclusas de ar. Affie hesitou – devia entrar na luta ou dirigir-se até a eclusa de ar, onde a *Nave* aparentemente acabara de atracar? Teriam melhores chances em um combate se Leox e Geodo estivessem com eles. Para o anel das eclusas de ar, então.

Com a bolsa raspando na parede atrás de si, Affie virou a esquina e entrou em um corredor que conduzia ao arboreto principal. Até onde podia ver, nada mudara; os ídolos estavam de volta mais ou menos onde situavam-se antes, e os 8-Ts cuidavam do jardim, como de costume. Mas parte da vegetação lá embaixo – árvores, troncos e coisas do tipo – tinha se *movido*? Desde quando plantas saíam andando por aí?

Affie permitiu-se seguir em frente e deixar as perguntas para mais tarde.

Continuou a descer a longa passarela em espiral até o caminho que traçava a circunferência do anel das eclusas de ar, onde, aparentemente, a *Nave não* atracara. Em vez disso, várias figuras em trajes escuros emergiam do que devia ser uma embarcação enorme. Enquanto os olhos de Affie se ajustavam, ela podia distinguir as listras azuis pintadas em seus cabelos através das macabras máscaras de respiração que usavam.

Aquelas máscaras eram muito familiares.

– Os Nihil – sussurrou ela. Então, a enorme nave de guerra deles havia ancorado na estação. E eles a estavam invadindo em massa. Que chance ela e seus amigos poderiam ter?

Nenhuma... a menos que ela impedisse o embarque do bando.

Affie não viu os Jedi abaixo dela. Para o bem deles, ela esperava que não estivessem muito perto. Não tinha tempo de checar. Ela tirou o detonador térmico de sua bolsa. O peso dele parecia estranho em sua mão, desconhecido e assustador; Affie sabia como aquela arma era perigosa. Nunca tinha realmente usado uma delas antes.

Mas a trouxera para salvar seus amigos, é era aquilo que pretendia fazer. Affie ajustou o contador para dez segundos e depois o arremessou direto para a eclusa de ar conectada à nave Nihil.

Jogando-se no chão da passarela, ela teve apenas tempo o bastante de cobrir a cabeça antes da explosão.

BUM! A onda de choque a atingiu, um impacto físico que a arremessou de lado. Mesmo com os braços sobre os ouvidos, ficou temporariamente ensurdecida para qualquer coisa, exceto um som agudo de estática. Piscando, Affie ergueu os olhos para o ar denso de poeira rodopiante e pequenos pedaços chamuscados do que poderia ter sido tecido, armadura ou pele.

Ela foi tomada pela náusea. Affie já tivera que defender a si e sua nave antes, mas matar muitas pessoas... mesmo que fossem Nihil...

Então, ela sentiu, mais do que ouviu, pés subindo pesadamente os degraus de metal da passarela.

Alguém sobrevivera à explosão, e estava indo bem em sua direção.

Eu e minha boca enorme, pensou Orla, não pela primeira vez, quando percebeu que a fragata Nihil estava atracando na estação a apenas cinquenta metros naquele corredor curvo das eclusas de ar, depois do arco mais próximo. *Eu estava me gabando de termos sabres de luz e o que acontece? Mais inimigos do que três de nós jamais poderíamos derrotar.*

Provavelmente era a Força a ensinando sobre humildade. Orla *detestava* humildade.

Sua consternação durou apenas o tempo que levou para se virar para os agressores que se aproximavam, porque, naquele momento, algo detonou com um poderoso rugido. A onda de choque da explosão fez

Hague cambalear para trás, e mesmo os Jedi precisaram se equilibrar. Pelo menos alguns dos Nihil tombaram, mas através da turbulenta fumaça preta logo além do arco outros guerreiros continuavam correndo na direção deles, ignorando seus camaradas caídos.

Será que uma arma Nihil detonara acidentalmente? Aquela antiga estação finalmente estava começando a ruir depois de todo o caos dos últimos dias?

Não importa, pensou Orla. *Você ganhou algum tempo. Use-o.*

Ela lançou-se na direção de Hague, que se endireitou – mas por pouco. Orla pousou quase aos pés do Zabrak, como se estivesse ajoelhada diante dele. Talvez ele pensasse que ela fosse se render. Em vez disso, ela acendeu seu sabre duplo – as lâminas paralelas, o cabo ainda travado – e o brandiu, cortando o rifle blaster do Nihil em três partes. Fagulhas de plasma se espalharam ao redor deles quando Orla abriu o cabo do sabre de forma que as duas lâminas brilhassem em cada uma das extremidades.

Hague estremeceu, mas sua raiva ainda era maior do que sua cautela. Ainda segurando o pedaço fumegante do rifle blaster, ele tentou desferir um golpe na cabeça de Orla, que conseguiu se esquivar e saltou, recuando vários metros, para ter uma visão melhor do conflito que se desenrolava.

Cohmac encarava o arco, bloqueando os disparos com seu sabre de luz em tamanha velocidade que Orla mal conseguia distinguir a lâmina; ele parecia estar segurando um escudo giratório de cores brilhantes. Graças a ele, os Nihil não conseguiam atravessar o arco para se infiltrar na estação como um todo.

Não se tratava de uma vitória, apenas de um empate. Mesmo que Orla se juntasse a ele, dois Jedi só conseguiriam manter tantos guerreiros armados à distância por algum tempo.

Ela olhou ao redor e viu, embutidas nos vários arcos do anel externo, o que pareciam ser portas de emergência, provavelmente instaladas lá em caso de ruptura atmosférica. Sua estrutura parecia comprometida tanto pela explosão quanto pela ação do tempo; a armação centenária apresentava tensão e até finos padrões de pequenos orifícios. Elas não manteriam nada vedado por muito tempo. Mas não significava que as portas não pudessem ser utilizadas.

Ela precisaria dos controles manuais, que avistou perto do teto. Uma pequena escada de serviço fornecia um meio de Orla chegar lá sem gastar energia para saltar diretamente; pela aparência das coisas, ela precisaria reservar suas energias. A escada estava próxima o bastante de um dos controles para ela alcançar. Infelizmente, também estava alta o bastante para que se tornasse um alvo perfeito para os blasters inimigos. Reacendendo seu sabre, ela girou as duas lâminas para criar uma espécie de escudo, como um círculo cintilante, que repelia o disparo das armas. A julgar pelos gritos e xingamentos que escutou, os tiros estavam sendo rebatidos diretamente contra os Nihil. Com a mão livre, ela se esticou na direção dos controles – estavam um pouco além das pontas de seus dedos –, mas bastou apenas um leve puxão da Força para acioná-los.

As paredes começaram a tremer. Ela gritou:

– Cuidado aí embaixo!

Com um poderoso estrondo, as portas de emergência há muito inativas se moveram e fecharam-se. Elas criavam um muro de três metros de altura que bloqueava quase todo o comprimento e largura do anel; alguns buracos denunciavam o tempo e os danos, mas as portas não seriam facilmente rompidas. A barreira dificilmente seria impenetrável, já que os Nihil poderiam contornar pelo caminho mais longo, mas serviria para atrasá-los. Talvez também os fizesse pensar duas vezes antes de escalarem o conflito.

Escorregar pela escada levou Orla de volta ao chão antes que a poeira baixasse. Cohmac estava ali, ofegante, apenas começando a baixar seu sabre de luz, e lhe lançou a sombra de um sorriso.

– Você sempre foi excelente em improvisar.

– É minha especialidade. – Orla pousou a mão no ombro do amigo. – Você está bem?

Cohmac ergueu a mão enquanto tossia.

– Estou. Inalei algumas partículas. Nada que uma limpeza de kolto não possa consertar.

Em seguida, eles precisavam bolar um plano não apenas para manter os Nihil fora da estação, mas também para afastá-los completamente. Ou foi o que pensou Orla, antes de ouvir o grito.

– Quem gritou? – perguntou ela. – Não foi um dos Nihil...

– É Affie – disse Cohmac, o rosto murchando. – Ela está com problemas.

– E eu a prendi do lado de fora – concluiu Orla, por ele.

O turbilhão azul elétrico do hiperespaço visível através das janelas da cápsula de transporte poderia ter sido reconfortante se Reath não soubesse que os Drengir também o estavam vendo.

Pelo menos não há destroços nessa via, disse ele a si mesmo. Não era um lado tão bom assim.

Dez caiu sobre seu ombro, fraco, mas mais ou menos consciente.

– Eles se foram? – murmurou ele.

– Os Drengir? Eles se foram por enquanto. – Reath verificou os olhos de Dez, viu que eles estavam injetados e suas pupilas ligeiramente dilatadas. Sua condição não havia melhorado, mas pelo menos também não tinha piorado. – Eles podem nos alcançar na estação, mas lá teremos outros para nos ajudar. Mestre Cohmac estará lá, lembra? Orla Jareni também. Além da tripulação da *Nave*, lembra deles? Leox, Affie, e o cara de pedra?

Balançando a cabeça, Dez pareceu despertar a si mesmo um pouco mais.

– Teremos ajuda.

– Isso. Exatamente. – Aquele provavelmente não era um bom momento para mencionar que Hague e Nan eram Nihil. Definitivamente *não* era o momento de entrar em detalhes sobre a morte de Mestra Jora. Era possível que Dez nem mesmo se lembrasse de que ela se fora; se assim fosse, Reath o invejava. De qualquer forma, já tinham bastante coisa para lidar, ainda mais considerando que os Drengir certamente os alcançariam na estação.

Plantas guerreiras homicidas, pensou ele. *Nunca li uma linha sobre isso. Só mais uma das coisas que preciso registrar nos Arquivos.*

Com um movimento sutil, a cápsula de transporte saiu do hiperespaço. Pressionando o rosto contra a escotilha, Reath teve um vislumbre da estação à frente, da qual se aproximavam em alta velocidade. Os mecanismos de retorno estariam funcionando tão bem quanto os de lançamento?

– Bem – murmurou ele para si mesmo. – Logo vamos descobrir.

Mais uma vez, o raio trator capturou a cápsula. Reath exalou de alívio enquanto reduziam a velocidade; pelo menos teriam uma chance de pousar com vida. Então, através das estreitas janelas da escotilha, ele visualizou algo ao lado do anel equatorial da estação – era uma nave? Se fosse, era muito maior do que a *Nave*. Mas então o ângulo mudou, a estação sumiu de vista e ele não tinha certeza se realmente vira alguma cosia.

A escuridão os engoliu quando a cápsula entrou no tubo de lançamento. Em poucos segundos, ela parou. Reath abriu a escotilha no mesmo instante.

– Vem – disse ele, puxando o braço de Dez ao redor de seus ombros, de forma que pudesse carregá-lo de volta à segurança. – Vamos lá. Um pé na frente do outro. – Não estava claro se Dez entendia direito, mas ele prosseguiu cambaleando.

Os dois entraram nos túneis dos anéis inferiores. Na escuridão, as curvas labirínticas pareciam ainda mais confusas. Reath acabara de encontrar a saída quando escutou o que reconheceu como a outra cápsula de transporte atracando. Os Drengir haviam chegado.

Ele fez o possível para se apressar, mas aquilo foi um erro; Dez tropeçou em seus próprios passos e foi ao chão. Reath inclinou-se sobre ele, agarrando as vestes do Cavaleiro em suas mãos.

– Você precisa se levantar... você precisa...

Dez o encarou com uma expressão débil. Não estava em condições de escalar o traiçoeiro túnel que levava à parte principal da estação, mesmo que os 8-Ts não os atacassem – e não havia qualquer garantia de que não iriam. Embora Reath tivesse poder e habilidade na Força para carregar Dez com ele, não seria capaz de fazer aquilo rápido o suficiente para escapar de seus perseguidores Drengir.

Ele se recusava a abandonar Dez – mesmo que aquilo significasse que estavam presos.

VINTE E DOIS

Anda, anda, anda!

Affie levantou-se, desesperada para fugir. Em que direção, não sabia dizer; o mundo se transformara em fumaça e cinzas, quase desprovido de luz. Mas ela tinha que sair de lá antes que os Nihil a encontrassem.

Ela se apoiou no corrimão da passarela, tentando recuperar o fôlego – e então, engasgou-se quando uma mão enluvada agarrou seu cabelo.

– Tem que ser ela! – Um dos Nihil a arrastou para perto de si. Sua máscara respiratória de muitos tubos tinha o brilho engordurado de uma mancha de óleo. Através do visor, Affie encontrou seus olhos semicerrados. – Ela jogou o explosivo... deve ter mais!

Ele estava furioso, e provavelmente por isso não pensou em revistá-la imediatamente para ver se portava um blaster. A mão do saqueador só foi em busca de seu coldre depois que ela puxara de lá a arma. Affie enfiou a ponta da arma no estômago de seu agressor, com força, esperando que doesse.

– Me larga – disse ela, a voz rouca devido ao volume de cinzas no ar. – Agora.

Em vez disso, ele a atirou para o lado, com violência. Affie chocou-se com força contra o corrimão, perdeu o equilíbrio e caiu.

Ela gritou ao despencar, certa de que atingiria o metal e estouraria seus miolos. Em vez disso, acertou alguns outros Nihil, derrubando todos eles. O pouso ainda doeu, mas Affie ignorou seus ferimentos enquanto tentava escapar do emaranhado de braços, pernas e armas debaixo de si. Mas os Nihil se recuperavam ainda mais rápido do que ela, e quando um agarrou seu antebraço, Affie percebeu que largara o blaster durante a queda. Estava cercada por figuras mascaradas, todas raivosas, todas armadas, e não havia uma única coisa que pudesse fazer.

Naquele instante, um círculo rodopiante de luz branca e reluzente surgiu, brilhando na escuridão através da fumaça e da fuligem. Pesados painéis de metal se chocaram contra o túnel com um baque surdo, e então três feixes de luz resplandeceram... um azul e dois brancos.

Sabres de luz, percebeu Affie. Ela só esperava que os Nihil também os reconhecessem.

Deviam ter reconhecido, porque seus agressores a largaram no mesmo instante e avançaram com tudo na direção dos Jedi. Affie mergulhou no chão para evitar ser atingida pelas armas, mas, assim que se abaixou, percebeu como era difícil recuperar o fôlego. A fumaça a estava afetando.

Seu comunicador zumbiu:

– *Affie?* – Ela nunca ficara tão feliz em ouvir a voz de Leox. – *Acabamos de captar umas fortes ondas de choque...*

– Eu joguei o detonador térmico nos Nihil – disse ela. Affie estava rastejando rente ao chão, onde o ar era mais fresco e um pouco mais limpo. Inspirar ficou muito mais fácil.

– *Um impulso compreensível, embora me permita expressar alguns problemas de cunho estratégico. Você consegue voltar para a nave?*

– Acho que não. Além disso, ainda não terminei. – Affie apalpou sua bolsa; embora alguns dispositivos tivessem rolado para longe durante sua queda da passarela, ela ainda tinha a maior parte do que precisava para pegar os registros que procurava.

– *Não terminou o cacete.* – Foi muito estranho ouvir Leox soar tão severo. – *Os Nihil mudaram tudo, e nossa única estratégia agora é "Dar o fora daqui". Precisamos de você a bordo.*

Eles não precisavam dela. Leox só estava preocupado porque a situação se tornara mais perigosa. Talvez Affie também devesse se preocupar, principalmente porque os Jedi e os Nihil estavam lutando a apenas alguns metros de distância, o frenesi não totalmente ofuscado pela fumaça.

Mas seus pais também teriam ficado com medo. Com medo por suas próprias vidas, com medo do que seria de sua filha. Scover tirara suas opções. Affie pretendia se certificar de que todos tivessem opções a partir daquele momento.

– Mantenha a nave aí – disse ela. – Eu volto em breve. – Affie desligou seu comunicador antes que Leox pudesse dizer mais uma palavra.

Reath não conseguia se concentrar. Se conseguisse, talvez fosse capaz de levitar Dez, tirá-lo com cuidado dos túneis para a parte principal da estação e levá-lo até o restante dos Jedi. Talvez fosse capaz de levitar o próprio corpo, salvar os dois. Mas estava muito disperso para fazer aquilo, a adrenalina em seu sangue lutando contra seus melhores instintos.

"Quando não conseguir alcançar o equilíbrio em seu interior", dissera Mestra Jora, "simplesmente se incline na direção da luz e dê o melhor de si. Não faz sentido reagir à falta de calma de um modo que o deixe ainda menos calmo."

– Certo – murmurou Reath enquanto equilibrava Dez contra seu corpo, o braço do amigo ao redor de seus ombros. – Pela luz e pela vida. Lá vamos nós.

– O que você disse? – Dez olhou para ele, grogue.

– Continue caminhando, está bem? Tentaremos subir pelas raízes em alguns minutos. Talvez você possa se segurar no meu pescoço. – Reath esboçou um sorriso. Ele queria tranquilizar Dez, embora houvesse muito pouco de reconfortante na situação em que se encontravam. Mas quando pensou sobre o que Dez deveria ter sofrido nos dias anteriores, delirando, com dor, cercado por criaturas que o torturaram para obter informações que ele nem tinha condições de fornecer... era impossível não querer lhe oferecer algum conforto.

Todas as ideias de conforto sumiram quando Reath ouviu as batidas reveladoras da cápsula de transporte dos Drengir se acomodando em sua base.

Em apenas alguns minutos, eles estarão livres. Vindo atrás de nós.

Então, não darei um minuto a eles.

– Fique aqui – disse ele, sem necessidade, permitindo que Dez escorregasse para o chão. Em seguida, correu na direção da cápsula Drengir.

A Força o conduziu até a escotilha, que eles abririam a qualquer segundo; já era possível ver mãos verdes e frondosas agarrando a alavanca. Reath estendeu a mão e empurrou mentalmente os Drengir para longe da porta. Eles caíram para trás. Aquela foi a parte fácil.

Ele fechou os olhos e tornou a estender a mão, buscando as sensações. Daquela vez, envolveu sua mente não ao redor dos Drengir, mas da própria cápsula. O formato do módulo de transporte se tornou real para ele, tangível, quase como se o segurasse em sua palma.

Por fim, ele impulsionou o módulo inteiro para trás, pelo túnel de lançamento. Parecia que estava empurrando ao contrário metal pesado bruto, forçando todos os músculos de seu corpo – mas conseguiu movê-lo alguns metros. Aquilo bastaria, se seu plano funcionasse.

Apesar da espessa porta da escotilha, Reath conseguia ouvir os Drengir emergindo de sua cápsula, simplesmente rastejando para fora dela, na direção do túnel. Estavam se aproximando da escotilha, vindo para confrontá-lo...

Uma luz fulgurante lampejou no túnel, e uivos de dor ecoaram por apenas um instante. Então, o túnel ficou escuro; tudo estava em silêncio.

Com o sabre de luz em uma das mãos, Reath usou a outra para abrir a porta da escotilha. No mesmo instante, foi saudado pelo cheiro de plantas carbonizadas – um odor ligeiramente agradável, na verdade, como de madeira queimada ou de ervas aromáticas.

Com o brilho do sabre, pôde ver restos de folhas enegrecidas no fundo do túnel, fumegando logo acima dos anéis de hélice. A energia dos anéis destruíra os Drengir em uma fração de segundo. Havia uma sensação de justiça em saber que os anéis pouparam Dez e mataram aqueles que o haviam torturado.

Não há justiça em matar um inimigo, repreendeu Mestra Jora no interior de sua mente. *Matar nunca é uma verdadeira vitória. Na melhor das hipóteses, traz o conhecimento de que você fez o que precisava ser feito.*

– Eu fiz o que precisava ser feito, mestra – sussurrou ele. Parecia possível que, talvez, na Força cósmica, ela pudesse ouvi-lo.

– Affie? – gritou Orla. Ela não conseguia ver a garota em meio a toda aquela confusão; mal conseguia enxergar seu próprio sabre de luz diante do rosto. No fundo, sentia que a garota continuava viva, mas não podia usar a energia mental necessária para procurar mais além.

Não até que expulsassem os Nihil.

Orla enfrentava dois guerreiros Nihil, um para cada uma de suas lâminas. Eles usavam armas de haste energizadas que podiam aparar o golpe de um sabre de luz – mas aquilo lhes custava muito esforço, cada uma das vezes. Eles a atacaram, de forma selvagem, mas descoordenada. Orla deixou a Força fluir através dela, sentindo todos os movimentos de seus oponentes instantes antes de eles os realizarem, seu sabre se movendo quase por conta própria para bloquear cada golpe. Eles eram forçados a recuar a cada ataque, não para muito longe, talvez nem mesmo o bastante para que notassem, mas o suficiente para Orla saber que estava no controle da situação.

Perto dela, Cohmac estava apagando seu sabre de luz. Antes que Orla pudesse se perguntar o motivo, Cohmac estendeu a mão com a Força em direção a uma viga metálica caída no chão, arrastando-a na direção dos Nihil. Ela não ficou inteiramente suspensa no ar, mas não era necessário; como estava, a viga passou por baixo dos Nihil, derrubando-os e fazendo rajadas de blaster voarem em todas as direções.

Mas uma daquelas direções poderia ser o lugar onde Affie Hollow tentava se esconder...

Quase que em uníssono, os Nihil se viraram e correram para longe dos Jedi, dirigindo-se de volta para o anel da eclusa de ar. O movimento fora coordenado demais para ser uma simples fuga ou rendição; tratava-se de uma retirada estratégica. Eles se reagrupariam e voltariam a atacar, mais fortes do que antes. Mais uma razão para que terminassem logo o que tinham ido fazer naquela estação esquecida pela Força e partissem.

Cohmac apontou para os Nihil.

– Eles vão voltar com mais poder de fogo.

– Sem dúvida – concordou Orla. – Você está vendo Affie?

– Não. A garota se embrenhou mais fundo na estação. – Cohmac olhava à meia distância. – Precisamos encontrá-la, e a Reath, e tirá-los daqui o mais rápido possível.

Orla assentiu.

– Sabemos que Reath está nos túneis. Cohmac, por que não vai até lá enquanto procuro por Affie? – Ele correu em direção ao ponto de acesso mais próximo aos anéis inferiores, o que teria que servir como um sim.

Orla sentia que Affie desaparecera de propósito. Ela estava tentando fazer algo que achava que os Jedi não deveriam saber. Orla não sabia o que era, e não ligava. Só precisava pegar Affie e cair fora antes que os Nihil atacassem novamente.

Dez cambaleava, apoiando-se em Reath enquanto caminhavam por uma selva.

É o arboreto da estação Amaxine, disse a si mesmo. Quanto mais se afastava dos Drengir, mais Dez conseguia se lembrar. Mas ainda podia sentir as toxinas em seu sangue, entorpecendo seu corpo e seus pensamentos, e tudo continuava onírico e surreal.

No centro do arboreto, ele pôde distinguir vagamente as formas que reconheceu como Drengir. *Eles estão aqui também. Estão em todos os lugares. Não há escapatória.*

Antes que o pânico o dominasse, no entanto, Reath murmurou:

– Está tudo bem. Trouxemos os ídolos de volta para aprisionar novamente o lado sombrio. Eles devem ter aprisionado os Drengir, porque, veja, eles não podem se mover.

Dez percebeu que as criaturas estavam imóveis. Mais uma vez, os quatro ídolos estavam de sentinela, cuidando de todos eles. Aquilo ajudou a controlar o medo, embora a estranheza ardendo em seu sangue continuasse a turvar sua mente.

– Você acha que isso impediria os Drengir de usar esta estação novamente? – perguntou Reath. – O poder dos ídolos? Porque não podemos deixar que se apossem deste lugar. É muito perigoso.

Dez conseguiu falar:

– Preciso mesmo ter uma resposta? Ou você só está tentando me fazer falar?

– Estou tentando fazer você falar. E você está se saindo bem! – Reath sorriu.

Dez poderia ter sorrido de volta, não fosse o fato de ter visto uma figura se aproximando, vinda da escuridão. Seu medo se intensificou, esmagador e absoluto – até que sua visão embaçada clareou o suficiente para que enxergasse o rosto da pessoa.

– Mestre Cohmac?

Cohmac correu na direção deles, seus olhos arregalados de surpresa.

– Como isso é possível?

– Os anéis inferiores são uma área de transporte – explicou Reath. Aquilo fazia sentido, pensou Dez. Eles tinham estado no hiperespaço. Não tinham? Sua cabeça ainda doía. – Eles estão equipados com cápsulas hiperespaciais automatizadas. Dez não foi morto, foi enviado daqui para o planeta natal de uns caras vegetais malvados chamados...

– Drengir – concluiu Cohmac. – Nós os conhecemos. Pela Força, Dez, o que fizeram com você?

Será que pareço muito mal?, pensou Dez. *Provavelmente eu não gostaria de saber.*

– Eles o estavam interrogando – disse Reath, calmamente. – Usaram alguma coisa para drogá-lo e o deixaram fora de si por um tempo. Mas não acho que esteja gravemente ferido. Só precisamos tirá-lo desta estação.

– Falar é fácil. Os Nihil estão a bordo. Eles podem desconfiar das capacidades de transporte desta estação.

– Ah, não. – Os olhos de Reath se arregalaram. – No momento, os controles estão programados para o mundo natal dos Drengir... Pelo menos acho que é o mundo deles. Talvez seja apenas um planeta em que alguns deles vivem... Não importa. Aqueles controles podem ser reprogramados para direcionar as cápsulas de transporte para qualquer lugar. Para os estaleiros da República, para os planetas da fronteira, até para a própria Coruscant.

– São apenas cápsulas... – Cohmac começou a argumentar.

Reath disse:

– Basta um ou dois agentes para derrubar um escudo de segurança ou fornecer relatórios sobre as capacidades defensivas. Aposto que era assim que os Amaxines conseguiam informações sobre seus alvos antes de atacar.

– Ou transportavam explosivos para detonar somente depois que fossem embora. Mais uma razão para deter os Nihil – disse Cohmac. – Vamos levar Dez para a *Nave*, se pudermos. E começar de lá.

As palavras estavam escapando de Dez. Ele não conseguia se concentrar por mais do que alguns instantes de cada vez, em mais do que uma ou duas coisas ao mesmo tempo; estava novamente com seus amigos, e estava em perigo. Aquilo ele entendera. O restante caberia a seus companheiros Jedi.

A bordo da *Nave*, Geodo era o único elemento de tranquilidade enquanto Leox andava de um lado para o outro pela ponte.

– Existem cerca de oitenta outras maneiras de impedir que Scover Byne envie servos para esta estação – disse Leox. Suas contas balançavam sobre seu peito enquanto ele caminhava. – Mas não. A Pequenina tinha que fazer uma criptoanálise. E sim, eu sei, esse apelido já não lhe cabe, ele não descreve mais a miríade de complexidades que a tornam um indivíduo, então, me poupe, está bem?

Geodo o poupou, e aquela era a única folga que Leox imaginou que teria o dia inteiro.

– Agora só temos um caminho indireto do centro da estação até a nave, e suspeito que Affie não esteja ciente desse fato importante. – Leox suspirou de frustração. Àquela altura, os Nihil sabiam que outra nave estava atracada, mas ou ainda não a haviam encontrado, ou estavam distraídos com outras preocupações. No momento... um momento muito curto... aquela nave permanecia sendo o único lugar seguro nas redondezas, e era o único lugar onde Affie não conseguiria chegar. – Ela não vai conseguir voltar até a gente. Isso significa que nós é que teremos que chegar até ela.

Leox Gyasi não era um homem combatente, mas acreditava no poder de estar preparado. Foi até o baú esculpido e pintado que mantinha em uma lateral da ponte, abriu-o e vasculhou sob as camisas e incensos por um segundo antes de puxar um blaster. Já fazia um bom tempo desde que atirara em alguém, mas se lembrava de como fazê-lo. Se alguém se colocasse entre Affie e a segurança, puxar o gatilho não seria difícil.

Ele se virou para Geodo, que o encarou com um silêncio solene.

– Proteja a *Nave* – disse ele. – Fique nos controles. E nem pense em vir atrás de nós, a menos que a situação piore muito. Não sei como isso seria possível, mas o destino sempre encontra um jeito de nos mostrar, não é?

Foi quando as leituras no console começaram a aumentar de formas ameaçadoras. As explosões solares, chegando com força e em breve, extremas o bastante para causar danos até mesmo a naves escondidas atrás da estação. O que significava que penetrariam a *Nave* e vaporizariam a todos instantaneamente.

E não havia nada que Leox pudesse fazer sobre aquilo.

Ele se recusava a se preocupar com coisas que não podia mudar. Era hora de se concentrar no que pudesse.

Com um aceno de despedida, Leox se dirigiu à eclusa de ar em direção a Affie.

Reath, Dez e Mestre Cohmac alcançaram o que antes fora a entrada mais próxima do anel da eclusa de ar, que se tornara uma massa de metal retorcido. Uma arma Nihil estava largada no chão; levou um tempo até Reath perceber que o Nihil também estava lá, parcialmente oculto e esmagado pelas vigas caídas. O elmo do homem fora arrancado no desmoronamento, revelando um rosto humano totalmente comum, exceto por sua leve palidez.

– Quem *são* eles? – sussurrou Reath. – Por que querem matar a todos nós?

– De acordo com as poucas informações que temos até agora, os Nihil geralmente estão mais interessados em pilhar riquezas do que em massacres. – Mestre Cohmac ajeitou Dez contra seu ombro novamente, o tempo todo olhando ao redor e analisando o cenário. – No entanto, não hesitam em matar quando isso serve a seus propósitos, como quase sempre acontece. Se quiserem tomar esta estação para eles, e usá-la do mesmo modo que os Amaxines faziam, como ponto avançado de reconhecimento para seus ataques...

– Então, nos matar serve aos propósitos deles – concluiu Reath. O caminho para a nave estava bloqueado pelos destroços do que parecia ser algum tipo de porta de emergência da eclusa de ar ou algum sistema de proteção. – Vamos ter que encontrar um caminho no meio dessa zona.

Assim que ele terminou de falar, alguém se içou por uma abertura nos destroços e caiu de lado. Leox Gyasi removera suas contas e carregava um blaster, que Reath achou inesperadamente destoante. Aparentemente, ele os ouvira, porque Leox sorriu e disse:

– É *assim* que se atravessa essa zona. De nada. – Então, seu rosto se iluminou. – *Dez!* Que bom ver você, meu amigo! Parece que tem uma história e tanto para contar.

Ainda que não estivesse em condições de contar sua história ou qualquer outra, Dez esboçou um sorriso jovial.

Mestre Cohmac achou menos divertido.

– Capitão Gyasi, sua coragem é louvável, mas sua prudência é inexistente. Você ficará mais seguro a bordo da nave...

– Primeiro, enquanto Affie estiver em perigo na estação, minha própria segurança não significa absolutamente nada – disse Leox. – Segundo, temos mais erupções solares chegando a qualquer momento, erupções intensas, por isso não sei ao certo se qualquer um de nós está realmente seguro em qualquer lugar deste sistema.

Reath pensou rápido.

– Os escudos da estação. Podemos fortalecê-los? Então, poderemos expandi-los para proteger as naves.

– Talvez – disse Mestre Cohmac. – Mas encontrar os controles, quanto mais interpretá-los...

– Eles estarão nos níveis mais baixos – interrompeu Reath. Ele realmente interrompera um *Mestre Jedi*? Mas aquilo era importante demais, e eles tinham pouco tempo. – Consegui me virar lá embaixo, e acho que os controles estão começando a fazer sentido para mim. Talvez eu possa fortalecer os escudos.

Leox assentiu com a cabeça:

– Parece um bom plano, garoto. Boa sorte lá embaixo. – Com isso, ele saiu correndo em busca de Affie Hollow.

Mestre Cohmac não foi convencido tão facilmente.

– Sou em quem deveria descer...

– Por favor, mestre. Sou eu que tenho experiência com a tecnologia Amaxine. – A experiência de Reath consistia principalmente em ser atirado no hiperespaço contra sua vontade, mas ainda era maior do que a que qualquer outra pessoa de seu grupo possuía. – Essa tarefa deve ser minha. Além do mais, Dez precisa de você agora.

Seu apelo poderia não ter funcionado, se os joelhos de Dez não fraquejassem a todo instante. Mestre Cohmac o segurou e balançou a cabeça.

– Muito bem, Reath. Que a Força esteja com você.

Reath sorriu, virou-se e correu de volta ao arboreto central, até a passagem que o levaria aos anéis inferiores.

Com os 8-Ts certamente distraídos por todo o caos que se espalhara a bordo da estação Amaxine, chegar aos níveis inferiores foi mais fácil do que antes. Àquela altura, Reath estava grato por qualquer oportunidade que tivessem. Assim que alcançou os controles principais, foi capaz de encontrar os esquemas da estação com bastante facilidade e, a partir deles, era apenas uma questão de tocar a tela. O zumbido baixo de energia reverberou por toda estação, incluindo os escudos.

Pelo menos era o que Reath *esperava*: que incluísse os escudos. Eles descobririam, de um jeito ou de outro. Com alguma sorte, não seria do jeito que envolvia ser queimado até torrar pelas explosões solares.

Ele fizera tudo o que podia, e só lhe restava voltar para a nave o quanto antes.

Enquanto corria de volta pelo que restava do corredor, o cheiro de fumaça carregado no ar, Reath avistou mais cadáveres de Nihil, e mais de suas armas abandonadas. Um sabre de luz era de longe a melhor arma para se ter em combate, mas ocorreu-lhe que um blaster poderia ser útil. Um estava longe o suficiente de qualquer um dos corpos dos Nihil para que ele não se sentisse como um ladrão de túmulos, então ele se ajoelhou para pegá-lo. Pouco antes de sua mão se fechar sobre o cabo da arma, alguém disse:

– Não se mova.

Reath congelou – exceto por seus olhos, que se ergueram para ver Nan parada ali, apontando o blaster diretamente contra ele.

VINTE E TRÊS

O mais estranho era que Nan parecia exatamente a mesma. Apesar do fato de estar usando um macacão em vez de seu vestido de retalhos coloridos, seus braços nus estarem cobertor de tatuagens e das mechas azuis em seus cabelos combinarem com as listras pintadas em seu rosto, nenhuma grande transformação ocorrera. Seu comportamento anterior não fora um disfarce, concluiu Reath, apenas outra faceta de sua personalidade. Ela era tanto uma guerreira Nihil quanto uma jovem solitária.

Qual lado seu prevaleceria?

A única razão de Reath presumir que não seria o lado guerreiro Nihil era o simples fato de que ela saltara sobre ele, mas ele continuava vivo.

Não havia razão para se preocupar com preliminares.

– Tudo o que você me disse era verdade, não era? – perguntou ele. – A nave acidentada, seus pais, tudo. Você só deixou de fora a parte sobre ter sido resgatada pelos Nihil.

– Quase, mas não exatamente – disse Nan. Seus rosto era inexpressivo, ilegível. Continuava segurando o blaster com firmeza. – Minha família se juntou aos Nihil. Eles nos ofereceram a oportunidade de uma vida melhor que de outra maneira jamais poderíamos ter. Minha mãe e meu pai estavam orgulhosos de sua escolha. *Eu* estava orgulhosa da escolha deles. Quando eles morreram em uma incursão, fui levada por Hague. Naquela época, eu já sabia que sempre seria pequena, que teria que aprender a lutar mais com a inteligência, já que eu nunca ficaria mais forte. Que precisava de habilidades estratégicas. Quem melhor para me ensinar isso do que um homem que não pode mais lutar com seu corpo e precisa usar o cérebro?

A segurança em sua voz – a clareza da convicção absoluta – deixava Reath nervoso. Ele estava acostumado a ouvir Padawans falando daquele jeito, ou cadetes de caças estelares da Patrulha de Coruscant. Não lhe ocorrera que alguém ainda pudesse acreditar na violência como uma doutrina, ao menos não sentindo orgulho dela. Embora soubesse que tais mentalidades não eram apenas artefatos da história, aquele era seu primeiro encontro com uma. Ele ansiava por discutir profundamente sobre aquilo com ela, para entender os Nihil em seus próprios e brutais termos.

Entretanto, começar uma discussão filosófica com um fanático era provavelmente um erro, ainda mais quando ele estava apontando uma arma para você.

– Faz sentido. – Reath ajustou sua postura ligeiramente, como se estivesse movendo seu peso de uma perna para a outra, esperando que ela não percebesse que ele triangulava suas posições em relação à saída mais próxima. – Posso dizer que você já é uma grande estrategista. Extraiu informações suficientes de mim.

A piada autodepreciativa tinha o objetivo de deixar Nan desprevenida. Não funcionou.

– Não posso assumir créditos por isso. Você estava cheio de vontade de explicar, porque aquele era seu trabalho, não era? Dizer ao povo desesperado da fronteira como suas vidas seriam gloriosas agora que os Jedi chegaram?

– Não lembro de ter prometido glória a ninguém – disse ele.

Nan deu de ombros, como quem diz: "*Muito justo*".

– Pode parar de procurar uma rota de fuga. Não pretendo matar você.

– A mira do seu blaster sugere o contrário.

– Você poderia desviar qualquer tiro – disse ela, apontando para o sabre de luz que ele ainda não tirara do cinto. – Sair na mão com um Jedi? É inútil. Essa é mais uma coisa que você me ensinou. Quando eu for matar um Jedi, vai ser com a minha nave.

Reath pensou naquilo.

– Você poderia ter me matado quando eu estava de costas. Não o fez.

– Não. Não esqueci que você me salvou de ser sequestrada. Você me devolveu à minha frota. Isso dá a você uma chance de ir embora. – O dedo de Nan massageou o gatilho da arma. – *Uma*.

Obrigado, Reath quase respondeu, antes de decidir que não deveria agradecer a alguém por não explodi-lo em pedacinhos.

– Você gostou? Fingir ser indefesa?

– É repugnante. Não pretendo fazer disso um hábito.

– Respeito isso.

– Você *vai* nos respeitar – disse Nan. – Com o tempo, você se curvará perante os Nihil.

– E eu que pensei que a estação estava o mais arruinada possível antes mesmo de atracarmos – murmurou Leox para si mesmo enquanto pisava sobre os destroços fumegantes da explosão. Affie claramente tinha feito um estrago ali.

O principal era garantir que os Nihil não fizessem um estrago nela.

Sons ecoavam mais ao longe no corredor – passos ou alguma outra coisa. Leox percebeu que eram os Nihil; os Jedi se moviam tão silenciosamente quanto gatos tooka. Ele se abaixou rapidamente atrás do grande pedaço de destroço mais próximo – um par de vigas que formavam uma barreira sólida e agradável entre ele e quaisquer guerreiros saqueadores. *É sempre bom colocar algo entre você mesmo e a energia negativa*, pensou ele. *Principalmente quando a energia negativa está armada.*

Apesar de sua atitude indolente e sua aparência desgrenhada, Leox Gyasi tinha uma mente perspicaz, quando se preocupava em empregá-la. Com uma precisão quase eidética, lembrou-se da configuração da estação como a haviam mapeado anteriormente e, em seguida, sobrepôs o plano de Affie para examinar o código. Depois disso, foi relativamente simples descobrir quão longe nos anéis superiores ela teria ido antes que os Jedi se encontrassem em apuros e, portanto, para onde ela voltaria após a explosão.

Aquilo, naturalmente, exigiria que Leox de alguma forma passasse pelos Nihil e pela área controlada pelos ídolos que continham os Drengir.

Mas não poderia fazer aquilo de outro jeito. Como faria Affie se sentir culpada da maneira adequada, mais tarde, se não fosse extremamente difícil tirá-la de lá?

Sorrindo, Leox esperou pela oportunidade, e então correu para a escuridão no interior da estação.

Uma voz soou pela estação:

– Nihil, vocês foram convocados.

Reath se virou, assustado; Nan mordeu o lábio inferior e disse:

– Se quiser sair daqui com vida, sugiro que faça isso agora. Os outros estão vindo. Eu devo algo a você, mas eles não.

Os Nihil não se considerariam obrigados a respeitar a gentileza de um dos seus, pensou Reath, guardando aquilo para referência futura.

– Entendi.

Ele correu para a porta mais próxima, sem se preocupar em olhar para trás. Se Nan não atirara contra ele antes, não o faria naquele momento, pelas costas.

Assim que Reath conseguiu alcançar alguma cobertura, ele se abaixou e se inclinou para observar o interior da câmara esférica central o melhor que pudesse. Nan permaneceu exatamente onde ele a deixara, mas não estava ligando para ele. Sua atenção estava completamente voltada para os outros Nihil.

Eles não usavam uniformes, exatamente, embora houvesse um padrão em seus trajes: eram escuros, acolchoados, cobertos com tiras ou placas de materiais de proteção impermeáveis à água e talvez, também, ao fogo. Seus elmos e máscaras de respiração estavam pendurados nos pescoços ou em cintos de utilidades, o que indicava que um ataque de gás não era iminente. Aquilo também sugeria que seus companheiros Jedi continuavam vivos... Mas os Nihil ainda sentiam que poderiam alcançar seus objetivos.

– Nuvem – disse o líder daquele grupo Nihil, um Trandoshano –, encontramos um jeito de provar nosso valor ao Executor da Tempestade.

Sorrisos e alguns gritos foram dados em resposta. *Eles parecem usar simbologia meteorológica, simbologia de tempestade*, deduziu Reath.

– Esta estação nos oferece o poder de chegar a qualquer lugar da galáxia em poucos instantes – disse o líder. – Apenas nossa gente, não nossas naves, mas integrantes dos nossos grupos podem preparar o terreno para os ataques seguintes. Derrubar escudos, criar distrações, enviar sinais de localização... *Tudo* o que precisamos para nos tornar o poder dominante nesta parte da galáxia!

– Não! – gritou alguém, nos fundos. – Em toda a galáxia.

Aquilo produziu mais aplausos, e o líder sorriu.

– Achávamos que não conseguiríamos compensar o fato de não termos entrado em ação. Mas quando revelarmos esta estação e que, ao tomá-la, humilhamos os *Jedi*? Teremos a boa vontade de nosso Executor. As melhores incursões, melhores posições dentro da Tempestade... Tudo isso será nosso.

Os Drengir acreditam que podem usar esta estação para causar destruição em toda a galáxia, pensou Reath. *Os Nihil também acham que podem.*

O que significa que, se há alguém que tem de controlar esta estação, deve ser a República...

Mas talvez ninguém deva, afinal.

Quase no momento em que Cohmac tinha abandonado todas as esperanças de encontrar um caminho livre, um brilho de luz revelou uma passagem livre de destroços o suficiente para que pudesse levar Dez de volta para o anel de ancoragem.

Dez tentou atravessar sozinho, mas seus movimentos ainda estavam lentos e descoordenados. Cohmac teve que ajudá-lo a cada centímetro do trajeto, praticamente o arrastando no trecho final. O que os Drengir tinham feito com ele? Quais eram os efeitos tóxicos de seus venenos? Será que Dez estava mesmo se recuperando, ou uma substância de ação mais lenta ainda agia em seu sistema, destruindo-o?

– Chegamos, está vendo? – Cohmac ajeitou Dez de modo que ele pudesse olhar para a frente, para a entrada da *Nave*. – De volta ao nosso lugar.

– Os Drengir...

– Não, não – disse Cohmac, esperando que Dez realmente conseguisse entender. – Eles se foram. Não podem mais machucá-lo.

Enquanto os dois seguiam em direção à eclusa de ar da *Nave*, uma grande sombra à distância – mais escura do que as outras sombras – chamou a atenção de Cohmac por um breve momento. No instante seguinte, não via mais nada ali. Mas parecera... Não poderia ter sido...

Cohmac murmurou:

– Geodo?

O cheiro de fumaça grudou em Affie. Parecia ter se impregnado em suas roupas, seus cabelos, até mesmo sua pele. Ela ansiava por aquela incrível banheira no quarto de hotel luxuoso de Scover, em Coruscant...

Mas, para Affie, aquilo estava perto demais de desejar a aprovação de Scover. Ela não conseguia pensar muito no assunto enquanto rastejava de volta para as entranhas da estação Amaxine. Sua lealdade a Scover não poderia coexistir com seu desejo de apagar as práticas ilegais que aparentemente constituíam uma parcela tão grande da prosperidade da Guilda Byne. Seu amor por sua mãe adotiva estava em conflito com seu amor pela mãe biológica que ela perdera há tanto tempo.

Ela verá como as coisas ficarão muito melhores sem esta estação, pensou Affie enquanto se arrastava. *Vai ficar mais feliz sabendo que seus pilotos estão seguros. Não vou ter que entregar nada, apenas lhe mostrarei minhas provas e ela recuará. Isso vai lhe ensinar uma lição da melhor forma possível.*

A matriz gravitacional da estação vinha logo em seguida na lista de locais de pesquisa de Affie. Ela estava localizada no alto, perto do topo da esfera. Chega de rastejar. Era hora de escalar.

Quando encontrou o tubo de acesso que conduzia para cima, foi tomada pelo desânimo. Era estreito e mostrava mais sinais de envelhecimento do que a maioria das outras áreas da estação; apenas com o feixe de seu bastão luminoso, ela pôde distinguir vários trechos onde painéis estavam faltando, expondo os fios. Não havia nenhuma outra iluminação no tubo, o que significava que ela teria que subir no escuro. E trepadeiras cresciam através de buracos e fendas nas paredes, enrolando-se em todos os degraus da escada do tubo. Aquilo tornaria o percurso escorregadio, mas Affie disse a si mesma que a estrutura era estreita demais para que ela caísse. Pelo menos os 8-Ts estavam ocupados.

Ela começou a subir, o bastão luminoso amarrado ao seu cinto de utilidades de forma que o feixe apontasse para cima; em vez de clarear seu caminho, ele balançava de um lado para o outro, projetando sombras sinistras e oscilantes. As videiras na escada eram ainda mais difíceis de contornar do que ela pensara, porque a menor pressão fazia seiva escorrer pelos degraus e pelas palas das mãos.

Então ela percebeu que não importava quão estreito fosse o túnel, ainda assim poderia despencar por toda a sua extensão. Só estava mais propensa a quebrar um membro no processo.

Siga em frente, disse ela a si mesma, ignorando o tremor em seus músculos enquanto se arrastava mais para cima. *Você precisa continuar...*

– Affie!

A voz ecoante a sobressaltou de tal forma que ela quase soltou as mãos. Praguejando baixinho, Affie firmou-se e apontou o feixe do bastão luminoso para baixo.

– Leox, o que você está fazendo aqui?

Ele enfiou a cabeça pela escotilha de acesso, o que a fez perceber quão perigosamente alto ela estava.

– Tirando você desta estação imediatamente.

– Eu ainda não terminei.

– Não importa mais. Olha, os Drengir querem esta estação. Os Nihil querem esta estação. Chuto que assim que a República descobrir sobre ela, também vai querer, isso se não a explodirem em pedacinhos. De qualquer forma, este lugar não é mais território da Guilda Byne. Mesmo que a República deixe a estação intacta, não há como Scover continuar a usá-la. Com ou sem código, nenhum outro piloto será forçado a passar por aqui, nunca mais.

Aquilo deveria ter feito Affie se sentir melhor, mas não funcionou.

– Não é o suficiente.

– Por quê?

Ela ignorou a pergunta.

– Tenho que continuar.

– Você não está mais tentando proteger os outros pilotos – concluiu Leox. – Se fosse só isso, já estaria descendo essas escadas. O que está tentando fazer é salvar a alma de Scover. Esse trabalho não é seu, Affie. Só a própria Scover pode fazer isso.

Affie encostou a cabeça no degrau mais próximo. Suas mãos coçavam; a seiva irritara sua pele. Leox não estava errado sobre seus motivos – ela podia ver aquilo –, mas voltar ainda parecia tão errado.

– Affie, por favor. – A súplica crua na voz de Leox a tocou. – Sua vida não vale menos do que a dela. Se quer saber, para mim vale muito mais. Então, quer, por favor, descer até aqui?

Ela se segurou por mais um momento imaginando seus pais, há muito perdidos, naquele mesmo tubo. Se tivessem uma saída, eles a teriam escolhido. Eles gostariam que ela estivesse segura.

Foi por eles – não por Leox, e nem por ela mesma – que Affie finalmente começou a descer em direção à segurança.

O reconhecimento ao redor da estação apenas nublou a visão de Orla sobre suas chances. Ela não vislumbrou área estratégica alguma que pudesse lhes oferecer uma vantagem sobre os Nihil. Foram necessárias apenas algumas varreduras para confirmar a enorme escala da nave Nihil. A *Nave* não teria a menor chance em uma batalha espacial contra ela. Eles literalmente não tinham opção a não ser fugir e torcer para não serem vistos – e com o acesso à *Nave* tão limitado e arriscado, ela nem tinha certeza de que teriam a chance de fugir. E onde diabos estava Affie?

Você precisa de mais tempo, disse ela a si mesma. *Então, vai ter que arrumar mais tempo, de algum jeito.*

A melhor maneira de ganhar tempo sobre um inimigo normalmente era criar uma distração, provocando uma bagunça tão grande que os Nihil precisassem se ocupar em limpá-la enquanto a *Nave* fugia da estação Amaxine.

Quão grande exatamente é a bagunça que eu consigo provocar? O lugar já está pegando fogo.

Então, uma ideia ocorreu a Orla. *Pego uma bagunça que já resolvemos e a provoco de novo.*

Se os Jedi tinham tido tantos problemas lutando contra os Drengir, e tantos problemas lutando contra os Nihil, Orla mal podia imaginar os problemas que ambos teriam lutando *um contra o outro*.

Às vezes, reprimir a escuridão só a tornava mais forte. E tudo o que bastava era deixar para lá.

VINTE E QUATRO

Correndo pelo amplo anel da eclusa de ar da estação Amaxine, Reath pensava, *Eu quis mesmo voltar para cá por vontade própria?* Desafiei ordens *para fazer isso? Talvez o pólen dos Drengir mexa com a nossa cabeça.*

Ele se sentiu mais encorajado assim que finalmente conseguiu chegar a algumas dezenas de metros da *Nave* sem trombar com mais nenhum Nihil. Melhor ainda foi quando percebeu um borrão branco se movendo entre as sombras das colunas de metal: as vestes que acusavam a presença de Orla Jareni.

Ela pareceu igualmente aliviada em vê-lo.

– Graças à Força! Achei que os Nihil pudessem ter capturado você – disse Orla, colocando uma das mãos em seu ombro.

– Eles capturaram. Ou melhor, Nan me capturou. Mas ela disse que, como eu a devolvi à sua frota, ela me daria uma chance. Por isso estou aqui.

– Então ao menos um deles tem alguma noção de honra. Mas não acho que isso seja um valor que se repita no grupo todo – disse Orla, com a expressão cética.

– Também não acho – disse Reath. Ele se lembrou de como o dedo de Nan permanecera firme no gatilho do blaster; ela queria tanto matá-lo que deixá-lo ir foi difícil. Seria um erro testar sua "honra" novamente. – Os Nihil querem usar esta estação como base de operações para invadir toda esta região do espaço. A República precisa manter a estação Amaxine como seu território ou destruí-la.

– É, foi o que pensei – disse Orla.

Reath tentou não se sentir desapontado por ela já ter chegado àquela conclusão sem ele.

– Pelo menos cuidamos dos Drengir.

– Quanto a isso. – Orla estremeceu. – Estamos prestes a libertá-los novamente.

– Espere! Como é? *Por quê?* – Mas logo Reath percebeu a única razão que poderia estar sob consideração. – Não há outra forma de escapar sem que os Nihil nos vejam?

Ela balançou a cabeça.

– Sem chance. Precisamos distraí-los em uma escala que fará com que todos os guerreiros daquela enorme nave venham para a estação lutar. Caso contrário, vão nos fazer em pedaços assim que sairmos da eclusa de ar.

Reath não conseguiu conter um arrepio ao pensar em enfrentar novamente os Drengir. Daquela vez, pelo menos, não estaria em desvantagem: preso em um planeta que não era o seu, tentando proteger alguém ferido e incapaz de se defender. Tudo o que tinham de fazer era evitar serem mortos por tempo o suficiente para que os Drengir e os Nihil colidissem, ponto em que os Jedi desceriam muito na lista de prioridades de cada inimigo.

Mas não seria fácil evitar a morte por tanto tempo com os dois grupos sedentos por sangue por perto. Mais do que isso, uma sensação de pavor rastejava nas bordas da consciência de Reath. O perigo estava à frente, de alguma forma que eles ainda não percebiam completamente.

– Você viu Cohmac? – perguntou Orla. – Ele tinha ido atrás de você...

– Ele me encontrou, e Dez. – A surpresa e a alegria no rosto de Orla apagaram as preocupações de Reath, pelo menos naquele momento. – Há uma área de transporte na parte inferior da estação, e é por isso que os Nihil e os Drengir estão tão interessados nela em primeiro lugar. Dez foi enviado acidentalmente ao planeta natal dos Drengir... pelo menos pode ser que seja seu planeta natal; havia muitos deles lá. Ele estava gravemente ferido, aliás, e tenho certeza de que foi duramente interrogado. – Que palavras tão simples para descrever tamanho pesadelo. Reath prosseguiu: – Enfim, Mestre Cohmac levou Dez de volta à *Nave*. Você precisa da ajuda dele para remover a contenção da Força?

– Dez precisa mais de ajuda no momento, e já estamos aqui. Então, vamos ver se nós dois podemos lidar com isso. – Orla parecia mais confiante do que ele suspeitava que se sentisse... Certamente mais confiante do que ele. Ela já estava guardando o sabre, preparando-se para a jornada de volta ao arboreto. – Você está pronto, Reath?

Só então ocorreu-lhe o que ela realmente estava lhe pedindo: que a acompanhasse até o centro da tempestade.

– Sim – disse ele. – Vamos lá.

As mãos de Affie continuavam ficando vermelhas e doendo enquanto ela e Leox retornavam para a *Nave*.

– Acho que a seiva deve ser tóxica para humanos – constatou ela.

– Você deve estar certa. Com sorte, algum tipo de bálsamo ou unguento a bordo da nave vai dar um jeito nisso. Até lá, vamos em frente.

Leox continuava apressando-a, como se achasse que ela estava prestes a voltar atrás. Aquilo irritava Affie, mesmo que ele não estivesse totalmente errado. Ela não ia voltar; só queria que pudesse.

Acho que vou ter que falar diretamente com Scover sobre isso, pensou ela. *Fazê-la explicar exatamente o que estava pensando e ver se ela... se ela realmente consegue entender como vem agindo errado.*

Se não conseguisse... – não. Affie nem imaginaria aquilo. Scover entenderia. Ela *tinha* que entender.

Os dois alcançaram o corredor que circundava o arboreto. Ao longe, ela podia ouvir estrondos e passos em marcha que deveriam ser dos Nihil. Affie ficou tensa ao escutar passos muito mais próximos.

– O que... – Leox parou e colocou as mãos nos quadris. – Não esperava encontrar nenhum amigo aqui.

Affie olhou para a frente e avistou dois dos Jedi vindo na direção deles através das sombras. Orla Jareni em suas vestes brancas, que de alguma forma continuavam imaculadas, e um amarrotado Reath Silas. Ela, provavelmente, não deveria estar com uma aparência muito melhor.

Orla ignorou as palavras amigáveis de Leox.

– Vocês dois precisam voltar para a *Nave* imediatamente. Preparem-se para sair em dez minutos. Se não tivermos voltado até lá, devem partir sem nós.

– Ei, ei, ei. – Leox ergueu as duas mãos. – Como é que é? Não pretendo deixar ninguém para trás. É o tipo de coisa que não pega bem na reputação de um piloto comercial.

Aquilo lhe rendeu um meio-sorriso de Orla.

– A única maneira de distrair os Nihil por tempo o suficiente para escaparmos da estação é libertando os Drengir.

– Se você libertar aquelas coisas, teremos dois grupos tentando nos matar em vez de um – disse Affie.

– Esperamos que eles fiquem ocupados demais tentando matar uns aos outros – explicou Reath.

– Como sabem que não vão juntar forças contra nós? – perguntou ela. Ninguém tinha uma resposta imediata para aquilo, o que confirmava as piores suspeitas de Affie: os Jedi estavam improvisando aquilo enquanto avançavam.

Veja pelo lado bom, disse ela a si mesma. *Se você morrer, não precisará confrontar Scover.*

Orla conseguiu mandar Leox e Affie de volta para a nave antes que a garota fizesse mais perguntas incômodas. Manter o foco era mais fácil quando ela não tinha que pensar em todas as muitas coisas que poderiam dar errado.

Muitas, muitas coisas.

Ela e Reath retornaram para o arboreto. As sombras dos Drengir petrificados gelavam seu sangue, mas o mais enervante, de longe, era o puro poder pulsando ao redor da sala, entremeado com os ídolos, um poder que reverberava em seu corpo. Muito embora Orla tivesse ajudado a erigir a barreira, a enormidade do que tinham feito a atingiu novamente.

– Não vai ser como abrir uma cortina ou um portão – murmurou Orla para Reath. – Não será um impacto suave como antes. Essa barreira recriada é nova. Tem mais vitalidade. Quando cair, a reação será intensa.

– Também sinto isso. – Reath se preparou.

Ela assentiu com a cabeça.

– Basta me acompanhar.

Orla estendeu a mão, buscando suas sensações, estabelecendo contato com a extremidade da barreira. A tensão ali era quase consciente – quase consciente de seu dever de conter os Drengir.

Você não é mais necessária, transmitiu ela para o redemoinho de energia que não era bem uma mente. *Você fez um bom trabalho. Mas fará algo melhor agora, libertando-os.*

Ao seu lado, Orla podia sentir Reath fazendo algo muito semelhante, alcançando o campo à sua própria maneira, convencendo-o a libertá-los. Mas o campo era teimoso, firmando-se cada vez mais conforme o pressionavam.

Orla redobrou seus esforços. Seus braços estendidos tremiam enquanto ela se empenhava fisicamente para puxar de volta os poderes que tinham desencadeado. Parecia que a barreira não estava cedendo, e sim se expandindo, aproximando-se cada vez mais, até que a eletricidade estática percorreu sua pele e lhe arrepiou os pelos do corpo. Faíscas jorraram pelo ar e, por um instante, ela se perguntou se a única coisa que conseguiriam seria apenas paralisar a si próprios, também, ficando presos com os Drengir...

Então, eles perderam o contato com o campo. O controle que tinham sobre ele se dissipou, deixando os dois respirando com dificuldade.

– Chegamos bem perto – disse Reath. – Se tentarmos novamente...

– Não. – Orla balançou a cabeça. – Duas pessoas não bastam. – Então, ela se ajoelhou em meio aos escombros no chão da estação e pegou um blaster.

Reath franziu o cenho.

– O que você vai fazer?

– Profanar a história – disse Orla. – Perdoe-me por isso.

Ela mirou diretamente contra o ídolo da rainha humana – bem entre os olhos dourados da estátua – e atirou.

O campo é tecido pelos ídolos, Reath estava pensando. *Destrua um deles, e você o destrói...*

Uma onda de energia atingiu Reath como um tsunami, arremessando-o para trás no chão, fazendo com que deslizasse por mais de um metro. A carga elétrica da onda contraiu todos os músculos de seu corpo e o fez morder a língua com força o bastante para sentir o gosto de sangue.

E os Drengir estavam livres.

As criaturas permaneceram ali paradas, estremecendo, aparentemente atingidas pela mesma carga que derrubara os Jedi. Levariam mais uns poucos segundos para perceber que estavam novamente livres. Aquilo dava aos Jedi alguns instantes para escapar. Orla estava atordoada, talvez parcialmente consciente, enquanto lutava para se levantar. Reath rastejou até ela e puxou suas vestes brancas.

– Levante-se. Temos que ir, *agora*!

Enquanto ela se recuperava, os Drengir faziam o mesmo. Mãos parecidas com galhos apontaram na direção deles enquanto Reath e Orla se levantavam, e era hora de correr.

Correr sobre o chão do arboreto era como atravessar um terreno rochoso, coberto por vinhas, destroços e restos de droides 8-Ts destruídos na explosão. Teria sido difícil se apressar mesmo que Reath não estivesse enjoado e tonto com o impacto do colapso da contenção da Força.

Atrás deles, ele ouviu o assustador farfalhar estrondoso que devia ser o som dos Drengir correndo. O que quer que fosse, estava ficando mais alto e mais próximo.

Diante deles encontrava-se a entrada para o anel equatorial – que não estava mais vazio, mas repleto de guerreiros vestidos de preto, com máscaras de respiração e listras azuis.

Pela primeira vez – e provavelmente a última –, Reath ficou aliviado ao ver os Nihil.

Um dos guerreiros lançou uma granada de gás, provavelmente com a intenção de atingir os Jedi. Mas tanto Orla quanto Reath se esquivaram com facilidade enquanto respiravam fundo. Um Jedi podia passar mais tempo sem respirar do que um ser senciente padrão, o que lhe proporcionava a chance de se afastar do gás tóxico.

Em vez disso, o gás detonou no meio dos Drengir...

E eles não ficaram nem um pouco perturbados.

As armas de gás só funcionavam contra seres que respiravam os mesmos gases. E aquilo não incluía plantas.

A risada sussurrante e horripilante dos Drengir elevou-se enquanto eles avançavam – passando direto por Orla e Reath – para atacar seu mais novo inimigo. *Parece que os Drengir não acordaram apenas com fome*, pensou Reath enquanto continuava correndo. *Acordaram prontos para uma briga.*

Por uma fração de segundo, os Nihil hesitaram. Aquele tempo foi longo o suficiente para Reath lembrar que eles eram saqueadores, não guerreiros, e sua coragem vacilava em um conflito onde nenhum lucro seria obtido. Mas todos os seres lutavam por suas vidas.

Os Nihil empunharam suas armas e começaram a atirar. A luz brilhante das rajadas de blaster cintilou na escuridão enquanto Orla e Reath continuavam correndo em direção à *Nave*.

Temos que sair daqui, pensou Reath. *Então, vamos simplesmente deixar esta estação para os Nihil ou para os Drengir?*

Não podemos fazer isso.

Não importa o que aconteça.

Retornar à *Nave* já parecia uma rendição. O humor de Affie piorou ainda mais quando ela e Leox alcançaram o anel da eclusa de ar para encontrar o caminho quase completamente bloqueado por destroços em chamas. Cinzas ainda embaçavam o ar. Ela resmungou.

– Eu fiz isso?

– Boa parte. – Então, Leox parou ao seu lado e estudou os destroços com mais atenção. – Espere. Talvez não tenha sido você.

O cenário ao redor deles era obviamente resultado do explosivo que ela tinha detonado, por isso a reação de Leox a pegou desprevenida.

– O que você quer dizer? – perguntou ela.

– Está tudo mexido. Mais destroços foram deslocados para essa área.

Aquilo não fazia sentido.

– Quem faria isso? – perguntou Affie. – Com tanta coisa acontecendo nesta estação, quem teria tempo para reorganizar os destroços?

Leox pegou uma das vigas menores e a jogou de lado. No espaço recém-liberado, Affie ficou surpresa ao ver vinhas crescendo. Grossas, pegajosas e espinhosas como cactos. Pelo menos meia dúzia delas alcançavam o chão.

– Elas cresceram tanto assim nos últimos minutos? Como isso é possível?

– Não temos a menor ideia do que os Drengir podem fazer agora que foram libertados. – Leox cruzou os braços sobre o peito. – Parece que as vinhas estão abrindo caminho por toda a estação à medida que crescem. Nada promissor.

Ele tinha um talento para eufemismos. Fazendo uma careta para as vinhas retorcidas, Affie disse:

– Vamos até a *Nave* antes que as vinhas a alcancem.

– Já pode ser tarde demais.

Ela pensou que Leox estava sendo fatalista até que seguiram em direção à eclusa de ar, as vinhas sob seus pés durante todo o trajeto – e então, elevando-se ao longo das paredes da própria eclusa, hastes surgindo em cada abertura e fenda. Affie correu para a *Nave* e suspirou de alívio ao ver que as plantas não haviam crescido a bordo. Aquele alívio durou apenas o tempo que levou para chegar até a cabine, onde viu vinhas espessas alcançando toda a frente da embarcação.

Leox sentou-se no assento do piloto e começou a verificar os sensores.

– Droga, eu disse a Geodo para ficar aqui.

– O que ele poderia ter feito sobre aquilo? – Affie gesticulou na direção das vinhas.

– Nada. Só queria que ele estivesse aqui em vez de se metendo em confusão na estação. Ele nunca sabe quando sair de uma briga. – Leox afundou em sua cadeira. – Elas estão ao redor da nave inteira. Os Drengir nos amarraram direitinho.

Affie tentou imaginar como as vinhas poderiam viver no frio do espaço. Provavelmente não tinham que sobreviver por muito tempo. Vinhas mortas podiam prender a *Nave* no lugar quase com tanta força quanto vinhas vivas.

– Avise os Jedi – disse Leox. – Comunique-os que temos mais um fator complicado para lidar.

– Como vamos sair daqui? – perguntou ela, baixinho.

Ele respondeu no mesmo tom de voz:

– Vamos abrir caminho à base do fogo, ou morrer tentando.

Por mais que falassem baixo, ainda podiam ser ouvidos por Cohmac, que não estava muito longe da entrada da cabine. Ele pretendia lhes contar sobre Dez, para obter mais informações sobre o interior da estação, antes de retornar para lutar ao lado de Orla e Reath. Em vez disso, virou-se e saiu correndo da nave, de volta ao anel da eclusa.

O que acontece entre os Nihil e os Drengir a essa altura não é mais nossa preocupação imediata, pensou ele enquanto saltava sobre o emaranhado de vinhas ao longo do convés. *Somos responsáveis pelas vidas da tripulação da* Nave *e de Dez Rydan. Podemos lidar mais tarde com quaisquer outras complicações.*

Neste momento, precisamos escapar.

Seu caminho através dos escombros espalhados pela estação o levou mais para perto do arboreto, onde uma batalha era travada. Antes que pudesse procurar por Reath e Orla por meio da Força, os dois surgiram correndo por uma das passagens, cheirando levemente a produtos químicos tóxicos. Seus comunicadores estavam piscando em seus cintos, sem dúvida com o aviso de Affie sobre as vinhas.

No entanto, eles puderam testemunhar o problema por si próprios.

– E essa agora? – disse Orla. – É algum tipo de... Drengir gigante?

– É incerto – respondeu Cohmac enquanto Reath chutava uma das videiras. – Sem dúvida as vinhas foram criadas pelos Drengir; isso é tudo o que sabemos. Elas já começaram a prender a *Nave*. Devemos partir imediatamente.

Orla pôs-se ao lado de Cohmac enquanto voltavam correndo.

– A boa notícia é que os Drengir e os Nihil estão se mantendo ocupados. Se conseguirmos fugir, não acho que vamos ter que nos preocupar em ser perseguidos. Como está Dez?

– Delirando, basicamente – disse Cohmac. Sua mente estava apenas parcialmente no momento presente, enquanto ele tentava pensar em maneiras de danificar as vinhas.

Motivo pelo qual ele não notou que seu grupo estava desfalcado até que já estivesse a bordo da *Nave*.

Orla percebeu aquilo no mesmo momento:

– Espere... onde está Reath?

Reath desviara-se dos outros depois de apenas alguns metros.

Ele assistiu Cohmac e Orla avançarem, desejando ficar para trás e ter certeza absoluta de que os eventos estavam se desenrolando da maneira como deveriam. Se algo desse errado com o plano deles, ele e seus amigos precisariam saber imediatamente. Mas, mesmo que tudo desse certo, Reath tinha um trabalho importante a fazer.

Aquela estação não poderia ser abandonada para uma disputa de sua posse entre os Nihil e os Drengir. Ela conferira uma vantagem tática aos Amaxines, milênios antes; ainda tinha potencial para causar um enorme estrago. Talvez a República pudesse reivindicá-la – mas a República não estava vindo para aquela região da galáxia para conquistá-la por meio de ataques furtivos.

Controlaríamos a estação apenas para evitar que os Drengir ou os Nihil se apossassem dela, pensou Reath. *Ambos os grupos vão querer tomá-la de volta. Isso vai gerar conflitos desnecessários e custar vidas a troco de quê?*

Se a estação não pudesse ser mantida com segurança, deveria ser destruída.

Não *literalmente*, ao menos não naquele momento: Reath não estava carregando nada próximo do poder de fogo necessário para aquilo. A *Nave* também não. Mas ele não precisava explodir a estação Amaxine para acabar com sua capacidade estratégica.

Tudo o que precisava fazer era lançar todas as cápsulas hiperespaciais, ao mesmo tempo, vazias, e de preferência para lugares no meio do espaço morto.

Se tivesse contado sobre seu plano, sem dúvida Orla ou Mestre Cohmac teriam insistido em realizar a tarefa. Reath não queria que ninguém se arriscasse.

– Os controles estarão lá embaixo – murmurou ele enquanto percorria o caminho até a esfera central. – Não estou nem um pouco animado por ter que voltar a atravessar aquele túnel.

Sua segunda descida pelo túnel foi tão monótona quanto a primeira, embora seu senso de suspense tivesse passado de alto para quase insuportável. Quando ele se tornasse integralmente um Jedi, talvez pudesse entrar em um transe meditativo em momentos como aquele. Mas ele ainda não estava nesse nível.

Quando Reath encontrou novamente os controles, colocou a mão sobre eles: acenderam-se. Foi preciso um tempo de experimentação e muita fé na Força para puxar as imagens holográficas de localização, mas Reath finalmente as acionou – minúsculos círculos de luz pairando no ar. A linguagem e os sistemas de notação eram muito antigos, mas não desconhecidos para quem estudara bastante sobre os antigos Amaxines.

Pesquisa, pensou ele com um vislumbre de satisfação. *Não se meta com ela.*

Reath mudou as coordenadas para cada uma das cápsulas para valores que deveriam mandá-las para perto, mas não para a superfície de qualquer planeta para onde tenham sido dirigidas anteriormente, mesmo para os maiores planetas inabitados conhecidos pela ciência. O tráfego e as estações espaciais mais próximos também estariam a salvo. Uma ou outra lua distante *poderia* ser atingida – mas era muito mais provável que as cápsulas simplesmente surgissem no espaço vazio e ficassem à deriva até acabarem sendo esmagadas por asteroides errantes ou coletadas como sucata.

Assim que as coordenadas foram inseridas, ele pressionou o controle central. Instantaneamente, todo o anel inferior começou a vibrar – o poder que reverberara pela estação quando ele e Dez partiram, mas exponencialmente maior. Reath quase foi atirado ao chão, mas estendeu as mãos, mantendo o equilíbrio enquanto as cápsulas eram lançadas para os cantos mais distantes da galáxia. O trabalho dos Amaxines estava desfeito.

Era um pouco triste estragar uma antiga máquina que funcionara tão bem durante tanto tempo. Mas, quando Reath ouviu o incessante confronto acima entre os Nihil e os Drengir, pensou: *Nada pode durar para sempre.*

Ele escalou para fora do túnel, estremecendo ao perceber quão perto chegara do embate. Até aquele momento, os combatentes permaneciam alheios a ele e à perda das cápsulas. Mas Reath não tinha uma rota clara para o anel externo da estação – para a *Nave* ou para a fuga.

Então, seu comunicador zumbiu. Confiando no barulho da batalha para encobrir o som, ele o levou ao ouvido e escutou Leox:

– *Eu perguntaria o que raios você está fazendo, mas imagino que tenha algo a ver com as zilhões de cápsulas que acabei de ver sendo lançadas da estação.*

– Bom palpite – disse Reath. – Ouça, meu caminho de volta está bloqueado agora. Vou tentar chegar até vocês, mas, se não conseguir... confio em você para tirar todos daqui a tempo de se salvarem.

– *Sacrifícios nobres não têm valor algum no momento. Não* podemos *sair. Os Drengir prenderam a* Nave*, literalmente. Fizeram crescer vinhas para nos prender à estação. Vamos tentar nos libertar, mas precisamos ir o mais rápido possível... as vinhas ainda estão crescendo.*

– O quê? – Reath nunca levara em consideração que os outros poderiam não ser capazes de lidar com as vinhas por conta própria. Eram apenas vinhas, não eram? Mas quando pensou sobre quão longas e espessas as raízes teriam que ser para cavar através da própria estação, percebeu que a nave poderia muito bem ficar presa nelas. – Existe alguma maneira de detê-las?

– *Não que eu saiba, além de força bruta. Para que a força bruta tenha alguma utilidade, ela precisa ser aplicada imediatamente. Esta é a nossa melhor chance.*

Não era lá uma grande chance. Reath pôde ouvir na voz de Leox.

Se a *Nave* fosse escapar, as pessoas a bordo precisariam de tempo para romper as amarras. Tempo em que nem os Nihil e nem os Drengir poderiam atacá-los. A batalha atual estava distraindo os inimigos, mas por quanto tempo?

Ele pensou em Dez, ferido e indefeso – nos outros Jedi da missão, que tentaram guiá-lo na ausência de Mestra Jora –, e nos tripulantes da *Nave*, que de alguma forma tinham se tornado seus amigos. Todos eles estavam em perigo, todos se agarrando à sua última chance de sobreviver.

A voz de Mestra Jora ecoou mais uma vez em sua mente. *Por que nenhum Jedi pode cruzar o Arco Kyber sozinho?* Reath finalmente soube a resposta.

Ele tinha que salvar seus amigos, se pudesse.
Mesmo que isso lhe custasse a própria vida.

— VINTE E CINCO ANOS ANTES —

PARTE SEIS

– Se sairmos dessa – disse Cassel a Thandeka –, pelo menos as coisas vão ser melhores daqui para a frente.

Thandeka, distraída por seus pulsos doloridos e feridos, e pelos guardas zangados murmurando perto de Isamer, parou por um momento para processar o que ele dissera.

– O que você quer dizer? Que coisas?

Ele corou novamente em um tom de azul mais intenso.

– Quero dizer, entre Eiram e E'ronoh. Podemos parar com essas picuinhas idiotas e nos tornar aliados. Amigos, até.

Havia disputas mais substanciais entre os dois planetas; não era apenas uma questão de "picuinhas". E amizade levava tempo. Mas Thandeka também enxergava a oportunidade.

– Vamos abrir relações diplomáticas. Permitir algumas viagens de ida e volta.

Cassel nunca pareceu tão animado a Thandeka.

– Ah, eu *adoro* eventos diplomáticos. Vestir a estola e todas aquelas roupas elegantes.

Thandeka não pôde deixar de retribuir-lhe o sorriso.

– Tenho que admitir, Dima adora qualquer oportunidade que tenhamos de usarmos as joias da coroa. Às vezes brigamos pelas melhores tiaras.

– Esplêndido, esplêndido. – Cassel acenou com a cabeça como se tudo já estivesse definido. – É bom ter algo pelo que ansiar, não é?

Thandeka não tinha certeza se acreditava que sobreviveriam àquele dia. Mas os Jedi estavam chegando, e não havia por que não ter esperança.

– Sim. Sim, é bom.

Orla aproximou-se da entrada da caverna. Àquela altura, ela e os outros podiam ouvir o movimento, até mesmo murmúrios. Eles tinham uma passagem livre para a própria câmara onde os reféns estavam sendo mantidos. Mestra Laret, logo à frente de Orla e Cohmac, manteve-se em posição de batalha, esperando a oportunidade certa.

O treinamento tático indicava claramente que o momento ideal para a ação viria quando os sons estivessem mais distantes da entrada, e que eles deveriam entrar rápido, identificar de imediato os reféns e os sequestradores, proteger os primeiros e só depois ir atrás dos últimos. Seus sabres de luz forneceriam uma cobertura que lhes permitiria primeiro proteger, depois atacar.

No entanto, todos os instintos de Orla estavam lhe dizendo: *Encontre os sequestradores e acabe com eles primeiro.*

Mas o treinamento tático existia por uma razão. Ela decidiu não ignorá-lo.

Passos pesados afastaram-se da porta. Mestra Laret mudou sutilmente de posição, mas o bastante para comunicar aos aprendizes que o momento estava próximo. A ordem foi silenciosa, mas Orla escutou com tanta certeza que foi como se sua mestra tivesse gritado:

Vão.

Todos os três irromperam pela entrada da caverna ao mesmo tempo. Os instintos de Orla eram tão fortes que pareciam quase guiar sua lâmina, mas ela se segurou, mantendo a formação enquanto se moviam para cercar e proteger os reféns.

Um Lasat alto e fortemente armado saltou para a frente, mas não contra os próprios Jedi. A maioria das espécies não poderia ter pulado sobre dois humanos e um Umbarano em um salto, mas um Lasat podia, e aquele o fez. Orla percebeu o que estava acontecendo tarde demais para pular e bloqueá-lo, apenas a tempo de pensar: *Não há nada entre ele e os reféns...*

Thandeka gritou quando o blaster de Isamer apontou diretamente para ela. Foi a primeira e única vez que ela gritara durante seu sequestro e, apesar de seu terror mortal, odiava ter cedido, mesmo na última fração de segundo de sua vida.

Então, Cassel jogou-se em sua direção, incapaz de cobrir seu corpo completamente, mas quase. Seu rosto azul ficou a apenas alguns centímetros do dela. Seus olhares se encontraram.

O raio do blaster disparou, ensurdecendo-a e cegando-a como se fosse o fim do mundo.

Mestra Laret girou, rasgando o Lasat ao meio com seu sabre de luz no instante seguinte ao disparo. As duas metades, cauterizadas, desabaram no chão, e depois não houve som algum. Tudo terminou em um minuto. Orla olhou para o estrago diante deles: as paredes e engradados em chamas, os corpos no chão, atingidos por seus próprios disparos refletidos. Como aquilo podia ter acabado tão rápido?

O próximo som que ouviu foi um choro.

Orla virou-se para ver o Rei Cassel caído no chão, seu manto ainda fumegando por causa da queimadura. Ele estava muito perto da morte. A Rainha Thandeka ajoelhou-se ao seu lado, lágrimas escorrendo pelo rosto.

– Você me cobriu. – Ela conseguiu dizer a Cassel. – Você me protegeu. Por quê?

– Para que... que você pudesse voltar para casa... para sua rainha. – Cassel sorriu debilmente. – Convide o... o próximo monarca... para...

Sua voz foi falhando. Seus olhos ficaram vazios. Cassel estava morto.

A rainha se abaixou, apoiando a testa no ombro de Cassel, e se rendeu às lágrimas.

– Ele deu a vida dele pela minha.

– Então, morreu de forma nobre – disse Mestra Laret, pousando uma das mãos nas costas da Rainha Thandeka. – E será lembrado.

Os instintos de Orla lhe haviam dito para ir atrás de Isamer imediatamente. Por que ela não os ouvira?

Porque não é isso que a Ordem Jedi diz para fazer, ela lembrou a si mesma. Muitos anos se passariam antes que ela reconhecesse completamente a importância daquele momento, e percebesse que se a Ordem estivesse lhe dizendo para ignorar a Força... não era a Força que estava errada.

Cohmac observou a Rainha Thandeka com uma emoção estranha que levou alguns segundos para reconhecer como inveja.

Ela poderia chorar por sua perda. Ele nem podia reconhecer a dele.

Mestre Simmix teria me dito para enterrar a dor, disse Cohmac a si mesmo. *Não há lugar para ela em um Jedi. Não há lugar para isso dentro de você.*

Então, ele a enterrou tão fundo quanto uma mina.

Uma que poderia aguardar durante anos antes de explodir.

Poucos dias depois, e a meia galáxia de distância, a notícia do fracasso do Diretorado chegou aos Hutts. Os relatórios indicavam que não apenas Lorde Isamer fora morto, mas que as informações coletadas no covil dos sequestradores permitiram que as autoridades rastreassem e prendessem quase todos os principais oficiais de toda a organização. O Diretorado fora dissolvido.

O que era exatamente o que esperavam os Hutts.

Eles haviam planejado uma missão fadada ao fracasso. Prepararam uma armadilha. O Diretorado fora tolo o bastante para entrar nela de bom grado. Agora, o único grande sindicato do crime naquela região do espaço não existia mais.

Portanto, quando quer que os Hutts decidissem se mudar – fosse dali a um ano ou depois de vinte e cinco –, nada estaria em seu caminho.

VINTE E CINCO

Reath precisava ganhar tempo para os outros. Mas como? Desesperado, ele olhou ao redor da cena caótica que o rodeava na esfera central da estação. Levou apenas um instante para encontrar uma possibilidade.

Como notara antes, uma eclusa de ar maior e de formato irregular na lateral se abria diretamente na área do arboreto. Ele podia ver os controles a apenas alguns metros de distância. Reath rastejou até eles para conferi-los. Todos os sinais indicavam que estavam completamente operacionais.

O que ele estava prestes a fazer poderia matá-lo. Mas era a única maneira de eliminar as ameaças Nihil e Drengir à *Nave* de uma só vez.

Além do mais, talvez ele conseguisse escapar com vida. *Expire*, lembrou a si mesmo. *Expire e se segure com todas as suas forças. Essa é sua única chance.*

Assim, Reath anulou o contador de tempo, agarrou-se a uma escada de serviço por perto, soltou todo o fôlego e pressionou o controle ABERTURA.

A eclusa de ar se abriu, expondo o arboreto ao vazio do espaço. Normalmente, o contador de tempo teria mantido o campo de contenção magnética funcionando por tempo suficiente para que qualquer pessoa presente pudesse escapar; daquela vez, ele se desfez imediatamente.

Uma energia explosiva agarrou a tudo e a todos no centro da estação: Nihil, Drengir, droides, plantas, destroços, calor, ar. Gritos de espanto soaram no primeiro instante; depois, não havia ar suficiente para o som viajar. Parecia que estava sendo golpeado por fortes rajadas de vento. Reath agarrava-se à escada de serviço com toda a força, mas parecia que estava sendo arrastado pelos pés, pelos cotovelos, pelos cabelos, por todas as partes do corpo. O espaço o reivindicava para si.

As videiras fluíram para fora do arboreto como fitas. Paredes que antes estavam cobertas por plantas durante séculos foram arrancadas. Corpos de Nihil e Drengir passaram rodopiando por ele – membros se agitando, algumas armas ainda disparando –, e Reath lamentou ter que tirar tantas vidas. Mas eles estavam determinados a tirar as vidas de outras pessoas; aquilo fazia com que abdicassem das suas próprias em combate.

Cristais de gelo começaram a se formar em seus cabelos e roupas. Reath manteve-se com os pulmões vazios, sem fôlego, embora o esforço fizesse suas costelas doerem. Se inspirasse qualquer parte do ar restante, a ausência de pressão externa faria com que o gás se expandisse, rompendo seus pulmões. *Aguente firme*, disse a si mesmo. *Aguente firme, espere... logo as comportas se fecharão...*

Mas não a tempo. A escada passou a chacoalhar; os parafusos que a prendiam à parede começaram a ceder. Ela se partiria a qualquer momento.

Reath não estava com medo. Estava triste, mas não com medo. Se aquele fosse o momento de se unir novamente à Força, que fosse. Pelo menos ele conseguira ganhar algum tempo para seus amigos, e uma chance de escaparem com vida. Aquilo era mais do que a maioria das mortes podia obter. Ele tinha sorte de a sua ter algum sentido. Ninguém poderia pedir nada além daquilo.

Sua mente se preencheu com a lembrança do rosto gentil de Mestra Jora. *Vamos nos unir na Força em breve*, pensou ele.

A escada cedeu. Reath deslizou pelo chão em direção à eclusa de ar e ao espaço aberto. Ele fechou os olhos contra o vácuo...

E acertou algo muito duro, com muita força.

O que... – a dor atravessou todo o corpo de Reath. Mas qualquer que fosse a barreira que tinha atingido, ela não estava cedendo ao vácuo; era forte demais para isso. Ele abriu os olhos para descobrir que podia ver ao redor da borda da coisa – e assim pôde vislumbrar as comportas da eclusa de ar finalmente se fechando.

O vácuo desapareceu. Reath caiu no chão, ofegando por ar. Os controles ambientais da estação ainda demoraram mais alguns instantes para restaurar o oxigênio. Naqueles segundos confusos, ele procurou o que o salvara.

Não, não o quê. *Quem.*

– Geodo? – ofegou Reath.

Geodo estava acima dele, tranquilizadoramente calmo e firme. E Reath podia sentir, naquele exato momento, uma conexão com uma forma de vida profundamente estranha, e ainda assim tão vívida quanto a de qualquer outro ser que ele já encontrara.

O comunicador de Reath zumbiu:

– *O que acabou de acontecer?* – a voz de Affie soou. – *As leituras que estamos recebendo... Reath, você ainda está aí?*

Ele conseguiu responder com uma voz rouca:

– Graças a Geodo, sim. Ainda estou aqui. Ainda estamos aqui. Mas os Nihil e os Drengir se foram.

– *Você vai ter que explicar isso mais tarde* – disse Affie. – *Esperem aí. Estamos indo buscar vocês.*

Ele caiu de costas no chão e olhou para Geodo.

– Meu herói.

Geodo não respondeu, mas Reath sabia que ele tinha entendido.

As vinhas começavam a traçar seu caminho pela cabine, indicando o cerco completo da *Nave*, quando os sensores da embarcação se acenderam em vermelho. O pânico resultante da descompressão dentro da estação os distraiu. Mas quando Orla e os outros finalmente souberam que Reath estava seguro e que a estação estava intacta, viraram-se para ver que as vinhas não apenas tinham parado de crescer como também começavam a escurecer. Elas morreram quando os Drengir morreram.

Depois daquilo, fugir da estação Amaxine não seria tão difícil. Sim, eles levaram bastante tempo para cortar todas as vinhas mortas e espessas que prendiam a *Nave*, mas tinham tempo para trabalhar, sem precisar se preocupar com Drengir ou Nihil.

(Ao menos alguns dos Nihil haviam sobrevivido, a nave deles continuava operacional. Provavelmente a maioria dos sobreviventes estava a bordo quando Reath abriu a eclusa de ar em vez de explodir a estação. Mas não poderia haver tantos deles – as varreduras indicavam que tinham desligado a maior parte dos sistemas de sua espaçonave e estavam avaliando os danos. Orla não tinha dúvidas de que os Nihil iriam querer vingança por aquilo algum dia, mas sabiam que era melhor não tentar obtê-la imediatamente.)

– A estação está completamente esvaziada? – perguntou Affie enquanto Leox e Geodo faziam as últimas checagens nos sistemas. – Inoperante? Inutilizável?

– Honestamente, a maior parte sobreviveu e vai muito bem – disse Orla, que acabara de fazer uma pesquisa rápida para verificar se estava tudo em ordem. – Várias plantas cresceram fora do arboreto. Imagino que elas encontrarão o caminho de volta, com a ajuda dos 8-Ts que estavam nas seções externas quando Reath abriu as comportas da eclusa. Todos os sistemas principais estão intactos. No entanto, ela não tem mais cápsulas de transporte hiperespacial; todas foram lançadas para longe de seus mecanismos de retorno, o que quer dizer que este lugar não tem mais valor estratégico. Agora, é apenas um arboreto.

Affie assentiu com a cabeça. A garota parecia estranhamente satisfeita com a redução das capacidades da estação por algum motivo, mas Orla optou por não se intrometer. Bastava saber que todos estavam vivos – até Dez! –, todos mais ou menos bem, e capazes de ir para casa.

Com mais vias do hiperespaço sendo liberadas a cada dia, a fronteira não poderia escapar de Orla por muito mais tempo. O espaço aberto e selvagem acenava, e ela mal podia esperar para atender seu chamado.

Reath teve que pegar leve na viagem de volta para Coruscant. Os ferimentos que sofrera durante a manobra com a ventilação da estação foram menores, mas numerosos: fragmentos causaram arranhões e cortes em sua pele, segurar a escada com tanta força resultou em uma leve torção em uma das mãos, além dos hematomas e do olho roxo por causa da colisão, que salvara sua vida, com Geodo. Aquilo significava que ele permaneceu em seu beliche, recebendo apoio na forma de chá quente, cobertores e elogios por suas ações heroicas, que era o melhor de todos os analgésicos.

Com o propósito de ficar de olho em ambos os pacientes ao mesmo tempo, os outros Jedi desmontaram a divisória entre o "quarto" de Reath e o de Dez. Infelizmente, Dez não estava se recuperando tão bem.

Ele estava deitado em sua cama, com a respiração irregular. Sua tez bronzeada tinha ficado pálida, e sua pele estava úmida. Apesar de enfaixadas com pele plástica sintética, as feridas nos braços e pernas de Dez continuavam lívidas e sensíveis.

Quando Mestre Cohmac veio ver como eles estavam, murmurou:

– Você já tentou uma cura, Reath?

– Tentei – disse Reath. – Mestra Jora sempre dizia que valia a pena tentar. Mas duvido que tenha ajudado muito. Não saber exatamente quais toxinas os Drengir injetaram na corrente sanguínea dele, bem, não ajudou muito.

Orla colocou a cabeça para dentro.

– Como ele está?

– Não está piorando – disse Reath. – Mas também não está melhorando. – Estava claro que Dez precisava melhorar muito, e rápido.

– Desculpem a intrusão – disse Leox, que estava entrando pela porta com um pacote embrulhado em pano nas mãos. – Talvez eu possa fornecer um pouco de alívio para as dores de nosso amigo.

Orla e Cohmac trocaram olhares enquanto Leox se sentava perto da cabeça de Dez. Por isso, Reath não pôde perceber a reação deles, apenas seu próprio choque, quando Leox puxou as folhas prensadas que tinham um cheiro forte, distinto e *inconfundível* de especiaria.

Leox começou a pressionar as folhas largas e macias no peito de Dez, em seguida passou outras ao redor das feridas e, por fim, depositou uma sobre sua testa. Quando Leox terminou de aplicá-las, Dez já estava começando a respirar de modo mais fácil.

Quando os Mestres trocaram olhares, Leox disse:

– Eu *falei* que eram medicinais.

Mestre Cohmac sorriu. Reath geralmente não achava uma boa ideia manter segredos do Conselho Jedi... mas aquela podia ser uma exceção. Além disso, o Conselho já estava bastante descontente com eles de qualquer forma.

Fazia pouco mais de um dia desde que deixaram Coruscant, mas as lembranças pareciam mais antigas. Reath pensou mais uma vez em todas as regras que eles quebraram para chegar até ali, e a reação que aquilo inevitavelmente geraria.

– Seremos punidos, não? Por irmos novamente até a estação?

– Eles podem decidir que o que fizemos lá pode ter compensado e nos perdoarem – disse Mestre Cohmac. – Se não acharem que compensou, não seremos apenas punidos como também podemos ser completamente expulsos da Ordem.

Reath ficou pálido. Sua primeira missão como um Jedi independente também seria a última?

Então, Orla deu risada.

– Cohmac, pega leve com ele, está bem? Reath não tem experiência para saber a diferença entre o que *poderia* acontecer e o que provavelmente acontecerá. – Ela se virou para Reath e disse: – Sim, estamos encrencados. Mas eu não me preocuparia muito com isso.

Orla estava subestimando seriamente o relacionamento antigo e profundo de Reath com a preocupação. Ele puxou o cobertor com firmeza até os ombros e começou a planejar mentalmente sua própria defesa.

O retorno da *Nave* a Coruscant deveria ter sido um alívio. Eles estavam mais uma vez seguros, e era improvável que encontrassem os Drengir por um bom tempo. Os Nihil... bem, eles ainda estavam lá fora, mas pelo menos Affie não precisaria lidar com eles por enquanto.

No entanto, ela se sentia entorpecida. Sem rumo.

Enquanto se arrastava pelas tarefas associadas à ancoragem – lubrificar as juntas do trem de pouso, inserir os códigos do banco da Guilda para reabastecimento –, não parava de pensar na estação Amaxine.

Scover não poderia mais usá-la para seus propósitos originais. Os Jedi tinham cuidado daquilo ao tornarem a estação conhecida. Sem dúvida, alguma espécie ou grupo empresarial iria assumir o controle e transformá-la em uma parada comercial padrão. Os servos contratados não poderiam mais fazer uso ilegal dela. Os "bônus" traiçoeiros de Scover desapareceriam. Ninguém mais teria de morrer como os pais de Affie.

Ainda assim, Scover não deixaria de usar servos contratados. A estação Amaxine estava longe de ser o único lugar perigoso na galáxia. Ela continuaria coagindo os pilotos sob seu controle a realizar missões perigosas. Ainda seria a única possibilidade de comprar a liberdade antes da velhice.

Pensei que aquilo ensinaria alguma coisa a ela, concluiu Affie. *Mas não. Teria apenas mostrado o quanto eu estava zangada, só isso.*

Naquela noite, ela foi até o hotel onde Scover estava e aguentou o inevitável sermão.

– Fugir daquele jeito foi muito preocupante – disse Scover durante um jantar luxuoso na espaçosa varanda com vista para as luzes da cidade de Coruscant. Seu tom uniforme não sugeria qualquer preocupação, mas aquele era o jeito dos Bivalls. O jeito de Scover. Era o que Affie sempre dizia a si mesma; ela ainda acreditava em boa parte daquilo. – Imaginei que você estivesse na *Nave*, mas não achei que iria embora sem se despedir.

– Os Jedi queriam retornar depressa e em segredo. – Aquilo era verdade, ainda que não toda a verdade.

– E o cliente sempre tem razão. – Scover assentiu. – É bom que você tenha aprendido a priorizar a satisfação de nossos clientes. O lucro não pode ser mantido de outra forma.

Affie não resistiu e disse:

– Existem coisas mais importantes do que o lucro.

– Sim – disse Scover –, mas não muitas.

– A vida dos nossos pilotos é mais importante – disse Affie. Depois de uma pausa, ela acrescentou: – Você não concorda?

Scover parecia despreocupada.

– Essa é uma determinação que os pilotos devem fazer por si próprios. Todos nós pesamos risco e recompensa, Affie.

– As pessoas normalmente não arriscam suas vidas por recompensas. Geralmente as arriscam para escapar de algo terrível.

– Muitas pessoas arriscam suas vidas por recompensas – prosseguiu Scover, provando as iguarias Chandrilanas distribuídas em sua mesa de jantar. – Pilotos de corrida, por exemplo. Hmm, coma um pouco de *baha*. Lembro que você gostou.

Affie obedientemente serviu-se de um prato de *baha*. Mas mesmo sua doçura gelada não conseguiu penetrar sua aura de depressão. Ela poderia muito bem estar comendo gelo picado.

– Agora, veja. – O leve sorriso no rosto de Scover se alargou um pouco. – Você aprecia as coisas boas, Affie. Deve reconhecer que recebeu essas coisas por causa da prosperidade da Guilda Byne. Algum dia, daqui duas ou três décadas, eu vou me aposentar e tudo isso será seu. Mas devo ter certeza de que deixo minha Guilda nas mãos corretas. Você compreende isso tudo, não?

– Sim – disse Affie. – Eu compreendo tudo.

Naquela noite, Affie pensou em voltar para a *Nave* para dormir. Mas a vista da varanda a acalmou. O zumbido baixo e constante da atividade se transformando em um ruído branco, tranquilo de um jeito próprio. Ela precisava se acalmar. Seu cérebro estava acelerado.

Affie ficou sentada até tarde, muito depois de Scover ir se deitar, com seus cabelos castanhos despenteados pela brisa. Ela olhou para o céu estranho e sem estrelas de Coruscant e se perguntou se poderia ficar em silêncio. Se o fizesse, Scover continuaria a lhe dar cada vez mais autoridade dentro da Guilda. Affie poderia obter a capacidade de liberar os contratos mais cedo, a preços muito mais baixos. Quando Scover morresse ou se aposentasse, Affie herdaria tudo – poder e riqueza quase inimagináveis, se seus planos de expansão na República se concretizassem. Então, ela poderia acabar com todos os contratos de servidão na Guilda e proteger a todos.

Quando aquele dia chegasse, anos e mais anos no futuro. Décadas. A melhor parte da duração da vida humana.

Sim, Affie podia esperar. Mas os pilotos sob contratos de servidão, não.

Reath estava no centro do Conselho Jedi entre seus amigos.

Por um lado, era incrível perceber que aqueles Mestres Jedi adultos – Cohmac Vitus e Orla Jareni – o consideravam um amigo. Refletir que ambos o viam como mais do que um aprendiz, mais como um parceiro em suas empreitadas.

Por outro lado, ele estava desconfortavelmente ciente de que aquela amizade poderia continuar fora da Ordem Jedi. Todos eles tinham ignorado ou desafiado diretamente as ordens que receberam (com exceção, é claro, de Dez, que finalmente estava repousando bem entre os médicos do Templo).

Por enquanto, tudo o que ele podia fazer era ficar de pé e manter sua postura, expressar deferência ao Conselho e torcer pelo melhor.

– Cada um de vocês está ciente, é claro, dos perigos quando os Jedi se tornam rebeldes – disse Mestre Adampo. – Até mesmo os Andarilhos têm protocolos a seguir. As habilidades que possuímos, capacidades que aprendemos a exercer, não podem ser utilizadas em busca de interesses egoístas. Se não forem empregadas a serviço dos outros, serão empregadas erroneamente. É por isso que a Ordem existe, para garantir que nossas habilidades não nos corrompam, e sim, em vez disso, enriqueçam a galáxia e a própria Força.

Reath percebeu uma expressão fugaz no rosto de Orla, que sugeria que ela não concordava com todas as partes daquele discurso. Ele ficou aliviado por ela (de forma atípica) decidir não compartilhar suas ideias com o Conselho. Aquilo provavelmente fora mais para o benefício dele e dos demais do que por ela mesma.

– No entanto – prosseguiu Mestre Adampo. – Embora seus motivos possam ter sido não oficiais, não foram egoístas. Na verdade, foram abnegados ao extremo. Jareni e Vitus esperavam conter entidades profundamente ligadas ao lado sombrio. E Padawan Silas sabia que poderia obter mais informações sobre os inimigos da República na fronteira. Os riscos que assumiram foram grandes. Todos vocês quase perderam suas vidas. Ainda assim, conseguiram tirar um valioso recurso estratégico dos inimigos da República. Mais do que isso, até mesmo salvaram Dez Rydan, que todos acreditávamos estar perdido.

Mestre Rosason acrescentou, com tom mais severo:

– Dado que este não é um comportamento comum para nenhum de vocês e a importância dos resultados que alcançaram, o Conselho vota contra uma punição neste momento. Mas estejam cientes: futuras ações furtivas serão julgadas com muito mais severidade.

– Em outras palavras – disse Mestre Adampo –, não transformem isso em hábito. Estamos encerrados.

Os ombros de Reath cederam de alívio. Os outros Jedi ficaram menos surpresos do que ele. Talvez tivessem experiência o bastante para saber o quanto poderiam pressionar o Conselho. Aquela era uma experiência que Reath não tinha a intenção de adquirir. A partir daquele momento, ele seguiria todas as regras à risca mais do que nunca.

Quando todos se viraram para a porta, no entanto, Mestre Adampo disse:

– Padawan Silas, você poderia ficar por mais alguns instantes?

Ah, não. Vão mesmo me punir, afinal de contas. Apesar da sensação de desconforto em sua barriga, Reath voltou-se para o Conselho e os encarou de cabeça erguida. Captou de soslaio um olhar solidário de Orla, mas os outros foram dispensados e tiveram que sair. Reath estava sozinho.

Mestre Adampo disse:

– Padawan Silas, você ainda não nos deu uma resposta.

– Não, senhor. Hã, qual era mesmo a pergunta, senhor?

– Não discutimos isso nesta audiência, mas em nossa conversa anterior. Você está pronto para começar a treinar novamente?

Reath se lembrou, como se recordasse um sonho, que o Conselho colocara seu futuro em suas próprias mãos. Para onde ele iria? Que caminho iria trilhar?

– Depende de você, Silas – disse Mestre Adampo. – O que vem a seguir?

VINTE E SEIS

Affie estava acostumada com "órgãos do governo" que eram do governo apenas no nome. Eles funcionavam na nave de alguém ou na parte dos fundos de alguma cantina. Em vez de leis e regulamentos, a maioria das pessoas obedecia aos costumes de uma região ou aos caprichos de algum potentado local.

A República dirigia as coisas de uma forma diferente. Ela já tinha ouvido falar antes, mas a verdade daquilo ainda não fazia sentido para Affie, até o momento em que entrou nos escritórios que regulamentavam os transportes de carga. Cada passo que dava com suas botas surradas ecoava no chão de pedra polido; o teto era sustentado por colunas grossas demais para ela abraçar. Cada peça de equipamento que podia ver reluzia de limpeza, como se tivesse sido instalada no dia anterior. Affie programara sua visita para logo depois da abertura – principalmente porque não suportava aguardar que Scover retornasse da reunião que marcara no café da manhã, mas em parte porque pensava que a maioria das pessoas não acordaria tão cedo. Em vez disso, o lugar estava movimentado, ainda que de forma organizada.

Ela achou o ambiente impecável mais intimidador do que acolhedor. Os arquivos que baixara para o datapad em sua bolsa brilhavam com o calor imaginário, como se fossem queimar na tela. Mais de uma vez, Affie pensou em simplesmente voltar pelo mesmo caminho que percorrera até ali.

Mas ela esperou por tempo o suficiente para que seu nome fosse chamado.

Foi conduzida a uma pequena sala com um oficial subalterno Twi'lek. Apesar de Affie ser uma garota de dezessete anos, o Twi'lek parecia estar levando-a a sério. Se tivesse rido, fazendo pouco dela, aquilo teria lhe dado uma desculpa...

Mas ela já estava farta de desculpas.

– Deseja fazer uma denúncia? – perguntou o Twi'lek.

– Sim. – Respirando fundo, Affie puxou o datapad de sua bolsa e o entregou. Ela pensou que a sensação seria melhor quando não tivesse mais volta. Não foi o que aconteceu. Ainda assim, ela seguiu em frente. – Estou denunciando o abuso de contratos de servidão na Guilda Byne.

A princípio, Reath esperou por um convite. Nenhum veio. Por fim, três dias depois de Dez receber alta do hospital, ele decidiu não aguardar mais.

Quando pressionou a campainha da porta, a princípio não obteve resposta. As funções automáticas indicavam que Dez Rydan estava em casa e acordado, o que não era o mesmo que aceitando visitas. Ele poderia estar cansado. Ainda se recuperando. Reath já estava se virando quando a porta foi aberta.

Ela se abriu para revelar os aposentos de Dez. Reath sabia que eles normalmente eram mais bagunçados do que a média dos aposentos dos Jedi elevada à décima potência, mas somente Dez Rydan era capaz de fazer tanta bagunça em suas primeiras horas livre de cuidados médicos. Ele se sentou em uma almofada de meditação no centro da sala, um manto casual enrolado frouxamente ao seu redor. Dez recuperara o peso perdido e, a julgar pelo que Reath podia ver, não ficaria nem com cicatrizes.

– Você parece bem – disse ele, sorrindo enquanto entrava na sala e a porta se fechava atrás dele. – Muito melhor do que quando o vi pela última vez.

– Posso imaginar. – Dez passou uma mão por seus grossos cabelos pretos. – Eu me *sinto* mesmo melhor. Seria difícil me sentir pior.

– Talvez isso não o ajude muito – arriscou Reath. – Mas por mim... eu farei uma vigília para Mestra Jora. O corpo dela se perdeu, então não podemos ter uma pira. Mesmo assim, vou acender uma fogueira e ficar de vigia. Gostaria de se juntar a mim?

– Não posso – disse Dez. Sua voz parecia distante; ele não encontrou os olhos de Reath. – Amanhã partirei para um dos mundos de contemplação. Estou fazendo o Voto Barash.

O Voto Barash era um compromisso extremo para obter a comunhão definitiva com a Força. Aqueles que faziam o voto passavam anos, às vezes décadas, em meditação profunda e solitária. Era o último caminho que Reath teria imaginado para Dez.

– Mas por quê? – perguntou Reath. – O Voto Barash... é feito por Jedi que cometeram erros terríveis. Você não cometeu nenhum! Não rompeu sua conexão com a Força.

– Não – disse Dez. – Ela foi rompida pelos Drengir. Os curandeiros juntaram as peças novamente, mas é... instável. As rachaduras estão aparecendo. Não vai durar, a menos que eu me comprometa a renová-la com todas as minhas forças.

– Mas... – A voz de Reath falhou. – Essa é a vida que você realmente quer?

Dez assentiu lentamente.

– Você precisa entender, os Drengir são *profundamente* ligados ao lado sombrio. Os dias que passei como prisioneiros deles foram dias que danificaram e testaram minha conexão com a Força. Não sei se passei no teste. Se não fosse por você, eu poderia ter me tornado uma criatura deles, um estúpido lacaio das trevas. Isto é, se eles não tivessem me devorado antes.

– Você passou no teste – insistiu Reath. – Você ainda é você mesmo.

– Sim, eu sou. Mas existem maneiras em que isso não é uma coisa boa. Eu sempre desejei... ação, emoção. Queria muito essas coisas. Os Jedi não foram feitos para agradar a si mesmos. Nosso objetivo é servir. Servir não significa fazer apenas o que você deseja. Significa ouvir a Força. E eu parei de ouvir. – Dez negou com a cabeça. – Eu sei o que preciso fazer.

– Eu entendo – disse Reath. – Também tenho pensado nisso. – Sua resistência em aceitar a missão na fronteira era apenas sua vontade. Não era servir de verdade. Honrar Mestra Jora com fogo e vigília não significaria nada se ele não honrasse tudo o que ela lhe ensinara. Ao aceitar a missão no Farol da Luz Estelar, ela estava tentando ensinar a ele o real significado de servir.

Estou aprendendo, mestra, pensou ele.

Dez pareceu reconhecer o impacto que suas palavras tiveram sobre Reath.

– O que você vai fazer em seguida?

– Eu acho... – Reath fez uma pausa, depois acenou com a cabeça. – Acho que acabei de descobrir.

No espaçoporto, por volta do meio-dia, os oficiais da República estavam ocupados catalogando todas as naves da Guilda Byne e entrevistando todos os seus pilotos. Pelo que Affie sabia, eles haviam começado minutos depois de ela entregar seu relatório às autoridades. Ela presumiu que a República levaria dias ou semanas para agir – tempo que poderia ter dado a Scover a chance de viajar de volta para a fronteira. Ela tinha mais influência lá, e a República, menos; Scover poderia ter permanecido livre.

Em vez disso, os oficiais prenderam imediatamente Scover. Affie obrigou-se a assistir às imagens da prisão no hotel (que ficaram disponíveis para ela, como convidada de Scover). A Bivall permaneceu calma e quieta durante todo o tempo em que foi algemada e levada embora.

Aquela tranquilidade poderia se desfazer quando descobrisse que Affie a denunciara, o que era uma notícia que a garota pretendia entregar pessoalmente. Aquele seria o encontro mais difícil de sua vida, mas era um que não podia ser evitado. Scover a criara, cuidara dela, até mesmo a amara. Ela merecia ter a chance de perguntar como sua filha adotiva poderia ter feito aquilo com ela.

E Affie merecia a chance de explicar suas razões.

Ela ficou sem jeito na frente da *Nave*, observando a atividade em todo o espaçoporto. A pior parte não era a culpa ou incerteza; era saber que todo o seu futuro estava sendo moldado por forças que estavam além de seu controle, e não havia absolutamente nada que ela pudesse fazer a respeito.

Passos na rampa de embarque a fizeram se virar. Leox estava caminhando ao lado da humana oficial da República que verificava a *Nave*. A oficial acenou com a cabeça enquanto conferia os itens em um datapad.

– Nenhuma irregularidade aqui; então, posso liberar esta nave para a decolagem.

– É muito gentil de sua parte – disse Leox –, mas no momento não temos para onde ir.

– Assuma o trabalho que quiser. – A oficial da República inegavelmente se via como sua salvadora, ou pelo menos como a portadora de boas notícias. – De acordo com as leis da República, após a dissolução de uma empresa de navegação ilegal, todas as naves são consideradas propriedade individual de seus oficiais superiores. O que significa que a *Nave* agora é sua, Capitão Gyasi.

Leox balançou a cabeça.

– Vamos com calma. Se você está anotando tudo isso nos registros da República, certifique-se de corrigi-los. Eu não sou o oficial sênior designado para a *Nave*. É Affie Hollow, de pé ali.

Quando ele apontou para ela, Affie conseguiu fechar a boca, para não ficar encarando os dois com cara de besta.

– *Eu?*

– A representante oficial da Guilda sempre está acima do capitão. – Encolhendo os ombros, Leox estava entregando a propriedade da coisa que mais amava na vida, a coisa que poderia ter reivindicado em um piscar de olhos. Embora Scover tivesse dado algumas coisas boas para Affie ao longo dos anos, ela nunca recebera um presente tão generoso.

A oficial da República parecia disposta a acreditar na palavra de Leox. Para Affie, ela perguntou:

– Você mudará a designação da nave?

– Não – disse Affie, com um sorriso se espalhando por seu rosto. – Esta é a *Nave*, e será para sempre. E Leox Gyasi continuará sendo seu capitão. Ele apenas... trabalha para mim.

Leox também sorria, enquanto balançava a cabeça.

– Onde foi que eu amarrei meu blurrg?

Enquanto a oficial da República seguia seu caminho, Affie abraçou Leox com todas as suas forças.

– Quero que tudo continue do mesmo jeito. Exatamente como antes, exceto que desta vez estamos nessa por conta própria. Por nós mesmos.

– Para mim está ótimo, Pequenina... e agora eu posso chamá-la assim novamente, porque você se tornou minha chefe, o que significa que o apelido se tornou irônico.

Ela iria discutir sobre aquilo com ele? Talvez mais tarde, decidiu Affie.

– Nós três... espere. Onde está Geodo?

No estaleiro de espaçonaves, Orla olhou do holograma que recebera para o item real: a nave que seria sua. Quase em estrutura piramidal, com três motores, uma proa pontiaguda e uma popa igualmente angular, a nave tinha uma aparência afiada, como um dardo ou um caco de vidro. Como a própria Orla. A embarcação reluzia contra a escuridão total do estaleiro, seu casco perolado tão belo quanto qualquer joia.

O droide vendedor foi até ela, zumbindo.

– Se quiser entrar na nave...

– Ah, sim. Eu quero sim.

Orla entrou em sua nova embarcação quase com reverência. Durante o desastre do hiperespaço e os eventos na estação Amaxine, ela se perguntou se estava sendo egoísta em se declarar uma Andarilha e partir sozinha. Depois que tudo terminou, no entanto, ela se viu novamente certa de sua escolha. A galáxia era maior e mais estranha do que qualquer um poderia imaginar. Havia um lugar para a Ordem operar dentro dela – e lugares para outros Jedi descobrirem por conta própria. Servir a Ordem era importante, mas ela nunca poderia dar o seu melhor se não conhecesse a si mesma, seus instintos e a própria Força mais verdadeiramente. Ela nunca se sentira mais pronta para o início da jornada.

– Ela é linda – disse Orla, passando a mão pelo elegante assento do piloto. – Uma obra de arte. Mande meus elogios aos designers.

As luzes do droide vendedor piscaram de orgulho.

– Isso significa que você vai adquiri-la?

– Depois de barganhar o preço. – Orla encolheu os ombros. – O que posso dizer? Estou apaixonada por ela, mas é um valor alto.

A negociação não durou muito; o valor sugerido por Orla foi justo, e o droide evidentemente tinha uma cota de vendas a cumprir. Em uma hora, Orla registrou sua impressão digital em todos os documentos e obteve todas as senhas para sua nova nave.

– *Andarilha da Luz* – disse ela. – Eu a chamarei de *Andarilha da Luz*.

– Devidamente registrado – respondeu o droide vendedor. – Devo notificar que ela viaja com um único tripulante?

– Sim, a menos que eu possa convencer meu amigo navegador a se juntar a mim?

Geodo estava por perto, seu silêncio sua única resposta. Ele estava disposto a inspecionar naves com ela, mas Orla já sabia que sua lealdade era para com Leox, Affie e a *Nave*.

Além disso, aquele era um caminho que ela deveria trilhar sozinha.

– Talvez da próxima vez – disse ela, dando um tapinha na lateral de Geodo, já imaginando as viagens que viriam.

Uma vez que se viu sozinha na ponte de sua nave (sua nave!), Orla enviou uma mensagem para Cohmac. Quando o rosto dele surgiu na tela, Orla afastou-se para que ele pudesse ver mais a *Andarilha da Luz* do que ela.

– O que você acha?

– Bela. – O sorriso de Cohmac não era muito largo. – Estou muito feliz por você, Orla. A Força a chamou e você atendeu.

– Tenho lutado contra meus instintos durante toda minha carreira – admitiu ela. – Me obrigando a seguir um caminho que não era o meu. Quero servir à Ordem e à galáxia, mas não posso fazer isso se estiver vivendo uma mentira.

Ela pensou novamente naquele dia longínquo, quando resgataram uma refém e perderam o outro, tudo porque ela colocou o que era "correto e adequado" acima do que a Força lhe dissera. Orla não cometeria novamente aquele erro.

Cohmac acenou com a cabeça.

– Invejo a firmeza de suas convicções, Orla.

A raiva que ele sentira depois da suposta morte de Dez, os ecos das mortes de seu mestre e do refém, muito tempo antes, afetara Cohmac, cobrando um preço muito mais profundo do que Orla percebera.

– Você está bem? Precisa você mesmo tornar-se um Andarilho à sua maneira? – perguntou ela.

– Não. Preciso da Ordem agora, mais do que nunca. Mas também preciso de outra coisa. Uma nova direção... um foco. Isso, só o tempo pode fornecer.

Orla não tinha certeza de que a Ordem era o que Cohmac realmente precisava. Mas ela não podia oferecer-lhe tais respostas. Aquilo caberia à Força.

– Que a Força esteja com você, velho amigo. – Ela ergueu uma das mãos quando ele também o fez, numa saudação mútua de despedida.

Reath entrou na câmara de meditação do Templo Jedi com alguma apreensão. Era indelicado perturbar o transe dos outros. No entanto, por sorte, Mestre Cohmac estava sozinho na sala, sentado, flutuando no ar.

Aquilo não poderia ser fácil. Sem dúvida, era uma meditação bastante profunda. Reath se indagou se deveria sair na ponta dos pés e estava prestes a fazê-lo quando Mestre Cohmac perguntou, sem abrir os olhos:

– O que foi, Reath?

– Esperava poder falar com você – disse ele. O que era óbvio. Mas ao menos Mestre Cohmac não apontou aquilo.

Em vez disso, ele desceu ao chão e caminhou com Reath para uma área de reunião do lado de fora, onde uma fonte esculpida borbulhava.

– Como posso ajudá-lo, Reath? Presumo que seja urgente.

– Não queria interrompê-lo – disse Reath. – Mas vi que você se inscreveu para um dos próximos transportes para a fronteira, para assumir sua missão original. Já que eu não sabia exatamente quando seria, achei que seria mais inteligente vir ao seu encontro imediatamente.

Mestre Cohmac inclinou a cabeça.

– Mesmo assim, você ainda não me disse o motivo.

Reath não tinha certeza de como expressar o que viria a seguir.

– Eu queria perguntar... apenas por perguntar, sem pressão, e sem ressentimentos, caso você diga que não...

– Pergunte.

Reath soltou, de uma vez:

– Você consideraria me aceitar como seu aprendiz?

Mestre Cohmac o encarou como se nunca tivesse sonhado tal possibilidade. Provavelmente não. Mas não era um pedido tão estranho, era?

Talvez Reath não tenha sido claro o suficiente.

– Durante nossas aventuras na estação Amaxine, passei a nutrir grande respeito por você. Em muitos aspectos, você não é um Jedi comum... Mas acho que talvez eu precise expandir a minha ideia sobre o que um Jedi pode ser. Sobre o tipo de Jedi que *eu* posso me tornar. Treinar com você me ensinaria muito, e eu quero aprender. Se estiver disposto a me aceitar, claro. – Depois de um momento de hesitação, ele se atreveu a acrescentar: – Voltar para a fronteira é o que Mestra Jora iria querer que eu fizesse. Nós dois estamos indo para lá. Imaginei que poderíamos ir juntos. – Mestre Cohmac ainda parecia perplexo. Reath decidiu oferecer uma saída diplomática. – Se este não for o momento certo, eu entendo.

– Este é... um momento interessante – disse Mestre Cohmac. Ele começou a caminhar lentamente ao longo do pátio, e Reath apressou-se para acompanhá-lo. – Já ouvi Jora Malli ser descrita como a mais gentil e sábia das professoras – contou ele. – É difícil imaginar retomar de onde ela parou. Mas o que ela tinha a lhe oferecer e o que eu tenho a lhe oferecer são duas coisas muito diferentes.

Reath se iluminou. Aquilo parecia promissor.

– Sim, exatamente. Quero dizer, sim, senhor.

– Você demonstrou iniciativa em vir até mim e desejar que seu treinamento siga por um novo caminho. Agora, devo demonstrar coragem e ser sincero com você. – Mestre Cohmac parou no lugar e encontrou os olhos de Reath. – Nas últimas semanas, tive dúvidas se os caminhos prescritos pelo Conselho Jedi são indiscutivelmente o melhor caminho a seguir.

Reath ouvira direito? Não poderia.

– Senhor?

Mestre Cohmac suspirou.

– A escuridão faz parte da Força tanto quanto a luz. A Ordem acredita que pode dividir a Força de maneira tão precisa como se a energia viva primordial de toda a existência fosse uma coisa a ser fatiada e servida.

Reath pensou naquilo por um momento.

– Essa divisão não nos mantém seguros?

– Mantém? – questionou Mestre Cohmac. – Ou apenas torna a escuridão mais escura, mais perigosa do que jamais teria sido em seu estado natural?

– Eu não sei – admitiu Reath. Ele não achava que filosofia abstrata seria uma parte importante do treinamento, mas, ao que parecia, com o Mestre Cohmac, sim. Ao menos seria, se ele aceitasse Reath como Padawan. – Só sei que nosso trabalho é um bom trabalho. Que salvamos vidas, encerramos conflitos e trazemos a paz.

Mestre Cohmac sorriu para ele.

– Você tem certeza de seu caminho, Reath Silas. Jamais permita que nada o perturbe e o faça desviar-se dele.

– Eu só achava que tinha certeza antes – confessou Reath. – Mas antes de partir para a fronteira, Mestra Jora me fez uma pergunta. Ela disse que, quando eu soubesse a resposta, saberia por que precisávamos deixar Coruscant. Ela perguntou por que nenhum Jedi era capaz de cruzar o Arco Kyber sozinho. Agora, eu entendo. Ninguém o atravessa sozinho porque o arco em si não existiria sem todos os Cavaleiros Jedi que já existiram. Tanto os que tombaram em batalha quanto os que construíram o arco para que os outros se lembrem. Eu estava dando à Ordem apenas o tanto de mim que queria dar. Tudo era sobre *mim*. Não sobre nós. De agora em diante, estou colocando o *nós* em primeiro lugar.

– Jora Malli era uma mulher sábia – disse Mestre Cohmac. – Duvido que eu possa estar à altura da profundidade de seus ensinamentos.

Aquilo, suspeitava, soou como um adeus.

– Então – começou a dizer Reath –, nós estamos...

– Ainda tenho muito o que aprender – disse Mestre Cohmac. Aquilo soou ainda mais como um não, até que ele acrescentou. – E não há maneira melhor de aprender do que ensinando. Você será meu primeiro Padawan, Reath, e talvez meu maior instrutor na Força.

Semanas mais tarde, o Farol da Luz Estelar foi oficialmente inaugurado. Seus feixes brilhavam por toda a galáxia, fulgurantes como qualquer supernova, em uma mensagem desprovida de palavras carregando a promessa da República de orientação, proteção e prosperidade.

Quando os feixes de luz foram acesos, aplausos ecoaram a bordo da estação, dos muitos grupos presentes: os Jedi veteranos Avar Kriss, Elzar Mann e Stellan Gios; outros Jedi como Sskeer e Burryaga; oficiais da República; diversos diplomatas e delegações de mundos próximos.

E um Padawan que fizera a última escolha que jamais pensaria em fazer poucas semanas antes.

Reath Silas aplaudiu junto com os outros. Por um momento, desejou que Mestra Jora estivesse ali para comemorar com eles – para estar em uma posição de honra no palanque. Ela queria aquilo para Reath, aquele lugar na fronteira onde qualquer coisa poderia acontecer, mas nada pudesse ser tomado como certo. Finalmente ele reconhecia o valor do que ela desejava oferecer-lhe, e decidiu não recusar o último presente de sua falecida mestra.

Não, ele não ligava para aventuras. Elas eram perigosas, confusas e deveriam ser evitadas; a estação Amaxine provara aquilo, sem sombra de dúvida. Reath ainda preferia que as aventuras permanecessem nas histórias, onde pertenciam.

Mas alguém precisava viver as histórias antes que pudessem ser contadas. Alguém precisava contar as histórias. Talvez Reath se tornasse um dos contadores. Tudo o que ele sabia era que estava pronto para servir aos caminhos da Força, quaisquer que fossem – ou onde quer que estivessem.

Houve vários discursos e pronunciamentos durante a cerimônia, e eles prosseguiriam durante algum tempo. O seguinte, entretanto, pareceu chamar atenção especial: uma mulher mais velha, com vívidas mechas prateadas em seus cabelos pretos, subia ao palanque sob gritos e aplausos. Seu manto suntuoso e sua tiara reluzente atestavam seu *status* real antes mesmo de ser anunciado.

– Para dirigir-se aos convidados, a Rainha Thandeka de Eiram!

A rainha ergueu o queixo e toda a plateia ficou em silêncio. Ela era a esposa da governante de um planeta próximo, como Reath compreendera, mas algo em sua presença lhe conferia uma autoridade maior.

– Damos boas-vindas à República – disse ela, sua voz ecoando entre a multidão. – Vinte e cinco anos atrás, nós nos isolávamos do restante da galáxia. Não confiávamos na República, nos Jedi, e nem ao menos uns nos outros. Tudo isso mudou quando os Jedi vieram ao meu resgate, e o falecido Rei Cassel deu sua vida pela minha. – Ela abaixou ligeiramente a cabeça quando disse o nome de Cassel. – Depois disso, nossos mundos começaram a se ouvir mais. Ousamos aprender mais sobre a galáxia, além de nossos estreitos limites. Aprendemos que a independência é uma ilusão, que ninguém está realmente sozinho. Recuperamos a coragem de confiar, sem a qual nunca poderíamos ter avançado. Confiar é ter esperança, acreditar em um futuro melhor e acreditar que outros trabalharão conosco para torná-lo possível.

Muitas pessoas aplaudiram. Reath juntou-se a elas.

– É em memória ao Rei Cassel, e do Mestre Jedi que tombou em nossa missão de resgate, que foi tomada a decisão de colocar o Farol da Luz Estelar tão próximo ao planetoide onde a crise se desenrolou – prosseguiu a Rainha Thandeka. – Celebramos aqui a memória deles, hoje e sempre.

Mais aplausos, e a rainha desceu do palanque enquanto um coro se reunia para uma apresentação. Reath, que nunca fora amante de música, ficou aliviado quando seu novo mestre começou a desviá-los do centro da cerimônia.

– O que vem agora? – perguntou Reath.

Mestre Cohmac, ao seu lado, continuou aplaudindo.

– Acredito que agora virá o grande banquete.

– Ótimo! Estou *morrendo de fome*.

Aquilo fez Mestre Cohmac rir, o que Reath considerou um bom sinal.

Depois da apresentação musical, quando eles começaram a seguir com a multidão na direção do banquete, Reath perguntou:

– O que vem depois disso, mestre?

– Tudo pode acontecer – disse Mestre Cohmac. – Essa é a graça.

A meia galáxia de distância...

Nan ajoelhou-se diante do líder dos Nihil. *O* líder – o Olho –, Marchion Ro, uma figura tão acima dela que ela nunca teria ousado sonhar com aquela reunião. Ela teria se prostrado diante dele; nunca se sentira tão indigna de suas listras. Mas suas emoções eram menos importantes do que comunicar os fatos.

– Meu guardião, Hague, foi morto pelo truque dos Jedi – disse ela. – Junto com tantos outros. Só sobrevivi porque tinha retornado aos túneis inferiores para ter certeza de que estavam livres de Drengir.

Marchion Ro assentiu, a luz cintilava opaca em sua pele cinza metálica.

– Você não tem culpa – disse ele. – As mortes deles são responsabilidade dos Jedi. E os Jedi pagarão.

A raiva em sua voz renovou Nan, serviu de combustível para a chama vingativa que queimava dentro dela. E, ainda assim, ela teve que adverti-lo:

– Temo que os Jedi sejam muito poderosos. Eles têm habilidades diferentes de tudo que já encontramos antes.

Marchion Ro apenas sorriu.

– Você é sábia em temer os Jedi e a República. Mas eles também deveriam nos temer. Pois os Nihil serão a ruína dos Jedi.